Ursula Poznansk

Bisher von Ursula Poznanski im Loewe Verlag erschienen:

Erebos

Saeculum

Die Verratenen
Die Verschworenen
Die Vernichteten

Layers

Elanus

Aquila

URSULA POZNANSKI

AQUILA

Loewe

ISBN 978-3-7855-8613-6
1. Auflage 2017
© Loewe-Verlag GmbH, Bindlach 2017
Smells Like Teen Spirit
Words and Music by Kurt Cobain, Krist Novoselic and Dave Grohl
Copyright (c) 1991 The End Of Music, Primary Wave Tunes, M.J. Twelve Music and Murky Slough Music. All Rights for The End Of Music and Primary Wave Tunes Administered by BMG Rights Management (US) LLC
All Rights Reserved Used by Permission
Reprinted by Permission of Hal Leonard LLC
Wir danken den Rechteinhabern für die freundliche Abdruckgenehmigung.
Rechteinhaber, die nicht ermittelt werden konnten, wenden sich bitte an den Verlag.
Coverillustration und Umschlaggestaltung: Michael Ludwig Dietrich
Redaktion: Susanne Bertels

www.aquila-buch.de
www.loewe-verlag.de

1

Metall war das erste Wort, das Nika in den Sinn kam, noch im Halbschlaf. Der Geschmack in ihrem Mund. Als hätte sich dort eine Münze aufgelöst.

Sie schluckte. Nein, das fühlte sich nicht gut an. Ihr Kopf, ihr Magen ... war es so wild hergegangen letzte Nacht?

Ächzend drehte sie sich zur Seite, stellte mit matter Verwunderung fest, wie schwer ihr das fiel. Und, was schlimmer war, wie übel ihr dabei wurde.

Einatmen. Ausatmen. Es war stickig im Zimmer, der Frühling in der Toskana war so viel wärmer als zu Hause, und garantiert hatte sie beim Heimkommen vergessen, das Fenster zu öffnen. Ein oder zwei Minuten lang kämpfte sie mit dem Gefühl, dass ihr gleich hochkommen würde, was sie gestern gegessen und getrunken hatte, doch dann legte sich die Übelkeit. Mit dem Gefühl, die Schwerkraft kaum überwinden zu können, richtete Nika sich auf.

Sie trug noch ihre Jeans, wieso trug sie beim Schlafen ihre Jeans? Die waren außerdem viel dreckiger als gestern noch und unten am Saum feucht. Genauso wie das Shirt, mit dem sie am Abend aus dem Haus gegangen war. Von ihren Sommerstiefeletten hatte sie nur die rechte ausgezogen; sie lag ein paar Meter entfernt nahe der Zimmertür und sah aus, als wäre sie damit durch Matsch gewatet. Die linke hatte sie immer noch an, entsprechend dreckig war das Fußende des Betts.

Mein Gott, in was für einem Zustand war sie gestern beim Nachhausekommen gewesen? Waren sie wieder in einen der Brunnen gestiegen? Das gab dann möglicherweise noch Ärger, die Sieneser Polizei verstand da keinen Spaß.

Sie wollte sich übers Gesicht wischen, das sich verschwitzt anfühlte, hielt aber mitten in der Bewegung inne. Ihre rechte Hand war verbunden. Völlig eingewickelt in den grünen Sommerschal, den sie gestern getragen hatte und der nun fleckig und feucht war.

Warum dieser komische Verband? Hatte sie sich verletzt? Sie bewegte vorsichtig die Finger, ballte die Hand zur Faust. Nein, fühlte sich nicht so an. Keine Schmerzen. Musste irgendein merkwürdiger Scherz gewesen sein.

Während sie mit der linken Hand den lockeren Knoten löste und den Schal abwickelte, versuchte Nika sich zu erinnern, wie der Abend gestern verlaufen war. Ohne Erfolg. Gemeinsam mit der ganzen Truppe war sie in den Bella Vista Social Pub gegangen, zu der Havana Club Night Party, und sie hatten wirklich Spaß gehabt. Die Musik war wie immer toll gewesen, ein paar von ihnen hatten getanzt. Und dann …

Sie fasste sich mit beiden Händen an den schmerzenden Kopf. Na los, da musste doch noch irgendein Fetzen Erinnerung sein, ein Bild, ein Gespräch …

Sie starrte die hellgelb getünchte Wand ihres Zimmers an. Nichts. Nur, dass sie getanzt hatten und gelacht und überlegt, wohin sie im Anschluss noch gehen wollten.

Hatten sie sich für ein Lokal entschieden? Waren sie dort gewesen?

Nika hatte keine Ahnung mehr, das war einfach nicht zu fassen. So viel konnte sie unmöglich getrunken haben, sie war ohnehin immer vorsichtig, sie wusste schließlich ganz genau, was Alkohol anrichten konnte. Zwei Glas Wein waren es gestern gewesen und ein Mojito – mehr gestand sie sich nicht mehr zu, wenn sie abends fortging. Nicht, nachdem sie vor zwei Wochen eines Morgens im Park nahe der Festung aufgewacht war, ausgestreckt auf der Wiese, unter einem Baum. An diesem Abend hatte sie allerdings wirklich über die Stränge geschlagen, aber gestern … nein. Sie tastete auf dem Nachtkästchen nach ihrem Handy, um nachzusehen, wie spät es war, doch offenbar hatte sie das Telefon diesmal an einer anderen Stelle abgelegt. Vielleicht im Badezimmer.

Unwillig schüttelte Nika auch ihren zweiten Schuh vom Fuß und stand unsicher auf. Schwankte mehr ins Bad, als sie ging, merkte erst jetzt, wie durstig sie war. Und wie dringend sie eine Dusche brauchte.

Sie beugte sich tief über die Waschmuschel, ließ das Wasser laufen, bis es eiskalt war, und trank direkt aus dem Hahn. Es tat gut, zumindest bis ihr Magen wieder zu rebellieren begann. Nika atmete tief durch, drehte den Hahn zu und richtete sich auf. Hielt mitten in der Bewegung inne, als ihr Blick auf den Spiegel fiel.

Er zeigte ihr zwei Dinge, und sie wusste nicht, welches der beiden sie beunruhigender finden sollte.

Das erste war ein langer Kratzer, der über die linke Seite ihres Gesichts verlief, von der Schläfe weg in einem geschwungenen Bogen bis unters Ohr. Sie fuhr mit der Hand darüber; die Wunde war bereits verkrustet, tat aber weh, wenn sie den Druck ihrer Finger verstärkte.

Wann war das passiert? Und wie? Hatte sie tatsächlich so viel getrunken, dass sie gestürzt war und sich verletzt hatte, ohne sich noch daran erinnern zu können?

Die andere Überraschung, die der Spiegel für sie bereithielt, bestand aus zwei Worten. Jemand musste sie mit der rot-weiß gestreiften Zahnpasta aus Jennys Tube dort hingeschmiert haben, es waren ungleich große Buchstaben in ungelenker Schrift. Nika starrte sie an, verstand nicht, was sie davon halten sollte. Waren sie und Jenny allein nach Hause gekommen? War jemand Drittes dabei gewesen, der ihnen diese Botschaft hinterlassen hatte?

Kurzerhand drehte sie sich um, ging zu Jennys Zimmer, klopfte an die Tür. Wartete, aber es kam keine Reaktion. Vielleicht war ihre Mitbewohnerin ja in einem ähnlich beklagenswerten Zustand wie Nika selbst.

Sie klopfte noch einmal und drückte dann leise die Klinke hinunter. Öffnete die Tür und stand vor Jennys ordentlich gemachtem Bett, das nicht aussah, als hätte vergangene Nacht jemand darin geschlafen.

Nika schluckte trocken. Kehrte ins Badezimmer zurück, stützte sich mit beiden Händen aufs Waschbecken und betrachtete die verschmierte Schrift auf dem Spiegel. Wer hatte das geschrieben? Wie hatte er es gemeint?

Sie würde ein Foto von der Schweinerei schießen, bevor sie sie wegputzte. Nur musste sie dafür zuerst ihr Handy finden.

Nika durchsuchte ihr Zimmer, die Küche, sah sogar auf dem Boden rund um die Toilette nach. Ihre Handtasche hatte sie gestern nicht mitgenommen, das wusste sie, trotzdem durchkramte sie sie gründlich und leerte schließlich den gesamten Inhalt auf dem Zimmerboden aus.

Kein Handy.

Mit dem flauen Gefühl, dass etwas ganz und gar nicht in Ordnung war, kehrte sie ins Bad zurück. Starrte auf den Spiegel, auf diese beiden Worte.

LETZTE CHANCE

Die nächste halbe Stunde verbrachte Nika damit, weiter nach ihrem Handy zu suchen, an den unwahrscheinlichsten Plätzen der Wohnung. Im Kleiderschrank, unter dem Bett, im Wäschekorb, sogar im Kühlschrank. Alles vergebens, das Telefon tauchte nicht auf. Ebenso wenig wie Jenny. War sie gestern zu Lennard mit nach Hause gegangen? Dann saßen die beiden wahrscheinlich schon im Caffé La Piazetta, wo er am liebsten frühstückte.

Bevor sie hier fortfuhr, die ganze Wohnung umzudrehen, würde Nika einen Sprung dorthin machen, auch wenn sie jetzt schon ahnte, wie Jenny reagieren würde. Mit Kopfschütteln und mitleidigem Lächeln. *Ehrlich, Nika, in unserem Alter weiß man doch schon, wie viel man verträgt. Oder?*

Egal, das war auszuhalten. Nika schlüpfte wieder in ihre Schuhe, schnappte sich ihre Handtasche und drückte die Klinke der Wohnungstür nach unten. Duschen konnte sie später immer noch.

Verschlossen.

Das durfte doch nicht wahr sein. Wenn sie wirklich gestern abgesperrt hatte, warum steckte dann der Schlüssel nicht? Den zog sie in solchen Fällen nicht ab, schon damit sie ihn nicht verlegte.

Noch einmal durchwühlte sie die Handtasche, obwohl sie sich nicht erinnern konnte, vorhin, bei ihrer Suche nach dem Smartphone, auf den Schlüsselbund gestoßen zu sein.

Wieder durchkämmte sie die Wohnung, wieder ohne Erfolg. Schließlich sank sie entmutigt auf einen der wackeligen Küchenstühle.

Sie war eingeschlossen. Sie hatte weder Schlüssel noch Handy. Und es konnte noch Stunden dauern, bis Jenny sich wieder blicken ließ.

Aber – Nika würde ihr eine Mail schicken, über das Notebook. Erfahrungsgemäß zückte Jenny ihr Handy so circa alle zehn Minuten, um den Posteingang zu checken.

Das Notebook stand auf dem mit Büchern und Papieren übersäten Schreibtisch in Nikas Zimmer, doch als sie es aufklappte, blieb der Bildschirm schwarz.

Nicht auch das noch. Sie hämmerte auf die Space-Taste, drückte schließlich den Start-Knopf, doch das Gerät gab kein Lebenszeichen von sich. Erst als sie es umdrehte, begriff sie, warum. Jemand hatte den Akku herausgenommen, ein Netzkabel war auch nicht angesteckt. Von beidem war nirgendwo eine Spur zu finden.

Bis zu diesem Punkt war Nika bereit gewesen, all die widrigen Umstände als verdiente Folgen der letzten Nacht zu betrachten, doch dass sie ihrem Notebook jede Stromversorgung genommen hatte, glaubte sie nicht. Warum auch? Und selbst wenn, sie hätte Akku und Ladekabel bestimmt nicht aus dem Fenster geworfen.

Jemand wollte, dass sie in der Wohnung blieb, ohne Kontakt nach außen aufnehmen zu können. Jemand, der ihr eine *letzte Chance* zugestand.

Eine Chance wofür? Sie rieb sich das Gesicht mit beiden Händen, bis ihre Haut sich heiß anfühlte. Eine Chance, nüchtern zu werden? Das war sie jetzt, vielen Dank. Eine Chance, ihr Auslandssemester in Siena sinnvoll zu nutzen und nicht nur Partys zu feiern? So würden höchstens ihre Eltern denken.

Nika setzte sich aufs Bett und stützte ihren Kopf in die Hände.

Jemand musste sie letzte Nacht nach Hause gebracht, ihr Handy, Schlüssel und Notebookakku weggenommen und dann auf dem Badezimmerspiegel herumgeschmiert haben. Aber – warum? Und wer? Jenny? Die konnte tatsächlich sehr unangenehm werden, wenn ihr etwas nicht passte, aber dann schrie sie rum oder warf Sachen gegen die Wand. Sie reagierte impulsiv, nicht überlegt. Sie hätte Nikas Notebook wohl eher zertrümmert, als ihm die Stromversorgung zu kappen.

Andererseits kannten sie sich noch nicht so lange, dass Nika Jennys Charakter in allen Facetten einschätzen konnte. Sie selbst war vor achteinhalb Wochen hier eingezogen, weil das Zimmer frei geworden war – so lange kannte sie auch Jenny, die schon neun Monate in Siena studierte.

Hatten sie gestritten? War Jenny deshalb nicht hier?

Nika stand auf und öffnete das Fenster, sah hinunter auf die Straße. Ein schmales Gässchen, in dem gerade nichts los war. Nur eine alte Frau, ganz in Schwarz gekleidet, humpelte auf den Eingang des Nachbarhauses zu.

Eine Weile blieb Nika stehen und spähte nach draußen, in der Hoffnung, dass ihre Mitbewohnerin auftauchen und Licht in die Angelegenheit bringen würde, doch nach zehn Minuten gab sie es auf. Schloss das Fenster und ging zurück ins Badezimmer.

LETZTE CHANCE

Irgendwie hatte Nika gegen jede Vernunft gehofft, die Schrift könnte mittlerweile verschwunden sein. Oder niemals existiert haben. Doch da war sie und löste wieder dieses unangenehme Kribbeln in Nikas Magen aus.

Sie warf einen raschen Blick auf ihr eigenes Spiegelbild. Das Z aus dem Wort LETZTE verlief direkt über ihr Gesicht und verlor sich in einer der zerzausten blonden Haarsträhnen, die ihr bis über die Schultern hingen. Als hätte jemand Nika durchstreichen wollen, wie einen Fehler im Text.

Das Gefühl, aus dieser Wohnung rauszumüssen, wurde plötzlich übermächtig. Noch einmal rüttelte sie an der Türklinke – ohne Erfolg, noch einmal riss sie das Fenster auf. Aber was sollte sie tun? Aus dem zweiten Stock klettern? Nach draußen rufen, damit jemand sie befreite? Ihr Italienisch war bei Weitem nicht gut genug, um zu erklären, was los war und warum sie Hilfe brauchte.

Brauchte sie ja eigentlich auch nicht, beruhigte sie sich selbst. Sie brauchte nichts weiter als Geduld. Warum benahm sie sich auf einmal so hysterisch, so war sie doch sonst nicht?

Eben. Alles war in Ordnung. Sie verpasste noch nicht einmal eine Vorlesung, weil heute Sonntag war, sie konnte sich entspannt auf ihrem Bett ausstrecken und lesen. Oder sich in die Küche vor den kleinen Fernseher setzen und italienische Soaps laufen lassen. Wäre sicher ganz gut für die Sprachkenntnisse.

Kaum war der Apparat angeschaltet, fühlte Nika sich besser. Nicht mehr so alleine. Es liefen Nachrichten, irgendetwas über das italienische Parlament. Sie schaltete die Kaffeemaschine an, lehnte sich an den Küchentisch und versuchte zu verstehen, was der Sprecher gerade erzählte. Wenn sie nicht ganz falsch lag, war vom Umweltminister die Rede …

Mehr aus Zufall als aus Absicht fiel ihr Blick auf die Einblendung hinter dem Nachrichtensprecher. Sie blinzelte, schüttelte den Kopf, fühlte, wie ihr Puls sich beschleunigte. Das musste ein Irrtum sein.

Mit einem schnellen Griff schnappte sie sich die Fernbedienung, zappte durch die Sender. Es gab eine Satellitenschüssel am Dach, mit der sie neben den italienischen auch diverse deutschsprachige und englische Programme empfangen konnten.

Nika drückte die Vorwärts-Taste, immer wieder, bis sie bei CNN landete. Ihr Blick wanderte in die rechte obere Ecke des Bildschirms, und es war, als hätte sie plötzlich keine Luft mehr in den Lungen.

Sie war am Samstag mit ihren Freunden weggegangen, das war der zweiundzwanzigste April gewesen. Heute musste Sonntag sein, ganz definitiv. Doch das Datum, das die beiden Nachrichtensender übertrugen, war der fünfundzwanzigste April. Ein Dienstag.

2

Es war ein Gefühl, als wäre die Welt plötzlich nicht mehr dieselbe. Innerlich wie erstarrt zappte Nika von einem Sender zum nächsten. Nein, natürlich würde nirgendwo jemand eine Erklärung liefern oder das Datum der Nachrichtensendungen wieder auf Sonntag korrigieren, trotzdem hoffte sie auf einen Hinweis. Irgendetwas, das ihr helfen würde zu begreifen, wie ihr zwei Tage einfach abhandenkommen konnten.

Ich habe geschlafen. Die Idee fühlte sich für einen Moment gut an, es war zumindest eine logische Erklärung, auch wenn Nika es kaum schaffte sich vorzustellen, wie das möglich sein sollte. Selbst nach wirklich wilden Partys war sie am nächsten Tag spätestens um ein oder zwei Uhr nachmittags wieder wach gewesen. Ganz abgesehen davon, dass sie sonst eigentlich gar nicht der Wilde-Party-Typ war. Abende mit Freunden, bei denen gegessen, geplaudert und gelacht wurde, die waren viel eher ihr Ding. Aber hier in Italien war sie abends plötzlich viel häufiger und länger unterwegs als zu Hause. Lag wahrscheinlich an ihrer Mitbewohnerin.

Dienstag also. Wenn das stimmte, war Jenny dann mit ihr nach Hause gekommen und hatte sie zwei Tage lang schlafen lassen? Saß sie jetzt in der Uni und verdrehte bloß die Augen, wenn jemand sie fragte, wo Nika steckte?

Das fühlte sich alles so ... unwahrscheinlich an. Sie musste endlich einen klaren Kopf bekommen. Nika lief wieder zum Fenster, riss es auf und beugte sich hinaus.

Warme Luft, die nach Frühling und frischer Pizza roch. Unten fuhr ein Fahrrad vorbei, zwei kleine Jungs liefen die Straße hinunter, der eine versuchte, dem anderen einen Fußball abzujagen.

Alles ganz normal. Ganz real. Wahrscheinlich war es die letzten zwei Tage genauso gewesen, nur dass Nika die irgendwie verpasst hatte.

Die frische Luft machte das Denken einfacher. Also. Sie würde jetzt erst mal in Jennys Zimmer nachsehen, ob sie dort etwas fand, was ihrer Erinnerung auf die Sprünge half. Dann würde sie duschen, etwas essen und hoffen, dass Jenny in der Zwischenzeit nach Hause kam. Und falls das nicht passierte, würde sie mit ihren paar Brocken Italienisch jemanden von der Straße um Hilfe bitten.

In Jennys Zimmer herrschte die Art von Unordnung, die einen Raum gemütlich wirken ließ, nicht verwahrlost. Ein paar aufeinandergestapelte Bücher auf dem Boden, eine aufs Sofa geworfene Decke, ein rotes Kleid, das über einer Stuhllehne hing. Auf dem Schreibtisch eine ihrer geblümten Kaffeetassen ... aber kein Notebook.

Wenn Jenny wirklich in der Uni war, konnte sie es natürlich mitgenommen haben. Für Nika wieder eine Möglichkeit weniger, mit jemandem von draußen Kontakt aufzunehmen, aber vermutlich war der Computer ohnehin passwortgeschützt.

Eine Nachricht fand sie nirgendwo. Nicht auf dem Schreibtisch, nicht unter einem der Kühlschrankmagneten in der Küche, nicht an der Pinnwand in der Diele.

Sie ging ins Badezimmer zurück. Duschen war auf jeden Fall eine gute Idee.

LETZTE CHANCE
Die beiden Worte sprangen ihr sofort wieder ins Auge, sie hatte sie immer noch nicht vom Spiegel geputzt. Doch das würde sie jetzt nachholen, auf der Stelle. Sie zog ein Tuch aus der Box mit Jennys Kosmetiktüchern und begann, die glatte Fläche abzureiben. Erst verschmierte die Zahnpasta, dann verschwand sie. Na also, dachte Nika grimmig, ein bescheuertes Rätsel bin ich schon mal los. Weg mit der letzten Chance, wer schreibt überhaupt so einen Schwachsinn?

Sie beugte sich vor, hauchte gegen den Spiegel und wischte mit einem frischen Tuch noch einmal darüber. Mitten in der Bewegung hielt sie inne.

Der Kratzer in ihrem Gesicht war nicht die einzige Spur, die die vergangene Nacht hinterlassen hatte. Oder die vergangenen zwei Tage, wenn man genau sein wollte. In Nikas blondem Haar fand sich etwas, das noch heller war. Grober Staub, kleine Steinchen, die ins Waschbecken fielen, als Nika sie mit den Fingern herauszog.

Sie befühlte ihren staubgrauen Haaransatz, strich vorsichtig über ihre Schläfe, dort, wo der Kratzer begann. Warum konnte sie sich nicht erinnern, was ihr zugestoßen war? Hatte sie sich den Kopf so hart angeschlagen, dass Teile ihrer Erinnerung verloren gegangen waren?

Aber in dem Fall müsste sie rasende Schmerzen haben, oder?

Langsam zog sie sich das Shirt über den Kopf. Inspizierte es, fand einen kleinen Riss am Rücken, der neu war. Auch hier:

keine Erinnerung. Dafür noch eine Entdeckung, am Boden vor der Waschmaschine; ein anderes Shirt, genauer gesagt die zusammengeknüllten Reste davon. Es war hellblau und zu groß, um Jenny zu gehören. Ein Männershirt. Der Stoff war an zwei Stellen zerrissen und hatte an der Seite einen ausgedehnten Fleck, dunkel und klebrig, das ganze Shirt ähnlich feucht und klamm wie Nikas Jeans. An manchen Stellen regelrecht nass. Sie starrte auf den Fleck unterhalb des Ärmels. War das Blut? Wenn ja, wollte sie das nicht mit ihren eigenen Sachen in die Maschine tun, sie wollte auch nicht darüber nachdenken, wem es gehören konnte, also schob sie das Shirt zur Seite, neben den Wäschekorb.

Sie würde jetzt duschen, die Waschmaschine anwerfen und dann so schnell wie möglich aus dieser Wohnung verschwinden, in der plötzlich nichts mehr stimmte. Mit einiger Mühe schälte sie sich die engen Jeans von den Beinen, sah, wie unfassbar dreckig sie auch auf der Rückseite waren. War das verkrustete Erde? Hatte sie sich irgendwo im Matsch gewälzt? Oh Gott, hoffentlich hatte sie sich nicht allzu peinlich benommen, wenn sie mit der deutschsprachigen Studentenclique unterwegs gewesen war. Im Moment war sie die »Neue« in der Gruppe, war noch mit niemandem so richtig eng befreundet. Wenn sie irgendeine bescheuerte Show geliefert hatte, würde das wahrscheinlich so bleiben.

Ein neuer Gedanke stellte sich ein. Diese zwei verlorenen Tage – konnte jemand ihr K.-o.-Tropfen verabreicht haben? Irgendein Kerl, der sie dann in eine dunkle Ecke gezerrt hatte? So dreckig, wie ihre Sachen waren, konnte sie sich durchaus mit jemandem kämpfend im Matsch gewälzt haben.

Nein, dachte Nika, nein, in dem Fall hätte ich ja gar nicht

kämpfen können. Außerdem würde ich schon rein körperlich spüren, wenn mir etwas Derartiges passiert wäre. Es gäbe irgendwelche Spuren an meinem Körper. Außerdem war ich doch nicht alleine unterwegs, sondern mit Freunden, die bemerkt hätten, wenn ich plötzlich verschwunden wäre.

Sie schüttelte den Kopf. K.-o.-Tropfen hinterließen angeblich einen seifigen Geschmack im Mund. Auch in der Hinsicht – Fehlanzeige. Es musste eine andere Erklärung geben.

Nika öffnete die Tür der Waschmaschine. Wie immer überprüfte sie alle Hosentaschen, um nicht versehentlich Geld oder Ausweise mitzuwaschen. In der links hinten stießen ihre Finger auf Papier.

Sie zog es heraus, betrachtete es. Ein grüner Flyer, einer von denen, die hier so gern hinter Scheibenwischer gesteckt wurden. Er sah aus, als wäre er in den Regen gekommen, das Papier war gewellt und tatsächlich noch ein wenig feucht. Werbung für eine Pizzeria mit Namen Nerone. Da war Nika noch nie gewesen – oder vielleicht doch, und sie wusste es bloß nicht mehr. Sie faltete den Zettel auf. Ein lustig gezeichneter Koch mit riesiger Mütze grinste ihr entgegen, in den Händen einen Teller mit einer wagenradgroßen Pizza. Darunter waren die Spezialitäten des Hauses abgedruckt.

Nika drehte das Papier um. Und vergaß in den nächsten Sekunden zu atmen.

Das Blatt war hinten unbedruckt gewesen, doch nun war es vollgeschrieben, kreuz und quer, oft kaum leserlich. Einige Sätze waren mit Kugelschreiber hingekritzelt worden, andere waren hingeschmiert mit etwas, das ein in Matsch getauchter Ast hätte sein können.

Mit dem Gefühl, einen Schritt aus der Realität herauszutreten, sank Nika auf den Rand der Badewanne. Sie las die Notizen auf dem Zettel wieder und wieder, ohne irgendetwas davon zu begreifen.

> *Weihnachten voller Angst.*
> *Halte dich fern von Einhorn und Adler.*
> *Cor magis tibi sena pandit*
> *Das Blut ist nicht deines.*
> *GR32?ZZ*
> *Sieh nach, was der Kapitän isst.*
> *Sic Transit Gloria.*
> *Du weißt, wo das Wasser am dunkelsten ist.*
> *Tauche mit den Gänsen*
> *With the lights out, it's less dangerous, here we are now, entertain us*
> *Der Spiegel des Löwen zwischen den Farben*

Nika starrte verzweifelt auf das Papier, bis ihr Blick verschwamm. Sie wischte sich über die Augen, bevor Tränen auf den Zettel fallen und alles noch unleserlicher machen würden.

Sie verstand nicht, was passiert war. Sie wusste bei keiner der Nachrichten, was sie bedeutete.

Aber sie kannte die Schrift. Es war ihre eigene.

Ein schriller Laut ließ sie hochfahren, sie schaffte es nicht, einen Schrei zu unterdrücken, presste erst danach eine Hand auf den Mund.

Hektisch sah sie sich nach etwas um, das sie überstreifen konnte, bis sie begriff, dass sie die Tür ohnehin nicht würde öffnen können.

Wieder die Klingel.

Sie ging mit langsamen Schritten in die Diele, den Zettel immer noch in der Hand. Eine Tür ohne Guckloch. Das fiel ihr heute zum ersten Mal auf. »Wer ist da?«

Wenn es der Briefträger war, würde er jetzt kein Wort verstanden haben, er sprach nur italienisch, rasend schnell und ebenso laut.

»Ich bin's. Lennard.«

Erleichtert ließ Nika ihren Kopf gegen den Türstock sinken. »Oh Gott, bin ich froh. Du musst mir bitte helfen.«

»Na klar. Wenn du mich reinlässt.«

Obwohl sie wusste, dass es sinnlos war, drückte Nika die Klinke nach unten. »Kann ich nicht, es ist abgesperrt und ich habe keinen Schlüssel.«

»Du hast keinen ...« Lennard lachte auf, es klang eher ratlos als amüsiert. »Und was ist mit Jenny?«

»Die ist nicht da.« *So wie meine Erinnerung an die letzten zwei Tage, so wie mein Handy und mein Notebookakku.* Konnte sie Lennard das anvertrauen? Sie kannten sich nicht wirklich, Jenny vertrug es nicht besonders gut, wenn er seine Aufmerksamkeit anderen Menschen zuwandte.

»Sie ist nicht da? Und sie hat dich eingeschlossen?« Nika hörte ihn seufzen. »Meine Güte, ich hätte gedacht, dass sie sich mittlerweile wieder beruhigt hätte.«

Aha. Also war Jenny ausgerastet? Nika überlegte, presste frustriert ihren Kopf gegen das Holz der Tür. Auch daran keine Erinnerung, nicht die geringste. »Was ist denn passiert?«

Draußen blieb es mehrere Sekunden lang still. »Das weißt du nicht mehr?«

»Nein.« Ihre Stimme klang tonlos. »Keine Ahnung.«

Nun wurde von außen an der Tür gerüttelt. »Verdammt, Nika, dreht ihr jetzt alle durch?« Sie hörte ihn seufzen. »Okay. Ich suche den Hausmeister. Bis gleich.« Seine Schritte entfernten sich, so wie erst letztens, nachdem er bei Jenny übernachtet hatte. Er war frühmorgens in die Pasticceria gelaufen, um für sie alle Croissants zu holen. *Cornetti*, wie das in Italien hieß.

Bis er mit dem Hausmeister zurückkam, sollte sie besser etwas angezogen haben. Sie zog blind ein T-Shirt aus ihrem Schrank und schlüpfte in ihr letztes sauberes Paar Jeans. Während sie noch den Reißverschluss zuzog, hörte sie vor der Tür bereits Stimmen. Lennard, den sie schon seit Wochen um sein fließendes Italienisch beneidete, und Signore Rizzardini mit seinem dröhnenden Bass. Beide lachten, dann fuhr ein Schlüssel ins Schloss und unmittelbar danach sprang die Tür auf. Hastig faltete Nika den Zettel wieder zusammen und verstaute ihn in der Jeanstasche.

»Grazie.« Lennard schüttelte dem Hausmeister die Hand, bevor er sich ihr zuwandte. »So, und jetzt ... Moment. Wie siehst du denn aus?« Vorsichtig berührte er mit einem Finger ihre verletzte Schläfe. »Was ist passiert?«

Insgeheim hatte sie gehofft, dass Lennard wieder verschwinden würde, sobald das Problem mit der Tür gelöst war. Sie konnte keine fremden Fragen gebrauchen. Die, die in ihrem eigenen Kopf herumschwirrten, waren verwirrend genug.

»Vielleicht solltest du zu einem Arzt gehen.« Lennard strich noch einmal über den Kratzer, dann begann er, Jennys Zimmer zu inspizieren. »Wie lange ist sie denn schon weg?«

»Ich weiß es nicht.« Nika steckte die Hand in die Hosentasche, dorthin, wo sie den Zettel verstaut hatte.

Das Blut ist nicht deines.

»Als ich aufgewacht bin, war sie jedenfalls nicht da.«

Lennard zog die Stirn in Falten. »Hat sie sich wenigstens irgendwann bei dir entschuldigt?«

Wieder diese Leere im Kopf. Warum entschuldigt? Wofür? »Ich glaube nicht«, sagte sie leise.

»Ernsthaft?« Wieder dieses ratlose Auflachen. »Wow. Mit dir kann man es ja machen, anscheinend. Ich an deiner Stelle würde nie wieder ein Wort mit Jenny reden.« Er hielt kurz inne. »Ich habe ihr ziemlich die Meinung gesagt. Der Abend hat mir endgültig die Augen geöffnet, aber ich wollte noch einmal mit ihr sprechen, nachdem sie letztens einfach davongerannt ist.«

»Welcher Abend?« Nika konnte nicht verhindern, dass sie nervös klang. »Samstagabend? Der Zweiundzwanzigste?«

Lennard hielt sie offenbar für bescheuert, das war klar von seinem Gesicht abzulesen. »Ja, Nika«, sagte er betont langsam. »Samstag. Der Zweiundzwanzigste. Der Abend, an dem Jenny dich geohrfeigt hat.«

Geohrfeigt. Unwillkürlich fuhr Nikas Hand zu ihrer Wange, aber natürlich konnte der Kratzer nicht daher rühren. Nicht von einer Ohrfeige.

»Daran erinnerst du dich auch nicht mehr.« Es war eine Feststellung, keine Frage. Er nahm Nika am Arm und zog sie in die Küche. »So. Wir trinken jetzt beide einen Kaffee, schwarz und bitter, und dann gehen wir der Sache auf den Grund.«

Nika ließ sich auf einen der Küchenstühle fallen und beobachtete Lennard dabei, wie er die Maschine mit Wasser und Bohnen befüllte, zwei Tassen abspülte und den Knopf für den doppelten Espresso drückte.

Er war mit Sicherheit der bestaussehende Student in der deutschsprachigen Clique, die sich hier in Siena formiert hatte.

Sein Hauptfach war Geschichte, mit dem Schwerpunkt Italien des sechzehnten Jahrhunderts. Ein wenig sah er selbst wie ein Italiener aus. Dunkles Haar, dunkle Augen, groß gewachsen und durchtrainiert. Jenny hatte erzählt, er sei ihr schon in der ersten Woche nach ihrer Ankunft in Siena aufgefallen und ihr sei klar gewesen, dass er und sie zusammen das perfekte Paar abgeben würden. Zwei Wochen später war er ihr verfallen gewesen. So hatte zumindest sie das ausgedrückt.

»So.« Lennard stellte die beiden Tassen auf den Tisch und setzte sich Nika gegenüber. »Ich wüsste jetzt wirklich gerne, was los ist. Und wo Jenny steckt, ich muss noch ein paar Dinge mit ihr klären.«

Nika nahm einen Löffel Zucker und rührte in ihrer Tasse. »Ich weiß nicht, wo sie ist. Ich habe nicht mehr mit ihr gesprochen, seit ...«

Ja, seit wann eigentlich? Seit Samstag? Sonntag? Sie sah Lennard verlegen an, unsicher, ob sie ihm von ihrer Gedächtnislücke erzählen sollte. Während sie auf dem Stuhl herumrutschte, spürte sie das zusammengefaltete Papier in ihrer Hosentasche. Davon würde sie ihm jedenfalls nichts sagen.

»Sind wir Samstagnacht gemeinsam nach Hause gegangen?«, fragte sie leise. »Du, ich und Jenny? Hast du uns hierherbegleitet?« Das tat Lennard normalerweise immer, auch wenn er nicht über Nacht blieb, obwohl er einen guten Kilometer weit entfernt wohnte.

»Ich wüsste nicht, wie ich das hätte bewerkstelligen sollen.« Er lehnte sich im Stuhl zurück und verschränkte die Arme vor der Brust. »Ihr wart nicht einzuholen.«

Keine Ahnung, wovon er sprach, keine Erinnerung, keine. Nika vergrub das Gesicht in den Händen. Es half nichts, Lennard war ihre beste, im Moment sogar ihre einzige Chance, zu erfahren, was passiert war. Sie ließ die Hände sinken.

»Ich verstehe zwar nicht, wie das möglich ist«, begann sie langsam, »aber mir sind zwei Tage abhandengekommen. Der Sonntag und der Montag. Es ist für mich, als hätte ich sie einfach übersprungen. Ich bin vor ungefähr einer Stunde aufgewacht und war sicher, heute wäre Sonntag und wir wären gestern auf der Havana Club Night Party gewesen. Ich kapiere es nicht, ich habe doch extra nicht zu viel getrunken.«

Lennard beugte sich vor, fixierte Nika, als wäre er nicht sicher, ob er ihr glauben sollte. »Du meinst, du hast zwei Tage durchgeschlafen?«

»Ja. Nein. Also, ich weiß es nicht. Keine Ahnung, wann ich nach Hause gekommen bin und wann ich mich hingelegt habe. Irgendwann zwischen Samstagnacht und heute Morgen.« Sie wich Lennards Blick aus. Wahrscheinlich fragte er sich, wie viel man trinken musste, um ein solches Blackout zustande zu bringen.

Falls es so war, ließ er es sich nicht anmerken. »Ich weiß nicht, wie du es siehst, aber ich finde das beunruhigend«, sagte er. »Versuchen wir es doch einmal so: Was ist das Letzte, woran du dich erinnern kannst?«

Darüber hatte Nika noch nicht so genau nachgedacht. Sie rieb sich die Stirn, zuckte zusammen, als sie dabei den Kratzer berührte. »Wir waren im Bella Vista Social Pub und haben getanzt. Marc hat eine Schale mit Nüssen von der Theke gestoßen, die Kellnerin hat ziemlich sauer reagiert, und keiner von uns hat verstanden, was sie gesagt hat.«

Diese Erinnerung war absolut klar, beruhigenderweise. Nika wusste sogar noch, welche Musik diese Szene untermalt hatte:

Mi Tierra, ein Song, zu dem man sich einfach bewegen musste. Was Marc getan hatte. Pech für die Nüsse und die Barfrau.

Lennard nickte. »Okay, das war am Samstag, ungefähr um halb zwölf. Und von allem, was danach war, weißt du nichts mehr?«

Mit geschlossenen Augen versuchte Nika, weitere Bilder herbeizuzwingen. Danach ...

Möglicherweise hatten sie sich einen Tisch gesucht? Oder waren auf die Tanzfläche gegangen, außer Hörweite der aufgebrachten Kellnerin? Oder ...

»Nicht genau«, murmelte sie.

»Das ist Wahnsinn, Nika. Wenn das stimmt, dann fehlen dir tatsächlich zweieinhalb Tage.«

Da war kein Vorwurf in seiner Stimme, dafür aber deutliche Sorge. Die Worte auf dem Badezimmerspiegel standen Nika mit einem Mal wieder vor Augen. *Letzte Chance.* Vielleicht hätte sie sie doch nicht wegwischen, sondern Lennard zeigen sollen. So, wie es offenbar um ihren Kopf stand, würde sie in ein paar Stunden möglicherweise nicht mehr sicher sein, ob da wirklich etwas gestanden hatte.

»Was ist denn danach passiert?«, fragte sie unsicher. »Wenn du es mir erzählst – vielleicht kann ich mich dann wieder erinnern.«

Erst dachte sie, Lennard würde ablehnen. Er sah kopfschüttelnd zum Küchenfenster hinüber, als hätte sie ihm eine Aufgabe gestellt, die nicht zu bewältigen war.

»Der ganze Abend war merkwürdig«, sagte er schließlich. »Ich habe euch abgeholt, weißt du das noch? Jenny war bester Laune, aber kaum dass wir auf der Straße waren, schlug das völlig um. Von einem Moment auf den anderen war ihre Stimmung beim Teufel, wir haben nur noch bissige Antworten aus ihr rausgekriegt. Und das alles ohne jeden Grund.«

Ja, daran konnte Nika sich erinnern, allerdings hatte es einen Grund gegeben, auch wenn der Lennard entgangen war. Eine kleine Bemerkung nur. Er hatte Nika ein Kompliment zu ihren Jeans gemacht. Festgestellt, wie gut sie ihr standen, und das war definitiv nichts gewesen, was Jenny hatte hören wollen. Nika hatte den Rest des Wegs stumm in sich hineingegrinst, während Lennard mit wachsender Verzweiflung versucht hatte, den Grund für Jennys Verstimmung herauszufinden. Vergeblich. Er begriff nicht, wie schnell es mit ihrem netten Wesen vorbei war, sobald sie das Gefühl hatte, jemandes Aufmerksamkeit teilen zu müssen, und Nika war die Letzte, die ihm das Eifersuchtsproblem seiner Freundin unter die Nase reiben würde.

»Aber als wir im Pub angekommen sind, war doch alles wieder okay?«, konstatierte sie. »Ich weiß noch, sie hat Marc und Paula umarmt und die erste Runde gezahlt.«

Lennard hob die Schultern. »Zu mir war sie die ganze Zeit über eiskalt. Hat mich den Arm nicht um sie legen lassen, mich kaum angesehen. Keine Ahnung, was ich verbrochen hatte.«

Das war Nika völlig entgangen. Sie hatte mit den anderen gelacht und getanzt, es war laut und voll gewesen. Zwei junge Italiener waren hartnäckig darauf aus gewesen, sie auf ein Getränk einzuladen, aber Nika hatte fröhlich abgewinkt.

Eigentlich war alles gut gelaufen. Bis dahin.

»Was war nach der Sache mit den Nüssen?« Sie trank den letzten Schluck aus ihrer Tasse, der Kaffee war kaum noch lauwarm.

»Na ja. Ungefähr eine halbe Stunde später habt ihr euch in die Haare bekommen, du und Jenny. Worüber, weiß ich nicht. Die

Musik hat alles übertönt, und als ich nachgefragt habe, wolltet ihr es mir beide nicht sagen.« Über Lennards Gesicht ging der Anflug eines nachsichtigen Lächelns. »Mädchensachen, dachte ich. War ja auch okay. Doch dann ist Jenny ausgerastet. Sie hat dir eine Ohrfeige verpasst, dass du fast umgefallen wärst, und ist hinausgerannt. Du ihr nach.«

Wie eine Blinde tastete Nika sich durch das innere Dunkel, das Lennards Worte hinterließen. *Mädchensachen.* Gut möglich, dass Jenny ihr wieder einmal vorgeworfen hatte, sie wolle sich an Lennard heranmachen. Das passierte so etwa einmal die Woche und meistens war Jennys Ton dabei scherzhaft gewesen.

Nika bemerkte erst jetzt, dass sie ihre Hände gegen die Schläfen drückte, als könne sie auf diese Weise eine Erinnerung hervorpressen. Es war zum Verrücktwerden. Die Sache mit den hinuntergestoßenen Nüssen stand ihr noch glasklar vor Augen – der Streit mit Jenny dagegen war nirgendwo in ihrem Kopf abgespeichert. Dazwischen lag, wenn Lennard die Wahrheit sagte, nur eine halbe Stunde.

Was war in dieser Zeit passiert? Wann hatte ihr Gehirn aufgehört, die Geschehnisse abzuspeichern, und warum?

»Ihr seid in Richtung Campo gelaufen, die Via di Pantaneto hinauf. Du hast immer wieder ›Bleib stehen‹ gebrüllt, aber Jenny hat überhaupt nicht reagiert. Ich bin euch ein Stück gefolgt, habe dann aber kehrtgemacht.« Er blickte betreten zur Seite. »Ich dachte, es ist vielleicht besser, ich mische mich nicht ein. Weil ...«

Nika zuckte mit den Schultern. Klar. Weil Jenny ohnehin schon so unerträglich eifersüchtig war. Hätte Lennard sich bemüht zu schlichten, hätte sie ihm nur vorgeworfen, auf Nikas Seite zu sein, sie in Schutz zu nehmen.

Sie versuchte, sich die Straße vorzustellen, die warme Abendluft, wie ihre Laufschritte auf dem Asphalt geklungen haben mussten ... War sie wütend gewesen, weil Jenny sie geschlagen hatte? Ja, das war anzunehmen.

»Seit dem Abend hast du sie nicht mehr gesehen?«, fragte Nika.

Lennard blickte zu Boden. »Doch. Montagnacht. Den Sonntag und Montag über habe ich alle halben Stunden bei ihr angerufen, aber sie ist nie rangegangen, also bin ich spätabends eben hierhergekommen. Ich hatte einfach genug, verstehst du? Bei euch war aber niemand zu Hause, und ich hatte keine Lust, durch die Lokale zu ziehen, bis ich das gefunden hätte, in dem sie gerade war.« Er strich sich das dunkle Haar aus der Stirn. »Ich habe gewartet, meine Stimmung war nicht gerade die beste. Irgendwann kurz nach Mitternacht ist Jenny dann aufgetaucht, ziemlich abgehetzt. Ich wollte mit ihr reden, aber sie hat mir überhaupt nicht zugehört. Hat mich weggeschubst.«

»Montagnacht sagst du?« Das war dann fast sechsunddreißig Stunden her. »War ich bei ihr?«

Lennard schüttelte den Kopf. »Nein. Sie hat dich auch mit keinem Wort erwähnt. Aber ich war mittlerweile so geladen, dass ich ihr erklärt habe, ich möchte sie nicht mehr sehen, nach allem, was passiert war. Erst ohrfeigt sie dich, dann geht sie über einen Tag lang nicht ans Handy, wenn ich sie anrufe – ich habe ihr erklärt, diese Art von Drama brauche ich nicht in meinem Leben.«

Er hatte mit Jenny Schluss gemacht? Das musste eine völlig neue Erfahrung für sie gewesen sein. »Was hat sie dazu gesagt?«

Ein verlegenes Lächeln ging über Lennards Gesicht. »Keine Ahnung. Ich habe mich umgedreht und bin gegangen. Sie ist mir nicht nachgekommen. Aber es war ein unschönes Ende, deshalb wollte ich noch mal mit ihr reden. Aber nachdem sie nicht da ist ...« Er zuckte mit den Schultern. »Ich kann mir schon vorstellen, warum. Sie hat sich den ersten hübschen Italiener geschnappt, der ihr über den Weg gelaufen ist, und übernachtet jetzt bei ihm. Dich hat sie eingeschlossen, als Revanche dafür, dass ich ihr vorgeworfen habe, dich geschlagen zu haben.« Wieder dieses Lächeln. »Ist also wohl meine Schuld, das hier. Sorry.«

Nika schob gedankenverloren einen Krümel auf der Tischplatte hin und her. Was Lennard sagte, klang logisch. Es klang nach Jenny. Ein paar Sekunden lang sagte niemand etwas, dann räusperte er sich. »Weißt du eigentlich noch, was du zu mir gesagt hast, im Bella Vista, bevor der Streit losging?« Nika fühlte, dass sie allmählich den Tränen nahe war. Sie konnte sich nicht erinnern, warum musste Lennard ständig in dieser Wunde bohren? »Nein. Was denn?« Er zögerte. »Du hast gewartet, bis Jenny kurz raus ist, und hast sichergestellt, dass kein anderer zuhört. Dann hast du ...« Er unterbrach sich. »Na ja, ein bisschen getrunken hattest du ja doch.«

Nika hätte ihn am liebsten geschüttelt. »Was war dann? Was habe ich?«

Es war ihm anzusehen, wie sehr er es bereute, das Thema angeschnitten zu haben. »Du hast gesagt, ich würde dir gefallen, und mich gefragt, ob das umgekehrt auch so wäre. Denn wenn ja, hättest du da eine Idee.«

Es war kaum zu glauben, der Tag konnte wirklich noch beschissener werden. Nika suchte in Lennards Gesicht nach einem Lächeln, einem Zwinkern, irgendeinem Zeichen, dass er sie auf den Arm nahm. Das Schlimme war, er konnte ihr alles erzählen, auch dass sie nackt auf der Bartheke getanzt hatte – sie würde es nicht widerlegen können. Noch nicht.

War es das, was er gerade tat? Versuchte er auszutesten, was sie ihm alles glauben würde?

»Ich bin ziemlich sicher, dass ich das nicht gesagt habe«, entgegnete sie kühl und sah, wie seine Augen sich zu Schlitzen verengten.

»Woher willst du das wissen? Ich dachte, du kannst dich an nichts erinnern?«

Sie holte tief Luft. »Erstens würde ich Jenny nicht in den Rücken fallen. Wir wohnen zusammen, meistens verstehen wir uns gut, und ich weiß, wie sehr sie dich mag.«

»Und zweitens?«

Sie lächelte angestrengt. »Zweitens wäre es eine Lüge gewesen. Du bist nicht mein Typ, und so etwas ist nicht mein Stil. Ich würde niemals jemanden fragen, ob ich ihm gefalle.«

Nun lächelte er ebenfalls. »Aus Angst vor einem Nein?«

»Aus Respekt vor mir selbst.«

Lennards Augenbrauen wanderten in Richtung Haaransatz. »Tja, trotzdem hast du es gesagt. War übrigens auch nicht das erste Mal, dass du mit mir geflirtet hast. Aber keine Sorge, ich habe es nicht ernst genommen. Und Jenny hat es nicht gehört.«

Stumm schüttelte Nika den Kopf. Sie konnte sich nicht erinnern, jemals das Bedürfnis verspürt zu haben, mit Lennard zu flirten. Wenn aber auch nur ein Funken Wahrheit in seiner Erzählung steckte, hätten sie zumindest den Grund für Jennys Wutanfall gefunden. Sie hatte es nicht gehört? Schon möglich, aber in der Clique gab es bestimmt den einen oder anderen, der es ihr gerne gesteckt hatte.

»Ich schätze, ich sollte jetzt gehen.« Lennard stand auf und spülte seine Kaffeetasse unter fließendem Wasser aus. »Wenn Jenny nach Hause kommt, sag ihr bitte, sie soll mich anrufen.«

Nika rührte sich nicht. Sie hätte ihn gern gebeten zu bleiben, ihr weiterzuhelfen, gemeinsam mit ihr herauszufinden, wo ihr Schlüssel und ihr Handy steckten. Doch nach dem, was er ihr eben erzählt hatte, würde sie das keinesfalls tun. Von wegen, er gefiel ihr. Ja, er sah gut aus, aber das allein war Nika noch nie genug gewesen.

Lennard war bereits auf dem Weg nach draußen. »Ich melde mich dann später noch mal.«

»Das könnte schwierig werden. Mein Handy ist verschwunden.«

Er hielt vor der Tür inne, Nika konnte förmlich sehen, wie er ein weiteres Kopfschütteln unterdrückte. »Schlüssel und Handy? Sonst noch etwas? Dein Pass vielleicht?«

Etwas in Nikas Innerem krampfte sich kurz zusammen – nicht wegen Lennards Spott, sondern weil sie sich fragte, ob ihr vorhin, beim Durchkramen ihrer Handtasche, der Pass zwischen die Finger geraten war. Nein. Nicht dass sie sich erinnern konnte.

»Ich rufe dich kurz mal an, okay?«, schlug Lennard vor. »Dann hören wir, ob es irgendwo in der Wohnung klingelt.«

Er suchte ihre Nummer in den Kontakten und tippte auf Wählen, dann hielt er sich das Telefon ans Ohr.

Nika lauschte, ohne große Hoffnung, und wie sie erwartet hatte, blieb es ruhig. Sekunden später senkte Lennard das Handy. »Der Teilnehmer ist derzeit nicht erreichbar«, imitierte er eine Tonbandstimme. »Scheint, als wäre dein Handy nicht am Netz.«

Was kein Wunder war, wenn es in den letzten zwei Tagen

niemand aufgeladen hatte. »Trotzdem danke.« Nika fühlte, wie eine Welle der Erschöpfung über sie hinwegschwappte. Kein gutes Zeichen, wenn man bedachte, dass sie erst vor Kurzem aufgestanden war.

»Wir bleiben schon irgendwie in Verbindung«, murmelte Lennard halbherzig. »Ich komme heute Abend noch mal vorbei, okay?« Damit drehte er sich um und ging.

3

Einige Minuten lang blieb Nika wie betäubt auf ihrem Küchenstuhl sitzen. Was war der logische nächste Schritt? Das blutbefleckte Shirt aus dem Badezimmer wegwerfen? Jenny suchen? Oder ... den Pass?

Der Gedanke an ihr wichtigstes Dokument ließ Nika nun doch von ihrem Stuhl hochschnellen. Sie trug ihn bei sich, seit sie in Italien war, in einem eigenen Fach ihrer Handtasche. Vorhin hatte sie ihn nicht bewusst wahrgenommen, aber da hatte sie auch nach etwas anderem gesucht ...

Die Tasche stand noch auf dem Bett, Nika zog den Reißverschluss des Innenfachs auf, fuhr mit der Hand hinein. Nichts. So wie vorhin schon stülpte sie sie um, leerte den gesamten Inhalt aufs Bett. Ihr Portemonnaie war da, inklusive dreiundsiebzig Euro. Ausgeraubt war sie also nicht worden. Aber nach wie vor kein Handy, keine Schlüssel und – kein Pass.

Sie ließ sich neben ihren ausgebreiteten Habseligkeiten auf die Matratze sinken. Zog aus ihrer Hosentasche den zusammengefalteten Zettel. *Weihnachten voller Angst. Halte dich fern von Einhorn und Adler ...*

Sie hätte gern geglaubt, dass sie einfach nur unsinniges Zeug gekritzelt hatte, ohne Bedeutung, aus Spaß. Aber so sah es nicht aus; die Zeilen waren hastig hingeschmiert, als hätte sie sie heimlich verfasst, als hätte ihr dabei die Angst im Nacken gesessen.

With the lights out, it's less dangerous – das war eine Zeile aus einem Songtext, da war sich Nika ziemlich sicher. Sie musste ihn weit mehr als einmal gehört haben, trotzdem fiel ihr nicht ein, um welches Lied es sich handelte. Tja, das passte ja bestens zum Allgemeinzustand ihres Hirns.

Dann auch noch das blutige Kleidungsstück in ihrem Badezimmer, die Verletzung in ihrem Gesicht, die Warnung an ihrem Spiegel. Nichts davon fühlte sich harmlos an.

Langsam stand sie auf. Auf der positiven Seite war zu verbuchen, dass sie jetzt immerhin aus der Wohnung rauskonnte. Und sie hatte ein bisschen Geld. Wahrscheinlich war es am besten, von einer Telefonzelle aus ihre Eltern anzurufen und um Hilfe zu bitten ...

Allein der Gedanke drehte ihr den Magen um. Ihre Mutter würde sofort per Express ein neues Handy schicken, sämtliche Amtswege wegen des verlorenen Passes erledigen und Nika darüber hinaus bestürmen, wieder nach Hause zu kommen. *Mein Mäuschen. Du bist doch erst neunzehn.*

Ihr Stiefvater würde seine übliche Show abziehen. *Na klar geht alles schief, du bist ohne uns völlig aufgeschmissen, du hast keine Ahnung vom Leben, dabei bist du doch schon neunzehn.*

Sie straffte die Schultern. Nein, es würde ohne Mami und Papi gehen müssen. Entschlossen marschierte sie ins Bad, bückte sich nach dem T-Shirt und betrachtete es erstmals genauer. Ein Männershirt, aber eng geschnitten. Größe L.

Sie überwand ihren Ekel und schnupperte an einer möglichst

sauberen Stelle. Ein Hauch von Schweiß, gemischt mit einem herben Duft, aber nicht dem, den Lennard verwendete.

War es denkbar, dass Jenny später dann einen Mann mit nach Hause gebracht hatte, um Lennard heimzuzahlen, dass er mit ihr Schluss gemacht hatte, um ihn gewissermaßen verspätet zu betrügen?

Aber woher kam das Blut? Und wieso war das Shirt so feucht? Niemand würde sich die Mühe machen, es noch zu waschen, wenn er erst mal die Risse im Stoff gesehen hatte.

Da war etwas mit Wasser gewesen, auf dem Zettel. Nika zog ihn noch einmal aus der Hosentasche. *Du weißt, wo das Wasser am dunkelsten ist.*

Ratlos betrachtete sie das fremde Kleidungsstück und beschloss, es nicht wegzuwerfen. Es war eines der Puzzlestücke, die richtig zusammengesetzt hoffentlich ein vollständiges Bild der zwei fehlenden Tage ergeben würden. Also hängte sie es über den Rand der alten Badewanne und beobachtete, wie ein Tropfen rosafarbenen Wassers langsam über das Emaille in Richtung Boden floss, während ihre Gedanken sich weiter im Kreis drehten. Die Bar, Jenny, dann ein schwarzes Loch. Dreckige Jeans, blutige T-Shirts, letzte Chance.

Nein. Schluss. Es hatte überhaupt keinen Sinn, weiter hier zu sitzen und zu grübeln. Auf sich alleine gestellt würde sie nie erfahren, was passiert war. Sie steckte ihr Geld und ihre Bankkarte in die rechte hintere Hosentasche. Ohne Handy und Schlüssel würde sie keine Handtasche brauchen, dachte sie grimmig.

An der Tür blieb sie unschlüssig stehen. Wenn sie sie von außen zuschlug, würde sie ohne Schlüssel nicht wieder reinkommen. Wenn sie sie nur anlehnte schon – aber dann stand sie leider auch jedem anderen offen. Allerdings befand sich kaum etwas in der Wohnung, das sich zu stehlen lohnte. Höchstens ihr Notebook ohne Akku.

Um sicherzugehen, dass die Tür nicht durch einen Luftzug zuschlug, klemmte sie eine alte Zeitung in den Spalt zum Türstock, dann machte sie sich auf den Weg.

Während sie die gewundenen Treppen nach unten stieg, versuchte sie, sich einen Plan zurechtzulegen und den Geruch von gekochtem Kohl zu ignorieren, der aus der Wohnung der Familie Budoni drang. Zuerst würde sie zur Uni laufen. Heute war Dienstag, da hatte Jenny ein Seminar, das um vierzehn Uhr begann – also in fünfundzwanzig Minuten. Das war leicht zu schaffen, selbst wenn sie gemütlich schlenderte, würde Nika kaum eine Viertelstunde brauchen.

Der Palazzo San Galgano, in dem sich die meisten geisteswissenschaftlichen Institute befanden, lag nur etwa hundert Meter vom Bella Vista Social Pub entfernt – damit stand fest, wo sie ihre Nachforschungen fortsetzen würde. Wenn das überhaupt noch nötig sein sollte, nachdem sie mit Jenny geredet hatte.

Am bogenförmigen Eingang zum Universitätsgebäude standen plaudernde Grüppchen von Studenten, doch unter ihnen entdeckte Nika kein bekanntes Gesicht. Gut möglich, dass sie im Innenhof mehr Glück hatte.

Aber es sah nicht danach aus. Dafür winkten zwei der italienischen Kommilitoninnen, mit denen Nika gelegentlich versucht hatte, ein Gespräch auf Italienisch zustande zu bringen, ihr zu. »Ciao, Nika!«

»Ciao!« Sie lächelte angestrengt. »Hai visto Jenny?«

Sie hoffte einerseits, dass das wirklich »Habt ihr Jenny gesehen« hieß, andererseits, dass die beiden überhaupt wussten, von wem die Rede war.

»Quella con i capelli scuri e gli occhi azzurri? No. Dispiace.«
Okay, sie wussten, wer Jenny war. Die brünette Mähne und die hellblauen Augen waren ihnen in Erinnerung geblieben.
»Nessun problema. Grazie.«
Von wegen, kein Problem, aber dafür konnten die beiden Mädchen nun wirklich nichts. Nika betrat das Universitätsgebäude, suchte das Institut für Geschichte, wo ihr Jenny ebenfalls nicht über den Weg lief. Gab es vielleicht einen Anschlagzettel, auf dem die Veranstaltungsorte der jeweiligen Seminare verzeichnet waren?

Neben dem Sekretariat fand sie eine Liste. Italienisch zu lesen war glücklicherweise einfacher, als es gesprochen zu verstehen. Wenn Nika richtig lag, dann fand das Seminar über die Medici-Päpste, von dem Jenny ihr erzählt hatte, in Raum 3 statt.

Dessen Tür war schon geschlossen. Sie überlegte, ob sie anklopfen sollte, aber das war eigentlich Blödsinn. Es kamen ständig Studenten zu spät zu den Vorlesungen, niemand achtete groß darauf, wenn jemand leise eintrat.

Sie drückte die Klinke hinunter und öffnete die Tür einen Spalt weit. Die Dozentin wandte nicht einmal den Kopf, von den zehn oder zwölf Studierenden blickten nur zwei desinteressiert hoch.

Jenny war nirgendwo zu entdecken. Mit einem unterdrückten Fluch zog Nika die Tür wieder zu. Ihre eigene Vorlesung in Kunstgeschichte würde in einer halben Stunde beginnen, aber darauf würde sie sich heute ohnehin nicht konzentrieren können.

Sie drehte eine schnelle Runde durch das Institut und überlegte dabei krampfhaft, wo Jenny sich normalerweise aufhielt, wenn sie Vorlesungen schwänzte. Nicht in der Mensa, die sie scheußlich fand. Seelenlos, wie eine Bahnhofswartehalle. Der Bella Vista Social Pub hatte noch geschlossen, aber ... das Soul Café war eine echte Möglichkeit. Hell, schick, mit wirklich gutem Kaffee. Sie hatten dort schon ganze Tage verbracht, manchmal lernend, meistens herumalbernd.

Sich in das Café zu setzen war auf jeden Fall besser, als in die leere Wohnung zurückzukehren, zu ihrem leblosen Notebook und dem blutbefleckten T-Shirt.

Wie immer um diese Zeit war das Café ein wenig schwächer besucht als morgens oder am späteren Nachmittag. Schon beim Eintreten taxierte Nika alle Gäste, die rund um die Tische saßen; suchte nach Jennys kastanienfarbener Mähne und hätte fast erleichtert aufgelacht, als sie sie entdeckte, an einem der hinteren Tische. Erst im Näherkommen wurde ihr klar, dass das Mädchen kleiner war als Jenny. Die letzte Hoffnung schwand, als die Studentin lachte, hoch und laut. Eine ihrer Freundinnen hatte ein paar der handbeschriebenen Zettel vom Tisch gefegt, die sich nun neben und unter dem Tisch verteilten. Das Mädchen, das Nika für Jenny gehalten hatte, kniete sich auf den Boden und begann, alles aufzusammeln.

Nika lief die Treppe hoch in die obere Etage, doch dort war nur ein einziger Tisch besetzt, von drei älteren Frauen, die sich lautstark unterhielten.

Mutlos ging Nika wieder nach unten und setzte sich an einen der freien Tische. Wenige Augenblicke später war die Kellnerin da, eine hübsche Mittzwanzigerin mit dunkel schimmernden Augen, die Paola hieß, wie Nika sich erinnerte. »Ciao. Cosa ti porto?«

Mechanisch bestellte sie einen Latte Macchiato. Die Kellnerin lächelte und wollte sich auf den Weg zurück zur Theke machen, doch Nika hielt sie am Arm fest. Fragte sie, ob sie sich noch an Jenny erinnerte, ihre Freundin, mit der sie ein paarmal hier gewesen war.

Jedenfalls hoffte sie, dass es das war, was sie fragte. Paola sah ratlos drein. »Jenny?«

»Si.« Nika versuchte es noch einmal, in einer hilflosen Mischung aus Italienisch, Englisch und Deutsch, bis Paola lachend abwinkte. »Ich erinnere mich an sie«, antwortete sie auf Englisch. »Du suchst nach ihr?«

»Ja. Hast du sie heute irgendwann gesehen?«

Paola dachte nur kurz nach und schüttelte dann energisch den Kopf. »Nein, ganz sicher nicht.«

»Und ... gestern?«

»Auch nicht.« Die Kellnerin zog sich einen Stuhl heran, offensichtlich stand Nika ihre Not ins Gesicht geschrieben.

»Maybe – vielleicht ist sie ans Meer gefahren. Das machen jetzt viele, es war ziemlich warm die letzten Tage. Wenn du möchtest, gib mir deine Handynummer, und wenn sie vorbeikommt, sage ich ihr, sie soll dich anrufen.« Sie zog ihr Handy aus einer Tasche ihrer Schürze. »Meine Kollegin, die große schlanke – erinnerst du dich? So blond wie du.«

Nika nickte benommen.

»Ist auch ans Meer gefahren. Hat sich einfach freigenommen und schreibt, sie kommt erst in einer Woche zurück.« Paola hielt Nika eine geöffnete Textnachricht unter die Nase, auf der neben der italienisch verfassten Mitteilung eine Reihe Sonnen-, Wellen- und Fisch-Emojis zu sehen waren. »Putana«, murmelte sie. »Hat uns total im Stich gelassen, schon vor vierzehn Tagen. Aber der Chef will sie nicht entlassen, er sagt, sie kann ruhig jetzt ihren Urlaub nehmen.« Paola wischte ein paar Krümel vom Tisch. »Seit zwei Wochen habe ich keinen freien Tag gehabt. Ich hoffe, deine Freundin ist schneller wieder zurück.«

Nika betrachtete nachdenklich die Tischplatte. War es Jenny zuzutrauen, dass sie sich auch einfach für einen Kurzurlaub ans Meer absetzte? Es war nicht weit von hier, die nächsten Badeorte lagen vielleicht hundert Kilometer entfernt. Jenny hatte einiges übrig für Abenteuer, für spontane Trips – allerdings war es dann restlos unverzeihlich, dass sie Nika eiskalt in der Wohnung eingeschlossen hatte.

»Ich kann dir keine Handynummer geben«, murmelte sie. »Ich habe mein Smartphone verloren.«

»Merda.« Paola zuckte mit den Schultern und stand auf. »Ich bringe dir jetzt erst mal deinen Kaffee.«

Komisches Gefühl, ganz ohne Gesellschaft und ohne Ablenkung durch ein Handy allein in einem Lokal zu sitzen. Nika hielt Ausschau nach Zeitschriften, fand eine und begann unkonzentriert darin zu blättern. Bemühte sich, wenigstens einen der Artikel zu lesen, verlor aber nach der Hälfte das Interesse. Ihr Stiefvater hatte recht gehabt – es war unvernünftig, sich auf ein Auslandssemester einzulassen, wenn man die Sprache des Landes kaum sprach. Und keine große Lust hatte, vorher Sprachkurse zu besuchen. Und die dann auch im Land selbst noch schwänzte.

In Nikas Innerem breitete sich das vertraute dunkle Gefühl aus, das sie schon begleitete, seit sie zehn war. Verachtung. Für sich selbst. Die anderen hatten ihr Leben alle im Griff, sie wussten, was sie wollten, hatten herausgefunden, wo ihre Talente lagen.

Nika hatte keine, da war sie sich allmählich sicher. Sie war mittelmäßig sportlich, mittelmäßig musikalisch, mittelmäßig sprachbegabt. Und nun studierte sie Kunstgeschichte, beschäftigte sich ständig mit Genies, die der Welt fantastische Werke hinterlassen hatten. Etwas, das ihr nie gelingen würde, aber das war nicht so schlimm. Schlimm war, dass ihr auch für dieses Studium die Begeisterung fehlte und sie keine Ahnung hatte, was sie später damit anfangen sollte. So wie mit ihrem Leben überhaupt.

Sie hatte angefangen, am Nagel ihres kleinen Fingers zu beißen, das bemerkte sie erst jetzt und zog ihn schuldbewusst aus dem Mund, genau in dem Augenblick, als Paola mit ihrem Kaffee kam.

»Grazie.« Sie blickte hoch, lächelnd. Dabei fiel ihr Blick aus dem Fenster zur Straße und begegnete dem eines Mannes, der ins Café spähte.

Etwas in Nika schrak zurück, heftig, aber völlig grundlos. Sie kannte den Mann nicht, da war sie sicher. Sie hätte sich sein Gesicht gemerkt, denn darin war sie tatsächlich nicht bloß mittelmäßig. Ihr fotografisches Gedächtnis hatte ihre Mutter schon zum Staunen gebracht, als sie noch klein gewesen war, und es war wahrscheinlich der einzige Grund dafür, dass sie die Schule mit einigermaßen guten Noten abgeschlossen hatte.

Den Mann vor dem Fenster hatte sie jedenfalls noch nie gesehen, trotzdem war da etwas ... Vertrautes an ihm. Vertraut und erschreckend in gleichem Ausmaß.

Nun wandte er den Blick ab und ging schnell weiter, verschwand aus Nikas Sichtfeld. Hatte er es ihretwegen so eilig? Hatte er sie etwa erkannt, und sie konnte sich nur deshalb nicht an ihn erinnern, weil sie dieses verfluchte Blackout hatte?

Aber – er hatte ganz bestimmt nicht zu ihrer Gruppe gehört, er war sechs oder sieben Jahre älter als sie. Mitte oder Ende zwanzig, schätzte Nika. Weißes, kurzärmeliges Hemd; unter dem linken Ärmel hatte ein Teil eines Tattoos hervorgelugt, Nikas Ansicht nach der Stachel eines Skorpions.

Der Mann war ziemlich sicher Italiener, der dunklen Haarfarbe und dem gebräunten Teint nach zu schließen. Wahrscheinlich war er nur ein Passant gewesen, der sich kurz überlegt hatte, hier einen Kaffee zu trinken – aber warum hatte sein Anblick Nika dann so erschreckt?

Weil ich völlig aus dem Takt geraten bin, dachte sie. Ist doch auch kein Wunder, so wie die Dinge stehen.

Sie schüttete Zucker in ihren Kaffee und rührte um. Die nächsten Schritte musste sie sich gründlich überlegen. Am besten würde sie gleich noch einmal zurück in die Wohnung gehen, vielleicht war Jenny ja wieder dort. Außerdem beunruhigte es sie insgeheim doch, dass sie die Tür nicht abgeschlossen hatte. Auch wenn es wirklich nicht viel zu klauen gab, war die Vorstellung nicht schön, dass jemand in ihren Sachen wühlte. Und wenn es nur die neugierige Frau des Hausmeisters war.

Irgendwie musste Nika auch wieder an ihr Handy kommen oder sich ein neues beschaffen. Mist. Das würde nicht nur teuer werden, sondern auch einen Rattenschwanz an unangenehmen Fragen nach sich ziehen. Besonders, wenn sie zu Hause anrief, um dort ihre neue Nummer bekannt zu geben.

Was ist mit deinem Handy passiert?
Das war doch noch nagelneu!
So achtest du also auf deine Sachen.
Man kann dich wirklich noch nicht alleine lassen.

Sie konnte die Stimme ihres Stiefvaters förmlich hören, und im Hintergrund die beschwichtigenden Töne ihrer Mutter.

Ach Ulrich, lass sie doch.

Es war zum Kotzen. Nika löffelte zuckrigen Milchschaum von ihrem Kaffee. Vielleicht war es am besten, zur Polizei zu gehen. Immerhin war es sehr wahrscheinlich, dass man sie bestohlen hatte, es waren Handy, Pass und Teile ihres Notebooks weg. Das hatte sie keinesfalls einfach alles verloren.

Andererseits würde Jenny sie erwürgen, wenn sich am Ende herausstellte, dass sie es gewesen war, die Nikas Sachen mitgenommen hatte – warum auch immer. Irgendeinen Grund musste es gehabt haben, und der würde ein Einschreiten der Polizei mit Sicherheit nicht rechtfertigen.

Nika seufzte. Sie drehte sich im Kreis, es gab nichts, das sie sinnvollerweise tun konnte, bevor sie nicht mit Jenny gesprochen hatte.

»Tutto a posto?« Neben ihr war Paola aufgetaucht, einen kleinen Teller mit drei Keksen in der Hand, den sie jetzt neben Nika abstellte.

»Si. Tutto bene«, log sie. Es war bei Weitem nicht alles in Ordnung, aber die nette Kellnerin aus dem Soul Café würde ihr kaum helfen können.

Nika trank aus, bezahlte und ging. Den Weg zurück zur Wohnung legte sie erst langsam, dann immer schneller zurück, weil sie das Gefühl nicht loswurde, dass jemand sie beobachtete. Oder sogar verfolgte.

Doch sooft sie sich auch umwandte, sie konnte nie jemanden entdecken. Natürlich waren da Menschen, jede Menge sogar, aber keiner von ihnen schenkte ihr besondere Aufmerksamkeit oder schien ihr auf den Fersen zu sein.

Schon gar kein fremder Italiener mit einem auf den Arm tätowierten Skorpion.

Die Wohnung in der Via della Fonte war immer noch genauso verlassen wie bei Nikas Aufbruch. Keine Spur von Jenny. Nika durchforstete alle Zimmer, suchte nach einem Hinweis darauf, dass ihre Mitbewohnerin in der Zwischenzeit hier gewesen war, doch das schien nicht der Fall gewesen zu sein. Die Jacken hingen noch genau so in der Diele wie vorhin, in der Küche hatte niemand die Tassen abgespült oder über den Tisch gewischt, und im Badezimmer hing immer noch das fremde Shirt über dem Badewannenrand. Eine Art nebeliger Streifen am Spiegel zeigte, wo sie die Zahnpastaschrift nicht gründlich weggeputzt hatte.

Ratlos und innerlich leer ließ Nika sich auf ihr Bett fallen. Sie würde Jenny bis morgen früh Zeit geben. Wenn sie bis dahin nichts von ihr gehört hatte, würde sie zur Polizei gehen und ihren Kram vermisst melden. Hoffentlich sprach dort jemand ein bisschen Englisch.

Und jetzt gleich würde sie ein paar Einkäufe machen, es war kaum noch etwas Essbares im Haus. Kein Waschmittel – der Gedanke rief sofort wieder das Bild des blutigen Shirts in ihr wach –, außerdem keine Milch, kaum noch Wasser und nur noch ein kleiner Rest Kaffee.

Seufzend richtete sie sich auf. Eigentlich war Jenny mit dem Einkauf dran gewesen, aber da konnte man jetzt nichts machen. Immerhin würde Nika die nächste Stunde lang beschäftigt sein.

Insgesamt brauchte sie dann über zwei Stunden, denn sie ließ sich extra viel Zeit. Schlenderte noch ein wenig über die Piazza del Campo, hob Geld am Automaten ab und genoss die Strahlen der späten Nachmittagssonne, die die roten Ziegelbauten noch röter färbte. Dabei hielt sie Ausschau nach Jennys Auto, einem kleinen silberfarbenen Polo, der oft ganze Straßenzüge entfernt abgestellt war – in Siena einen Parkplatz zu finden war keine einfache Sache. Tatsächlich entdeckte Nika ihn in der Via Sant'Agata, unweit der Universität. Falls Jenny am Meer war, dann war sie also mit jemandem mitgefahren. Oder sie war gerade zurückgekommen und Nika würde sie endlich zur Rede stellen können.

Erst als sie sich mit ihrem Rucksack voller Lebensmittel auf den Weg zurück in die Via della Fonte machte und merkte, wie sie dabei immer langsamer wurde, gestand sie sich ein, dass sie sich absichtlich so viel Zeit ließ. Weil sie befürchtete, beim Nachhausekommen die Wohnung immer noch leer vorzufinden.

Beim Einbiegen in die Via della Fonte erhaschte sie nur noch einen flüchtigen Blick auf eine groß gewachsene Gestalt, die in offensichtlicher Eile eben in der nächsten Seitengasse verschwand.

Das Atmen fiel ihr plötzlich schwer. Natürlich konnte sie sich irren. Viele Italiener trugen Jeans und weiße T-Shirts; sie hatte weder das Gesicht des Mannes noch ein Skorpion-Tattoo an seinem Arm sehen können.

Wahrscheinlich war es jemand ganz anderes gewesen. Trotzdem hatte sie unbewusst begonnen, schneller zu gehen, und war nun doch froh, als sie die Eingangstür ihres Hauses aufdrücken und die Stiegen zur Wohnung hinauflaufen konnte.

Schon als sie den ersten Schritt hineingetan und den Rucksack abgestellt hatte, wusste sie, dass ihre Hoffnung vergebens gewesen war. Die Wohnung fühlte sich ebenso leer an wie zuvor. Keine Jenny. In Nikas Wut mischte sich nun erstmals auch ein

Hauch von Sorge: Was, wenn es Jenny nicht gut ging? Wenn sie einen Unfall gehabt hatte? Dann konnte niemand Nika verständigen, weil ihr verdammtes Scheiß-Handy verschwunden war.

Sie räumte die Einkäufe in den Kühlschrank, schaltete dann den Fernseher ein und versuchte, sich auf das Programm zu konzentrieren. Erst halb sieben und sie fühlte sich schon wieder müde. Für ein paar Sekunden schloss sie die Augen, atmete tief durch – und hatte plötzlich das Gefühl, sich doch an etwas erinnern zu können. Es war wie ein verschwommenes Bild, das langsam schärfer wurde und ihr namenlose Angst einjagte, obwohl sie noch nichts darauf erkennen konnte.

Dann war es weg. Im nächsten Moment wurde die Wohnungstür geöffnet. Oh Gott, sie hatte sie angelehnt gelassen. Ohne nachzudenken, sprang Nika auf und wich zur Wand zurück.

»Jenny?« Das war Lennard. »Jenny, bist du da?«

»Nein«, antwortete Nika schwach. »Ist sie immer noch nicht.« Meine Güte, war das albern, so zu erschrecken. Lennard hatte schließlich angekündigt, heute noch einmal vorbeikommen zu wollen, sie sollte froh sein.

Er trat in die Küche, das Haar etwas weniger ordentlich als sonst, in der Hand eine Flasche Wein. Er stellte sie auf dem Küchentisch ab, betrachtete sie einige Sekunden lang und setzte sich.

»Wie ich diese Spielchen hasse.« Mit entschuldigendem Blick griff er nach der Fernbedienung und schaltete auf Nikas bestätigende Geste hin den Ton aus.

»Sie weiß genau, dass wir uns die Köpfe darüber zerbrechen, wo sie steckt, aber sie meldet sich noch nicht mal bei dir.« Lennards Zornfalten nach zu schließen, war er wirklich sauer, das konnte sich schon aufs logische Denken schlagen. Sonst wäre ihm klar gewesen, dass es unmöglich war, mit Nika Kontakt aufzunehmen, solange ihr Handy verschwunden war. »Okay, ich habe gewissermaßen mit ihr Schluss gemacht, aber aus Rache einfach vom Erdboden verschwinden, das ist nicht in Ordnung. Sie will mir ein schlechtes Gewissen machen, ich kenne sie ...«

»Hast du noch einmal versucht, sie anzurufen?«

»Natürlich. Sprachbox.«

»Die Kellnerin aus dem Soul Café meinte, sie könnte spontan ans Meer gefahren sein, so wie eine ihrer Kolleginnen. Ist ja auch warm gewesen die letzte Zeit.« Nika merkte, wie Lennard sie mit seinem Ärger auf Jenny ansteckte. Sie erinnerte sich nicht an die angebliche Ohrfeige, aber für ihr Verschwinden musste Jenny jetzt schon eine wirklich gute Erklärung auftischen. Erst recht, wenn sie tatsächlich Nikas Handy und Schlüssel mitgenommen hatte.

»Möchtest du?« Lennard deutete auf die Weinflasche. »Ich nehme sie nicht wieder mit.«

»Okay.« Nika holte zwei Weingläser und den Korkenzieher aus dem Regal und stellte sie auf dem Tisch ab, dazu einen Korb mit Panini und eine Schüssel mit Oliven, die sie von ihrem Einkaufstrip mitgebracht hatte.

Ganz bewusst setzte sie sich danach wieder an den gleichen Platz wie zuvor; um jeden Preis würde sie vermeiden, dass Lennard ihr noch einmal mit solchen Unterstellungen kam. Von wegen, er würde ihr gefallen.

»Salute.« Er reichte ihr eines der Gläser, halb gefüllt mit Rotwein, der fast schwarz war, dunkler als Blut.

Sie stießen an, tranken. Dann breitete sich das zwischen ihnen aus, was Nika befürchtet hatte. Schweigen.

»Also, was machen wir?«, fragte Lennard schließlich, jetzt nicht mehr gereizt, sondern wirklich ratlos.

»Zur Polizei gehen?«, schlug Nika vor. »Ich muss sowieso meinen Pass gestohlen melden, da können wir auch gleich eine Vermisstenmeldung aufgeben.«

Sie konnte Lennard am Gesicht ablesen, dass der Gedanke ihm nicht gefiel. »Ich weiß nicht. Die Polizei hier ist anders als bei uns zu Hause. Speziell dann, wenn man die Sprache nicht spricht, einen Kumpel haben sie vor drei Wochen einfach einen Tag und eine Nacht lang eingelocht. Ohne Grund. Er war bloß ein bisschen angeheitert und ist in den Brunnen am Campo gehüpft.« Lennard schüttelte den Kopf. »Polizei nur, wenn es gar nicht anders geht.«

Merkwürdige Argumentation, fand Nika. Sie würden weder betrunken sein noch in öffentlichen Brunnen herumplanschen, sondern den Verlust eines Passes und einer Freundin bekannt geben. Wo war da das Problem?

Sie redeten nicht mehr allzu viel, während jeder an seinem Wein nippte. *With the lights out, it's less dangerous,* ging es Nika durch den Kopf. *Cor magis tibi sena pandit.*

Sollte sie Lennard fragen, ob er mit einer der Zeilen etwas anfangen konnte? Es war einerseits verlockend, andererseits sträubte Nikas Instinkt sich dagegen. Sie konnte sich zwar nicht erinnern, wann und warum sie die Rückseite des Werbezettels vollgekritzelt hatte, aber es war durchaus möglich, dass sie einen Grund dafür gehabt hatte, in Rätseln zu schreiben. Damit niemand sonst etwas mit ihren Notizen anfangen konnte.

Vielleicht hatte sie dabei jemand Bestimmten im Sinn gehabt.

Vielleicht war es Lennard gewesen.

Er ging erst kurz vor zehn, da war die Weinflasche längst leer. »Ich mache noch eine Runde durch die üblichen Lokale, kann ja sein, dass ich Jenny dort irgendwo finde.«

Nika stimmte ihm zu, erleichtert, dass er endlich aufbrach. Das Gespräch war zwar doch in Gang gekommen, aber es war alles andere als locker gewesen. Sie hatten beide das Thema Jenny gemieden, und darüber hinaus war Nika etwa so entspannt gewesen wie ein Stück Holz, weil sie keinesfalls etwas sagen wollte, das Lennard ihr als Annäherungsversuch auslegen konnte.

Als sie aufstand, um die Gläser abzuspülen, merkte sie erst, wie müde sie war. Als hätte sie tagelang durchgemacht, was eigentlich nicht sein konnte. Oder doch. Sie war heute Mittag aufgewacht, aber wie lange sie davor geschlafen hatte – keine Ahnung.

Sie beschloss, das mit dem Warten für heute sein zu lassen und sich stattdessen einfach hinzulegen. Sie würde es hören, wenn Jenny nach Hause kam, da war sie sich sicher.

4

Das Geräusch war vertraut, trotzdem riss es Nika unmittelbar aus dem Schlaf. Ein Schlüssel, der ins Schloss gesteckt wurde.

Sie setzte sich im Bett auf. Das musste nun endlich Jenny sein, Gott sei Dank. Und egal wie spät es war, sie würde Nika jetzt ihre Fragen beantworten, ob sie wollte oder nicht.

Der Schlüssel wurde gedreht, vorsichtig, bis er an einen Widerstand stieß. Weil die Tür nur zugezogen, nicht versperrt war. Hatte Jenny damit gerechnet, dass Nika sich bis jetzt nicht hatte befreien können?

Das übliche leise Quietschen der Scharniere, als die Tür aufgedrückt wurde. Dann ein Schritt in die Diele hinein. Verharren. Ein zweiter Schritt.

Nika fühlte, wie ihre Kehle sich verengte. Das war nicht Jenny, das war jemand, der sich bemühte, leise zu sein.

In einer einzigen schnellen Bewegung glitt Nika unter der Decke hervor und legte sich auf den Boden zwischen Bett und Fenster. Ein lächerliches Versteck, wenn der Jemand in der Diele hier war, um ihr etwas anzutun, aber besser, als sich schlafend zu stellen – das würde niemand ihr abkaufen, so hektisch, wie ihr Atem ging.

Draußen ein Schritt, noch einer. Nicht auf Nikas Zimmer zu, sondern auf Jennys. Wieder eine Tür, die sich öffnete. Dann sekundenlang Ruhe.

Nika fühlte, wie ihr Magen rebellierte, wie die Angst ihn zu einem kleinen harten Ball schrumpfen ließ, der den Wein und die Oliven von heute Abend nach oben drückte.

Nicht jetzt, bitte nicht jetzt ...

Wieder Schritte, langsam und schwer. Das war ganz sicher ein Mann, das musste ein Mann sein. Der sich jetzt vermutlich in der Küche umsah, aber nicht lange, denn nun kamen die Schritte wieder näher. Nika spähte unter dem Bett hindurch auf den Spalt zwischen Tür und Boden, sah einen Lichtstrahl, der flüchtig die hellen Steinfliesen der Diele berührte und wieder verschwand.

Dann, langsam und fast geräuschlos, öffnete sich die Tür zu ihrem eigenen Zimmer.

Nika presste die Lippen aufeinander, damit ihr kein Laut entwischte. Ihr Besucher trug schwarze Sportschuhe, das war das Letzte, was sie sah, bevor sie die Augen schloss und den Atem anhielt, gefasst darauf, dass eine Hand sie packen und auf die Beine zerren würde, und dann ...

Der Mann verharrte knapp hinter der Schwelle. Hatte er sie gesehen? Spürte er ihre Anwesenheit? Glitt der Schein seiner Lampe gerade über ihr Bett und er zählte eins und eins zusammen?

In dem Augenblick, in dem Nika aufgeben, sich aufrichten und den Mann anflehen wollte, ihr nichts zu tun, verließ er ihr Zimmer und schloss die Tür hinter sich.

Nika presste beide Hände vor den Mund, damit er keinesfalls ihr Wimmern hörte. Der Puls in ihrem Kopf war so laut, dass sie kaum noch etwas anderes wahrnahm. War der Einbrecher noch da? Kam er noch einmal herein? Oder war er gegangen? Nur drei oder vier Minuten später glaubte sie doch etwas zu hören. Die Wohnungstür, die geöffnet und wieder geschlossen wurde. Dann – Schritte auf den Treppen? Vielleicht. Vielleicht war es aber auch nur Einbildung, Wunschdenken, das ihr nun auch vorgaukelte, dass die Tür zur Straße ins Schloss fiel.

Wenn sie jetzt aufsprang, schnell, hatte sie eine Chance, ihn zu sehen, wie er im Licht der Straßenlaternen davonging. Oder aber das Geräusch verriet sie, wenn er doch noch hier war …

Nika blieb liegen. Sie zählte zweimal bis hundert, dann noch einmal, um sicherzugehen. Die ganze Zeit über lauschte sie, doch es war nichts mehr zu hören, nur das Hämmern ihres eigenen Herzens.

Schließlich richtete sie sich auf, sehr vorsichtig, sehr leise. Machte einen Schritt auf die Tür zu, horchte. Nichts, außer einem Hund, der in die Nacht bellte. Sein aufgeregtes Kläffen war wie ein Geschenk, es schluckte das Knarzen des Holzbodens in ihrem Zimmer.

Die Diele war dunkel wie ein Verlies, der Fliesenboden unter Nikas nackten Füßen kühl. Nein, da war niemand mehr. Sie schlich mit angehaltenem Atem in die Küche, griff sich eines der langen Tranchiermesser von der Anrichte und schaltete das Licht an. Bemerkte mehr nebenbei, dass eines der anderen Messer aus dem Messerblock fehlte. Wenn das der Einbrecher bei sich hatte …

Zitternd stand sie in der hellen Küche. Das Licht würde den Eindringling entweder anlocken oder vertreiben, dachte Nika, aber es blieb alles ruhig. Er war tatsächlich gegangen. Sie war wieder alleine, trotzdem behielt sie das Messer in der Hand, während sie die restlichen Räume inspizierte. In Jennys Reich hatte sich nichts verändert, in ihrem eigenen Zimmer war auch noch alles an seinem Platz.

Mit einem mulmigen Gefühl im Bauch wandte Nika sich dem Badezimmer zu, halb in Erwartung einer neuen Botschaft auf dem Spiegel. *Chance verpasst* oder *Das war's* oder etwas ähnlich Bedrohliches.

Doch der Spiegel war sauber. Gewissermaßen. Zumindest sah er nicht anders aus als zuletzt. Das Verstörendste, was darin zu sehen war, war Nika selbst – nur mit einem T-Shirt bekleidet, das Gesicht blass mit dunklen Augenringen, in der rechten Hand ein langes Messer. Sie sah gefährlich aus, stellte sie mit Unbehagen fest. Gefährlich und verrückt.

Der Hund hatte zu bellen aufgehört, und Nika legte das Messer ins Waschbecken, wo es völlig deplatziert wirkte. So konnte es nicht weitergehen, sie brauchte Hilfe. Wenn Jenny sie so hängen ließ, würde sie eben jemand anderen darum bitten müssen.

Den Gedanken, dass Jenny vielleicht nicht freiwillig fortblieb, drängte Nika sofort wieder beiseite. Sie war der Typ, der sich überall gut durchschlug, sie beherrschte die Sprache und sie war ausgesprochen wild auf neue Erlebnisse. Aus einer Trotzreaktion heraus alle in Aufruhr zu versetzen, sah ihr durchaus ähnlich. Später würde sie sich wortreich entschuldigen, Nika in den Arm nehmen, sie mit ein paar der üblichen Floskeln – meine Hübsche, meine Prinzessin – umschmeicheln und zur Tagesordnung übergehen.

Wenn ich das zulasse, dachte Nika. Gut möglich, dass ich die Nase voll habe und mir eine andere Bleibe suche, es hängen jede Menge Zettel an der Uni aus, auf denen freie WG-Zimmer angeboten werden.

Allerdings nicht mitten im Stadtzentrum und bezahlbar dazu.

Nika sah sich um. Würde sie sich in dieser Wohnung je wieder sicher fühlen können, nachdem heute Nacht plötzlich ein Fremder in ihrem Zimmer gestanden hatte? Oder würde sie von nun an mit dem Messer unter dem Kissen schlafen?

Sie seufzte. Am besten abwarten. Sich Jennys Erklärung für das ganze Chaos anhören und dann erst eine Entscheidung treffen. Die Nacht war nicht mehr lang, der Mann war gegangen, fürs Erste war alles wieder in Ordnung. Wenn sie einen Stuhl fand, mit dem sie die Türklinke blockieren konnte, würde sie vielleicht sogar wieder einschlafen.

Nika wandte sich vom Spiegel ab und wollte das Badezimmer verlassen, als etwas sie innehalten ließ. Nichts, das sie sah, ganz im Gegenteil. Etwas, das fehlte.

Der Badewannenrand war völlig frei. Das T-Shirt war verschwunden.

5

Nika saß vornübergebeugt auf Jennys Bett, den Kopf in die Hände gestützt. Den vorangegangenen Tag hatte sie sich alle Mühe gegeben, an einen harmlosen Grund für das zu glauben, was geschehen war. Damit war es jetzt vorbei. Jemand war eingebrochen, um sich sein zerrissenes, blutbeflecktes T-Shirt wiederzuholen. Dafür musste er wirklich gute Gründe haben. Beweise beiseiteschaffen zum Beispiel.

Das Blut ist nicht deines. Nein, Nikas war es ganz sicher nicht. Wenn es das des Eindringlings gewesen war, dann lag es auf der Hand, warum er es wiederhaben wollte. Das Shirt musste eine Spur gewesen sein, ein Beweis für … irgendetwas.

Langsam stand Nika auf. Ging zu Jennys Schreibtisch und zog die Schubladen auf, eine nach der anderen. Kurz nachdem Nika hier angekommen war, hatte Jenny ihr erzählt, sie habe ein zweites Handy, mit einer italienischen SIM-Card, prepaid. »Lohnt sich aber gar nicht«, hatte sie angefügt. »Mein Tarif ist so günstig, da macht das kaum einen Unterschied. Ich schätze, ich verkaufe es.«

Dass dieses Handy vielleicht noch existierte, war Nika erst jetzt wieder eingefallen, zu Gesicht bekommen hatte sie es ja nie.

Die erste Schublade war vollgestopft mit Schreibkram – Kugelschreiber, Klebeband, eine Heftmaschine, ein Locher, ein auseinandergebrochener Radiergummi. Briefumschläge, Klarsichthüllen, Kartuschen für den Drucker.

In der zweiten Lade bewahrte Jenny das Druckpapier auf, sonst nichts. Die dritte dagegen erwies sich als ausgesprochen interessant.

Einige USB-Sticks, auf denen Jenny bekanntermaßen mehrfache Backups für ihre Seminararbeiten anlegte, neben denen in der Cloud. Drei kleine Flaschen Parfum. Und zwei Medikamentenschachteln.

Valetta stand auf einer davon – das war die Pille, Nika kannte die Marke, sie hatte sie selbst ein halbes Jahr lang verwendet. Mit dem Gefühl, ein ganzes Stück zu weit in Jennys Privatsphäre einzudringen, zog sie den angebrochenen Blister heraus und drehte ihn um.

Die letzte Pille war am Samstag herausgedrückt worden. Die Dosierungen für die vergangenen drei Tage waren unberührt geblieben.

Diese Tatsache beunruhigte Nika stärker als das meiste andere, was geschehen war. Sie wusste, wie genau Jenny es mit der Verhütung nahm, sie war schon einmal auf halbem Weg zur Uni wieder nach Hause gelaufen, weil sie die Einnahme vergessen hatte.

Der Aufdruck auf der zweiten Packung lautete Phenazepam, was Nika überhaupt nichts sagte. Sie zog den Beipackzettel heraus und überflog die ersten Zeilen. Phenazepam gehörte zu der Gruppe der Benzodiazepine, es war ein Beruhigungsmittel, das beispielsweise vor Operationen eingesetzt wurde, half bei Schlafstörungen und bei … Epilepsie.

Nika atmete tief durch. Jenny hatte weder Anzeichen von Schlafstörungen gezeigt, noch hatte sie je in Nikas Gegenwart einen epileptischen Anfall erlitten. Aber das hieß natürlich nichts, sie konnte trotzdem Epileptikerin sein.

Wenn es so war, musste Lennard das wissen, oder? Vor ihm würde sie es doch nicht geheim gehalten haben?

Hektisch durchwühlte Nika den Rest des Schreibtischs, fand aber nirgends das Handy. Es lag auch nicht im Kleiderschrank, nicht auf dem kleinen Regal, wo Jenny Bücher und Krimskrams in wilder Mischung nebeneinanderdrapiert hatte.

Nika wusste, dass es keinen Zweck hatte weiterzusuchen, trotzdem hörte sie nicht auf. Die Aktivität tat ihr gut, hielt sie vom Grübeln ab. Irgendwo musste das Handy sein, und mit Sicherheit hatte Jenny Lennards Nummer darin eingespeichert.

Es war jetzt kurz nach drei. Sie würde ihn um diese Zeit nicht anrufen, aber allein die Möglichkeit zu haben, wäre beruhigend gewesen.

Am Ende kniete Nika sich vor Jennys Bett und tastete mit der Hand unter die Matratze. Erst am Kopfende, dann arbeitete sie sich langsam nach unten bis zum Fußende. Und stieß auf etwas Kleines, Hartes. Ganz bestimmt kein Handy, es fühlte sich eher an wie ... eine Münze.

Sie zog ihren Fund heraus. Es war eine einfache goldene Scheibe, etwa so groß wie ein Zwei-Euro-Stück, in die ein paar Worte graviert worden waren: *Nel tuoi occhi si specchia il mio mondo.*

Um das zu verstehen, war Nikas Italienisch gut genug: In deinen Augen spiegelt sich meine Welt.

Sie setzte sich auf den Boden und betrachtete das Schmuckstück genauer. Ein Anhänger; da war eine kleine Öse, durch die man eine Kette ziehen konnte. Nika hatte Jenny nie damit gesehen, aber das war auch kein Wunder. Einen Anhänger mit so einem Spruch kaufte man sich nicht selbst, den bekam man geschenkt. Sehr unwahrscheinlich, dass in diesem Fall Lennard der Schenkende gewesen war – er war überhaupt nicht der Typ für Sprüche dieser Art. Außerdem war die Scheibe schwer, sie musste wirklich teuer gewesen sein. Und vermutlich hätte Lennard keinen italienischen Spruch gravieren lassen …

In Nikas Kopf formte sich eine Geschichte, die zwar nicht schön, aber schlüssig war. Jenny hatte einen zweiten Freund, einen Einheimischen, den sie vor Lennard geheim hielt. Wahrscheinlich war sie jetzt gerade bei ihm und tauchte deshalb nicht in der Wohnung auf. Den Beweis für dieses Verhältnis hatte sie gut versteckt, aber …

Die Erinnerung an das blutige T-Shirt schob sich unvermittelt in Nikas Bewusstsein und passte plötzlich perfekt ins Bild. Was, wenn Lennard Jennys doppeltes Spiel durchschaut und seinen Konkurrenten zur Rede gestellt hatte? Sie waren aneinandergeraten, bis einer von ihnen verletzt gewesen war. Nicht Lennard, der wirkte ausgesprochen fit.

Konnte es sein, dass er vorhin in der Wohnung gewesen war, um das T-Shirt zu holen? Weil es ein Beweis für seine Tat war?

Nika schüttelte den Kopf. Nein. Eine Tatwaffe verschwinden zu lassen, das war verständlich. Aber ein zerfetztes Kleidungsstück bewies gar nichts. Außerdem hatte sie an dem Shirt geschnuppert – was sie gerochen hatte, war nicht Lennards Eau de Cologne gewesen.

Das Blut ist nicht deines. Ja, klar. Nur, wem gehörte es dann?

Sie würde mit Lennard reden. Morgen. Und jetzt versuchen, noch ein wenig zu schlafen.

Der Anhänger ... sollte sie ihn zurück unter die Matratze schieben? Sie überlegte kurz und entschied sich dann dagegen. Vielleicht war es eine gute Idee, ihn gelegentlich ein wenig herumzuzeigen, um schneller Licht in die Sache zu bringen. Egal, ob Jenny dann tobte oder nicht. Sie legte den Anhänger in das Münzfach ihres Portemonnaies – ein rundes Stück Metall zwischen vielen anderen.

Dann nahm sie den Holzstuhl, der unter dem Fenster stand, und trug ihn zur Eingangstür. Es war schwierig, ihn so unter die Klinke zu klemmen, dass er zwar darunterpasste, aber nicht wegrutschte. Nika versuchte es wieder und wieder, mit dem einzigen Erfolg, dass der Stuhl mehrmals laut krachend auf dem Boden landete. Die Mieter unter ihr mussten längst wach sein.

Beim sechsten oder siebten Versuch stützte sie sich versehentlich auf der Klinke ab. Zu ihrer Überraschung sprang die Tür nicht auf. Sie stellte den Stuhl beiseite und versuchte es noch einmal. Drückte und zog.

Die Tür blieb zu. Nikas nächtlicher Besucher hatte sie wieder eingeschlossen.

6

Die restliche Nacht lang lag sie wach, wälzte sich vom Rücken auf den Bauch und wieder zurück, doch es half alles nichts, sie fand keinen Schlaf mehr. Zu viele Gedanken in ihrem Kopf, zu viel Angst. Bei jedem Geräusch schreckte sie hoch, überzeugt davon, dass der Eindringling zurück war. Mit einem Wohnungsschlüssel und wer weiß welchen bösen Absichten.

Kaum dass es draußen hell wurde und die ersten Autos durch die Straße fuhren, öffnete Nika das Fenster und lehnte sich hinaus. Ihr Kopf fühlte sich schwer an vom Schlafmangel, doch sie war unendlich froh, diese Nacht überstanden zu haben. Signore Rizzardini war Frühaufsteher, ein- oder zweimal war Nika erst um sechs Uhr morgens nach Hause gekommen, und sie hatten sich freundlich begrüßt, während er schon den Bürgersteig fegte.

Auch heute dauerte es kaum zehn Minuten, bis er auftauchte. Pfeifend, die hellblaue Kappe, die er immer trug, in den Nacken geschoben.

»Scusi, Signore Rizzardini«, rief sie nach unten.

Er blickte erst irritiert nach links und rechts, bis er den Blick hob.

»Mi potete aiutare?« Das war ziemlich sicher richtig. *Können Sie mir helfen?* Rizzardini grinste und nickte, als Nika ihn gestikulierend nach oben winkte.

Sie hörte ihn von draußen lachen, während er die Tür aufschloss; von dem, was er danach sagte, verstand sie leider kein Wort mehr. *Amico*, kam darin vor und *sbadato*, was, wenn sie richtig lag, unvorsichtig bedeutete.

Sie nickte und bedankte sich überschwänglich, wich auch nicht zurück, als er ihr mit einer rauen Hand die Wange tätschelte.

Bevor sie duschen ging, schob sie die kleine Kommode, die in der Diele stand, vor die Tür – damit war sie zumindest kurzfristig vor überraschendem Besuch sicher, sogar wenn der einen Schlüssel hatte.

Eine halbe Stunde später machte sie sich auf den Weg zur nächsten Polizeistation.

Es wurde in etwa so schlimm, wie sie es sich ausgemalt hatte. Ein rundlicher Polizist mit Glatze und ergrauendem Bart rührte gelangweilt in seinem Espresso, während Nika versuchte, ihm ihr Anliegen klarzumachen. Unter Aufbietung aller ihrer Italienischkenntnisse plus einiger unbeholfener Pantomimeeinlagen.

»Le hanno rubato il passaporto?«, grummelte er schließlich unwillig.

Rubato hieß gestohlen, genau. Erleichtert stimmte Nika zu, ergänzte, dass auch ihre Schlüssel und ihr Handy fort waren, und begann, das Formular auszufüllen, das der Polizist ihr über den Tisch schob. Die Felder waren zum Glück nicht nur in Italienisch, sondern auch in Englisch erklärt.

Als sie fertig war, nahm der Beamte den Zettel wieder entgegen, nuschelte etwas Unverständliches und drehte sich zur Seite.

Normalerweise wäre Nika jetzt gegangen und vielleicht später wiedergekommen, in der Hoffnung, einen anderen freundlicheren Polizisten vorzufinden, aber die letzte Nacht hatte ein ganzes Stück ihrer üblichen Zurückhaltung abgeschliffen.

Sie räusperte sich. Gab weitere hilflose Wortkombinationen von sich. Ihre Freundin Jenny. Verschwunden. Studierte Geschichte, hier in Siena. Und war nun fort. Ging nicht ans Handy.

Sichtlich entnervt strich der Polizist sich über die Glatze. »Da quando?«

Seit wann sie weg war? Vermutlich seit Sonntag, aber sicher konnte Nika da nicht sein. Das würde sie allerdings für sich behalten. »Tre giorni«, murmelte sie und sah, wie ein selbstgefälliges Grinsen sich über das breite Polizistengesicht zog.

»Tre giorni?« Was danach folgte, verstand Nika nur zum Teil, aber sie konnte es sich trotzdem zusammenreimen. Drei Tage wären ein Witz, ihre Freundin sei eine erwachsene Frau, eine Studentin, manche blieben drei Wochen verschwunden, weil es sie ans Meer zog oder sie ihre Eltern besuchten. Niemand habe die Verpflichtung, sich bei Mitbewohnern abzumelden. Ob es Hinweise darauf gebe, dass ihr etwas zugestoßen sei?

»Il cellulare«, antwortete sie und verschränkte die Arme vor der Brust. »Offline.«

Woraufhin der Polizist mit den Schultern zuckte und meinte, vielleicht hätte sie jemanden kennengelernt und wolle ungestört sein, da schalte man schon mal das Handy ab. Nika solle doch ein wenig warten. Wenn sie in noch mal drei Tagen immer noch nichts von Jenny gehört habe, könne sie ja wiederkommen. Sollten Nikas Handy oder ihr Pass auftauchen, würde er jemanden an ihrer Adresse vorbeischicken.

Er deutete mit dem Kinn zur Tür, es war eine völlig klare Geste: Sie sollte gehen.

Einige Sekunden lang rang Nika noch mit sich. Sie hatte dem Polizisten bisher nichts von dem T-Shirt und der Schrift am Badezimmerspiegel gesagt. Ebenso wenig wie von dem Mann, der letzte Nacht einfach in die Wohnung gekommen war. Der offensichtlich einen Schlüssel besaß.

Das Problem war, sie würde das alles nicht so erzählen können, dass man es auch begriff. Es würde sich bloß verworren anhören, dämlich wahrscheinlich, und als wollte sie mit allen Mitteln die Aufmerksamkeit bekommen, die der Polizist ihr bisher verweigert hatte.

Also bedankte sie sich und stand auf, obwohl ihr Körper sich bleischwer anfühlte. In Wahrheit hatte sie nichts erreicht, es war zum Heulen.

Draußen blieb sie stehen und ließ sich von der Morgensonne wärmen. Sprang erst beiseite, als ein Fahrradkurier so knapp an ihr vorbeischoss, dass er ihren rechten Arm streifte.

Es half nichts. Sie musste dieses Telefonat führen, vor dem ihr so graute, und am besten brachte sie es sofort hinter sich.

Im Café an der nächsten Ecke bestellte sie sich einen Espresso und lächelte den Mann hinter der Bar an. »Posso utili ... utiliare ... utilizzare il suo telefono?«

Er lachte auf und wies auf einen Apparat ganz am Ende des Tresens, dort, wo sich die Tageszeitungen stapelten. Nika wartete, bis niemand mehr auf sie achtete, und wählte dann eine der wenigen Nummern, die sie auswendig wusste. Die Handynummer ihrer Mutter.

Es dauerte ein paar Sekunden, bis die Verbindung sich aufbaute, dann tutete es endlich. Zweimal, dreimal.

»Hallo? Wer spricht da?«

Scheiße. Das war nicht Mama, das war Ulrich. Wieso ging er an ihr Telefon?

»Hi, ich bin's, Nika. Kann ich Mama sprechen?«

»Nein, tut mir leid, die hat sich gerade erst schlafen gelegt. Nachtdienst.«

Wenn Pech, dann aber richtig. »Okay. Sagst du ihr, dass ich angerufen habe? Ich melde mich spä...«

»Von wo aus telefonierst du?«, unterbrach ihr Stiefvater sie. »Das ist nicht deine Handynummer.«

»Nein, ich rufe von einem Café aus an.«

»Warum?«

Er würde ihr eine Lüge nicht nachweisen können. Wenn sie sagte, dass ihr Akku leer war, hätte sie das Thema schnell abgehakt. Aber das kam heute einfach nicht infrage. Sollte er doch denken, was er wollte.

»Mein Handy ist weg. Gestohlen, fürchte ich.«

Am anderen Ende der Leitung das typische, meckernde Ulrich-Lachen. »Gestohlen, aber sicher, klar. Du hast es irgendwo liegen gelassen, nicht wahr? Wäre ja nicht das erste, das du verlierst.«

Er hatte recht, leider hatte er recht, und er genoss es. Anschließend würde er Mama garantiert wieder unter die Nase reiben, was sie bei Nikas Erziehung alles falsch gemacht hatte.

»Und jetzt brauchst du ein neues? Ja, nicht wahr? Deshalb rufst du an.«

Sie beherrschte sich, so gut sie konnte, aber sie klang trotzdem wütend. »Nein. Eigentlich wollte ich mit Mama reden, weil ich mir überlege, früher wieder nach Hause zu kommen. Hier zu studieren war wohl doch keine gute Idee.«

Eine kurze, verblüffte Pause, dann schnaubte Ulrich, plötzlich gar nicht mehr gut gelaunt. »Du bist gerade mal wie lange weg? Sechs Wochen? Sieben? Und willst schon aufgeben? Das ist so typisch für dich, Nika. Kaum wird es ein bisschen unbequem, kneifst du und versteckst dich hinter Mamas Rockzipfel. Aber das wird diesmal nicht klappen. Also, du kannst natürlich machen, was du willst, du bist schließlich volljährig, aber deine Mutter und ich fliegen in drei Tagen nach Kuba. Urlaub. Das hat sie dir erzählt, oder?«

Ja, hatte sie, schon bevor Nika selbst aufgebrochen war. Die Reise ging wirklich jetzt schon los? Das hatte Nika nicht mehr auf dem Plan gehabt. Mama freute sich wie verrückt darauf, sie träumte seit Jahren von Kuba.

»Du bist wirklich alt genug, um endlich einmal etwas durchzuziehen. Wir werden bestimmt nichts verschieben oder stornieren, bloß weil du dich mit deinen neunzehn Jahren immer noch vor jeder Verantwortung drückst. Das ist dir klar, oder?«

»Das hätte ich auch niemals verlangt«, gab sie zurück, erfreut darüber, wie kalt ihre Stimme klang. »Keine Sorge, ich gönne Mama den Urlaub.« *Dir nicht, aber das ist eine andere Sache.* »Und ich möchte auf keinen Fall, dass sie darauf verzichtet. Oder sich Sorgen macht.« Nika holte tief Luft. »Erzähl ihr nichts von meiner Idee, nach Hause zu kommen. Aber richte ihr Grüße von mir aus.«

»Mache ich.« Ulrich klang gleichermaßen besänftigt wie erstaunt. »Du bekommst das schon hin«, fuhr er nach einer kleinen Pause fort. »Nimm es als Herausforderung. So fühlt es sich eben an, erwachsen zu werden.«

»Ja. Danke. Ciao.« Sie legte auf, länger hätte sie den Klugscheißer nicht mehr ertragen, ohne beleidigend zu werden.

Immerhin hatte das Gespräch ihr ihren Kampfgeist zurückgegeben; nein, sie würde sich nicht kleinkriegen lassen. Nicht von Jenny, nicht von dicken italienischen Polizisten und schon gar nicht von ihrem überheblichen Stiefvater.

Sie zahlte ihren Kaffee und die Telefonkosten und spazierte dann zu dem Park unterhalb der Medici-Festung. Sie würde einen Ausweg aus diesem Dilemma finden. Notfalls ganz alleine.

La Lizza hieß der Park, und zu dieser Tageszeit war er noch nicht allzu stark besucht. Nika überholte zwei alte Frauen, beide ganz in Schwarz gekleidet, die sich angeregt unterhielten. Obwohl die meisten Parkbänke noch frei waren, steuerte sie einen der Bäume an, setzte sich in seinen Schatten und lehnte sich gegen den Stamm.

Es war Zeit, das Problem systematisch anzugehen. Jenny würde von selbst wieder auftauchen, vielleicht mit Nikas Sachen, vielleicht ohne. Darauf konnte sie nicht warten.

Sie hatte zwar keine Erinnerung an zwei ganze Tage ihres Lebens, doch immerhin hatte sie sich in dieser Zeit Notizen gemacht. Dass sie unverständlich waren, war ärgerlich, aber sie waren Nikas eigenem Gehirn entsprungen – wer sollte also ihre Bedeutung entschlüsseln können, wenn nicht sie selbst?

Sie holte den Zettel aus ihrer Hosentasche. Eigentlich brauchte sie ihn nicht, ihr Gedächtnis hatte jede der kreuz und quer daraufgekritzelten Zeilen längst gespeichert, aber sie wollte sichergehen. Außerdem – war doch möglich, dass sie sich beim Anblick der Worte plötzlich wieder an die Situation erinnerte, in der sie sie geschrieben hatte.

Ganz oben links: *Weihnachten voller Angst.*
Das war schon mal gar nicht hilfreich. Bis Weihnachten waren es noch über sieben Monate, bis dahin war sie wieder zu Hause und hatte hoffentlich keine Angst mehr. Sie strich das Papier glatt. Oder hatte sie sich an eines ihrer früheren Weihnachten erinnert? Sie war höchstens sieben gewesen, es hatte draußen gestürmt wie verrückt, und Nika hatte sich mit ihren Geschenken unter der Bettdecke verkrochen.

Vielleicht war ihr dieses Erlebnis plötzlich wieder präsent gewesen, warum auch immer. Hatte es in den letzten Tagen irgendwann Sturm gegeben?

Das Chaos auf dem Papier ähnelte dem in Nikas Kopf, also würde sie die Sache anders angehen. Manches von dem, was sie aufgeschrieben hatte, ergab bei näherer Betrachtung nämlich doch Sinn, zumindest theoretisch.

Halte dich fern von Einhorn und Adler zum Beispiel. Damit waren ganz klar Stadtteile gemeint. Die Altstadt von Siena war in siebzehn Bezirke geteilt, sogenannte Contraden, und für jede dieser Contraden stand ein Symbol. Widder, Schildkröte, Drache, Giraffe, Muschel ... und eben auch Adler und Einhorn.

Zwei Bezirke also, die sie besser nicht betreten sollte, wenn sie sich an das hielt, was sie sich selbst aufgetragen hatte. Fragte sich nur, warum.

In die rechte untere Ecke waren, fast unleserlich, die Worte *Der Spiegel des Löwen zwischen den Farben* geschmiert. Nika überlegte kurz und schüttelte dann den Kopf. Es gab keine Contrade, die den Löwen als Symbol hatte. Allerdings war der Löwe das Wappentier der Provinz Siena – konnte sie das gemeint haben? Gab es irgendwo ein berühmtes Löwenbildnis, vielleicht eine Statue, die sich im Wasser spiegelte? Dort wo es am dunkelsten war? Sie stützte den Kopf in die Hand, es war Zum-aus-der-Haut-Fahren, ihre Gedanken wurden immer abstruser.

Der nächste Satz war in Latein verfasst, darin war sie gut, ihn zu übersetzen war kein Problem: *Cor magis tibi sena pandit* bedeutete »Sena öffnet dir das Herz weiter«.

Sena, das klang wie ein Mädchenname. Ein italienischer vermutlich. Aber wem öffnete sie das Herz?

Die Worte waren mit einem rötlichen Stift geschrieben, die Buchstaben ungleich groß. Unwillkürlich musste Nika an das zerfetzte, blutige Shirt denken – ein zerstochenes Herz war auch ein geöffnetes, gewissermaßen. In diesem Fall wollte sie Sena lieber nicht kennenlernen.

Das Blut ist nicht deines, ja, das hatte sie begriffen. Allerdings hätte sie gern gewusst, von wem es dann stammte.

GR32?ZZ. Damit konnte Nika nicht das Geringste anfangen. Eventuell die Signatur eines Buchs aus der Universitätsbibliothek? Aber was war mit dem Fragezeichen?

Und dann die Sache mit dem Kapitän. Zittrig hingekritzelt, wieder mit dem roten Stift. Was sollte er schon essen? Fisch vermutlich, und das auf seinem Schiff, doch davon gab es hier keine. Noch nicht einmal Boote, Siena hatte keinen Fluss, und das Meer lag gut hundert Kilometer entfernt.

Sie schüttelte den Kopf, wandte sich der nächsten Notiz zu, die in zwei Zeilen und sehr kleiner Schrift am rechten Blattrand klebte. Wieder Latein.

Sic transit Gloria. Da fehlte etwas, gar keine Frage. Nika kannte den ganzen Wortlaut des Spruchs, er kam in einem der Asterix-Comics vor: Sic transit Gloria mundi. So vergeht der Ruhm der Welt.

Was, um Himmels willen, konnte sie damit gemeint haben?

So vergeht der Ruhm? Welcher denn? Und wie? Entmutigt lehnte sie den Kopf gegen den Baumstamm und schloss die Augen. Der ganze verworrene Kram, den sie zusammenfantasiert hatte, würde sie keinen Schritt weiterbringen. Nichts weckte Erinnerungen, es tauchten keine Bilder vor ihrem inneren Auge auf, außer vielleicht das aus dem Comic: Die Piraten hatten ihr eignes Schiff versenkt, trieben jetzt auf dem offenen Meer und klammerten sich an Holzplanken. Und der alte Pirat, der immer lateinische Sprüche von sich gab, sagte ...

»Sic transit Gloria mundi.« Nika hatte es halblaut vor sich hin gemurmelt. Asterix. Die Erinnerung an die Zeichnung hatte sie deutlich vor sich und sie verursachte ihr eine merkwürdige Form von Unbehagen. Vielleicht Heimweh, vielleicht Sehnsucht nach der Zeit, als sie in der Hängematte Asterix gelesen hatte, drei Kaugummis gleichzeitig im Mund und Schattenmuster auf der Haut, die die Sonne durch das Blätterdach der alten Linde malte. Damals. Als Papa die meiste Zeit noch nüchtern gewesen war.

Sie öffnete die Augen wieder, fuhr sich durchs Haar. Ausgerechnet jetzt sentimental werden war keine gute Idee.

Du weißt, wo das Wasser am dunkelsten ist.

Sie seufzte. Wäre es nicht so klar ihre Schrift gewesen, hätte Nika geschworen, das nicht selbst geschrieben zu haben. Es klang überhaupt nicht nach ihr, so drückte sie sich einfach nicht aus.

Ob es ihr jemand diktiert hatte? Aber wer? Sie wusste es nicht, jeder Versuch, sich zu erinnern, führte nur dazu, dass das Gefühl der Leere in ihrem Kopf sich ausbreitete.

Die nächste sinnlose Anweisung: *Tauche mit den Gänsen.* Noch einer von diesen rot geschriebenen Sätzen – hatten die eine spezielle Bedeutung? In den Parks hier gab es da und dort kleine Teiche, dort hatte Nika aber bisher nur Enten gesehen, keine einzige Gans. Aber – einer der Stadtbezirke, die Contrade Oca, trug die Gans im Wappen. War es das, was sie gemeint hatte? Aber warum tauchen, das war doch alles Unsinn.

Sie seufzte. Sah nicht so aus, als würde ihr demnächst ein Licht aufgehen. Das passte dann ja perfekt zu dem englischen Text, der ihr so bekannt vorkam. *With the lights out, it's less dangerous, here we are now, entertain us ...*

Das war ein Zitat, ganz sicher, aus irgendeinem Song, den sie gut kannte. Warum fiel ihr die Melodie dazu nicht ein? Oder die nächste Zeile?

Ratlos starrte sie die letzten sieben Worte auf dem Zettel an. *Der Spiegel des Löwen zwischen den Farben.*

Es fühlte sich nicht gut an, über eine mögliche Bedeutung nachzudenken, es ...

»Nika?«

Sie schrak hoch, mit einem leisen Aufschrei, faltete, ohne zu überlegen, das Papier wieder in der Mitte zusammen und blickte hoch.

»Oh. Amelie.«

»Ja. Was machst du hier, hast du heute keine Uni?«

Ohne zu fragen, setzte Amelie sich neben Nika ins Gras und lugte auf das zusammengefaltete Blatt, das sie in den Händen hielt. »Was ist das? Lernstoff?« Sie lachte auf. »Ach nein, Pizzawerbung. Auch nett.«

Nika lächelte angestrengt. Sie kannte Amelie ein bisschen; drei- oder viermal waren sie abends gemeinsam mit der ganzen Clique unterwegs gewesen. Viel miteinander gesprochen hatten sie allerdings noch nicht. Auch nicht während der zwei Kunstgeschichte-Vorlesungen, die sie beide besuchten. Amelie nahm das Studium sehr ernst, sie schrieb während der Veranstaltungen mit, hoch konzentriert, in einer wilden Mischung aus Italienisch und Spontanübersetzungen ins Deutsche.

»Ganz schön schweigsam heute.« Sie sah Nika durchdringend an und fuhr sich durch das knallrote, igelartig vom Kopf abstehende Haar. »Ist alles in Ordnung bei dir?«

Das war eine Chance, die Nika nicht verstreichen lassen wollte. »Na ja, nicht wirklich. Mein Handy ist futsch, meine Wohnungsschlüssel ebenso und Jenny auch. Seit gestern suche ich nach allen dreien, aber bis jetzt ...« Sie zuckte die Schultern.

»Jenny ist weg? Ist ja komisch. Sie hat gar nichts erwähnt.« Amelie warf einen schnellen Blick über die Schulter, als wolle sie sich vergewissern, dass sie alleine waren. »Aber stimmt, ich habe sie die letzten beiden Tage nicht an der Uni gesehen.«

»Und ich sie nicht bei uns zu Hause. Lennard sucht sie auch.« Möglichst nebenbei faltete Nika den Zettel noch kleiner zusammen und steckte ihn zurück in die Hosentasche. Amelie hatte ihre Stirn in tiefe Falten gelegt und ihr Handy gezückt. »Sehr seltsam.« Sie wischte ein paarmal übers Display und hielt sich das Telefon dann ans Ohr. »Hm. Ihr Handy ist nicht im Netz.«

»Ich weiß und ich mache mir langsam Sorgen.« Es tat gut, mit jemandem darüber sprechen zu können. »Ich war schon bei der Polizei, aber die haben mich nicht sehr ernst genommen – was hältst du davon, wenn wir gemeinsam noch mal gehen? Dein Italienisch ist viel besser als meines, wir könnten ihnen genau erklären ...«

»Du warst schon?«, unterbrach Amelie sie. »Dann würde ich lieber noch ein bisschen warten, bevor die ein Großaufgebot losschicken und Jenny dann fröhlich und bloß mit einem leichten Sonnenbrand vom Strand zurückkommt.« Sie drückte Nikas Hand und ließ sie dann los. »Das hat sie schon einmal gemacht, für ganze fünf Tage, im letzten Herbst. Hat das tolle Wetter genutzt und ist mit drei Mädels nach San Vincenzo gefahren, eine von ihnen hat dort ein Strandhaus.«

Zu dem Zeitpunkt war Nika noch nicht in Siena gewesen, und Jenny hatte ihr nie davon erzählt. »Hatte sie damals auch das Handy aus?«

»Keine Ahnung. Jedenfalls hat sie vorher auch keinem Bescheid gesagt.« Amelie zögerte einen Moment, dann hielt sie Nika ihr Smartphone hin. »Wenn deines verloren gegangen ist, dann möchtest du vielleicht schnell jemanden anrufen?«

Das war ein nettes Angebot, und Nika wollte bereits dankend annehmen, überlegte es sich dann aber doch anders und schüttelte den Kopf. Mit ihren Eltern hatte sie schon gesprochen, gewissermaßen. Ulrich war ihr zwar keine Hilfe gewesen, aber er wusste, dass sie im Moment nicht erreichbar war, also würde Mama sich keine Sorgen machen. Lennard anzurufen war, gelinde gesagt, sinnlos. Bloß damit sie sich gegenseitig bestätigen konnten, dass beide immer noch nicht wussten, wo Jenny steckte?

»Okay«, sagte Amelie gutmütig und steckte ihr Handy wieder ein.

Nika beobachtete sie nachdenklich. »Sag mal – du warst am Samstag nicht mit uns im Bella Vista, oder?«

Ein fast unmerkliches Flackern in Amelies Augen. »Nein. War ich nicht, aber ich habe gehört, dass ziemlich was los gewesen sein soll.« Als Nika nicht antwortete, verabschiedete Amelie sich, ging langsam auf den Parkausgang zu, drehte sich nach ein paar Schritten aber noch einmal um. »Wenn du nicht alleine in der Wohnung bleiben möchtest, kannst du auch gerne ein paar Tage bei uns übernachten. In unserer WG haben wir eine Couch für Besucher.«

Das Angebot war verlockend, wenn Nika an die vergangene Nacht zurückdachte. Sie konnte nach wie vor die Tür nicht absperren. »Danke, das ist nett. Vielleicht mache ich das wirklich.«

Amelie kam zurück, schrieb die Adresse auf einen Zettel und drückte ihn Nika in die Hand. »Überlege es dir einfach. Und wenn du kommst, bring was zu essen mit.«

Eine halbe Stunde länger verbrachte Nika noch unter ihrem Baum, beobachtete die Touristen und Spaziergänger und beschloss dann, es heute doch mit der Uni zu versuchen. Sie hatte zwei Vorlesungen, dazwischen würde sie in der Mensa etwas essen und in der Bibliothek Literatur suchen, zu ihrer Seminararbeit über das Gemälde »Madonna della Neve« von einem gotischen Maler namens Sassetta.

Der Gedanke daran langweilte sie schon jetzt. Ein erholsames Gefühl, stellte sie fest, zumindest im Vergleich zu der Ungewissheit und der Angst, mit denen sie sich seit Dienstag herumschlug.

Sie würde sich also ein bisschen langweilen und dabei etwas für ihr Studium tun, das war ein guter Plan, einer, der nach Normalität und Sicherheit schmeckte.

Nika stand auf, hängte sich ihre Tasche um die Schulter und schlenderte langsam in Richtung Via Roma.

Zwischendurch, als sie vor einem der Schaufenster stehen blieb, in dem ein knallblaues, viel zu teures Kleid hing, hatte sie kurz den Eindruck, dass jemand hinter ihr ebenfalls stehen geblieben war. Eine Gestalt, die sich einige Sekunden lang verzerrt in der Scheibe spiegelte, aber gerade in die nächste Seitengasse bog, als Nika sich nach ihr umdrehte.

Sie kämpfte das beunruhigte Flattern in ihrem Inneren nieder. Das war alles bloß Verfolgungswahn, die Straßen von Siena waren voll mit Menschen, da durfte doch wohl einer davon zugleich mit ihr stehen bleiben.

Entschlossen, sich nicht weiter verrückt zu machen, setzte sie ihren Weg zur Universität fort, ertappte sich aber immer wieder dabei, wie sie die Spiegelung im Schaufenster mit der Erinnerung an den tätowierten Mann verglich. Konnte er es gewesen sein?

Erst die Vorlesung, in der sie ihre ganze Konzentration brauchte, um der Professorin wenigstens einigermaßen folgen zu können, lenkte sie ab. Später, in der Mensa, traf sie ein paar Deutschstudenten, die sie flüchtig kannte und die sich freuten, ein bisschen mit ihr üben zu können. Sie verbrachte eine fröhliche knappe Stunde mit ihnen und war später in der Bibliothek immer noch bester Laune, obwohl das Bild, über das sie die Arbeit schreiben sollte, sie null interessierte.

Die ganze Zeit über verlor sie kaum einen Gedanken an Jenny, was ihr erst klar wurde, als sie sich gegen Abend auf den Heimweg machte. Wahrscheinlich war ihre Mitbewohnerin immer noch nicht da, aber nach dem Gespräch mit Amelie nahm Nika das nicht mehr so schwer. Jenny würde wieder auftauchen, und dann konnte sie sich etwas anhören.

Sie bog in die Via della Fonte ein, summte dabei ein Lied, dessen Titel sie vergessen hatte, und wurde beinahe von einem Knirps mit seinem Roller umgemäht. »Scusa«, quäkte er und schenkte ihr ein zahnlückiges Grinsen.

Im Haus roch es komisch, nach einer Mischung aus angerösteten Zwiebeln und Putzmittel. Während sie die Treppen hinaufstieg, überlegte Nika, was sie tun würde, wenn die Tür wieder abgesperrt sein sollte – Signore Rizzardinis Geduld war vermutlich auch nicht grenzenlos.

Doch ihre Sorge war unbegründet, zumindest in dieser Hinsicht. Die Tür war nicht verschlossen, im Gegenteil, sie stand sperrangelweit offen. Nika blieb auf der Schwelle stehen, fassungslos.

Jemand war hier gewesen, und er hatte ein Schlachtfeld hinterlassen. Von ihrer Position aus konnte sie nur die Diele und ein kleines Stück von Jennys Zimmer sehen, doch dort war alles auf den Kopf gestellt worden. Ihre ganze Kleidung war aus dem Schrank gerissen und zu Boden geworfen worden, quer darüber und dazwischen lagen Bücher, Cremetuben, ein Stück des umgekippten Schreibtischstuhls war ebenfalls erkennbar.

Zwei, drei Schrecksekunden vergingen, dann drehte Nika um und rannte die Treppen hinunter, hämmerte mit der Faust gegen Signore Rizzardinis Tür.

Er öffnete nur wenige Sekunden später, in Jogginghose und Unterleibchen. »Si?«

Einbruch, wie war noch mal das Wort für Einbruch? Es fiel ihr nicht ein, sie starrte Rizzardini nur hilflos an, nahm ihn schließlich am Ärmel und zog ihn mit sich die Treppe hoch.

Er warf einen Blick in die Wohnung und wusste Bescheid. »Madonna. Chiamo la polizia.« Er holte sein Handy aus der Hosentasche, wählte und begann dann sehr laut und sehr schnell zu sprechen, während er langsam die Wohnung betrat. Nika folgte ihm, bereit, jederzeit kehrtzumachen und davonzurennen, falls der Einbrecher noch hier sein sollte.

Ein Blick von der Diele aus nach links machte ihr klar, dass ihr

Zimmer um nichts besser aussah als Jennys. Alles durchwühlt und aus den Schränken gerissen. Sogar in der Küche herrschte Chaos, einige Gläser waren zu Bruch gegangen, ebenso zwei Tassen. Hatte das niemand gehört?

Signore Rizzardini war mit seinem Gespräch fertig. »Saranno qui a momenti. Mi dispiace molto.«

Ja, Nika tat auch leid, was passiert war. Sie fragte den Hausmeister stockend, ob er denn niemanden gesehen oder gehört hatte, doch der schüttelte nur bedauernd den Kopf.

Als die Polizei eintraf – eine Frau und ein Mann, beide nicht älter als fünfundzwanzig –, übernahm es Rizzardini, ihnen alles zu erklären, wofür Nika ihm extrem dankbar war. Sie sah zu, wie die beiden ihr Zimmer inspizierten, und versuchte zu verstehen, was sie miteinander sprachen. Nach einiger Zeit drehte der junge Polizist sich zu Nika um. »Manca qualcosa?«

Ob etwas fehlte, hatte Nika noch nicht überprüfen können. »Non lo so.« Sie sank auf ihr zerwühltes Bett. Jetzt war wohl der richtige Zeitpunkt, um der Polizei mitzuteilen, dass Jenny seit drei Tagen wie vom Erdboden verschluckt war.

Sie formulierte es, so gut sie konnte, nach kurzer Zeit unterstützt von Signore Rizzardini, der wortreich erklärte, dass er Jenny seit Samstag nicht mehr gesehen habe und dass er das sehr ungewöhnlich fände.

Ein Foto von ihr zu finden war gar nicht so einfach. Auf Nikas Handy hatte es etliche gegeben, aber keines ausgedruckt. Schließlich öffneten sie Facebook auf dem Smartphone der Polizistin und Nika suchte in Jennys Profil nach dem Bild, das ihr am ähnlichsten sah. Ohne Filter, ohne Duckface.

Die Erleichterung, die Nika darüber empfunden hatte, jemanden zu finden, der Jennys Verschwinden endlich ernst nahm, schwand sofort, als die Polizisten sich verabschiedeten. Was jetzt? Innerhalb der letzten vierundzwanzig Stunden war mindestens zweimal ein Fremder hier eingedrungen, beim zweiten Mal hatte er eine Spur der Verwüstung hinterlassen. Was die Polizisten nicht allzu erstaunlich gefunden hatten, angesichts der Tatsache, dass die Tür nicht versperrt gewesen war. Leichte Beute.

Nachdem aller guten Dinge drei waren und sie ihren Schlüssel immer noch nicht wiederhatte, würde Nika keinesfalls in dieser Wohnung übernachten.

Mit dem Gefühl absoluter Verlorenheit sah sie sich in ihrem Zimmer um, als ihr mit einem Schlag die Begegnung von heute Morgen einfiel. Amelie! Und ihr Angebot, bei ihr in der WG unterschlüpfen zu können.

Oben auf dem Schrank lag Nikas Rucksack. Sie holte ihn herunter, stopfte das Nötigste hinein. Ihre Umhängetasche für die Uni würde sie auch mitnehmen, da passte sogar das Notebook noch mit rein – und vielleicht hatte jemand in der WG ja ein passendes Stromkabel.

Die Adresse, die Amelie ihr aufgeschrieben hatte, lag in der Via San Martino. Wo war die noch mal?

Kein Handy, keine Navigationsapp. Nika fluchte innerlich, dann begann sie, im Chaos rund um ihren Schreibtisch nach dem Stadtplan zu suchen, den sie sich gleich nach ihrer Ankunft gekauft hatte. Sie fand ihn erstaunlich schnell, faltete ihn auf und suchte im Straßenverzeichnis nach den Plankoordinaten.

Hier. Auch sehr nah an der Universität, sie würde nicht weit laufen müssen. Nika prägte sich die Lage ein, da fiel ihr Blick auf ein Detail, das sie einen Moment lang zurückzucken ließ.

Der Plan war für Touristen gedacht, er enthielt Hinweise auf die Sehenswürdigkeiten und zeigte außerdem die Einteilung der Altstadt in die siebzehn Contraden, jede in einer anderen Farbe.

Amelies Wohnung lag in der Contrada Leocorno.

Einhorn.

7

Das ist doch idiotisch, mahnte sie sich selbst, während sie die engen Gassen zwischen den rotbraunen Häusern der Stadt entlanglief. *Halte dich fern von Einhorn und Adler.* Ja, sicher, sie würde ab sofort riesige Umwege gehen, um bloß nicht durch Stadtteile zu laufen, die sie in ihrem Zustand irgendwie bedrohlich gefunden hatte. Wahrscheinlich hatte sie später an diesem verdammten Samstagabend doch mehr getrunken und sich von irgendjemandem in irgendeinem Lokal etwas aufschwatzen lassen, das sie für die nächsten zwei Tage in Tiefschlaf versetzt hatte. Und kurz bevor sie umgekippt war, hatte sie wirres Zeug auf einen Werbezettel geschrieben.

Sie beschleunigte ihre Schritte und kam sich im nächsten Moment albern vor. Die Straßen waren so belebt, da konnte ihr praktisch nichts passieren. In Italien waren die Abende ganz anders als zu Hause – je später der Tag, desto mehr Menschen tummelten sich draußen, saßen in den Cafés und Restaurants oder bummelten durch die Geschäfte, die meist erst gegen zehn Uhr schlossen.

Sie brauchte nicht lange bis zur Via San Martino, stand dann allerdings grübelnd vor den Schildern neben den Klingeln – sie kannte Amelies Nachnamen nicht, von denen ihrer Mitbewohner ganz zu schweigen.

Am Ende folgte sie ihrem Gefühl, ignorierte alles, was italienisch klang und drückte den Knopf neben einem Schild, auf das statt eines Namens blaue Blümchen gemalt worden waren.

Die Tür sprang auf, Nika trat in ein kühles Treppenhaus, unsicher, wie sie nun weitermachen sollte. Sie stieg langsam die Stufen in den ersten, dann in den zweiten Stock hinauf. Dort stand eine Tür offen, in deren Rahmen ein junger Mann mit dunklem verwuscheltem Haar lehnte. »Ciao.«

»Ciao. Sono Nika. È Amelie a casa?«

Er grinste. »Ja, Amelie ist hier, aber sie duscht gerade.« Sein Deutsch war flüssig, wenn auch mit starkem Akzent. »Ich bin Stefano. Komm rein.«

Sie trat ein und ließ sich von Stefano ihren Rucksack abnehmen. »Amelie hat mir angeboten, dass ich bei euch übernachten darf. Kennst du Jenny? Sie ist seit Samstag verschwunden, und vorhin ist in unsere Wohnung eingebrochen worden ...«

Stefano hatte immer wieder genickt, nun hob er die dichten dunklen Augenbrauen, bis sie unter seinen Stirnlocken verschwanden. »Eingebrochen? Und ... ist etwas gestohlen worden?«

Das hätte Nika selbst gern gewusst. »Kann sein, ich habe es noch nicht überprüft. Es ist alles sehr durcheinander. Großes Chaos, verstehst du?«

Er grinste. »Ja. Chaos verstehe ich.«

Ups, hoffentlich hatte er das nicht in den falschen Hals bekommen. »Dein Deutsch ist übrigens wirklich gut«, sagte sie schnell. »Studierst du Sprachen?«

»No.« Er drehte den Kopf Richtung Badezimmertür, wo eben

das Wasser zu rauschen aufgehört hatte. »Ich habe sechs Jahre in Hamburg gelebt. Meine Eltern haben dort im Restaurant von meinem Onkel gearbeitet.«

Das erklärte es natürlich. »Und was studierst du dann?«

»Mathematik. Mit Mathematik kann man die ganze Welt verstehen.«

Hätte sie das für zutreffend gehalten, Nika wäre trotz Fehlen jeglichen Talents sofort bereit gewesen, das Fach zu wechseln. Und dabei musste sie noch nicht mal die ganze Welt verstehen, ihr hätte es völlig gereicht zu begreifen, was in den letzten Tagen los gewesen war.

Amelie kam aus dem Badezimmer, in einem knielangen T-Shirt und mit einem Handtuchturban um die Haare. »Hey! Du bist ja wirklich hergekommen. Coole Sache, Stefano wollte Pasta machen – die Nudeln reichen doch auch für vier, oder?«

»Certo.« Er rieb sich die Hände. »Wann kommt Liz?«

Amelie warf einen Blick auf die Wanduhr. »Um halb acht, glaube ich. Aber fang ruhig schon mal an.«

Liz, stellte sich heraus, war die Dritte im WG-Bund, einundzwanzig Jahre alt und aus München; sie wollte zwei Semester in Siena studieren und hatte nun gerade Halbzeit. »Sie ist total witzig, du wirst sie mögen«, prophezeite Amelie gut gelaunt und rubbelte ihr knallrotes Haar trocken. Während Stefano in der Küche zu werken begann, erzählte Nika ihr von dem Einbruch, von der Verwüstung, die in der Wohnung angerichtet worden war.

»Und mein Schlüssel ist weg, genauso wie Jenny und mit ihr der Zweitschlüssel. Ich weiß nicht, was ich als Nächstes ...«

Mitten in ihrem Satz flog die Tür auf, und ein groß gewachsenes dunkelhäutiges Mädchen stürmte herein, schleuderte ihre

Tasche in die nächste Ecke und in der gleichen Bewegung die Tür wieder zu.

»Hi!« Sie schlüpfte aus ihren Schuhen und steuerte direkt auf Nika zu. »Ich bin Liz, schön dich ...«

Sie unterbrach sich, verengte die Augen. »Das glaube ich jetzt nicht.«

Amelies Blick wanderte zwischen ihr und Nika hin und her. »Was ist los? Das hier ist Nika, bei ihr wurde eingebrochen, sie schläft heute bei uns.«

Liz war stehen geblieben, die Arme vor der Brust verschränkt. »Das hier«, sagte sie langsam, »ist die Verrückte, von der ich dir erzählt habe. Die schläft nicht hier, auf keinen Fall.«

Einen Moment fühlte Nika sich, als würde jemand ihr die Hände um den Hals legen und zudrücken. Sie kannte diese Liz nicht, sie hatte sie noch nie gesehen. Die großen dunklen Augen, der schwere, geflochtene Zopf, der ihr über den ganzen Rücken fiel ... das war auffällig, das hätte sie sich doch gemerkt.

Man musste ihr ansehen, wie verstört sie war, denn Amelie nahm ihre Hand. »Du verwechselst sie bestimmt«, sagte sie zu Liz gewandt. »Ich war schon ein paarmal mit Nika und Jenny unterwegs, die beiden sind völlig okay.«

»Oh nein, ich verwechsle sie ganz sicher nicht.« Ohne den Blick von Nika zu wenden, zog sie den Ausschnitt ihres Kleides ein Stück über die rechte Schulter. Ein großes helles Pflaster wurde sichtbar, das Liz nun mit einem Ruck abriss. Darunter kam ein tiefer Kratzer zum Vorschein, fast schon ein Schnitt.

»Sie hat sich schreiend auf die Kühlerhaube dieses Wagens geworfen, das habe ich dir erzählt, nicht wahr? Ich wollte ihr helfen, sie von der Straße wegziehen, da ist sie auf mich losgegangen. Das hier«, Liz wies auf den Schnitt, »hat sie mit einem

Schlüssel gemacht. Ich habe geblutet wie verrückt.« Sie ging einen Schritt auf Nika zu, als wollte sie, dass sie sich die Verletzung noch mal ansah. »Wir waren uns ziemlich nah, auch als du nach mir getreten und geschlagen hast. Ich verwechsle dich ganz sicher nicht, und ich bin echt froh, dass ich jetzt einen Namen zu deinem Gesicht habe.«

Nika war innerlich eiskalt geworden. Schreiend auf der Kühlerhaube. Auf welcher, um Himmels willen, und warum? Sie schlang ihre Arme um den Körper. Wenn sie ehrlich sein wollte, war es durchaus möglich, dass Liz die Wahrheit sagte. Immerhin fehlten Nika zwei volle Tage ihrer Erinnerungen, sie konnte in keinem guten Zustand gewesen sein.

Und offenbar hatte sie diese Zeit auch nicht schlafend verbracht. »Wo«, krächzte sie und räusperte sich, »wo soll das gewesen sein?«

»Unten, in der Nähe vom großen Busparkplatz. Du hast dich aufgeführt wie eine Irre, tu jetzt nicht so, als wüsstest du nichts mehr davon.« Und, zu Amelie gewandt: »Noch mal, ich will nicht, dass sie hierbleibt.«

In der Küchentür war Stefano aufgetaucht, mit einem Löffel Spaghettisauce in der Hand, den er unschlüssig betrachtete. Ganz sicher hatte er die letzten paar Sätze mitbekommen.

»Bei Nika ist eingebrochen worden. Ich finde, sie soll hierbleiben«, stellte er fest. »Du kannst dein Zimmer absperren, Liz. Und wenn du willst, passe ich auf. Auf Nika.«

»Das klingt vernünftig«, warf Amelie ein, obwohl sie nicht wirkte, als wäre ihr allzu wohl dabei.

»Überstimmt also.« Liz schnalzte mit der Zunge. »Na dann.« Sie hob ihre Tasche vom Boden auf und ging in ihr Zimmer, an der Tür drehte sie sich noch einmal um. »Ich hoffe nur, dass sie uns nicht mitten in der Nacht die Wohnung anzündet oder etwas ähnlich Wahnsinniges tut. Ihr habt sie nicht gesehen, sonst wärt ihr meiner Meinung, jede Wette.«

Der Knall, mit dem sie die Tür zuschmetterte, riss Nika aus ihrer Erstarrung. Sie sprang auf, obwohl ihre Knie nachzugeben drohten, und lief Liz nach, klopfte gegen die Holztür. Vorsichtig erst, dann immer lauter. Sie war knapp davor, alle Regeln der Höflichkeit über Bord zu werfen und einfach hineinzugehen, als Liz schließlich doch öffnete. »Hör auf, Krach zu schlagen«, sagte sie gefährlich leise. »Du und ich, wir wissen genau, wie es gewesen ist, also wenn du schon nicht den Anstand hast zu gehen, dann lass mich wenigstens in Ruhe.«

Bevor Liz die Tür wieder schließen konnte, hielt Nika sie fest. »Nein. Wir wissen gar nichts«, sagte sie schnell. »Also du vielleicht schon, aber ich habe keine Ahnung mehr. Wenn ich dir wehgetan habe, tut es mir leid, aber daran erinnern kann ich mich nicht.«

Liz' Blick sprach Bände. Sie glaubte ganz offensichtlich kein Wort von dem, was Nika sagte, doch immerhin kam sie einen Schritt näher. »Ach. Warst du so betrunken? Das war nämlich mein erster Gedanke, aber ich habe keinen Alkohol an dir gerochen.«

»Ich weiß es nicht. Nicht einmal das. Mir fehlen zwei volle Tage, die sind wie ausgelöscht.« Vielleicht war es die Dringlichkeit in Nikas Stimme, oder es war einfach nur Liz' Neugierde geweckt – jedenfalls kam sie zurück ins Wohnzimmer und setzte sich neben Amelie auf die Couch.

»Zwei volle Tage?«

»Ja. Irgendwann Samstagnacht reißen meine Erinnerungen ab und setzen Dienstagmittag wieder ein. Niemand kann mir sagen, was in der Zeit passiert ist.« Sie fühlte, dass sie plötzlich den Tränen nah war. »Wann habe ich ...« Sie deutete hilflos auf den Kratzer, der am Rand von Liz' Ausschnitt wieder sichtbar geworden war. »Wann war das?«

»In der Nacht von Samstag auf Sonntag.« Liz lehnte sich im Sofa zurück. »Kurz nach halb zwei. Ich war mit ein paar Leuten unterwegs, einer hatte sein Auto unterhalb der Stadt geparkt, dort wo immer die Wohnmobile stehen. Wir haben ihn hinbegleitet und waren schon wieder auf dem Rückweg, da hat sich jemand schreiend vor ein Auto geworfen, nur ein paar Meter neben uns.« Sie wies auf Nika, als wollte sie sie der Runde vorstellen.

»Der Fahrer hat gerade noch gebremst, aber er hatte die Türen verriegelt, deshalb bist du nicht in den Wagen gekommen. Also hast du dich halb auf die Kühlerhaube gelegt. Er hatte keine Chance weiterzufahren, ohne dich zu verletzen.«

Nika hatte ihre Hände ineinandergeschlungen und wartete verzweifelt darauf, dass ein Bild in ihrem Kopf entstehen würde, das zu Liz' Geschichte passte, doch alles blieb schwarz. »Du hast gesagt, ich hätte geschrien. Hast du verstanden, was?«

Liz nickte langsam. »Du hast gerufen: *Das kannst du nicht machen, gib ihn sofort her.* Als ich gehört habe, du sprichst Deutsch, bin ich ganz automatisch zu dir gelaufen und habe versucht, dir zu helfen. Dich vom Auto zu ziehen.« Sie tastete nach der Verletzung an ihrer Schulter. »Beim ersten Mal hast du mich abgeschüttelt und angefangen, mit den Fäusten auf das Blech des Autos einzuschlagen. *Steig aus*, hast du gebrüllt. *Warum tust du das? Ich hasse dich!*«

Es war völlig still im Raum geworden, nur aus der Küche hörte man, wie Wasser auf der Herdplatte zischte. Stefano sah Nika mit großen Augen an, Amelie blickte zu Boden, als wäre die Geschichte ihr peinlich.

»Dann hat das Auto zu rollen begonnen und ich habe noch einmal versucht, dich davon wegzuziehen, in der Zwischenzeit war auch noch ein Freund da, der mir geholfen hat.« Sie sah Nika kühl an. »Du hast dich umgedreht und mit diesem Schlüssel nach mir gehackt, du wolltest mein Gesicht erwischen, aber ich habe den Kopf weggedreht. Zum Glück. Du hast mich angeschrien, ich soll mich verpissen, mich nicht einmischen, du hast nach mir getreten und mich angespuckt.«

Fassungslos verbarg Nika das Gesicht in den Händen. Wenn das alles stimmte, war Liz' Reaktion auf ihr Auftauchen ausgesprochen freundlich. »Es tut mir so leid.«

Das kannst du nicht machen, gib ihn sofort her. Was konnte sie damit gemeint haben? Und an wen war es gerichtet gewesen?

»Hast du vielleicht gesehen, wer im Auto gesessen hat?«, fragte sie zaghaft.

Erstmals wurde Liz' Gesichtsausdruck weicher. Als würde sie in Betracht ziehen, Nika eventuell doch zu glauben. »Nicht so richtig. Meiner Meinung nach war ein Mann am Steuer, aber genau gesehen habe ich ihn nicht. Ich weiß auch nicht, ob noch jemand im Wagen war, ich war total auf dich konzentriert und es ging alles rasend schnell.«

In der Küche zischte es wieder, diesmal laut. Stefano sprang fluchend auf und zog den Topf vom Herd.

»Und du weißt wirklich nichts mehr von alldem?«, meldete erstmals Amelie sich zu Wort.

»Nein.« Nika hörte selbst, wie erstickt ihre Stimme klang. Dass sie etwas Derartiges hatte vergessen können, machte ihr Angst. Wieder hatte sie ein paar Puzzlesteine mehr, um die verlorene Zeit zu rekonstruieren, doch keiner passte zu den anderen, nichts ergab Sinn.

Gib ihn sofort her. Ihn. Was konnte sie damit gemeint haben? Ihren Schlüssel? Den musste sie doch eigentlich noch gehabt haben, wenn sie Liz damit angegriffen hatte.

»Was ist dann passiert?«, fragte sie, obwohl sie nicht sicher war, dass sie es wirklich hören wollte.

»Du hast dein Handy herausgeholt und versucht, jemanden anzurufen, einer meiner Freunde ist dann auf dich zu und hat dich festgehalten. Wir wollten die Polizei rufen, ich habe ziemlich geblutet«, sagte Liz düster. »Aber du hast dich losgerissen und bist weggerannt.«

Ihr Handy. Samstagnacht hatte sie es also noch gehabt, und vielleicht hatte sie telefoniert. Aber mit wem? Wen würde sie in einer solchen Situation anrufen?

Stefano kam aus der Küche mit einer Schüssel voller Nudeln in Tomatensauce, die theoretisch verführerisch dufteten – praktisch hatte Nika keinen Funken Appetit. Trotzdem häufte sie sich einen kleinen Berg der Spaghetti auf den Teller, schon weil sie hier Gast und Stefano so freundlich zu ihr gewesen war.

»Also«, rief Amelie in gespielter Fröhlichkeit. »Dann lassen wir mal die seltsamen Geschichten beiseite und essen. Guten Appetit. Danke, Stefano, fürs Kochen!«

Die Mahlzeit verlief zum Glück nicht ganz so schweigsam, wie Nika erwartet hatte. Es war Liz, die ein anderes Thema anschnitt, irgendetwas mit einem defekten Staubsauger und der gemeinsamen Haushaltskasse. Nika konnte ungestört in ihren Gedanken versinken, während sie automatisch einen Bissen Nudeln nach dem anderen in den Mund schob. Immer wieder spürte sie die Blicke der anderen auf sich, war ja auch kein

Wunder, sie hätte an deren Stelle genauso wenig gewusst, was von jemandem wie ihr zu halten war.

Quer über die Motorhaube hatte sie sich also geworfen, weil sie etwas dringend haben wollte. Und dann hatte sie dem Fahrer erklärt, sie würde ihn hassen.

Meine Güte, sie nahm doch keine Drogen, wie konnte sie einen solchen Ausraster vergessen? Abgesehen davon – sie war nicht der wütende Typ, nie gewesen, im Gegenteil. Sie ließ sich viel zu viel gefallen. Früher von ihrem Exfreund zu Hause, jetzt von Ulrich und von Jenny.

Jenny.

Ob die Polizei nach ihr suchte? Hatte der Einbruch etwas an ihrer Gelassenheit geändert? Nika bezweifelte es. Erwachsene Menschen durften durchaus mal ein paar Tage von der Bildfläche verschwinden, ohne dass ihnen sofort Suchtrupps nachgeschickt wurden.

Bei Tisch war es still geworden, wie sie erst jetzt bemerkte. Auweia. Hatte sich das Gespräch am Ende wieder um sie gedreht, und sie hatte es gar nicht mitbekommen? »Die Nudeln sind großartig«, murmelte sie verlegen. Liz und Amelie nickten immerhin, Stefano strahlte.

»Das ist ein Rezept von meiner Großmutter.«

Danach drohte das Gespräch wieder zu versanden, und Nika, die peinlich berührtes Schweigen noch nie gut ertragen hatte, griff nach dem ersten Gedanken, der ihr in den Sinn kam. »Ich habe da seit vorhin eine Textzeile im Kopf und komme nicht drauf, zu welchem Lied sie gehört.« Sie konnte den anderen am Gesicht ablesen, dass sie mit allem Möglichen gerechnet hatten, aber nicht mit diesem Thema. Egal. »Ich bin sicher, ich kenne es«, fuhr sie tapfer fort, »aber mir fällt die Melodie dazu nicht ein oder der Titel.« Sie wartete, bis Amelie aufmunternd nickte.

»Okay. Es geht so: With the lights out it's less dangerous, here we are now, entertain us.«

Es laut auszusprechen fühlte sich seltsam an. Als würde Nika damit einer Erinnerung näherkommen, einen winzigen Schritt.

Liz beugte sich über ihren Teller, als hätte Nika nichts gesagt, Amelie dagegen runzelte immerhin nachdenklich die Stirn. Doch es war Stefano, der nach fünf Sekunden aufsprang und sein Handy mit der Musikanlage verband. »Warte«, sagte er und lächelte Nika an. »Ich weiß, was du meinst.«

Es begann harmlos, mit ein paar simplen Gitarrenakkorden. Dann setzte ein Schlagzeug ein. Ja, das Lied kannte sie gut, das war …

»Load up your guns, bring your friends«, sang eine heisere Männerstimme. »It's fun to lose and to pretend …« Nika fühlte ihren Kopf leicht werden, es war, als würde das Zimmer schwanken, sich drehen.

»Smells like Teen spirit«, flüsterte sie.

»Hello, hello, hello, how low«, sang Kurt Cobain wie zur Bestätigung. Und dann schrie er das heraus, wonach Nika gesucht hatte, ohne zu wissen, wie sehr sie sich davor fürchtete.

»With the lights out, it's less dangerous, here we are now, entertain …«

Sie war aufgesprungen, ohne es zu merken, stieß gegen den Tisch, wankte zur Seite. Wie blind stolperte sie durch die Wohnung, riss die erste Tür auf – falsch. Die zweite, oh bitte – nein, auch kein Treffer. Erst hinter der dritten, links in der Diele, fand sie die Toilette. Sie kniete sich davor und erbrach alles, was sie eben gegessen hatte.

8

»Ist nicht so schlimm.« Zwischen Amelies Worten und dem Ton, in dem sie sie sprach, lagen Welten. Nika konnte ihr nicht verdenken, dass sie genervt war. Sie kannten sich schließlich kaum, und alles, was die drei aus der WG von ihr wussten, war, dass sie nachts auf Motorhauben eindrosch und auf Menschen, die ihr helfen wollten, mit dem Schlüsselbund losging. Ach ja, und dass sie kotzte, wenn sie Nirvana hörte.

»Ich verstehe nicht, was los ist«, murmelte sie, als sie sich wieder auf die Couch setzte. »Es tut mir so leid, ihr müsst mich wirklich für bescheuert halten.«

»Das trifft es ziemlich genau«, ließ sich Liz aus der Küche hören. »Vielleicht gehst du ja morgen zu einem Arzt und siehst zu, dass er herausfindet, was mit dir nicht stimmt.«

So abfällig es auch klang, es war eine gute Idee. Nika nahm das Glas Wasser entgegen, das Amelie ihr reichte. »Wenn ihr möchtet, gehe ich wieder. Ich kann wirklich verstehen, dass ihr nicht scharf drauf seid, mich hier zu haben. Ich könnte ja ...«

»Certo que no«, fiel Stefano ihr ins Wort. »Du bist krank und in deiner Wohnung ist es nicht sicher. Heute Nacht schläfst du hier, morgen finden wir eine Lösung.«

»Ja«, stimmte Amelie schnell zu. »Morgen holen wir einen Schlosser für die Wohnung oder es fällt uns irgendetwas anderes ein. Okay?«

Es war weder zu übersehen noch zu überhören, wie sehr Amelie ihr gastfreundliches Angebot von heute Morgen schon bedauerte. Aber das war in Ordnung, Nika wollte selbst nicht länger bleiben als unbedingt nötig.

Sie machte es sich mit einer dünnen Decke und einem Zierkissen auf dem Sofa bequem und schloss die Augen. Aus der Küche drangen die Stimmen der beiden Studentinnen, die sich beim Geschirrspülen leise unterhielten. Keine Frage, worüber.

Nika versuchte gar nicht erst zu verstehen, was sie sagten. Es spielte keine Rolle, etwas anderes war viel wichtiger. Ihre Reaktion auf den Songtext war beängstigend gewesen – auch jetzt, wenn sie nur an die Melodie dachte, fühlte sie sofort, wie sich vor Angst ihr Magen wieder hob.

Sie wollte sich gar nicht vorstellen, was passierte, wenn sie die Bedeutung ihrer anderen Notizen herausfand.

Eines war jedenfalls klar. Das, was sie in den verlorenen zwei Tagen aufgeschrieben hatte, war nicht harmlos.

Sie musste eingeschlafen sein, noch während die anderen aufgeräumt hatten, denn sie hatte mit keinem von ihnen mehr gesprochen. Als sie das nächste Mal die Augen aufschlug, war es völlig dunkel und ruhig in der Wohnung. Nervös richtete sie sich auf, nicht sicher, ob sie wieder auf ihr Zeitgefühl vertrauen konnte. War es noch die gleiche Nacht?

Natürlich war es das, beruhigte sie sich selbst. Diesmal war sie schließlich nicht allein, und zumindest Liz hätte sie bestimmt nicht einen ganzen Tag auf der Couch durchschlafen lassen, sondern ihr bei erster Gelegenheit das Kissen unter dem Kopf weggezogen.

Nika lauschte auf das Pochen ihres eigenen Herzens, und dann hörte sie plötzlich noch ein Geräusch. Schritte auf knarrendem Boden. Eine der Türen öffnete sich, und Stefano kam heraus, in Shorts und T-Shirt, die dunklen Locken verwuschelt.

»Kannst du nicht schlafen?«

Nika schlug die Decke enger um sich. »Doch. Ich bin nur eben aufgewacht und war nicht sicher ...«

»Wo du bist?« Er setzte sich ihr gegenüber auf einen der Sessel. »Das kenne ich.«

»Doch, ich wusste, wo ich bin.« Nika lächelte, es tat gut, mit jemandem zu reden, der sie nicht für verrückt hielt. »Ich wusste nur nicht genau, wann ich bin. Komische Sache.«

»Komische Sache«, wiederholte Stefano. »Ich wollte dir sagen, wenn du Hilfe brauchst, jemanden, der Italienisch kann ...«, er deutete mit beiden Daumen auf sich selbst, »ich übersetze für dich. Okay?«

Das war ein großartiges Angebot. »Ja! Danke.«

»Prego.« Er gähnte und schüttelte danach leicht den Kopf. »Das Lied vorhin ... tut mir leid, ich dachte, du freust dich. Weil du es ja gesucht hast.«

»Nein, mir tut es leid.« *Hello, hello, hello, how low* – das flaue Gefühl in Nikas Magen kehrte zurück, und sie drängte hastig die Melodie aus ihrem Bewusstsein. »Du konntest es nicht wissen, ich wusste es ja selbst nicht.«

»Und du hast keine Ahnung, warum?«

»Nein. Keine.« Nur Angst, dachte sie, wahnsinnige Angst, sobald ich daran denke.

Stefano gähnte noch einmal, dann stemmte er sich aus dem

Sessel hoch. »Ich versuche noch zu schlafen. Ein wenig. Gute Nacht.«

Nika wartete, bis er wieder die Tür hinter sich geschlossen hatte, dann legte sie sich hin und umklammerte ihr Sofakissen. Ein Schlosser. Ein neues Handy. Vielleicht auch ein Termin beim Psychologen. Sie hatte so viel zu erledigen.

Nika verzichtete auf ein Frühstück. Es war sowohl Amelie als auch Liz anzusehen, dass sie sie möglichst schnell loswerden wollten, also duschte sie in aller Eile, putzte sich die Zähne und ging. Um zwölf Uhr würde sie Stefano im Soul Café treffen, er wollte bis dahin Adressen von ein paar Psychologen für sie finden.

Der Morgen war windig und kühler als der letzte. Nika fröstelte auf ihrem Weg in die Via della Fonte, gleichzeitig graute ihr vor dem Anblick der verwüsteten Wohnung. Noch etwas, das vor ihr lag. Chaos beseitigen.

Keine Spur von Signore Rizzardini, als sie die Treppen hochlief. Ein Teil von ihr fürchtete, die Tür würde wieder weit offen stehen oder, im Gegenteil, verschlossen sein, doch diesmal war alles in Ordnung. Gewissermaßen. Das Durcheinander war unverändert. Nika ging in die Küche, begann dort, Scherben aufzusammeln und in den Mülleimer zu werfen, gab ihre Aufräumaktion aber nach zehn Minuten auf. Das hier würde Stunden, nein, Tage dauern.

Jennys Zimmer würde sie nicht anrühren, die sollte sich selbst drum kümmern, wenn sie endlich wieder aufzutauchen geruhte.

Hm. Oder doch? Wer auch immer hier das Oberste zuunterst

gedreht hatte, musste nach etwas gesucht haben. Hatte er es gefunden?

Zögernd trat Nika einen Schritt in das Zimmer ihrer Mitbewohnerin hinein. Da war sehr viel Papier auf dem Boden – aus den Regalen gerissene Bücher, außerdem Hefte und Computerausdrucke, die vorher wohl auf Jennys Schreibtisch gelegen hatten. Eine der Schreibtischschubladen war herausgezogen worden und lag nun umgedreht auf dem Boden, darunter lugte etwas hervor, das wie ein Notizbuch aussah. Perlmuttfarben schimmernd, mit hellgrauen Streifen.

Aus einem Impuls heraus bückte Nika sich und hob es auf. Falls es ein Tagebuch war, würde sie es nicht lesen, nahm sie sich vor. Aber vielleicht war es ja ein Kalender, in dem Jenny Einträge für die letzten Tage gemacht oder eine mögliche Reise vermerkt hatte ...

Beides falsch. Nika starrte auf die Seite, die sie zufällig aufgeschlagen hatte, und blätterte dann weiter, ohne einen richtigen Gedanken fassen zu können.

Es war ein Skizzenbuch. Jenny konnte großartig zeichnen, das hatte sie immer wieder unter Beweis gestellt, mit drei, vier Strichen konnte sie ein Gesicht so zu Papier bringen, dass man es auf den ersten Blick erkannte. Im Scherz hatte Nika ein paarmal erklärt, dass Jenny viel eher geeignet wäre, Kunstgeschichte zu studieren als sie selbst. Oder überhaupt Künstlerin zu werden. Jenny hatte immer nur lächelnd abgewinkt.

Wenn man sich die Motive ansah, die Nika nun in diesem Buch fand, war das verständlich. Bei diesen Werken hatte sie sich nicht auf ein paar Striche beschränkt, sie waren farbig, detailreich und liebevoll ausgearbeitet worden.

Nika blätterte hin und her, das Büchlein war bis auf die letzten zehn oder fünfzehn Seiten ausgefüllt. Abgeschnittene Köpfe, manche noch neben den bluttriefenden Hälsen, manche auf Spieße gesteckt. Nika erkannte einen der Geschichte-Dozenten, sie waren ihm gemeinsam zwei oder dreimal auf den Gängen der Uni begegnet, und Jenny hatte jedes Mal die Augen verdreht und sich andeutungsweise einen Finger in den Hals gesteckt.

Das war nicht freundlich, aber im Rahmen des Normalen gewesen, wohingegen das hier ...

Auf den vorderen Seiten weitere Menschen, die Nika allerdings alle nicht kannte, zeichnerisch sehr lebensecht um die Ecke gebracht. Ein Mann mit ausgestochenen Augen, ein Mädchen, in dessen Hals fünf Gabeln steckten.

Weiter hinten dann sie selbst. Nika. Jenny hatte sie auf dem Boden liegend gezeichnet, ihre Hände waren zu Klauen gekrümmt und griffen ins Leere, ihre weit aufgerissenen Augen waren ins Nichts gerichtet. In ihrer Brust steckte ein dicker, blutbefleckter Holzpflock. Als sei sie eine Vampirin, der man einen Pfahl durchs Herz gerammt hatte.

Sie sah das Buch in ihren Händen zittern, fühlte wieder die Übelkeit von letztem Abend, nicht in der gleichen Wucht, aber ...

Der Grund war ein ähnlicher, auch wenn sie ihn nicht zu fassen bekam. Das hier war nichts, was sie mit einem Grinsen abtun und als schräges, verrücktes Hobby ihrer Mitbewohnerin abtun konnte. Das hier ging tiefer.

Was sollte sie mit dem Büchlein machen? Es zurücklegen und so tun, als hätte sie es nie gesehen, wenn Jenny zurückkam? Konnte sie dann überhaupt noch mit ihr unter einem Dach leben? Oder würde sie sich ständig fragen, was unter den brünetten Locken ihrer Mitbewohnerin vorging? Jedes Mal zusammenzucken, wenn Jenny ein Küchenmesser zur Hand nahm?

Unsinn, sagte sie sich selbst. Jenny war immer wieder mal launisch gewesen, zickig, aber nie gewalttätig. Der Typ, der mit Tellern warf oder Türen hinter sich zuknallte, aber das war es auch schon.

Aber ... vielleicht blieben ihre Launen nur deshalb im Rahmen, weil sie Medikamente nahm. Nika ging einen Schritt weiter ins Zimmer, suchte nach der Pillenschachtel, die sie beim letzten Mal gefunden hatte.

Da. Direkt unterhalb des Fensters. Phenazepam. Sie zog noch einmal den Beipackzettel heraus, las nach. Das Mittel wurde gegen Epilepsie eingesetzt, außerdem wirkte es beruhigend – eine Tatsache, die nun angesichts der Zeichnungen in einem ganz neuen Licht erschien. Es sah so aus, als könnte Jenny jede Menge Beruhigung brauchen.

Nika bückte sich, um das Buch wieder auf dem Boden zu deponieren, überlegte es sich dann aber anders und steckte es in ihre Handtasche. Wenn Jenny auftauchte, würde sie sie fragen, was eigentlich in ihrem Kopf los war.

In ihrem eigenen Zimmer begann Nika schweren Herzens mit einer Bestandsaufnahme. Ihren Kleiderschrank hatte sie ziemlich schnell wieder eingeräumt, das heruntergerissene Bettzeug zurückgelegt. Als Nächstes versuchte sie, ihre Studienunterlagen zu sortieren, was sich als elende Quälerei erwies. Einlageblätter waren aus Mappen gefallen, bei manchen wusste Nika nicht mehr, wo sie eigentlich hingehörten.

Schließlich pfiff sie auf Gründlichkeit und räumte den ganzen Kram möglichst schnell auf; sie würde sich später schon zurechtfinden. Tat sie ja immer.

Nach eineinhalb Stunden war der Zustand ihres Zimmers zumindest erträglich und Nika ging ins Bad, um sich die Hände zu waschen, blieb aber schon an der Schwelle stehen, als wäre sie gegen eine unsichtbare Wand gelaufen.

Es war ein Irrtum gewesen zu denken, dass seit dem Einbruch niemand Fremdes mehr die Wohnung betreten hatte. Jemand war ganz definitiv da gewesen, und er hatte wieder eine Nachricht auf dem Spiegel hinterlassen. Vier Worte diesmal.

HAU AB NACH HAUSE

Nika war erstaunt, wie kühl sie bei dem Anblick blieb. Als hätte sie halb und halb schon mit so etwas gerechnet. Sie trat näher. Keine Zahnpasta diesmal, nein, Lippenstift, der teure dunkelrote von Yves Saint Laurent, den Nika von ihrer Mutter geschenkt bekommen hatte. Da stand er noch, auf der Ablage neben dem Waschbecken, wo auch der Großteil von Jennys Schminkzeug lag.

Da, wo bis vor Kurzem in Nikas Innerem noch Angst geherrscht hatte, war nun bloß noch kalte Wut. War die Hölle der vergangenen Tage nur eine Show, die Jenny abzog? Um Nika loszuwerden, die sie ja ganz offensichtlich hasste, wenn man sich das Ich-stoß-dir-einen-Pfahl-ins-Herz-Bild ansah?

Sie nahm den Lippenstift, steckte ihn ebenfalls in ihre Handtasche und griff nach einem Schwammtuch, ließ es aber nach kurzem Überlegen wieder sinken. Wenn Jenny Spielchen spielen wollte, dann konnte sie das haben. Die Schrift würde stehen bleiben, dann war das ein weiterer Punkt, zu dem Nika sie zur Rede stellen konnte.

Sie war die ganze Zeit über von falschen Voraussetzungen ausgegangen, grübelte sie, während sie die Wohnungstür hinter sich schloss und langsam die Treppen nach unten stieg. Sie hatte sich über das Verschwinden ihres Handys, ihres Notebookakkus, ihrer Schlüssel und ihres Passes gewundert und sich Sorgen um Jenny gemacht, weil sie gedacht hatte, ihre Mitbewohnerin wäre ganz normal, von ein paar kleinen Macken abgesehen.

Aber das stimmte nicht. Jenny war total verrückt.

Stefano wartete bereits, als Nika das Café betrat. Vor ihm am Tisch stand eine Espressotasse, und er hatte sich eine Tageszeitung vom Stapel genommen. La Stampa. Damit war er weit und breit der Einzige, der sich nicht entweder unterhielt oder mit seinem Handy spielte.

Er blickte erst auf, als sie sich setzte. »Hey, Nika. Du siehst ...«, er suchte sichtlich nach Worten, »esausto, äh, müde ...«

»Erschöpft, wolltest du sagen«, sprang sie ein. »Ja. Müde, erschöpft, fertig und durch den Wind. Das bin ich alles.«

Er sah sie einige Sekunden lang an, dann nickte er. »Du brauchst etwas zu essen.«

»Nein, um Himmels willen, bitte nicht. Mir wird schon beim Gedanken daran übel. In der Wohnung ...«

Er legte leicht den Kopf schief. »Ja?«

Nika rieb sich die Augen, mit dem einzigen Erfolg, dass es Wimperntuschespuren auf den Fingern hinterließ. »Es war noch einmal jemand da. In der Nacht.«

Stefanos besorgtes Stirnrunzeln tat ihr unerklärlich gut. »Was für ein Glück, dass du bei uns geblieben bist!«, rief er. »Hast du die Polizei gerufen?«

Nein. Hatte sie nicht. Wozu auch? Soweit sie es gesehen hatte, war nichts zusätzlich weggekommen oder kaputtgegangen, und das Chaos war genauso groß gewesen wie am Tag zuvor.

»Jemand hat etwas auf den Spiegel geschrieben«, murmelte sie. »Und ich glaube, es war Jenny.«

Sie schilderte Stefano, welche Nachricht sie beim ersten Mal im Bad vorgefunden hatte. »Diesmal stand da, ich soll nach Hause abhauen, das war mit Lippenstift geschrieben. Ich glaube, sie war in der Wohnung, ganz kurz. Und ich bin sicher, sie will mich loswerden.«

Stefano verzog kurz den Mund. »Warum denkst du das? Ich kenne Jenny nicht, aber ...«, wieder suchte er nach den richtigen Worten, »wenn das stimmt, kann sie es doch einfach sagen.«

Da war was dran. Jenny hatte noch nie ein Blatt vor den Mund genommen, sie hätte keinerlei Hemmungen gehabt, Nika zu bitten, das Feld zu räumen.

»Ich hole dir jetzt erst einmal etwas zu trinken!« Er sprang auf, ging zur Bar und ließ sich von Paola einen Cappuccino und ein Glas frisch gepressten Orangensaft geben. Beides stellte er vor Nika ab. »Das ist gut gegen Müdigkeit.« Er strahlte. »Trink das erst, und dann erzähl mir von Jenny.«

Nika empfand es als Wohltat, dass jemand sich um sie kümmerte, auch wenn es vermutlich nur aus Neugier war. Stefano hatte den Vorfall mit dem Auto und Liz' Verletzung kein einziges Mal erwähnt, auch gestern nicht. Entweder er glaubte, dass Liz sich geirrt hatte, oder er fand verhaltensauffällige Menschen spannend.

»Jenny ist nett«, begann sie nach den ersten zwei Schlucken Kaffee. »Aber sie ist sehr empfindlich. Und sehr eifersüchtig. Wir hatten ein paarmal Streit, immer dann, wenn ich Beachtung bekommen habe und sie nicht.« Jetzt, wo sie es aussprach, wurde Nika wieder klar, wie treffend dieser kurze Satz die Tatsachen beschrieb. Jenny war der lustigste, freundlichste Mensch, solange niemand anders ihr den Platz im Mittelpunkt streitig machte.

»Ich glaube trotzdem, dass die Nachrichten auf dem Spiegel von ihr waren«, fuhr sie fort. »Heute habe ich nämlich das hier gefunden.« Nika zog das Skizzenbuch aus der Tasche und reichte es Stefano, der es aufschlug und große Augen bekam.

»Porco dio«, stieß er zwischen zusammengebissenen Zähnen hervor. »Das ist ... krank.« Er blätterte weiter, blieb immer wieder bei besonders schlimmen Zeichnungen hängen und schüttelte fassungslos den Kopf.

»Vielleicht ist es ja auch nur eine Art von Kunst«, versuchte Nika wider besseres Wissen eine harmlose Erklärung. »Eine besonders dunkle Art von Fantasie. Manche Comiczeichner machen auch wirklich verrücktes Zeug ...«

Stefano war bei dem Bild der aufgespießten Nika angekommen, sein Blick war nicht mehr düster, sondern wutentbrannt. Er drehte das Skizzenbuch um, sodass Nika die Zeichnung deutlich sah, und deutete auf den breiten Blutstrom, der ihrem von Jenny geschaffenen Alter Ego aus dem Mund lief. »Das bist du, nicht? Sie malt Menschen, die sie kennt, sie tötet sie auf dem Papier. Das ist nicht Kunst, das ist ... pazzo. Verrückt.«

Er sprach aus, was Nika gedacht hatte, aber merkwürdigerweise machte das die Sache nicht besser, im Gegenteil. Insgeheim hatte sie gehofft, er würde das Ganze als Lappalie abtun und sie beruhigen, doch nun überlegte Nika ernsthaft, ob sie nicht ihre Sachen packen und sich eine andere Unterkunft suchen sollte. Schnell.

Stefano hatte weitergeblättert, sein Blick hing an dem Bild eines Mannes, der mit den Füßen nach oben an einem Baum aufgehängt worden war und dort ausblutete, aufgeschlitzt vom Hals bis zum Nabel.

»Ich wüsste ja gerne«, sagte er stockend, »ob ich ihr auch einmal begegnet bin. Hast du ein Foto von Jenny?«

»Leider nicht«, sagte Nika voller Bedauern. »Ich hatte ein paar auf meinem Handy, aber das ist ja weg.« Sie streckte die Hand nach dem Buch aus. Stefano zögerte kurz, dann gab er es ihr. »Es gibt Menschen, die haben solche Bilder im Kopf«, sagte er langsam. »Das ist nicht schön, aber auch nicht so schlimm. Jenny holt sie ins echte Leben, du weißt, was ich meine?«

»Ja. In die Realität.«

»Ganz genau. Sie will sie nicht nur hier sehen«, er deutete auf seine Schläfe, »sondern auch richtig. Am Anfang nur auf Papier, aber vielleicht wird ihr das nicht für immer genügen.«

Nika unterdrückte den Impuls, Stefano zu fragen, ob sie noch ein paar Tage bei ihm und den anderen unterschlüpfen konnte – sie würde ihn damit nur in die Zwickmühle bringen. Ihm wäre es recht, da war sie sicher, aber Amelie und vor allem Liz würden sich zweifellos querlegen. Und eigentlich hatte sie selbst keinerlei Lust auf eine weitere Begegnung.

Es war, als hätte Stefano ihre Gedanken gelesen. »Möchtest du noch eine Nacht bei uns schlafen?« Er grinste. »Eigentlich ist es meine Wohnung. Die von meinen Eltern. Ich bin in Siena geboren. Amelie und Liz zahlen Miete für ihre Zimmer, aber wenn ich sage, du sollst bleiben –«, er zuckte mit den Schultern, »dann müssen sie Ja sagen.«

Entschieden schüttelte Nika den Kopf. »Nett von dir, aber lieber nicht.« Die Erinnerung an die Konfrontation mit Liz und an ihre eigene Reaktion auf das Nirvana-Lied war alles andere als angenehm. »Aber ich würde gerne das Schloss an der Wohnungstür tauschen lassen. Kennst du einen guten Schlosser, der heute noch vorbeikommen könnte?«

Kurz dachte Stefano nach, dann zog er sein Smartphone aus der Hosentasche. »Google is your friend.« Sein italienischer Akzent war im Englischen noch deutlicher, als wenn er deutsch sprach. Aber ebenso anziehend, fand Nika, bloß dass sie für solche Dinge gerade überhaupt keinen Kopf hatte.

Eine knappe Minute später hatte er einen möglichen Kandidaten aus der Liste ausgewählt. »Der hier ist ein Freund der Familie. Emilio Costa. Soll ich ihn anrufen?«

Nika rang sich ein Lächeln ab. »Bitte.«

Es dauerte nicht lang, dann hatte Stefano jemanden am Apparat und ratterte los, in einem Tempo, das es ihr unmöglich machte, auch nur das Geringste von dem zu verstehen, was er sagte. Das Wort »chiavi«, also Schlüssel, glaubte sie irgendwann herauszuhören, und nachdem Stefano ein zweites Wort ständig wiederholte, vermutete sie, dass »serrature« Türschloss bedeuten musste.

Das Gespräch dauerte kaum drei Minuten, dann legte Stefano zufrieden das Handy auf den Tisch und trank den letzten Schluck seines Espresso. »Emilio schickt jemanden, um drei Uhr. Er macht ein neues Schloss, du bekommst drei Schlüssel und, äh … sconto. Weil er mich kennt.«

Mit so schneller Hilfe hatte Nika nicht gerechnet, und der Preisnachlass freute sie wirklich. Sie musste zusehen, dass sie mit ihrem Geld auskam – und sie brauchte ein neues Handy.

Apropos Handy. Da war noch etwas, das sie versuchen konnte, wenn Stefano ihr seines lieh. Jenny hatte ihr oft über Facebook oder Whatsapp geschrieben, wenn es etwas zu organisieren gab. Oder oft auch einfach nur zum Spaß.

Spaß, genau, so wie die Sache mit den abgeschnittenen Köpfen.

In ihr Whatsapp-Konto würde sie mit einem fremden Handy nicht kommen, aber Facebook sollte kein Problem sein.

Stefano erwies sich einmal mehr als völlig unkompliziert. Er loggte sich ohne lange Diskussion aus seinem Account aus und reichte Nika das Handy schon mit geöffneter App.

Sie gab Mail-Adresse und Passwort ein und fand – nicht sehr überraschend – vier neue Freundschaftsanfragen, zwölf Nachrichten und 144 Benachrichtigungen.

Interessant waren hier nur die Nachrichten. Nika tippte auf das Messenger-Symbol, ihr Blick flog über die Profilbilder.

Keine Nachricht von Jenny. Dafür hatten sich drei Studienkolleginnen von zu Hause gemeldet, ihre Cousine, sonst nur reine Internetfreunde und ihr Ex. Boris. Alles nur gut gelaunte Bemerkungen darüber, dass es in Italien doch sicher alles toll war.

Dann gab es da noch eine Nachrichtenanfrage, es hatte ihr also jemand geschrieben, mit dem sie nicht befreundet war. Ohne große Erwartungen öffnete Nika den entsprechenden Ordner.

Der Name des Absenders ließ ihr Herz einen Schlag aussetzen. *Spiegel Verkehrt.* Das war ein Fake-Account, keine Frage, und wahrscheinlich würde er nicht lange existieren, der Besitzer hatte sich nicht einmal die Mühe gemacht, ein Profilbild einzurichten. Dafür hatte er aber ein Foto geschickt. Nika tippte darauf, mit zitternden Fingern.

Die Qualität war schlecht, trotzdem war es völlig eindeutig, wer darauf zu sehen war. Sie selbst, offenbar nachts, denn es war dunkel rundum. Sie saß auf dem Boden, den Oberkörper gegen einen Baum gelehnt, und wirkte, als könne sie jederzeit umkippen. Ihre Arme lagen kraftlos neben ihr, die Hände mit den Innenflächen nach oben. Ihr Gesicht ...

Nika versuchte zu schlucken, doch es war, als steckte etwas Großes in ihrem Hals, das nichts hindurchlassen wollte. Sie konnte ihren eigenen Gesichtsausdruck nicht erkennen, dazu war das Foto zu verpixelt. Es größer zu ziehen half gar nichts, sie ließ nur beinahe das Handy fallen.

»Alles in Ordnung?« Stefanos besorgte Stimme drang nur dumpf zu ihr, wie durch Wasser. Er beugte sich vor, wollte offenbar auch sehen, was es war, das sie so fesselte, doch sie drehte sich blitzschnell zur Seite. »Sorry«, krächzte sie, »es ist nur ...«

»Kein Problem.« Er klang kühler als eben noch und ein bisschen verletzt. »Das ist privat. Ich verstehe.«

Sie hätte ihn gern beschwichtigt, aber das Bild brachte sie noch zu sehr aus der Fassung. War der Boden, auf dem sie saß, schlammig oder sah das nur so aus? Ganz sicher war, dass sie die gleichen Sachen trug wie zu dem Zeitpunkt, als sie aufgewacht war.

Benommen suchte sie nach dem Zeitpunkt, zu dem Spiegel Verkehrt die Nachricht an sie abgeschickt hatte. Montagmorgen, 2 Uhr 14. Das passte alles irgendwie ins Bild, denn natürlich nahm der Absender schon allein mit seinem Namen Bezug auf die anderen Nachrichten, die er Nika hatte zukommen lassen, auf dem Badezimmerspiegel. HAU AB NACH HAUSE

Der Absender – oder die Absenderin.

Jenny.

»Du siehst weiß aus im Gesicht«, hörte sie Stefano sagen. »Ist dir übel?«

Sie atmete tief durch. »Ein Glas Wasser wäre toll«, flüsterte sie.

Er wartete nicht, bis Paola an den Tisch kam, sondern sprang sofort auf und ging zur Bar. Nika nutzte die Zeit, um sich auszuloggen und die Apps zu schließen. Sosehr sie Stefano mochte – dass er in ihren Facebook-Nachrichten las, wollte sie auf keinen Fall.

Das Wasser war eiskalt, dennoch stürzte Nika es in einem Zug hinunter und spürte mit grimmiger Befriedigung, wie ihr Magen sich verkrampfte. Es tat weh und gleichzeitig gut, weil sie immerhin wusste, woher die Reaktion kam.

Stefano hatte sein Handy wieder entgegengenommen, ohne auch nur einen Blick darauf zu werfen. »Besser?«, fragte er.

»Ja.« Sie wusste, sie war ihm eine Erklärung schuldig, irgendeine, und sie würde versuchen, so nah wie möglich an der Wahrheit zu bleiben. »Aber ich bin ziemlich sicher, Jenny versucht, mich fertigzumachen. Ich weiß nicht, warum, vielleicht hat sie einfach nur Spaß dabei. So wie an ihren Zeichnungen.« Das Foto, das sie eben gesehen hatte, ging ihr nicht aus dem Kopf, und vor allem die Schlussfolgerung, die sie daraus zog: Sie wusste nicht, was in der Zeit zwischen Samstagnacht und Dienstagmittag passiert war, aber offensichtlich gab es jemanden, der es ihr erzählen konnte.

Stefano rieb sich über die Stirn. »Hat Jenny Freunde hier in Siena? Gibt es jemanden, der weiß, wie sie wirklich ist?«

Zuallererst fiel Nika Lennard ein, natürlich. Er musste mehr Facetten von ihr kennen als alle anderen zusammen. Und er hatte sich von ihr trennen wollen, fiel Nika wieder ein, oder es sogar getan. Weil er diese Art Drama nicht wollte, und vielleicht meinte er damit nicht bloß Jennys Eifersucht.

Er war es ja auch gewesen, der Nika von der Ohrfeige erzählt hatte. An die sie sich nicht erinnern konnte, ebenso wenig wie an diesen Moment, als jemand sie an einen Baum gelehnt fotografiert hatte. Oder an den Grund, warum sie kotzen musste, wenn sie »Smells like Teen Spirit« hörte.

»Lennard ist also ihr Boyfriend?« Stefano sah aus, als würde er sich innerlich Notizen machen. Immerhin etwas, das Nika noch zum Lächeln brachte. Das und die Tatsache, dass er das Wort *Boyfriend* verwendete.

»Ja. Ist er.«

»Und er ist hier? Studiert er auch?«

»Allerdings. Geschichte, genau wie Jenny, aber er weiß nicht, wo sie steckt. Vorgestern war er in der Wohnung und hat nach ihr gesucht. Seitdem habe ich ihn nicht wieder gesehen.«

Stefano winkte Paola her und zahlte für Nika mit. »Wir haben noch Zeit, bis Emilio dein neues Schloss einbauen kommt. Gehen wir Lennard suchen.«

Es wäre alles so einfach, dachte Nika auf dem Weg zur Uni, wenn sie noch ihr Handy hätte. Oder wenn sie stattdessen wenigstens ihr fotografisches Gedächtnis dafür eingesetzt hätte, sich die Nummern aller ihrer Kontakte zu merken. Sie rechnete sich keine großen Chancen aus, Lennard wirklich zu finden – entweder er saß in einer der Vorlesungen oder er war gar nicht auf dem Campus –, doch zu ihrer eigenen Verblüffung entdeckten sie ihn schon nach wenigen Minuten. Unter einer der Arkaden des Innenhofs, im regen Gespräch mit einem Mädchen.

Die beiden lachten, sie unterhielten sich auf Italienisch, und Nika war nicht sicher, ob sie alles richtig verstand, aber es klang in ihren Ohren so, als würden sie sich für den Abend verabreden.

»Hallo, Lennard.« Andere zu unterbrechen war sonst nicht

ihre Art, aber heute hatte sie nicht mehr genug Kraft, um Rücksicht zu nehmen.

»Nika. Hi.« Er lächelte, aber es wirkte nicht, als wäre er sonderlich erfreut, sie zu sehen. »Gibt es etwas Neues?«

Damit war in gewisser Weise klar, dass er auch noch nichts von Jenny gehört hatte. Sie nahm ihn am Arm und zog ihn ein Stück zur Seite. »Ja und irgendwie auch nein. Kann ich dich ein paar Minuten allein sprechen?«

Er hätte gern abgelehnt, das war deutlich zu sehen, zumal das italienische Mädchen nun seine Tasche schulterte und ihm ein knappes »Ciao« hinwarf.

»Aspetta«, rief er ihr nach. »Non ci vuole tanto tempo!«

Das Mädchen zuckte mit den Schultern, blieb aber immerhin stehen und warf einen demonstrativen Blick auf seine schmale goldene Armbanduhr. Lennard schien eine Schwäche für Zicken zu haben.

»Jenny ist immer noch nicht wieder aufgetaucht«, begann Nika.

»Ah. Tja, da kann man nichts machen.« Er lächelte über ihre Schulter hinweg der Italienerin zu.

»Okay, du vermisst sie nicht, das macht auch nichts«, fuhr Nika hastig fort. »Mir geht es um etwas anderes. Jemand schreibt mir merkwürdige Botschaften auf den Badezimmerspiegel – die Wohnung kann ich ja immer noch nicht verschließen. Letzte Chance, stand da einmal, und heute Morgen: Hau ab nach Hause.« Sie vergewisserte sich mit einem Blick in Lennards Augen, dass sie zumindest einen Teil seiner Aufmerksamkeit hatte. »Ich glaube, das war Jenny. Sieht ihr das deiner Meinung nach ähnlich?«

Auf Lennards Stirn bildeten sich zwei tiefe Längsfalten. »Ich wünschte, ich könnte das beantworten, aber ich habe ihre Reaktionen nie vorhersehen können. Das war zwar einerseits spannend, aber auch verdammt anstrengend.« Er seufzte tief. »Ich hätte mir zum Beispiel nicht vorstellen können, dass sie dich einfach ohrfeigt, aber sie hat es trotzdem getan, vor allen Leuten. Ich bin mittlerweile sicher, dass es eine gute Entscheidung war, mich von ihr zu trennen. Aber wenn sie zurück ist, rede ich noch einmal in Ruhe mit ihr.« Wieder ein Blick zu seiner neuen Bekanntschaft. Die ihm die Entscheidung vermutlich erleichtert hatte.

»Hast du je eine ihrer Zeichnungen gesehen?«

Nun sah Lennard erstaunt drein. »Ja. Sicher. Sie hat den Dom mindestens zehn Mal gezeichnet, aus allen möglichen Perspektiven. Begabt ist sie, das muss man ihr lassen.«

Nika kramte in ihrer Handtasche und förderte das Skizzenbuch zutage. Lennard hatte nicht die Ehre gehabt, von Jenny künstlerisch verstümmelt oder massakriert zu werden, also schlug Nika die Seite auf, auf der sie selbst abgebildet war.

»Heilige Scheiße.« Lennard hielt sich eine Hand vor den Mund, mit der anderen griff er nach dem Buch, doch Nika ließ es nicht los. »Was ist denn das für kranker Mist? Das sollst du sein, nicht wahr? Boah, ist das ekelhaft.«

»Finde ich auch.« Sie klappte das Büchlein wieder zu. »Hat sie dir diese ... Werke nie gezeigt?«

Er schüttelte entschieden den Kopf. »Nein. Ganz sicher nicht, daran würde ich mich erinnern. Wahnsinn, was sie für Aggressionen gegen dich haben muss.«

»Ja, das habe ich mir auch gedacht. Und ich weiß noch nicht mal, warum.« Sie lachte auf. »Aber freu dich schon mal auf den Moment, wenn du ihr noch mal ganz deutlich sagst, dass

Schluss ist.« Damit drehte sie sich um und wollte zu Stefano zurückgehen, als ihr doch noch etwas einfiel.

»Deine Handynummer.« Sie zog einen alten Fahrschein und einen Stift aus der Tasche. »Schreib sie mir bitte auf.«

Sie und Stefano waren schon fast wieder auf der Straße, als Nika plötzlich stehen blieb. »Ich muss schnell noch in die Bibliothek«, erklärte sie. »Vielleicht ist einer der Computer frei. Willst du mitkommen?«

Stefano winkte ab. »Ich warte hier.«

Vielleicht war ja das schöne Wetter daran schuld, aber tatsächlich war die Bibliothek nur spärlich besucht, und es waren sogar zwei der Rechner verfügbar.

Nika überlegte kurz, öffnete Google und gab »Gewaltfantasien« und »psychische Störung« ein. Die meisten der Treffer waren Links, die sich um die antisoziale Persönlichkeitsstörung drehten.

Ein Klick auf den ersten Link brachte Nika zu einer Seite, auf der diese Störung in mehreren kurzen, prägnanten Punkten beschrieben wurde.

Gefühlskälte und mangelndes Einfühlungsvermögen. Geringe Frustrationstoleranz. Aggressives Verhalten und hohe Reizbarkeit. Keinerlei Schuldgefühle. Unberechtigtes Beschuldigen anderer Leute.

Ein bis vier Prozent der Bevölkerung litten angeblich an dieser Störung. Nika las sich die Punkte noch einmal durch und überlegte, was davon auf Jenny zutraf. Reizbar war sie gewesen, keine Frage. Aggressiv offenbar auch, wenn die Sache mit der Ohrfeige stimmte. Gefühlskalt? Hm. Das hatte sie dann gut überspielt, aber andererseits, wenn man sich die Zeichnungen vor Augen führte, traf das wohl auch zu. Und Schuldgefühle dürfte sie ebenfalls keine gehabt haben, sonst hätte sie ihr Skizzenbuch irgendwann weggeworfen.

»Als schwere Form der antisozialen Persönlichkeitsstörung gilt die Psychopathie«, stand am Ende des Artikels. »Auf den ersten Blick sind Psychopathen nicht von ihren Mitmenschen zu unterscheiden, sie sind charmant, anpassungsfähig, aber auch sehr geltungsbedürftig.«

Bingo. Das las sich wie eine Beschreibung von Jenny. »Sie belügen und manipulieren die Menschen in ihrer Umgebung ohne jede Bedenken.« Nika klickte die Seite zu, mit flauem Gefühl im Magen. Teilte sie sich tatsächlich die Wohnung mit einer Psychopathin?

Stefano wartete am Ausgang, er lehnte an der Hausmauer und telefonierte, unterbrach das Gespräch aber sofort, als er Nika kommen sah. »Alles erledigt? Warst du erfolgreich?«

Tja, das konnte man so oder so sehen. »Schwer zu sagen«, murmelte sie und warf einen Blick auf ihre Uhr.

Bis drei Uhr war noch Zeit, aber Nika schlug vor, schon jetzt zur Wohnung zurückzugehen. Sie wollte noch ein bisschen aufräumen, bevor Emilio kam, um das Schloss zu tauschen.

»Bleibst du, bis alles erledigt ist?« Sie warf Stefano einen Blick von der Seite zu. »Mein Italienisch ist wirklich nicht gut.«

»Gerne.« Einen Moment lang machte es den Eindruck, als wolle er ihre Hand nehmen, doch wenn es so gewesen sein sollte, hatte er es sich im letzten Moment anders überlegt. »Wenn du wieder absperren kannst, wird die Angst verschwinden, glaube ich. Und ... ich kann bleiben, so lange du willst.«

Auch über Nacht lag unausgesprochen in der Luft, und Nika zog vor, das auch unausgesprochen zu lassen. Sie kannte Stefano noch nicht gut genug, um einschätzen zu können, was er mit seinem Angebot wirklich meinte.

Sie legten den Rest des Wegs schweigend zurück. Mit jedem Schritt, den sie sich der Via della Fonte näherten, wuchs Nikas Widerwille, die Wohnung wieder zu betreten. Allein die Vorstellung, dass ihr unerwünschter Besucher noch einmal da gewesen sein könnte, drehte ihr den Magen um. *Besucherin*, korrigierte sie sich unmittelbar selbst. *Die völlig verrückte Jenny.*

Sie bogen in die Straße ein, Nika hörte Stefano scharf Luft holen. Ganz offensichtlich hatte auch er den Polizeiwagen gesehen, der direkt vor ihrem Hauseingang stand.

9

Nach der ersten Schrecksekunde heiterte Nikas Stimmung sich auf. »Vielleicht haben sie meine Sachen gefunden!«

Sie beschleunigte ihre Schritte, lief die Treppen hoch, Stefano immer knapp hinter sich. Wie sie halb und halb erwartet hatte, stand die Wohnungstür offen, und in der Diele unterhielt Signore Rizzardini sich mit drei Männern. Zwei davon Polizisten in Uniform, der dritte trug Jeans und eine helle Jacke.

»Signora Ruland?« Der Mann in Jeans trat näher und streckte ihr die Hand hin.

»Ja. Nika Ruland.«

»Commissario Fiorese. Lei abita qui?«

»Er will wissen, ob du hier wohnst«, murmelte Stefano.

So viel hatte Nika auch verstanden. »Ja. Frag ihn doch bitte, ob meine Sachen wiedergefunden worden sind. Mein Handy, meine Schlüssel.«

Stefano hatte kaum begonnen zu reden, da unterbrach der Polizist ihn mit einer Handbewegung und begann seinerseits zu sprechen, in einem Tempo, das es Nika unmöglich machte zu folgen. Was sie allerdings mitbekam, war, dass immer wieder von einer ragazza, also einem Mädchen, die Rede war. Und ein zweites Wort tauchte auch wiederholt auf, doch das hatte sie bestimmt missverstanden, das konnte keinesfalls sein ...

Sie sah zu Stefano hinüber, der plötzlich viel blasser war und sichtlich nach Worten rang. »Er ... der Commissario sagt, es ist ein Mädchen gefunden worden. Tot. Sie sind nicht sicher, aber es könnte sein, dass es Jenny ist.«

Quatsch, war Nikas erster Gedanke, doch gleichzeitig fühlte sie, wie ihre Beine unter ihr nachgaben, als würde alles, was ihren Körper hielt, sich plötzlich verflüssigen.

Sie streckte eine Hand aus, hielt sich an der Wand fest. Nach ein paar Sekunden ging es wieder.

»Heute Morgen ist in den Bottini eine junge Frau gefunden worden«, fuhr Stefano stockend fort. »Es ist noch nicht klar, wer sie ist, weil in ihrer Tasche kein Ausweis ...« Er stockte. Sein Deutsch, das eben noch so gut gewesen war, ließ ihn zunehmend im Stich.

»Du meinst, sie hatte nichts dabei, womit man ihre Identität hätte feststellen können«, flüsterte Nika. »Was sind Bottini?«

»Das sind unterirdische Kanäle. Unter der Stadt. Da fließt Wasser.« Er wandte sich an den Commissario. »È annegata?«

»Non lo sappiamo ancora. Il corpo si trova nel reparto di patologia.«

Stefano wandte sich wieder an Nika. »Ich habe gefragt, ob sie ertrunken ist, aber das ist noch nicht geklärt, sie ist derzeit in der Rechtsmedizin.«

Das merkwürdig schwammige Gefühl von vorhin kehrte zurück. Ohne ein Wort stolperte Nika an den Polizisten vorbei in die Küche und setzte sich hin, stützte ihre Ellenbogen auf den Tisch und das Gesicht in die Hände. Draußen gingen die Gespräche weiter, dann waren Schritte zu hören und die Stimme von Signore Rizzardini, der die Polizisten in Jennys Zimmer führte.

Rauschen. Dann wurde etwas vor Nika auf dem Tisch abgestellt. Jemand rückte einen Stuhl zurecht. Sie blickte auf. Stefano hatte ihr ein Glas Wasser gebracht und sich neben sie gesetzt.

»Sie wissen noch nicht, ob es Jenny ist.« Er blickte über die Schulter zurück zu Commissario Fiorese, der von der Diele aus mit dem Handy Fotos von Jennys Zimmer schoss. »Aber nachdem du sie vermisst gemeldet hast, ist es eine Möglichkeit.«

Nika griff nach dem Glas und trank es halb leer. »Sie könnten auf Jennys Instagram nachsehen.« Warum fiel ihr das jetzt erst ein? »Der quillt über von Selfies.«

»Gute Idee.« Stefano lächelte ihr aufmunternd zu. Minuten später saßen sie zu dritt am Tisch, und Stefano suchte nach Jennys Account. x.cannyjenny.x

Canny Jenny. Die gerissene Jenny. Nika hatte schief gegrinst, als sie zum ersten Mal über den Nickname gestolpert war.

Ihre Bilder waren öffentlich, Jenny hatte es geliebt, Komplimente von ihren über dreitausend Followern zu bekommen. Es gab Fotos von Siena, Fotos ihrer Zeichnungen – nur der unblutigen natürlich – und vor allem Fotos von Jenny selbst. Blaue Augen und dunkles Haar; Brauen, die geschwungen waren wie Rabenflügel.

Stefano tippte eines der Fotos an, um es zu vergrößern, und reichte dem Commissario sein Handy. Der betrachtete das Bild, und Nika sah mit wachsender Angst, wie seine Miene sich verdüsterte.

»Merda«, presste er zwischen den Zähnen hervor, machte sich einige schnelle Notizen auf seinem Block und gab Stefano das Handy zurück.

Die nächsten beiden Stunden verbrachte Nika wie in Trance. Sie beantwortete die Fragen des Kommissars, so gut sie konnte – wann sie Jenny zuletzt gesehen hatte, mit wem sie unterwegs gewesen war, welche Lokale sie gern besucht hatte, wann sie zuletzt telefoniert hatten. Was sie ihm verschwieg, war ihr Blackout; die Tatsache, dass sie nicht wusste, ob sie zwischen Samstag und Dienstag Kontakt gehabt hatten. Und wenn ja, wie der ausgesehen hatte.

Zwischendurch tauchte ein fröhlicher Emilio auf, bereit, das Schloss auszutauschen, wurde aber von den Polizisten sofort wieder weggeschickt.

Sie durchsuchten Jennys Zimmer gründlich und nahmen eine Bürste an sich, zwischen deren Borsten sich jede Menge ihrer Haare verfangen hatte. Für den DNA-Abgleich. Schließlich ging einer der Polizisten ins Badezimmer, um auch noch die Zahnbürste zu holen. Sekunden später hörte Nika ihn nach dem Kommissar rufen.

Der Spiegel, natürlich. Sie hatte nicht mehr daran gedacht, seit die Möglichkeit im Raum stand, dass Jenny tot war. Diese Vorstellung war so ungeheuerlich, dass sie Nikas ganzes Bewusstsein einnahm.

HAU AB NACH HAUSE. Klar wollten die Polizisten wissen, was die Worte bedeuteten, und diesmal übersetzte sie sie ihnen selbst: Vattene a casa.

Sie diskutierten, leise und unverständlich. Stefano stand in der Küchentür, an den Rahmen gelehnt, mit fest vor der Brust verschränkten Armen. »Sie glauben, es ist eine Drohung«, murmelte er.

»Ja, das habe ich auch befürchtet.« Nika hätte am liebsten den Kopf auf die Tischplatte gelegt und die Augen geschlossen. Sie hatte nicht gewusst, dass Entsetzen und Müdigkeit sich zu einer so lähmenden Mischung vereinen konnten.

»Aber keine Drohung gegen dich«, ergänzte Stefano. »Sondern gegen Jenny.«

Während die Polizei sich weiter in der Wohnung umsah, blieb Nika wie versteinert am Küchentisch sitzen und versuchte, ihre Gedanken zu ordnen. Die ganze Zeit über, seit sie dieses *Letzte Chance* am Spiegel entdeckt hatte, war für sie immer klar gewesen, dass der Schreiber die Worte an sie gerichtet hatte.

Wieso hatte sie die andere Möglichkeit nicht einmal in Betracht gezogen? Dass es Botschaften an Jenny gewesen waren?

Einer der Polizisten hatte die Schrift mehrere Male fotografiert und in Kürze würde auch die Spurensicherung auftauchen. Sie hatten Nika gebeten, erst mal anderswo unterzukommen; sobald hier alles erledigt war, durfte sie aber wieder einziehen.

Doch das würde sie nicht, oder wenn, dann nur für kurze Zeit. Fioreses Reaktion auf Jennys Foto war mehr als eindeutig gewesen – er hatte ihr Gesicht erkannt. Wenn das tote Mädchen ihr nicht zufällig extrem ähnlich sah, dann war es wohl wirklich Jenny.

Es sprach ja auch alles dafür. Sie war seit Tagen nicht zu Hause aufgetaucht, sie ging nicht an ihr Handy, sie war an der Uni nicht gesehen worden.

Nika fühlte ein Brennen hinter ihren Augen. Vor ein paar Stunden hatte sie hauptsächlich Angst vor Jenny gehabt, jetzt fand sie das geradezu lächerlich. Gut, sie hatte Nika angeblich geschlagen und die Zeichnungen waren eine Tatsache, aber nichts davon war Grund genug dafür, dass jemand tot im Kanal enden sollte.

Das war es dann mit Italien. Nika würde keinen Tag länger bleiben als unbedingt notwendig, völlig egal, wie sehr ihr Stiefvater sich das Maul über sie zerreißen würde. Doch sogar Ulrich musste eigentlich verstehen, dass ein Abbruch des Auslandssemesters unter diesen Umständen keine Drückebergerei war.

»Okay.« Fiorese war in der Tür aufgetaucht. Fragte nach Nikas Handynummer und sah ungläubig drein, als sie ihm erklärte, dass sie ihr Smartphone leider verloren hatte. Dasselbe galt für ihre Schlüssel, was sie ja bereits gestern bei der Polizei angezeigt hatte, so wie den Einbruch in die Wohnung.

Der Kommissar runzelte die Stirn und gab einige dieser maschinengewehrschnellen Sätze von sich, die für Nika ebenso gut hätten Chinesisch sein können.

»Er meint, es muss einen Zusammenhang geben zwischen dem Einbruch und Jennys Tod«, übersetzte Stefano. »Wenn es wirklich Jenny ist«, fügte er rasch hinzu.

Jaja. Wenn. Hinter Nikas Schläfen bahnten sich erste Anzeichen von Kopfschmerzen an. Das alles hier sollte bitte einfach nur vorbei sein, schnell. Sie gab dem Commissario Lennards Name und Telefonnummer, versicherte ihm, dass sie sonst keine Informationen für ihn hätte und versprach, ihm zur Verfügung zu stehen, wenn er sie noch einmal sprechen wollte. Sie ließ auch bereitwillig ihre Fingerabdrücke nehmen, damit man sie denen in der Wohnung zuordnen konnte.

Dann, als die Spurensicherung eintraf, machte sie sich gemeinsam mit Stefano auf den Weg. Er hatte Nika um die Schultern genommen, ganz selbstverständlich und ohne dass es mehr war als eine freundschaftliche Geste.

Sich ein bisschen an ihn zu lehnen wäre schön gewesen, aber

Nika gab dem Impuls nicht nach. Sie wollte nicht, dass er es missverstand. Unter anderen Umständen hätte sie ihn vermutlich interessant gefunden, gut aussehend sowieso, aber so wie die Dinge standen, gab es kaum etwas, das sie weniger interessierte als irgendwelche romantischen Verwicklungen.

10

Als sie in der WG eintrafen, waren sowohl Liz als auch Amelie zu Hause. Sie saßen mit großen Gläsern selbst gemachter Zitronenlimonade auf dem kleinen Balkon und blickten Nika fassungslos entgegen.

»Das ist jetzt nicht euer ...«, begann Liz, doch Stefano fiel ihr ruppig ins Wort.

»Lasst sie in Ruhe. Verstanden? Sie wird in meinem Zimmer sein, und ihr werdet sie nicht stören.«

Diese Seite hatte Nika bisher nicht an ihm gekannt, und sie war zu erschöpft, um sich zu überlegen, was sie davon hielt. Hauptsache, sie würde jetzt ein bisschen Ruhe haben. Vielleicht sogar schlafen können. Ausblenden. Vergessen.

Stefano schob sie in sein Zimmer und ließ sie dort alleine, zu ihrer großen Erleichterung. Sachte schloss er die Tür hinter ihr.

Lauter Blau- und Grautöne. An der Wand, in Blau und Gold, ein Wimpel von Inter Mailand und zwei Urkunden, die Stefano bei Tennisturnieren gewonnen hatte. Ein breites Bett, ein Schreibtisch, ein Kleiderschrank. Direkt am Fenster ein Polstersessel, neben dem sich Bücher stapelten.

Nika setzte sich auf den Sessel und zog die Beine an den Körper. Von draußen hörte sie die Stimmen der beiden Mädchen, gedämpft, aber trotzdem gut verständlich.

Was soll das?

Das war so nicht ausgemacht.

Ich will sie hier nicht haben!

Dann, nach einer kurzen Pause, Stefanos Stimme, tiefer als sonst. »Es kann sein, dass Jenny tot ist.«

Am liebsten hätte Nika sich die Hände gegen die Ohren gepresst, doch dazu hätte sie die Umklammerung um ihre Knie lösen müssen. Sie schloss die Augen. Langsam, sehr langsam ließ sie die Gedanken zu, die sie weit weggeschoben hatte, seit dem Moment, als der Kommissar von der weiblichen Leiche erzählt hatte.

Der Zettel, der sich immer noch in ihrer Jeanstasche befand. In einem der sinnlos scheinenden Sätze, die sie geschrieben hatte, war von Wasser die Rede. Und nun war es möglich, dass Jenny ertrunken war. In den unterirdischen Kanälen von Siena.

Du weißt, wo das Wasser am dunkelsten ist.

Ganz sicher war es dort unten dunkel.

War sie dabei gewesen, als es passiert war? Oder war sie Jenny nicht gefolgt? Hätte sie ihren Tod verhindern können?

Draußen wurden die Stimmen lauter. »... spielt sie uns diese Gedächtnisverlustgeschichte doch nur vor«, rief Liz. »Was denkst du, warum? Weil sie genau weiß, was mit Jenny passiert ist, weil ...«

Das Klingeln eines Handys unterbrach sie, und Sekunden später hörte Nika Stefano sprechen, leise und schnell. War das die Polizei? Er hatte Fiorese seine Nummer als vorläufigen Kontakt gegeben, vielleicht gab es schon etwas Neues. Dann würde er wohl gleich ins Zimmer kommen.

Doch das passierte nicht. Stefano beendete das Gespräch, und Liz nahm den Faden sofort wieder auf.

»Es ist wirklich nett von dir, dass du Nika helfen willst, aber wenn du gesehen hättest, wie sie getobt hat in dieser Nacht – du würdest dir auch deinen Teil denken.«

Was zum Beispiel? Dass sie Jenny im Kanal ersäuft hatte? Nika spürte Wut in sich hochkochen, was ein viel besseres Gefühl war als die Mischung aus Hilflosigkeit und Verzweiflung, in die sie sich die letzten Stunden über eingesponnen gefühlt hatte.

Sie sprang aus dem Sessel auf, schlüpfte in die Schuhe und griff nach ihrer Handtasche. Mit einem Ruck riss sie die Tür zum Wohnzimmer auf. »Keine Sorge, Liz, du musst dir nicht weiterhin vor Angst ins Höschen machen. Ich gehe, kein Problem. Wenn du gern der Polizei von deinen Befürchtungen erzählen willst, ich bin sicher, Commissario Fiorese wird dir zuhören.«

Sie stürmte aus der Wohnung, voller Zorn, aber ohne jeden Plan. Hinter sich hörte sie Stefano rufen, hörte auch seine Schritte auf der Treppe, doch sie drehte sich nicht um. Erst als sie die Straße schon gut zweihundert Meter weiter entlanggelaufen war, blieb sie stehen.

Dumme Reaktion. Sie hatte sich eben selbst um ihren Schlafplatz für die Nacht gebracht, aber vor allem hatte sie die einzige Person vor den Kopf gestoßen, die ihr bisher zur Seite gestanden hatte.

Ein Blick auf die Uhr, es war kurz nach sechs. Unschlüssig sah sie sich um. Falls Stefano ihr noch ein Stück gefolgt war, hatte er es jetzt jedenfalls aufgegeben. Konnte man ihm nicht verdenken, sie hatte sich ihm gegenüber unmöglich benommen. Nicht einmal bedankt hatte sie sich.

Das würde sie nachholen, nahm sie sich vor.

Mit dem Gefühl, einen zentnerschweren Stein in ihrem Inneren zu haben, ging Nika weiter. Ohne lange darüber nachzudenken, hatte sie wieder den Weg zur Uni eingeschlagen. Als wäre das ihr letzter Ankerpunkt in dieser Stadt.

Ob die Polizei Lennard schon informiert hatte? Wahrscheinlich. Nika betrat den Innenhof, da hatte sie beim letzten Mal Glück gehabt, doch diesmal war Lennard nirgendwo zu entdecken.

Sie setzte sich an eines der Mäuerchen, in die schräg einfallenden Strahlen der Abendsonne. Gut möglich, dass die Spurensicherung schon mit ihrer Arbeit in der Wohnung fertig war, aber dort wollte Nika jetzt keinesfalls hin. Nein. Es gab einige wichtige Dinge, die sie erledigen musste, allen voran ...

Sie griff hastig in ihre Handtasche. Ja, ihr Geldbeutel war da, inklusive Kreditkarten. Direkt daneben steckte Jennys Skizzenbuch, von dem sie der Polizei nichts erzählt hatte. Warum, wusste sie nicht so genau – wahrscheinlich hatte sie verhindern wollen, dass dieses spezielle Porträt, das Jenny von ihr gemalt hatte, jemanden auf Ideen brachte. Dass sie einander gehasst hatten beispielsweise.

»Ich sie jedenfalls nicht«, murmelte Nika und blätterte die ersten Seiten des Buchs durch.

Meine Güte – hatte Jenny da Kinder gezeichnet? Ja, einen Jungen und ein Mädchen, fast noch Babys, beide mit durchgeschnittenen Kehlen. Auf der nächsten Seite eine alte Frau mit einem dicken Eisennagel in der Stirn ...

Nika klappte das Buch zu, ihr Magen verkrampfte sich bereits verdächtig, fast so wie gestern, als Stefano den Nirvana-Song angespielt hatte. Sie musste an ihre Internet-Recherche denken.

Eine Psychopathin. Ja, vermutlich war es so. Nika steckte das Büchlein zurück in die Tasche und stand auf. Vielleicht würde sie es doch der Polizei geben.

Aber nicht heute.

Sie musste eine Weile gehen, bis sie endlich einen Handyshop fand. Einen Vertrag abzuschließen würde sich nicht mehr lohnen, schließlich würde sie Italien so bald wie möglich verlassen. *Hau ab nach Hause.* Das Bild des beschmierten Spiegels drängte sich in ihren Kopf und verschwand wieder, als die Verkäuferin zum zweiten Mal etwas fragte, was Nika nicht verstand.

Doch es stellte sich schnell heraus, dass sie beide gut Englisch sprachen, und von da an lief das Gespräch problemlos. Nika erstand das günstigste Smartphone, das zu haben war, plus einer Prepaid-Card, deren Guthaben sie zumindest über die nächste Woche bringen sollte.

Hoffentlich hatte sie ihr Konto damit nicht maßlos überzogen; das Letzte, was sie sich wünschte, war, ihre Eltern kurz vor deren Abreise nach Kuba um Geld bitten zu müssen.

Sie packte das Handy noch im Shop aus und setzte die Karte ein. Das Display leuchtete auf, allerdings war der Akkustand sehr niedrig. Egal. Sie würde das Gerät im Soul Café aufladen, Paola würde ihr sicher erlauben, eine Steckdose zu benutzen.

Während Nika das Ladekabel und die Bedienungsanleitung aus der Schachtel nahm und in ihrer Tasche verstaute, wurde es draußen auf der Straße laut. Ein älteres Paar jagte einen Hund, der sich samt seiner Leine losgerissen hatte und nun fröhlich über die Pflastersteine tobte. Nika sah lächelnd nach draußen. Einige Passanten versuchten halbherzig, das Tier einzufangen, andere feuerten es an, doch Nikas Blick blieb an einem Mann hängen, der auf der gegenüberliegenden Straßenseite stand und ganz offensichtlich den Handyladen beobachtete. Seine Hände steckten in den Hosentaschen, und er trug eine dunkelblaue Baseballkappe. Ganz kurz kreuzten sich ihre Blicke, woraufhin der Mann sich sofort zur Seite drehte und schnell davonging.

Nika war reflexartig einen Schritt zurückgetreten, ihre Hand hatte sich um die Schachtel verkrampft, sie beinahe zerquetscht. Das Gesicht des Mannes hatte sie unter dem Mützenschirm kaum erkennen können, trotzdem wusste sie, er war kein Unbekannter.

Sie hatte seinen Oberarm gesehen. Und das Skorpion-Tattoo.

11

Sie vergewisserte sich zweimal, dass der Mann nicht mehr in Sichtweite war, bevor sie sich aus dem Laden wagte. Mit gesenktem Kopf und so schnell sie konnte, ging sie den Weg in Richtung Campo zurück. Sah sich immer wieder um, bis ihr klar wurde, dass sie dadurch allgemein auffiel.

Kurz bevor sie auf die Piazza Tolomei bog, entdeckte sie ein Stück links hinter sich jemanden mit einer blauen Baseballkappe und begann zu rennen, erreichte die Piazza, sah, dass das Tor der Kirche weit offen stand. Das war eine Möglichkeit. Doch es gab noch eine zweite, vermutlich bessere. Eine Gruppe von rund dreißig amerikanischen Touristen, die sich gerade von einem Fremdenführer die Geschichte des Bauwerks erzählen ließen.

Nika stellte sich in die Menge hinein, direkt hinter einen massigen, gut ein Meter neunzig großen Mann, dessen Hemd am Rücken von Schweiß durchtränkt war. Zehn Minuten lang stand sie da, bestens getarnt, und ließ keine Sekunde lang den Zugang zur Piazza aus den Augen, doch die blaue Baseballkappe tauchte nicht mehr auf.

Das Soul Café war am frühen Abend immer gut besucht, aber heute schien es Nika noch voller zu sein als sonst. Sie suchte sich einen Platz möglichst weit von den Fenstern entfernt; wenn der Skorpionmann vorbeikam, sollte er sie nicht auf den ersten Blick entdecken. Und falls er ins Café hineinging, um sie zu suchen, würde Nika ihn zur Rede stellen. Vor so vielen Menschen konnte er ihr nichts tun.

»Cosa ti porto?« Paola hatte sich mit ihrem elektronischen Notizblock vor Nika aufgebaut.

»Un latte macchiato.«

Erst jetzt schien Paola wirklich wahrzunehmen, wer vor ihr saß. Sie legte eine Hand vor den Mund und ließ sich auf einen der freien Stühle gleiten. »Stimmt es, was ich gehört habe?«, fragte sie auf Englisch. »Deine Freundin ist tot?«

Es hatte sich also schon herumgesprochen, damit hätte Nika rechnen müssen. »Ein Mädchen ist tot, das ihr ähnlich sieht. Ob sie es wirklich ist, weiß noch niemand genau.«

Gleichzeitig mitfühlend und unbarmherzig schüttelte Paola den Kopf. »Aber es passt doch alles zusammen. Deine Freundin ist seit Tagen verschwunden, niemand weiß, wo sie ist, und nun wird eine tote Frau gefunden.« Sie legte Nika eine Hand auf den Arm. »Es tut mir leid, aber da ist es besser, realistisch zu sein.«

Trotzig hob Nika das Kinn. »Und was ist mit deiner Freundin? Könnte doch auch ihre Leiche sein.«

»Nein«, erwiderte Paola. »Sie hat mir gestern über WhatsApp geschrieben, sie ist auf Elba. Frisch verliebt in einen gewissen Giulio, der ihr dort auch gleich einen Job organisiert hat.« Sie lächelte schief. »Als Kellnerin, wir haben also eine Stelle frei.«

Sollte das etwa ein Angebot sein? Paola musste Nikas verblüfften Blick richtig gedeutet haben, denn sie griff sich an den

Kopf. »Meine Güte, was rede ich da? Du machst dir Sorgen um deine Freundin, und ich jammere dir vor, dass wir eine Kellnerin zu wenig haben. Tut mir wirklich leid.« Sie stand auf. »Latte Macchiato, ja?«

»Und eine Steckdose.« Nika fischte das Ladekabel aus ihrer Handtasche, woraufhin Paola nicht lange überlegte, eine kleine Stehlampe aus- und Nikas Kabel einsteckte. Dann ging sie zurück zur Bar.

Das Kabel reichte bis zum Tisch, und Nika begann, Apps herunterzuladen. Facebook, Instagram, Twitter, Snapchat und den Messenger. Sie loggte sich ein und sah sich noch einmal das Foto an, das Spiegel Verkehrt ihr geschickt hatte. Diesmal in Ruhe.

Sie lehnte an einem Baum, das stand außer Frage, und es war Nacht. Ihr Kopf war nach rechts gedreht, von der Kamera weg, ihre Augen schienen nur halb geöffnet zu sein.

Nika zog das Foto größer. War sie bewusstlos gewesen? Nein, wenn man genauer hinsah, war klar, dass ihre Augen offen waren, aber ziellos ins Nichts blickten. Fast wie bei einer Toten ...

Ein Gedanke, der sie erschreckte und ihr außerdem pietätlos erschien, angesichts der Tatsache, dass Jenny vielleicht wirklich tot war.

Sie machte das Foto wieder zu. Neue Nachrichten waren nicht eingetroffen, also ging sie auf Instagram, sah sich Jennys Fotos an, vor allem die letzten. Die aus Siena.

Es waren viele, wie erwartet. Jenny hatte Spaß daran, sich zu präsentieren, und fotogen war sie sowieso. Da zum Beispiel, auf diesem Bild, das sie vor dem Spiegel geschossen hatte. Sie trug das kurze blaue Kleid, das sie vor drei Wochen gekauft hatte, ihre Lippen waren zu einem Kussmund gespitzt, und sie zwinkerte mit einem Auge. Das lange braune Haar fiel ihr tief in den Rücken.

Es war der Badezimmerspiegel, vor dem sie stand. Der, auf den bald darauf jemand die Worte LETZTE CHANCE schmieren sollte.

Nika suchte das nächste Foto heraus. Jenny und Lennard auf einer Parkbank, die Köpfe eng aneinandergelehnt. Schwer zu sagen, ob aus Liebe oder weil sie sonst nicht beide im Bild gewesen wären.

Jenny auf der Piazza Il Campo, das Gesicht in die Sonne gereckt, Jenny am Rand des Brunnens sitzend, die Füße im Wasser, Jenny scheinbar nachdenklich ins Nichts blickend, an eine der typischen roten Mauern dieser Stadt gelehnt.

Dazwischen immer wieder ihre Zeichnungen, von Gebäuden, Tieren, Menschen. Alles perfekt getroffen und absolut harmlos. Kein Blut weit und breit, keine aufgespießten Köpfe, keine durchtrennten Babykehlen.

Nika zog das Skizzenbuch aus ihrer Tasche, verglich noch einmal den Stil, die Art der Strichführung – nein, da bestand kein Zweifel. Die Zeichnungen stammten von ein und derselben Person.

»Latte Macchiato. Prego.« Vor Nika senkte sich ein hohes Glas mit karamellfarbener Flüssigkeit und schneeweißem Milchschaum herab. Blitzartig schlug sie das Buch zu und blickte hoch, doch Paola lächelte unverändert. Das hieß, sie hatte nichts gesehen, sonst wäre ihre Miene eine ganz andere gewesen.

Ihren Kaffee trank Nika langsam, danach bestellte sie sich noch ein Sandwich mit Mozzarella und Tomaten – sie wollte auf jeden Fall hier sitzen bleiben, bis ihr Handy vollständig geladen war.

Die Zeichnungen gingen ihr nicht aus dem Kopf. Das war der Fluch eines fotografischen Gedächtnisses, sie hatte jede Einzelheit völlig klar vor Augen. Wenn sie wenigstens mit Jenny darüber hätte reden können, doch das war vielleicht für immer ausgeschlossen.

Als der Handyakku voll war, winkte Nika Paola heran, zahlte und ging wieder hinaus auf die belebten Sieneser Straßen, aber nicht, ohne sich vorher gründlich umzusehen.

Nirgendwo eine Spur des Skorpionmanns.

Der Abend war warm, und es war bereits dunkel geworden. Nika spazierte ziellos durch die Altstadt und fragte sich, wie sie das die ganze Nacht lang durchhalten sollte.

Das würde sie vermutlich nicht. Es war höchste Zeit, sich zu überlegen, wo sie schlafen konnte. Bis ein oder zwei Uhr war es kein Problem, durch diverse Lokale zu streifen und zu hoffen, dass sie jemanden treffen würde, den sie kannte – obwohl sie auf Gespräche nicht die geringste Lust hatte, sie wollte nur nicht alleine sein. Aber danach ...

Der Gedanke kam wie von selbst. Lokale. Natürlich. Warum hatte sie daran noch nicht gedacht? Ihre letzte Erinnerung vor dem Blackout stammte aus dem Bella Vista Social Pub. Vielleicht konnte ihr dort jemand helfen, daran anzuknüpfen, vielleicht hatte jemand mitbekommen, worüber sie und Jenny gestritten hatten. Vor ungefähr fünf Minuten war Nika an dem Pub vorbeigekommen, nun machte sie kehrt und lief zurück. Das höhlenartige Lokal war beinahe noch leer. An der aus Ziegeln gemauerten Bar saß ein einzelner junger Mann, an einem der Tische vor den bunt plakatierten Wänden ein kuschelndes Pärchen. Das war alles.

Sie trat zögernd an die Bar heran. Einen der Barmänner kannte sie, er hatte fast jeden Abend Dienst. »Ciao.«

Er hob lächelnd den Kopf. »Ciao. Que ...« Er unterbrach sich sofort, seine Mundwinkel sanken herab. »Oh. Du bist das«, verfiel er sofort ins Englische. »Ich habe von deiner Freundin gehört. Jenny, nicht wahr? Tut mir sehr leid.«

Offenbar verbreiteten Neuigkeiten sich in Siena so schnell wie die Masern, und offenbar nahmen bereits alle es als erwiesen an, dass Jenny die Tote aus den Bottini war.

»Ja«, murmelte Nika. »Danke. Kann ich dich etwas fragen? Carlo?« Sie war sich nicht ganz sicher, was den Namen anging.

»Claudio«, korrigierte er sie freundlich. »Sicher kannst du fragen.«

»Du warst doch letzten Samstag hier, nicht wahr? Angeblich soll Jenny mich geohrfeigt haben. Stimmt das?«

Ein flüchtiges Lächeln huschte über Claudios Züge, doch er wurde schnell wieder ernst. »Und ob. Daran kannst du dich nicht erinnern? Du müsstest ihren Handabdruck tagelang im Gesicht gehabt haben.«

Sie sah ihn ein paar Sekunden lang schweigend an. »Ich weiß nichts mehr davon. Hast du zufällig gehört, worum es ging? Warum hat sie mich geschlagen?«

Es war dem Barkeeper deutlich anzusehen, dass er überlegte, ob sie ihn nicht für dumm verkaufen wollte. »Gehört habe ich nichts, das hätte ich wohl auch nicht verstanden, nachdem ihr Deutsch geredet habt. Aber ich denke, ich habe den Grund gesehen. Du hast dich ziemlich an ihren Freund herangemacht. Hast ihm die Arme um den Hals geschlungen, wolltest auf seinem Schoß sitzen ...« Er zuckte mit den Schultern. »Da ist sie dann ausgerastet. Fand hier aber niemand so schlimm, in Italien halten wir mit unseren Gefühlen nicht hinter dem Berg.« Er strich Nika freundschaftlich übers Haar. »Keine Sorge, du bist nicht die Erste, die in diesem Lokal eine geklebt bekommen hat.« Nika brachte keine Entgegnung zustande, sie war fassungslos, ihr Gesicht war heiß geworden vor Scham. Dann stimmte es also, was Lennard erzählt hatte. Dass sie ihn angeflirtet hatte, in Jennys Gegenwart. Wieso war sie so bescheuert gewesen? Wo sie doch wusste, wie eifersüchtig Jenny war? Und wo ihr Lennard doch eigentlich gar nicht gefiel?

»Möchtest du etwas trinken?« Claudios Stimme klang mitfühlend.

»Gerne. Ein Pellegrino Orange wäre schön.« Auf gar keinen Fall würde sie Alkohol trinken. Nie wieder, wenn es das gewesen war, was ihr Gehirn so vernebelt hatte.

Sie setzte sich auf einen der Barhocker und ließ ihren Blick durch das Lokal schweifen, konzentrierte sich, versuchte, die Erinnerung herbeizuzwingen.

»Habt ihr an diesem Abend Nirvana gespielt?«, fragte sie zögernd.

Claudio, der eben dabei war, ihre Limonadenflasche zu öffnen, schüttelte entschieden den Kopf. »Das haben wir gar nicht in unserer Playlist. Hast du bei uns schon je etwas anderes als kubanische oder südamerikanische Musik gehört? Nein, oder?«

Resigniert hob Nika die Schultern. Dann hatte also eines mit dem anderen nichts zu tun. Allmählich füllte sich die Bar. Kleinere Grüppchen und Paare verteilten sich an den Tischen, die Musik wurde lauter gedreht. Nika hielt Ausschau nach bekannten Gesichtern, vergebens. Sie trank ihr Pellegrino aus, zahlte und ging.

Kurz nach zehn war es erst, und sie fühlte sich jetzt schon

todmüde. Die Vorstellung, in Stefanos WG um Asyl zu bitten und dort Amelie und Liz zu begegnen war aber ebenso unerträglich wie die, in einem der Parks zu übernachten.

Nika atmete tief durch. Die dritte Möglichkeit war ebenso scheußlich und vielleicht sogar gefährlich, aber sie würde es darauf ankommen lassen. Langsam ging sie in die Via della Fonte zurück und klopfte an Signore Rizzaldinis Tür, hinter der sie noch lautstark den Fernseher lärmen hörte.

Der Hausmeister öffnete ihr in Jogginghose und Unterhemd. »Stanotte dormo qui«, brachte sie mühsam hervor. »Potrebbe chiudere la porta a chiave?« Sie deutete auf die Eingangstüre, die sie gerne versperrt haben wollte, und Rizzardini nickte eifrig. Er holte seinen Schlüsselbund und sperrte doppelt ab.

»Grazie.« Nika lächelte ihn dankbar an und schleppte sich dann die Treppen hoch.

Die Polizei hatte in der Wohnung nach Spuren gesucht und dabei auch selbst jede Menge davon hinterlassen. Weißes Pulver auf Türgriffen und Möbeln, auf der Kaffeemaschine und den Wasserhähnen.

Das Pulver brachte sie auf eine Idee. Sie hatte sich, noch bei offener Wohnungstür, versichert, dass niemand ihr hier auflauerte. Nun drückte sie die Tür zu und ging dann in die Küche, um Mehl zu holen. Ein bisschen davon stäubte sie auf den Boden der Diele, bevor sie Matratze, Bettdecke und Kissen aus ihrem Zimmer schleppte und sich eine Schlafstatt auf dem Badezimmerboden baute. Die Tür zum Bad hatte immerhin einen Riegel, den man schließen konnte.

Sie rollte sich unter der Decke ein und versuchte noch, sich einen Plan für den nächsten Tag zurechtzulegen, doch der Schlaf löschte binnen Sekunden jeden ihrer Gedanken aus.

12

Keine Spuren im Mehl. Nika war gegen neun Uhr erwacht, sie hatte wie narkotisiert geschlafen und fühlte sich endlich ein wenig ausgeruht. Das Öffnen der Badezimmertür hatte sie Überwindung gekostet, doch ihre Sorge war unbegründet gewesen. Es hatte keinen nächtlichen Besucher gegeben, diesmal.

Sie duschte, kehrte das Mehl weg und aß zum Frühstück das letzte Stück Weißbrot mit Erdbeermarmelade. Die Aussicht auf den Tag, der vor ihr lag, fühlte sich an wie ein langer Hindernislauf, den sie mit verbundenen Augen absolvieren musste. Das neue Türschloss war ein Fixpunkt, aber der einzige. Dafür musste sie erst Stefano finden und vorab mit der Polizei klären, ob sie wieder frei über die Wohnung verfügen durfte.

Der einzige Gedanke, der sie wenigstens ein bisschen fröhlicher stimmte, war der an ihre Abreise. Sie würde an der Uni Bescheid geben und ein paar Freunde zu Hause informieren, mehr war nicht nötig. Genug Geld für ein Bahnticket hatte sie, und was ihren Pass anging ... um über die Grenze zu kommen, brauchte sie ihn nicht, und sie würde sofort einen neuen beantragen, wenn sie wieder daheim war.

Wäsche waschen, das war auch noch so ein Fixpunkt, den sie

nicht vergessen durfte. Am besten erledigte sie das gleich. Sie leerte den Wäschekorb, stopfte so viel in die Maschine, wie hineinging, und schaltete sie an.

Es war kurz vor zehn Uhr, da war die Chance, Stefano noch zu Hause anzutreffen, ziemlich hoch. Nika lief die Treppen nach unten, grüßte Signore Rizzardini, der dabei war, eine Glühbirne zu wechseln, und trat aus dem Haus – nur um dort beinahe mit Stefano zusammenzustoßen. Egal, ob das Zufall war oder er gewartet hatte, es war fantastisch, dann ersparte sie sich eine weitere Begegnung mit Liz und Amelie.

»Hey!« Sie drückte ihm ein Küsschen auf die Wange. »Toll, dass du hier bist, ich wollte eben ...«

Er nahm sie bei den Schultern. »Die Polizei hat angerufen, ich habe ja meine Kontaktdaten angegeben. Sie wollen, dass du ins Kommissariat kommst.« Er hielt Nikas Blick mit seinem fest. »Es hat ernst geklungen.«

Das bisschen Fröhlichkeit, dass Nika mühevoll in ihrem Inneren zusammengekratzt hatte, verschwand sofort. Ernst. Das konnte nur bedeuten, dass wirklich Jenny das tote Mädchen war.

Bisher hatte sie im Grunde nicht daran geglaubt. Sie kannte Jenny noch nicht so lange, aber es war schnell klar gewesen, dass sie zu den Leuten gehörte, die Glück hatten. Egal, ob es darum ging, einen Bus noch zu erwischen, genau das Richtige für eine Prüfung zu lernen oder etwas im Ausverkauf günstiger zu bekommen. Menschen wie Jenny kamen immer mit einem blauen Auge davon, selbst wenn es eng wurde.

Wenn sie wirklich tot war ...

Es fiel Nika schwer, den Gedanken zu Ende zu denken. Sie hätte ihr nicht mehr über den Weg getraut, nicht, nachdem sie die Zeichnungen gesehen hatte. Aber das alles schien plötzlich so nebensächlich zu sein.

»Hat die Polizei sonst noch etwas gesagt?«, fragte sie heiser. Sie versuchte, sich ihre Angst nicht anmerken zu lassen, zum Beispiel davor, in einen Kühlraum geführt zu werden und dort Jennys Leiche identifizieren zu müssen.

Stefano dachte einen Moment lang nach. »Nein. Nur dass du aufs Kommissariat kommen sollst. So schnell wie möglich.« Er nahm sie beim Arm. »Es ist nicht weit. Ich begleite dich, wenn du einverstanden bist.«

Sie war nicht nur einverstanden, sie war ihm zutiefst dankbar, auch wenn sich schnell herausstellte, dass er diesmal nicht für sie übersetzen würde. Commissario Fiorese führte Nika in einen kleinen Raum, in dem bereits eine kurzhaarige Frau mit Brille wartete, die Dolmetscherin war und Nika bat, Platz zu nehmen. Was Stefano anging, so durfte er nicht mit hinein, sie stellten ihm frei, ob er gehen oder draußen warten wollte.

»Sie meinen, es wird länger dauern«, sagte er betreten. »Tut mir leid, dass ich dich alleine lassen muss.«

»Schon gut.« Das war es nicht, es war alles andere als gut, aber sie würde das jetzt irgendwie durchstehen. »Gibst du mir deine Handynummer? Dann rufe ich dich an, wenn ich hier fertig bin.«

Zwei Minuten später schloss Fiorese die Tür hinter ihr. Er begann zu sprechen, ohne Nika dabei aus den Augen zu lassen. Alle zwei Sätze machte er eine Pause, damit die Dolmetscherin übersetzen konnte.

»Es steht jetzt fest, dass das tote Mädchen aus den Bottini Ihre Mitbewohnerin Jennifer Kern ist. Sie ist wohl zwischen Sonntagmittag und der Nacht von Montag auf Dienstag ums Leben gekommen, unser Rechtsmediziner versucht noch, den Todeszeitpunkt genauer festzustellen.«

In Nikas Augen waren Tränen getreten, ohne dass sie etwas dagegen hätte tun können. Aus Trauer um Jenny, natürlich, auch wenn sie sich weder besonders lange noch besonders gut gekannt hatten. Aber auch aus Schock, dass so etwas wirklich, wirklich passiert war, jemandem, mit dem Nika noch vor ein paar Tagen gefrühstückt, gestritten, gelacht hatte.

Und ... aus Angst. Vor diesem schwarzen Loch in ihrer Erinnerung, dieser Lücke, die exakt Jennys Todeszeit überspannte.

»Wann haben Sie Frau Kern zuletzt gesehen?«, fragte die Dolmetscherin, nachdem Fiorese Nika ein Papiertaschentuch gereicht hatte.

Sie wusste es nicht, sie konnte nichts anderes tun, als das erzählen, woran sie sich erinnerte. »Samstagnacht. Wir waren gemeinsam im Bella Vista Social Pub.«

Wo die Polizei natürlich Erkundigungen anstellen und von der Ohrfeige erfahren würde. Die Welt begann sich plötzlich viel zu schnell um Nika zu drehen.

»Brauchen Sie einen Schluck Wasser?«

»Ja«, krächzte sie. »Bitte.«

Wieder warteten der Kommissar und die Dolmetscherin, bis sie sich gefangen hatte. »Nach Samstagnacht haben Sie Frau Kern nicht mehr gesehen? Nicht mehr mit ihr gesprochen?«

Was sollte sie darauf antworten? Sie überlegte fieberhaft, aber trotzdem zu lange, das sah sie an Fioreses Blick. Egal, was sie jetzt sagte, er würde es anzweifeln.

»Ich glaube nicht. Wissen Sie, es ging mir in dieser Nacht nicht besonders gut. Ich kann mich nicht mehr an alles erinnern.«

Über der Nasenwurzel des Commissario erschien eine skeptische Steilfalte. »Nicht erinnern? Hatten Sie getrunken?«

»Ein bisschen schon. Aber eigentlich nicht genug, um das Gedächtnis zu verlieren.« Sie würde so nah wie möglich an der Wahrheit bleiben. »Ich verstehe auch nicht, was passiert ist, und ich weiß, wie unglaubwürdig das klingen muss. Aber ich erinnere mich weder an den Sonntag noch den Montag. Dienstagmittag bin ich in meinem Bett aufgewacht, von da an weiß ich wieder alles.«

Die Miene des Polizisten war mit jedem Wort, das die Dolmetscherin übersetzte, finsterer geworden.

»Das ist schlecht, Frau Ruland.« Er beugte sich ein Stück zur Seite, zog eine Schublade auf, holte einen Plastikbeutel heraus, in dem sich ein länglicher Gegenstand befand, und legte ihn vor Nika auf den Tisch.

Eines ihrer gemeinsamen Küchenmesser, Nika erkannte es an dem Griff mit den drei silberfarbenen Schrauben. Die Klinge war schmutzig, und es war keine Frage, was es war, das darauf eingetrocknet war.

Das Blut ist nicht deines.

»Erkennen Sie das, Frau Ruland?«

Sie brachte kein Wort heraus, nickte nur.

»Wir haben es in den Bottini gefunden, in Frau Kerns Rucksack, nicht weit von der Leiche entfernt, und es sind Ihre Fingerabdrücke darauf.«

Oh bitte nicht so etwas, bitte nicht ...

Die Angst ließ Nika ihre Sprache wiederfinden. »Ja, weil es ein Messer aus unserer Küche ist. Ich habe es oft benutzt.« Sie holte tief Luft. »Ist Jenny – ist Frau Kern damit getötet worden?«

Fioreses Blick ruhte auf der Klinge. »Nein. Sie wurde nicht

erstochen. Sie hat Kopfverletzungen, die von einem Schlag oder Sturz herrühren können, aber die waren nicht tödlich. Sie ist ertrunken.«

Nika fühlte, wie Übelkeit in ihr hochkroch. Ertrunken. Aber dann ...

»Dann ist das Blut auf dem Messer nicht ihres?«

»Nein. Wir wissen nicht, von wem es stammt. Aber möglicherweise hat Frau Kern sich mit diesem Messer verteidigt, ihren Angreifer verletzt und die Waffe danach wieder eingesteckt. Allerdings sind ihre Fingerabdrücke nicht auf dem Griff.«

Das zerrissene, blutige T-Shirt auf dem Badezimmerboden fiel Nika wieder ein. Sollte sie Fiorese davon erzählen? Auch wenn es verschwunden war?

»Ich wäre wirklich froh, wenn Sie versuchen würden, sich zu erinnern, was zwischen Samstag und Dienstag passiert ist.«

Sowohl der Stimme des Kommissars als auch der der Dolmetscherin war anzuhören, dass sie keine Sekunde lang an Nikas Gedächtnisverlust glaubten.

»Können Sie sich vorstellen, wie froh ich erst wäre?«, gab sie zurück, wieder den Tränen nah. »Ich versuche es die ganze Zeit über, aber da ist einfach – nichts.«

Sie sah, wie Fioreses Kiefermuskeln arbeiteten. »Wir werden bald wissen, ob Jennifer Kerns Kopfverletzungen von einem Schlag oder einem Sturz herrühren. Ob es Anzeichen für einen Kampf gibt oder ob es ein Unfall war. Auf jeden Fall möchte ich Sie bitten, Siena nicht zu verlassen und für uns erreichbar zu sein. Haben Sie das Schloss schon austauschen lassen? Das dürfen Sie jetzt. Sie haben wieder ein Handy?«

Stumm zog Nika das Gerät aus der Tasche und rief ihre eigene Nummer auf, die der Kommissar notierte. Er begleitete sie zur Tür. »Ich hoffe, Sie erinnern sich bald. Vielleicht können Sie mir dann auch sagen, wie Frau Kern in die Bottini gelangt ist, der Zutritt ist nämlich nur mit einem Fremdenführer erlaubt, die Zugänge sind abgeriegelt. Das ist beispielsweise eine Frage, die uns sehr interessiert.«

Nika ergriff die Hand, die er ihr reichte. »Ich weiß es nicht«, murmelte sie. »Ich weiß gar nichts.« Sie trat auf die Straße hinaus, fast ohne den Boden unter ihren Füßen zu spüren, bog ziellos in die erste Seitengasse ab und lehnte sich gegen eine Hausmauer, um nicht umzukippen. Ein Bild ging ihr durch den Kopf, das ihres eigenen Spiegelbilds, blass und mit einem Messer in der Hand. Sie hatte es aus der Küche geholt, um sich notfalls gegen den Einbrecher verteidigen zu können. Neigte sie dazu, sich mit Küchenmessern zu bewaffnen?

Siena nicht verlassen. Das war mit das Schlimmste, was der Kommissar ihr hätte mitteilen können. Die Stadt war schön, aber es fühlte sich an, als wäre sie zu einer Feindin geworden, mit ihren hohen Türmen und roten Mauern, mit den Symbolen an jeder Straßenecke und mit ihren unterirdischen Kanälen, in denen Jenny ertrunken war.

Wie um diese Theorie zu bestätigen, rempelte ein junger Mann Nika im Vorbeigehen an, als sie sich gerade von der Mauer lösen wollte. Der Stoß war so heftig, dass sie beinahe das Gleichgewicht verlor. Sie atmete tief durch und schlug den Weg zur Uni ein, die war als Ziel genauso gut oder schlecht wie jeder andere Platz in dieser Stadt. Auf halbem Weg erst fiel ihr ein, dass sie versprochen hatte, Stefano anzurufen.

Er hob schon nach dem ersten Freizeichen ab. »Das hat lange gedauert. Wo bist du?«

»Egal. Treffen wir uns? Nicht im Café, irgendwo im Freien.«

Stefano schlug den Park vor, in dem Nika letztens Amelie begegnet war, und wartete schon auf sie, als sie eintraf. Offenbar sah sie grauenvoll aus, denn er nahm sie sofort um die Schultern und stützte sie, als könnte sie jeden Moment zusammenbrechen. »War es schlimm?«

Sie nickte nur. An der ersten freien Parkbank machten sie halt. Nika setzte sich und verbarg das Gesicht in den Händen. »Sie sagen, es ist wirklich Jenny.«

Keine Antwort von Stefano, nur eine Hand, die sich behutsam auf Nikas Rücken legte.

»Es ist so verrückt«, fuhr sie fort und merkte, wie ihre Stimme zu kippen drohte. »Die Polizei hat bei Jenny ein Messer mit Blutspuren gefunden. Und meinen Fingerabdrücken darauf. Das Messer ist nicht die Tatwaffe, aber trotzdem darf ich die Stadt nicht verlassen, obwohl noch nicht einmal sicher ist, ob Jenny ermordet wurde oder einfach nur einen Unfall hatte.«

Die Hand auf ihrem Rücken begann, langsam auf und ab zu streicheln. »Hast du ihnen das Buch gezeigt? Ihre Zeichnungen?«

Daran hatte sie überhaupt nicht gedacht. »Nein. Hätte ich das tun sollen? Wenn die Polizisten das Bild von mir mit dem Holzpflock in der Brust sehen, denken sie doch erst recht, ich hätte damit zu tun.« Sie blickte hoch. »Oder?«

»Das war richtig so.« Stefanos Stimme klang beruhigend, in seinem Gesicht stand allerdings deutliche Sorge. »Wahrscheinlich war es wirklich ein Unfall. Und dann darfst du nach Hause fahren.« Ein winziges Lächeln schlich sich in seine Züge. »Auch wenn das sehr schade ist. Für mich.«

Es war die erste Andeutung, dass er vielleicht mehr für Nika empfand als Sympathie und Mitleid. Sie presste ihre Hände gegen die Augen. Noch nie im Leben hatte sie sich so sehr eine Schulter zum Anlehnen gewünscht, aber Stefano etwas vorzugaukeln, bloß weil sie sich hilflos fühlte, war nicht okay.

»Wartet zu Hause jemand auf dich?«, fragte er zögernd.

Fast hätte sie aufgelacht. Es wäre so praktisch gewesen, einfach Ja zu sagen und das Thema damit abzuhaken, aber sie wollte den einzigen Menschen, der hier auf ihrer Seite war, nicht anlügen. »Nein. Ich habe mich vor vier Monaten von meinem Freund getrennt.«

Sie beobachtete seine Reaktion genau, doch da war nicht mehr als ein ernstes Nicken. »Und deine Familie? Du musst ihnen Bescheid sagen.«

Diesmal konnte Nika ein Schnauben nicht unterdrücken. »Meine Mutter ist auf Reisen, gemeinsam mit meinem Stiefvater. Das ist okay, sie hat sich das verdient. Mein leiblicher Vater ist jetzt wahrscheinlich schon besoffen, falls er gerade nicht in der Entzugsklinik steckt. Er macht das immer abwechselnd, weißt du? Trinken, entziehen, trinken, entziehen.«

Etwas Bekümmertes war in Stefanos Blick getreten. Er hörte auf, Nikas Rücken zu streicheln, und griff stattdessen nach ihrer Hand. »Das tut mir sehr leid. Familie ist wichtig. Am wichtigsten von allem, und wenn sie kaputt ist ...« Mit seiner freien Hand vollführte er eine unbestimmte Bewegung, als würde er nach einem deutschen Wort suchen, das er nicht fand.

»Und du?« Sanft zog sie ihre Hand aus seiner. »Was ist mit deiner Familie?«

Er betrachtete Nika einen Moment lang, als überlege er, ob seine Worte ihr vielleicht wehtun würden. »Ich liebe meine Familie sehr«, sagte er dann. »Meine Eltern sind seit achtundzwanzig Jahren verheiratet, ich habe drei Geschwister. Renato,

Natale und Maria. Renato hat selbst schon zwei Kinder, Natales Frau ist gerade schwanger.« Er lächelte. »Wir sind ein italienisches ... Klischee.« Er zwinkerte Nika zu. »Sagt man das – Klischee?«

»Ja. Dein Deutsch ist wirklich gut.«

»In Italienisch heißt es genauso. Nur geschrieben wird es wahrscheinlich anders.«

Sie lehnte sich auf der Bank zurück. »Ich habe keine Geschwister, aber ich habe mir immer welche gewünscht.« Es musste wunderbar sein, in einer Situation wie dieser einen großen Bruder oder eine Schwester anrufen zu können. Die sie nicht beklugscheißern, sondern mit ihr gemeinsam nach Lösungen suchen würden.

Sie betrachtete Stefano möglichst unauffällig von der Seite her. Am liebsten hätte sie ihn gebeten, für sie so etwas wie ein Ersatzbruder zu sein, aber wenn sie ihn richtig verstanden hatte, waren seine Interessen anders gelagert. Schade. Tja, unter erfreulicheren Umständen hätte er Nika wohl auch gefallen.

»Hast du dir überlegt, wo du wohnen möchtest?«, unterbrach er ihren Gedankengang. »Wenn du willst, kannst du gern bei uns bleiben. Amelie und Liz ...«

»Nein danke.« Wenn Nika in einer Sache sicher war, dann in dieser. »Ich würde mich nicht wohlfühlen. Ich gehe zurück in die Via della Fonte, aber – vielleicht könntest du Emilio noch einmal hinbestellen? Ich darf jetzt ein neues Schloss einbauen lassen.«

Bis zum Abend war alles erledigt. Emilio hatte Nika einen Sonderpreis gemacht, wahrscheinlich aus Begeisterung darüber, dass er einen Blick in das Zimmer des toten deutschen Mädchens hatte werfen dürfen und nun allen seinen Freunden davon erzählen konnte.

Zwei der drei mitgelieferten Schlüssel behielt Nika, den dritten gab sie Signore Rizzardini, der ihn mit Grabesmiene entgegennahm. Natürlich hatte er die schlechten Nachrichten auch schon gehört. »Che tragedia«, murmelte er vor sich hin. »Che bella ragazza.«

Nachdem sie hinter sich doppelt abgesperrt hatte, fühlte Nika sich zum ersten Mal an diesem Tag beinahe sicher. Sie checkte den Bestand des Kühlschranks und war erleichtert, dass sie heute nicht mehr zum Einkaufen aus dem Haus musste.

Stefano hatte sich an den Küchentisch gesetzt und verwischte das weiße Fingerabdruckpulver, das noch an der Edelstahloberfläche der Pfeffermühle klebte. »Wenn du möchtest, bleibe ich gerne hier. Ich schlafe auf dem Sofa.« Er deutete in Richtung Wohnzimmer. »In Jennys Zimmer möchte ich lieber nicht ...«

»Du musst nicht bleiben.« Nika merkte sofort, wie hastig das geklungen hatte. Beinahe unhöflich. »Ich bin müde und heute keine gute Gesellschaft«, fügte sie rasch hinzu. »Ich würde gern ein bisschen nachdenken, aufräumen und dann einfach schlafen gehen.«

»Ich helfe dir beim Aufräumen.« Stefano sprang auf. »Zu zweit sind wir schneller.«

»Komm morgen wieder, ja?« Nika hatte seine Hand genommen und zog ihn sanft, aber energisch in Richtung Tür. »Ich muss heute wirklich ein bisschen allein sein. Meine Gedanken sortieren, mir überlegen, was ich jetzt tun soll.« Sie zwang sich ein Lächeln ins Gesicht. »Bitte. Morgen gehen wir gemeinsam frühstücken, okay?«

Es war ihm überdeutlich anzusehen, dass er bleiben wollte,

unter welchem Vorwand auch immer, doch Nika würde nicht nachgeben. Sie hatte durchaus einen Plan für diesen Abend, und dafür musste sie ungestört sein.

»Morgen um neun?« An der Tür nahm Stefano sie in die Arme. »Ich werde da sein. Am besten, du erholst dich. Ein bisschen fernsehen, dann schlafen. Du brauchst Kraft.« Er beugte sich zu ihr, küsste sie auf die Stirn. »Ciao, Nikina. Pass auf dich auf.«

Er entsperrte die Tür, warf einen letzten Blick zurück über die Schulter und lief die Treppen hinunter.

In Nika mischten sich Erleichterung und ein unerwarteter Hauch von Enttäuschung. Plötzlich fühlte Alleinsein sich nicht mehr so gut an wie erwartet – aber es war nötig. Sie musste endlich versuchen, sich Klarheit zu verschaffen.

13

Der Zettel befand sich immer noch in ihrer Hosentasche, und obwohl sie genau wusste, was darauf stand, holte sie ihn nun hervor.

Sie musste einen Grund gehabt haben, diese merkwürdigen Sätze aufzuschreiben. Vielleicht hatte sie geahnt, dass sie eine Gedächtnisstütze brauchen würde. Eine, die außer ihr niemand entschlüsseln konnte.

»Da war ich wohl zu gründlich«, murmelte sie vor sich hin.

Den Beginn würde sie mit der Notiz machen, die schon einmal erstaunliche Wirkung gezeigt hatte. Nika öffnete auf ihrem Handy den Musik-Shop und lud sich »Smells like Teen Spirit« herunter.

Schon die ersten Takte ließen ihren Puls beschleunigen. Sobald Kurt Cobain zu singen begann, fühlte sie, wie Speichel sich in ihrem Mund sammelte, wie ihr Magen sich hob ...

Sie atmete tief. Horchte in sich hinein, suchte nach den Ursachen der Übelkeit.

Angst, große Angst, so viel war klar. Und ... Ekel. *With the lights out* ... Nika kämpfte gegen den Würgereiz an. Woher kam das, was verband sie so Schlimmes mit dem Lied?

Der Wunsch, es auszuschalten, wuchs ins Unermessliche, aber es tauchten keine klaren Erinnerungen auf, keine Bilder. Sie konzentrierte sich, versuchte eines der Spiele, mit denen sich ihre Freundinnen und sie früher in Schulpausen die Zeit vertrieben hatten. Schnelle Antworten auf Entscheidungsfragen, ohne nachzudenken. Auf diese Weise fand man manchmal erstaunliche Wahrheiten heraus.

Kalt oder warm? *Kalt.*

Hell oder dunkel? *Dunkel.*

Allein oder zu zweit? *Weder noch.*

Jetzt wurde es übermächtig. Nika sprang auf, rannte ins Bad, erreichte die Toilette buchstäblich im letzten Moment und übergab sich.

Danach fühlte sie sich elend, aber auch ein bisschen stolz. Vielleicht hatte sie etwas herausgefunden. Den ersten Zipfel einer Erinnerung zu fassen bekommen. Sobald es ihr wieder ein wenig besser ging, würde sie weitermachen.

Kurz vor elf Uhr legte Nika sich schlafen. Sie hatte Nirvana in Endlosschleife gehört; beim vierten oder fünften Durchlauf hatte der Effekt sich allmählich gelegt. Eine konkrete Erinnerung war nicht aufgetaucht, aber ein paar deutliche Ahnungen.

In einem Raum oder im Freien? *Im Freien.*

War Jenny dabei? *Ja.*

Lief das Lied, als Jenny ertrunken ist? *Nein. Nein. Nein.*

Natürlich war nichts davon auch nur im Ansatz ein Beweis, trotzdem hatte Nika den Eindruck, dass es ihr half, sich in ihrem eigenen Kopf wieder besser zurechtzufinden.

Sie würde diese Liste, die sie sich selbst geschrieben hatte, ab sofort ernst nehmen. Sie, so gut es ging, abarbeiten.

Der nächste Morgen begann trüb, der Himmel war verhangen mit schweren Wolken, trotzdem fühlte Nika sich besser als die letzten Tage. Es war Zeit, mit Warten aufzuhören. Die Liste rumorte in ihrem Kopf, aber bevor sie sich damit beschäftigte, würde sie ein letztes Mal in Jennys Zimmer gehen.

Ob Jennys Eltern schon auf dem Weg hierher waren? Vermutlich. Nika wollte sich überhaupt nicht vorstellen, wie furchtbar sie sich fühlen mussten. Sie kniete sich auf den Boden, mitten ins Chaos, durch das sich nach dem Einbrecher nun auch die Polizei gewühlt hatte. Nun, da sie wusste, dass Jenny tot war, fiel es ihr viel schwerer, ihre Sachen zu durchsuchen, denn nun war klar, dass sie sich nicht mehr wehren konnte.

Ein Kassenzettel für Schuhe. Ein Collegeblock mit Seminarnotizen. Ein Lederarmband mit Emaille-Anhänger, das Jenny häufig getragen hatte. Zu wissen, dass sie das nie wieder tun würde, schnürte Nika die Luft ab.

Sie rappelte sich hoch, öffnete das Fenster und steckte den Kopf hinaus. Vier tiefe Atemzüge später wusste sie, dass sie mit der Durchsuchung dieses Zimmers aufhören musste, sofort. Egal, was ihr dabei entging oder nicht, egal, ob sich irgendwo in Jennys Sachen vielleicht etwas befand, das wichtig für sie sein könnte. Der Spiegel des Löwen zum Beispiel, was immer das auch sein mochte.

Sie schloss die Fensterflügel und ging aus dem Zimmer. Kurz bevor sie über die Schwelle trat, merkte sie, dass etwas an ihrem nackten Fuß haften geblieben war. Ein Blatt Papier in A4-Größe. Gehörte vermutlich zu den Uni-Sachen.

Sie bückte sich, löste es von ihrer Haut, drehte es um und erstarrte. Es war keine Mitschrift; nichts, das zu Jennys Lernunterlagen gehörte. Es war eine von ihren Zeichnungen.

Kein Blut diesmal, keine abgetrennten Gliedmaßen, trotzdem verkrampfte Nikas leerer Magen sich verdächtig; das Blatt in ihrer Hand zitterte.

Es war ein Skorpion.

Stefano musste nur darauf gewartet haben, dass sie anrief; er war nach dem zweiten Läuten dran und stand zwanzig Minuten später vor der Haustür. »Was ist geschehen?«

Nika führte ihn in die Küche, wo sie die Zeichnung auf den Tisch gelegt hatte, mit der Rückseite nach oben, damit sie das Bild nicht sehen musste. Nun drehte sie es um.

Stefano blinzelte irritiert. »Das ... ist ein Skorpion.«

»Ja, ich weiß, aber nicht irgendeiner.« Sie wusste nicht, wie sie es ihm erklären sollte, ohne dass er denken würde, sie litte unter Verfolgungswahn.

»Ich sehe in den letzten Tagen immer wieder einen Mann, der einen Skorpion auf den Arm tätowiert hat. Genau diesen Skorpion. Und jetzt finde ich heraus, dass Jenny ihn gezeichnet hat. Das heißt doch, sie hat den Mann gekannt, oder?«

Stefano studierte das Bild eingehend. »Kann sein. Aber ich glaube, diesen Skorpion habe ich schon ein paarmal gesehen. Ist kein seltenes Tattoo.« Er tippte ein paar schnelle Worte in sein Smartphone und hielt es Nika dann hin. Die Google-Bildersuche war geöffnet. Ein tätowierter Skorpion neben dem anderen. Der, den Jenny gezeichnet hatte, tauchte dabei wirklich sehr oft auf.

»Trotzdem«, beharrte Nika. »Das kann doch kein Zufall sein. Immerhin ist Jenny tot, und sie hat das Tattoo eines Mannes gezeichnet, der mich verfolgt ...«

Nun blickte Stefano alarmiert auf. »Er verfolgt dich? Das hast du vorhin nicht gesagt. Geht er dir nach? Wenn du Angst hast, Nika, begleite ich dich. Ich hole dich von zu Hause ab und bringe dich zurück, immer, wenn du möchtest.«

Sein Übereifer rührte und störte sie zugleich. »Vielleicht ist verfolgen zu viel gesagt. Aber er taucht immer wieder auf. Steht plötzlich da, sieht mich an und macht sich aus dem Staub, wenn er bemerkt, dass ich ihn gesehen habe.«

Nachdenklich legte Stefano seine Stirn in Falten. »Dass ein Mann dir ganz offen hinterherschaut, ist bei uns nichts Besonderes. Eher schon, dass er wegläuft, wenn du es bemerkst.« Er lächelte, hob eine Hand, als ob er sie ihr unters Kinn legen wollte, ließ sie aber wieder sinken. »Du bist sehr hübsch, Nika. Und blond, das hat hier ... wie heißt es auf Deutsch? Signal...«

»Signalwirkung.« Nika senkte den Blick wieder auf die Zeichnung. »Ehrlich gesagt, ich glaube nicht, dass der Typ einfach nur auf mich steht. Dann hätte er anders dreingesehen.«

Ein paar Sekunden lang schwieg Stefano, dann deutete er auf Nikas Handy, das neben dem Blatt Papier auf dem Tisch lag. »Ich bin sicher, er ist harmlos, aber wenn du ihn wiedertriffst, mach ein Foto von ihm. Das zeigst du mir dann, ich kenne sehr viele Leute in Siena. Ihn vielleicht auch.«

Die Idee war nicht schlecht. Möglicherweise würde es den Mann sogar verschrecken – jemanden zu verfolgen, der der Polizei nicht nur eine Beschreibung, sondern auch ein Bild liefern konnte, war nicht ratsam.

Ihre Gedanken wanderten zu dem Zettel mit den Notizen zurück. Wenn sie ihn Stefano zeigte ... vielleicht konnte er das eine oder andere Rätsel für sie lösen. Wo es hier Kapitäne gab, beispielsweise. Oder ...

»Sena ist ein ziemlich ungewöhnlicher Name, finde ich.«

Das war ein uneleganter Einstieg gewesen, wie sie ganz deutlich an Stefanos Miene ablesen konnte.

»Wie bitte?«

»Sena. Ich habe letztens jemanden getroffen ...«

»Sena ist eigentlich ein alter Name für diese Stadt hier. Für Siena.«

Eine Sekunde lang schloss Nika die Augen. Es war im Grunde so naheliegend, trotzdem hatte sie an diese Möglichkeit nicht im Entferntesten gedacht.

Cor magis formte sie stumm mit den Lippen, *tibi sena pandit.* Siena öffnet dir das Herz weiter. Warum in aller Welt hatte sie das aufgeschrieben, was hatte sie damit ...

»Cor magis tibi sena pandit«, sagte Stefano, sein Blick war aus dem Fenster gerichtet, auf die Hausmauer gegenüber, deshalb sah er glücklicherweise nicht, wie heftig Nika zusammenzuckte.

»Wie bitte?«, krächzte sie. Er konnte ihren Zettel nicht in die Finger bekommen haben, sie schleppte ihn ständig mit sich herum. »Woher kennst du das?«

Er drehte sich zu ihr herum. »Das kennt jeder in Siena. Du nicht?«

Sie schüttelte stumm den Kopf. Sie *kannte* es nicht. Sie hatte es bloß aufgeschrieben.

Mit einem Ruck stand Stefano auf und streckte ihr die Hand hin. »Ich zeige es dir.«

Er zog sie erst zur Tür, die sie doppelt versperrte, und dann gut zwanzig Minuten lang quer durch die Altstadt, bis sie deren Ende erreichten. Nika achtete, so gut sie konnte, auf die Straßenschilder, die anzeigten, in welcher Contrade sie sich befanden. Nicht Adler, nicht Einhorn. Stachelschwein. Unwillkürlich musste sie lächeln. Das war wenigstens ein drolliges Wappentier.

»Gleich sind wir da.« Stefano schob sie durch eines der Tore in der ziegelroten Stadtmauer und blieb stehen. »Hier ist es«, sagte er zufrieden.

Sie sah sich um. Was meinte er? Nika konnte sich nicht daran erinnern, hier schon einmal gewesen zu sein; zumindest meldete ihr Kopf kein Wiedererkennen.

Ihr Bauchgefühl sprach allerdings eine ganz andere Sprache. Da war sie wieder, die Anspannung, das Gefühl, weglaufen zu wollen oder sich wenigstens zu verstecken.

Verstecken.

Das Wort haftete in ihrem Bewusstsein, doch bevor sie noch versuchen konnte, es zu fassen, nahm Stefano sie bei den Schultern und führte sie ein Stück weit von der Mauer fort. Drehte sie um.

»Und jetzt schau nach oben.«

Sie tat, was er sagte. Da war dieses Stadttor, weiß eingefasst, mit einer Art Wappen auf dem Scheitelpunkt, und darunter ...

COR MAGIS TIBI SENA PANDIT

Die Inschrift war schon ein wenig verwittert, aber problemlos lesbar, wenn man wusste, wo man hinsehen musste.

»Aha«, sagte sie, ein wenig ratlos.

»Das ist eine Widmung an Ferdinand von Medici«, erklärte Stefano stolz. Ob auf seine Stadt oder sein Wissen war schwer einzuschätzen. »Es bedeutet: Siena öffnet dir sein Herz weiter – also, weiter noch als dieses Tor.«

»Oh. Hübsch.« Nikas Stimme klang zunehmend kraftlos. Ein offenes Herz. Ein blutiges Messer. War es das gewesen, was sie sich selbst hatte mitteilen wollen?

Sie ballte die Hände zu Fäusten. Nein, das konnte nicht sein, es war ja auch niemand mit einem Messer verletzt worden.

»Warst du schon einmal hier?« Stefano hatte ihr einen Arm um die Schultern gelegt. »Du kanntest den Spruch.«

»Keine Ahnung.« Nikas Blick glitt von den eingemeißelten Buchstaben tiefer, da war ein Einbahnschild neben dem Tor und ein paar Schritte daneben ein Müllcontainer.

Wieder diese Angst in ihr, dieses Gefühl, weglaufen zu müssen. Aber das war Quatsch. Stefano war hier, es war helllichter Tag, weit und breit war nichts Bedrohliches zu sehen.

Außer vielleicht – diesem Müllcontainer.

Sie löste sich von Stefano und ging langsam darauf zu, ohne zu wissen, was sie eigentlich tun wollte. Im Müll wühlen?

Es war wie früher, als sie mit ihren Freundinnen gespielt hatte. Wenn sich der Sucher dem versteckten Gegenstand näherte, hatten alle *wärmer, wärmer, heiß* gerufen.

Jetzt war es nur ihr Herz, das mit jedem Schritt, den sie dem Container näher kam, schneller schlug. Als sie schließlich davorstand, fragte sie sich, was sie eigentlich erwartet hatte, außer dem typischen Geruch, der Mülleimern nun einmal entströmte. Dieser hier war bis obenhin voll, stand sogar schon einen Spalt offen. Aus einem aufgeplatzten schwarzen Sack quollen Bananenschalen und Hühnerknochen hervor.

Sie war schon hier gewesen, da war sie sich mit einem Mal sicher, und der Mülleimer war damals noch geschlossen gewesen, er hatte weniger schlimm gerochen, trotzdem war es jetzt besser, weil …

Nika legte die Hände vors Gesicht, als würde ihre Erinnerung sich nur in der Dunkelheit hervorwagen. Aber wieder waren es keine Bilder, die auftauchten. Nur ein Gefühl.

Angst. Und Eile. Sie hatte es eilig gehabt. Und der Müllcontainer war gut gewesen, denn …

Hatte sie sich darin versteckt? Die Idee kam und ging wieder. Nein, das war es nicht gewesen.

Langsam ging Nika in die Knie. Tastete mit ihrer rechten Hand unter den Container, fühlte Steinchen und Schmutz und schließlich etwas Glattes, mit abgerundeten Kanten, das sich ungemein vertraut anfühlte. Sie schloss ihre Finger darum und holte es hervor.

Ihr Handy. Ganz sicher ihres, sie hatte zwei schillernde Buchstaben an den Rand geklebt, NR, ihre Initialen. Nika befühlte mit dem Daumen das zersplitterte Display, den verbogenen Rahmen. Da war nichts mehr zu machen. Wie war das passiert? Hatte jemand mit einem Hammer darauf eingeschlagen?

Wie durch Watte hörte sie Stefano fragen, ob alles in Ordnung war, und steckte das Gerät schnell in ihre Tasche.

Doch natürlich hatte er das mitbekommen. »Was hast du da?« Ihn zu belügen wäre schäbig gewesen. »Ein kaputtes Handy. *Mein* kaputtes Handy, um genau zu sein.«

»Oh.« Es war ihm anzusehen, dass er vergeblich versuchte, die Zusammenhänge zu begreifen. »Und ... das hast du jetzt zufällig hier gefunden? Oder hast du gewusst, dass es hier ist?«

Weder noch wäre die einzig ehrliche Antwort gewesen. Doch damit Stefano begriff, was sie meinte, hätte sie ihm den Zettel zeigen müssen, und das wollte sie auf keinen Fall. Es wäre gewesen, als würde sie ihn damit einen Blick auf ihre hässlichste Seite werfen lassen. Möglicherweise würde er sie für verrückt halten und Jennys Schicksal plötzlich in anderem Licht sehen.

»Ich habe mich irgendwie ... erinnert«, stammelte sie. »An diesen lateinischen Spruch, und als ich dann den Container gesehen habe, wusste ich, da war was.«

Würde Stefano sich damit zufriedengeben? Erstaunlicherweise machte es ganz den Eindruck. Er stellte keine weiteren Fragen mehr, streckte nur die Hand aus. »Darf ich mal sehen?«

Mit einem Schulterzucken holte Nika das Smartphone aus ihrer Tasche und hielt es ihm hin. Er würde damit ebenso wenig anfangen können wie sie; an dem Gerät war buchstäblich nichts mehr heil.

Er drehte es in den Händen. »Am besten, du bringst es gleich zum Container zurück. Das ist nur noch Schrott.«

Ja, das Handy ganz sicher, da hatte Stefano fraglos recht. Aber Nika hatte gehört, dass man auch von total zerstörten Smartphones noch Daten retten konnte. »Gib es mir bitte trotzdem zurück. Und kennst du vielleicht einen Laden hier, der prüfen könnte, ob der Speicher noch okay ist?«

»Ist er sicher nicht.«

»Das war nicht meine Frage.«

»Da hast du recht.« Stefano fuhr sich durch seine ohnehin schon wirren Locken. »In Siena fällt mir niemand ein, der das anbietet. Muss es aber geben.«

Sie machten sich auf den Rückweg, Nika fand immerhin zwei Handyshops, doch die winkten nur bedauernd ab. Im zweiten bekam sie aber die Adresse eines Händlers, dessen Geschäft außerhalb der Altstadt lag.

»Angeblich ist er sehr gut, wenn es um Datenrettung geht«, übersetzte Stefano das rasend schnelle Italienisch des Verkäufers. »Aber viel Hoffnung sollst du dir nicht machen.«

Das mit der Hoffnung war im Moment sowieso nicht Nikas Stärke. »Ich versuche es auf jeden Fall. Ich möchte ...«

Das Klingeln von Stefanos Handy unterbrach sie. Er ging mit einer entschuldigenden Geste ein paar Schritte zur Seite. »Si, pronto?«

Während er telefonierte, nahm Nika von dem Verkäufer eine kleine Plastiktüte in Empfang, in der sie das Handy verstauen sollte, für den Fall, dass sich Splitter aus dem Display lösten. Neben sich hörte sie Stefano immer wieder »si, si« und »merda« sagen, offenbar verlief das Gespräch nicht sehr erfreulich.
»Es tut mir leid, aber ich kann dich nicht begleiten«, erklärte er, als sie wieder hinaus ins Freie traten. »Das war eben meine Schwester. Sie sitzt in Florenz, und jemand hat ihr gerade die Handtasche gestohlen, also hat sie kein Geld, keine Fahrkarte, kein Handy. Sie musste sich eines leihen, um mich anzurufen.« Er nahm Nikas Hand in seine. »Wir können Montag zu dem anderen Laden fahren, wenn du möchtest. Aber jetzt muss ich nach Florenz.«
Das würde die Dinge schwieriger machen, aber Nika hatte keine Lust, so lange zu warten. »Ich schaffe das auch alleine«, sagte sie und drückte Stefanos Hand. »Ich weiß, dass Handy *mobile* heißt und Datensicherung *backup dei dati*. Und«, sie lachte, »glücklicherweise gibt es das Wort *kaputt* auch in eurer Sprache. Kein Problem, ich komme klar.«
»Ja, da bin ich sicher.« Stefano warf einen schnellen Blick auf die Uhr. »Ich muss los. Dispiace.« Er küsste sie rechts und links auf die Wangen und sprintete davon.
Ja, dachte Nika. Einen großen Bruder zu haben musste schön sein.

Sie nahm den Bus und erreichte den Laden innerhalb einer knappen halben Stunde. Der Mann hinter der Theke – klein, rundlich und mit Rasta-Frisur – besah sich das Schlamassel in der Plastiktüte nur kurz. Was er sagte, verstand Nika nur zum Teil, aber der Sinn war klar: Da war nichts mehr zu machen.

»Si«, sagte sie lächelnd. »Mobile è kaputt. Ma – backup dei dati? E possibile?«

»Aspetta.« Er deutete auf einen Stuhl in der Ecke des Geschäfts und verschwand im Hinterzimmer. Nika tat, worum er sie gebeten hatte. Sie wartete. Währenddessen auf dem neuen Handy zu surfen, wie sie es sonst sicher getan hätte, war leider nicht drin – ihr Datenvolumen war begrenzt. Schade, dass sie kein Buch mitgebracht hatte.

Außer Jennys Notizbuch. Das steckte in der Handtasche, gleich neben dem Portemonnaie. Perlmuttfarben mit grauen Streifen.

Obwohl Nika wusste, dass das keine gute Idee sein konnte, nahm sie es heraus, schlug es diesmal auf einer der ersten Seiten auf und hörte sich gequält ausatmen.

Eine Frau, die in Flammen stand, so wie das Zimmer hinter ihr. Sie versuchte, aus dem Fenster zu klettern, ihre rechte Hand und Gesichtshälfte waren bereits verkohlt, ihr dunkles Haar war vom Feuer schon fast aufgefressen, ihr Mund war zu einem Schrei weit aufgerissen …

Nika blickte hoch, auf die beruhigend sachlich-technische Umgebung. Eine Auswahl an Mobiltelefonen an der Wand; Haken, an denen Ladekabel, Handy-Schutzhüllen und sonstiges Zubehör hingen. Normal, ungefährlich, gut.

Sie senkte den Blick wieder. Bei allem Abscheu stellte sie wieder einmal fest, wie großartig Jennys Zeichenkünste gewesen waren. Der Schmerz der Frau war greifbar, und ihr Gesicht … obwohl es so verzerrt war, wies es eine unverkennbare Ähnlichkeit mit dem von Jenny auf.

»Ihre Mutter«, flüsterte Nika lautlos. Sie zweifelte keinen Moment daran, dass sie recht hatte, und dieses Wissen machte das

Bild noch grauenhafter. Trotz des flauen Gefühls in ihrem Magen blätterte Nika um.

Das nächste Opfer, das Jenny mit ihren Stiften brutal hingemordet hatte, kannte sie nicht. Ein blonder Junge, vielleicht siebzehn oder achtzehn Jahre alt. An einen Baum gefesselt und von unzähligen Pfeilen durchbohrt, wie der heilige Sebastian.

Schade, dass Jenny ihre Kunstwerke nicht datiert hatte, Nika hätte gern gewusst, ob dieses hier noch aus der Schulzeit stammte. Wahrscheinlich, denn das nächste zeigte einen kahlköpfigen Mann, der in einer großen Blutlache lag, von einem überdimensionalen Geodreieck in seinem Bauch auf den Boden genagelt.

Das war das erste Bild, das Nika ein leichtes Lächeln entlockte. Mathematik hatte in ihr auch immer Mordgelüste geweckt, nur dass sie sich nie konkrete Todesarten für ihre Lehrerin ausgedacht hatte. Hätte sie nur dieses eine Bild in die Finger bekommen, hätte sie Jenny vielleicht tiefschwarzen Humor attestiert, aber keine schwere psychische Störung.

Beim nächsten Bild allerdings schon. Eine alte Frau, von einem Auto niedergemäht, der Rollator ragte verbogen unter der Karosserie hervor, das Gebiss der Frau lag zerbrochen neben ihr auf der Straße, in dem Blut, das ihr aus dem Mund lief.

With the lights out ... begann es in Nikas Kopf wieder zu summen. Sie schlug das Buch zu, atmete tief durch und hätte fast einen Schrei ausgestoßen, als plötzlich der Rasta-Verkäufer vor ihr stand.

»Oh. Scusa.« Er lächelte besänftigend und hielt Nika in seiner offenen Hand etwas entgegen. Die SD-Karte, die sie als Zusatzspeicher in ihr Smartphone gelegt hatte.

»È tutto quello che siamo riusciti a recuperare«, erklärte er.

Aha. Sonst war also nichts mehr zu retten gewesen. Das bedeutete, alle Kontakte weg, alle WhatsApp-Nachrichten, die SMS ...

Was blieb, waren ...

»Die Fotos«, flüsterte Nika. »Mille grazie.«

Sie hatte keine Ahnung, ob sie in der Zeit ihres Blackouts irgendetwas fotografiert hatte, aber es war immerhin möglich.

Jedenfalls hatte sie schon vor Monaten ihre Handyeinstellungen so geändert, dass Fotos automatisch auf der SD-Karte gespeichert wurden. Was sie jetzt brauchte, war ein Netzkabel für ihr Notebook und ein Adapter für diese Speicherkarte.

Die passenden Worte dafür fehlten ihr natürlich, aber mit einer Mischung aus Italienisch, Englisch und Pantomime fanden sie am Ende das, was Nika suchte.

Ungeduldig stand sie an der Haltestelle, wartete auf den Bus, der fünf Minuten zu spät kam, und hätte dann am liebsten anstelle des Fahrers aufs Gas getreten, damit es ein bisschen schneller ging.

Zu Hause steckte sie das Notebook an und fuhr es hoch. Der Adapter passte, ein Glück, und Nika klickte das Laufwerk an.

1388 Fotos. Während die Bilder sich aufbauten, die ältesten zuerst, lehnte Nika sich in ihrem Stuhl zurück. Das konnte ein bisschen dauern. Die Zeit würde sie nutzen, um kurz nach ihren Mails zu sehen.

Verdammt viele, der Großteil davon Werbung. Aber auch eine Mail ihrer Mutter.

Ich habe gehört, dein Handy ist futsch, besorge dir bitte ein neues, ich möchte dich erreichen können. Wir fliegen heute los, ich freue mich mehr, als ich sagen kann. Melde dich bitte, sobald es geht, ja?

Kuss, Mama
Nika schrieb umgehend zurück. Ja, es war alles in Ordnung, ja, es ging ihr gut, und eine neue Handynummer hatte sie auch schon. Gute Reise. Und auch Kuss. Es war definitiv besser, ihre Mutter anzulügen, als ihr von der toten Jenny und den Drohungen am Badezimmerspiegel zu erzählen. Die Dinge würden längst geklärt sein, wenn sie aus dem Urlaub zurückkam, und dann konnte sie ihr immer noch reinen Wein einschenken.

Sie schickte die Mail los und wechselte zurück in den Foto-Ansichtsmodus. Was ganz oben zu sehen war, kannte sie schon. Bilder vom Skifahren, vom Partymachen mit ihren Freundinnen zu Hause. Plötzlich traf das Heimweh sie mit voller Wucht. Der Wunsch, wieder da zu sein, wo sie sich verständlich machen konnte, wo sie echte Freunde hatte, wo das Leben so viel einfacher war.

Sie scrollte weiter nach unten. Ulrichs Geburtstag, igitt. Und dann kamen schon die ersten Siena-Fotos. Zu Beginn hatte sie wie verrückt fotografiert – die Piazza Il Campo, den Dom, die pittoresken Straßen. Die riesigen getrockneten Schinken in den Schaufenstern der Feinkostläden, die großen Parmesan-Laibe. Die Universität, die Parks, den wunderbaren Ausblick, den man von der Festung aus auf die Stadt hatte.

Es ist wirklich die schönste Stadt Italiens, hatte sie damals gedacht. Und sich so auf die Zeit gefreut, die vor ihr lag.

Je tiefer sie scrollte, desto häufiger tauchte Jenny in den Bildern auf. Lachend, in Pose, auf den Stufen des Campo sitzend, mit der Sonnenbrille im Haar.

Noch nie hatte ein Mensch so gemischte Gefühle in Nika ausgelöst. Angst, wenn sie an das Bild mit der überfahrenen alten

Frau und ihre eigene Internetrecherche dachte. Mitleid und Trauer, wenn sie sich bewusst machte, dass Jenny nicht mehr lebte.

Entschlossen schob Nika die Seite so weit nach oben, dass nun endlich die letzten Fotos sichtbar wurden. Neun waren es, neun merkwürdige Bilder, die aussahen, als wären sie versehentlich geschossen worden. Die Qualität war furchtbar – fast alle waren nachts und ohne Blitz aufgenommen worden, doch von dreien konnte Nika kaum den Blick wenden.

Sie beugte sich vor, versuchte, das Ganze wie eine Bildergeschichte zu sehen, aber sie fand keinen Sinn. Keinen roten Faden.

Erstes Foto: Ein heller Fleck, der vermutlich ein Gesicht war – nur leider absolut nicht zu erkennen. Danach ein Auto von der Seite, dunkelblau oder schwarz, das optisch fast mit der Nacht verschmolz. Dann ein Foto, das ein bisschen Gras und Erde zeigte, alles relativ matschig. Der undeutliche Umriss in der Mitte konnte ein Fußabdruck sein. Oder auch nicht.

Das nächste Bild war in gewisser Weise verstörend, denn es zeigte Nika selbst. Ein Selfie, unscharf, aber es war unverkennbar sie. Auf dem Boden liegend, zusammengekrümmt, die linke Hand halb über das Gesicht gelegt. Zwischen ihren Fingern schimmerte es rötlichbraun.

Unwillkürlich berührte sie den fast schon abgeheilten Kratzer an der Schläfe. Hatte sie ihn sich zu diesem Zeitpunkt zugezogen? Und gab es einen Grund, warum sie sich selbst fotografiert hatte, in dieser Situation?

Sie rief die Informationen zu dem Bild ab. *Sonntag, 23. April, 4.08 Uhr.*

Das war also fünf Stunden nach dem Streit im Bella Vista gewesen, sie mussten die Nacht praktisch durchgemacht haben. Warum hatte sie dieses Foto geschossen? Und wo war das?

Ein anderes Bild fiel ihr ein, das diesem hier nicht unähnlich war. Geschickt von einem gewissen Spiegel Verkehrt, über Facebook. Da saß sie allerdings, während sie hier lag. War das Schlamm in ihrem Gesicht? Oder Blut? Wenn Letzeres zutraf, musste sie sich unmittelbar davor verletzt haben.

Oder verletzt worden sein.

Was sie am meisten schockierte, war nicht das, was sie auf den Fotos sah. Nein. Es war die Tatsache, dass keines der Bilder eine Erinnerung in ihr weckte, kein Gefühl, nichts. Als wären es Aufnahmen einer anderen Person, die keinerlei Bezug zu ihr hatten.

Mit kalten Fingern klickte Nika das nächste Foto an. Hier war es hell, das Bildmotiv war gut zu erkennen, auch wenn es überhaupt nicht aussagekräftig war. Die Ecke eines sandfarbenen Möbels – Couch oder Sessel – und ein hellblauer Teppich auf Holzboden. Wieder rief sie die Bildinfo ab. Sonntag, 23.April, 13.24 Uhr.

Das bedeutete, sie musste Sonntagmittag in einer Wohnung gewesen sein. Diese hier war es nicht, und sie konnte sich auch nicht erinnern, dass es bei einem der wenigen Kommilitonen, die sie in Siena schon besucht hatte, so aussah.

Jemand von Jennys Freunden? Oder vielleicht Lennards WG-Zimmer? Sie war noch nie bei ihm zu Hause gewesen.

Jedenfalls hatte sie in der Wohnung noch ein weiteres Foto geschossen – eine Fliesenwand, in schwarz-weißem Schachbrettmuster, in die ein Toilettenpapierhalter geschraubt war.

Nika griff sich an den Kopf. Warum hatte sie nur solchen Mist fotografiert und nicht irgendetwas, das ihr half, sich zu erinnern? Warum keine Menschen oder wenigstens erkennbare Orte? Was war bloß in ihr vorgegangen?

Das nächste Bild. Ein Stück nächtliche Straße, die Nika vage bekannt vorkam, allerdings sahen sich die Straßen hier alle irgendwie ähnlich. An einer Hausmauer hing eine Flagge, ganz sicher in den Farben der Contrade. Eine Art Zickzackmuster, in Schwarz und Rot ... das war Civetta. Die Eule. Keiner der Bezirke, von denen Nika sich ihren eigenen Angaben zufolge fernhalten sollte. Zeitpunkt der Aufnahme: Sonntag, 23.12 Uhr.

Nächstes Foto. Wieder die Straße, oder eine andere? Schwer zu sagen, weil man hauptsächlich Straßenbelag sah, nur am oberen Bildrand etwas, das sich bei näherem Hinsehen als Schuh entpuppte. Blau-weiße Chucks. Jennys blau-weiße Chucks. 23.15 Uhr.

Nika versuchte, sich die Situation vorzustellen. Wenn es sie selbst gewesen war, die das Foto geschossen hatte, war sie hinter Jenny hergelaufen, das Handy schräg nach unten gerichtet. Falls es ihr Plan gewesen war, ihre Mitbewohnerin von hinten abzulichten, war der ziemlich danebengegangen.

Das letzte Bild war keines, es war ein Video. Ganze sechs Sekunden lang und stockdunkel. Zu hören war auch kaum etwas, nur leises Hintergrundrauschen, Nikas eigener Atem und eine Art ... Tappen. Dann war für die Dauer eines Wimpernschlags etwas Längliches, Helles zu sehen, völlig unscharf, es bewegte sich auf Nika zu.

Dieses Video war jünger als die anderen; es war Montag um 2.36 Uhr geschossen worden. Nika ließ es noch einmal und noch einmal ablaufen, aber es war absolut nichts Brauchbares darauf zu erkennen. Weder, wo sie zu diesem Zeitpunkt gewesen war, noch, ob jemand anderes dabei gewesen war, und schon gar nicht, wer. Aber vielleicht fanden sich, wenn sie später mit ihrem Bildbearbeitungsprogramm drüberging, doch noch brauchbare Details.

Trotzdem konnte sie es nicht leugnen: Sie war enttäuscht. Seitdem sie wusste, dass die SD-Karte heil war, hatte sie gehofft, dass sich darauf Fotos aus der Zeit von Samstag bis Dienstag finden würden. Nun war das tatsächlich so, aber kein einziges davon half ihr weiter.

Nicht, dass sie keine Gefühle in ihr auslösten. Besonders das Video empfand sie als unheimlich, die Finsternis, die merkwürdigen Geräusche ... warum hatte sie Dunkelheit gefilmt? War es ein Versehen gewesen, hatte sie aus Zufall die Videofunktion eingeschaltet? Oder war der Plan ein anderer gewesen? Vielleicht war es ihr gar nicht um das Bild, sondern um den Ton gegangen. Aber auch in diesem Fall war das Ergebnis nutzlos.

Nika holte sich ein Glas Wasser aus der Küche und öffnete das Bildbearbeitungsprogramm auf dem Notebook. Sie würde mit dem ersten Bild beginnen, da hatte sie zumindest versucht, ein Gesicht festzuhalten. Vielleicht gelang es ihr, es erkennbar zu machen.

Ihr neues Handy klingelte, während sie gerade erst begann, an den Einstellungen herumzuspielen. Es gab nur drei Menschen, die ihre neue Nummer kannten: Stefano, Mama und Commissario Fiorese.

Sie schickte ein Stoßgebet zum Himmel, dass es der Kommissar sein möge, der ihr mitteilte, dass sie die Stadt verlassen durfte, doch auf dem Display las sie Stefanos Namen.

»Ciao, Nika. Ich bin noch in Florenz. Wie ist es bei dir gelaufen?«

Sie setzte sich und stellte das Wasserglas neben dem Notebook ab. »Wie man's nimmt. Der interne Speicher ist beim Teufel, aber die Speicherkarte ist okay.«

»Sehr gut!«

»Na ja, da waren nur die Fotos gespeichert. Ich habe in den zwei Tagen auch wirklich welche gemacht, aber sie sind furchtbar schlecht. Zu dunkel und unscharf, aber das ist fast egal, weil sowieso nur uninteressantes Zeug drauf ist.«

Stefano seufzte. »Das tut mir leid.«

»Ja. Ist nicht zu ändern. Ich werde jetzt noch mein Möglichstes mit dem Bildbearbeitungsprogramm versuchen, aber große Hoffnung habe ich nicht.«

»Ich würde dir gerne helfen«, wieder seufzte er, »aber ich bin immer noch in Florenz, das bei der Polizei dauert länger. Anzeige erstatten, den Inhalt der Handtasche beschreiben … und meine Schwester weint die ganze Zeit. Die Tasche war ein Geschenk von ihrem Freund.«

Na so ein Unglück, dachte Nika bissig, ließ die Bemerkung aber stecken. »Das ist wirklich Pech«, sagte sie stattdessen. »Dann kümmere dich wieder um sie, okay? Ich mache hier weiter.«

Sie bemühte sich bis spät in den Abend hinein. Versuchte verschiedene Filter, hellte die Fotos auf, dunkelte sie ab, erhöhte die Schärfe, reduzierte das Rauschen. Die besten Erfolge erzielte sie bei dem Foto, das sie zusammengekrümmt auf dem Boden zeigte. Der Untergrund, auf dem sie lag, schien matschig zu sein, und die Spuren an ihren Händen waren wohl Schlamm. Oder doch Blut?

Wenn es so war, dann in diesem Fall sicher ihr eigenes.

Um halb elf legte sie sich schlafen, mehr erschöpft als müde. Tief in der Nacht schreckte sie plötzlich hoch. Auf der Straße war es ruhig, ihr Handy hatte auch nicht geklingelt ... aber da war etwas gewesen, das sie geweckt hatte.

Sie horchte in die Dunkelheit. Da! Da war es wieder.

Ein ... Kratzen. Als würde jemand seine Fingernägel über das Türblatt ziehen.

In Nikas Kopf entstanden Bilder, die mit der Realität nichts zu tun haben konnten, ihr aber trotzdem namenlose Angst einjagten. Jenny, ertrunken, bleich und aufgequollen. Das nasse Haar, das ihr in Strähnen über die toten Augen fiel, wie sie auf allen vieren vor die Wohnungstür kroch, deren Schloss ausgewechselt worden war, eine Hand hob und an der Tür kratzte ...

Du spinnst, sagte Nika sich, du verlierst den Verstand, denk doch logisch. Mach das Licht an.

Wieder das Kratzen. Dann ein gedämpftes Rumpeln, als hätte jemand mit der Schulter gegen die Tür gestoßen. Nika tastete nach dem Lichtschalter, fand ihn, tauchte das Zimmer in gleißende Helligkeit.

Draußen war es jetzt ruhig. Die Uhr auf dem Handy zeigte 3.12 Uhr an.

Vielleicht war es ja auch nur eine Katze. Die Familie Rizzardini hatte vier davon, und auf den Straßen streunten unzählig viele herum.

Eine Katze. Ja, das war gut möglich. Im Gegensatz zu einer toten Jenny. Nika umschlang ihr Kopfkissen. Wie schlimm war es eigentlich schon um ihren Verstand bestellt?

Sie lauschte, versuchte leise zu atmen. Kein Geräusch mehr, das Haus lag in völliger Stille da.

Vielleicht war es eine gute Idee, einen kurzen Blick hinaus

ins Treppenhaus zu werfen, zu sehen, dass dort nichts und niemand war, und anschließend beruhigt wieder einzuschlafen?

In der Theorie, ja. In der Praxis graute Nika schon vor dem Gedanken, die schützende Wärme ihres Bettes zu verlassen. Sie schaltete das Licht wieder aus und schloss die Augen. Auf der Straße ging jetzt jemand vorbei, zwei oder drei Leute, die plauderten und lachten. Hatte sie sich die Geräusche vielleicht gar nur eingebildet?

Nika beschloss, es jetzt gut sein zu lassen. Wahrscheinlich würde sie nicht wieder einschlafen können, aber einfach nur liegen und möglichst wenig denken war besser als nichts.

Dass sie doch wieder weggedämmert sein musste, wurde ihr erst am nächsten Morgen klar. Als sie die Augen öffnete, warf die Sonne bereits die Wellenmuster der Gardine auf die gegenüberliegende Zimmerwand. 8.12 Uhr. Nichts war geschehen, hier war ein neuer Tag, der vielleicht endlich eine Aufklärung dieses Albtraums für sie bereithielt. Auf jeden Fall brachte er sie wieder ein Stück näher an ihre Heimreise.

Sie blieb noch ein paar Minuten liegen, bis dummerweise die Melodie von *Smells like Teen Spirit* durch ihren Kopf zu geistern begann. Da stand sie lieber auf, bevor sich das zu einem Ohrwurm entwickeln würde, der sie den ganzen Tag über begleitete.

Gähnend ging sie ins Bad und putzte sich die Zähne. Erst auf dem Weg in die Küche sah sie etwas in der Diele liegen. Ein einfaches Blatt Papier, weiß und unbeschrieben. Das hatte gestern nicht hier gelegen, das hätte Nika bemerkt, auf jeden Fall.

Am liebsten hätte sie es einfach liegen gelassen. Oder zusammengeknüllt und weggeworfen. Doch sie wusste, dass die Frage, was es damit auf sich hatte, sie keinesfalls wieder loslassen würde, also bückte sie sich, hob den Zettel auf und drehte ihn um.

HAU AB ODER DU BIST DIE NÄCHSTE

Wie ferngesteuert, den Blick unverwandt auf die mit schwarzem Filzstift geschriebenen Worte gerichtet, taumelte Nika in die Küche und setzte sich an den Tisch.

Sie hatte sich nicht getäuscht, jemand war hier gewesen, jemand, der bereit war, ihr etwas anzutun, und er hatte ihr diese Nachricht unter dem Türschlitz durchgeschoben. Am besten, sie brachte den Zettel zur Polizei, denn das war nicht nur eine Drohung, sondern in gewisser Weise sogar ein Geständnis, nicht wahr? Der Schreiber hatte Jenny auf dem Gewissen, und er würde auch Nika töten – obwohl sie keine Ahnung hatte, wieso. Er musste glauben, dass sie etwas wusste, was ihm gefährlich werden konnte.

Das war ein guter Witz.

14

Sie igelte sich den Vormittag über in der Wohnung ein. Zog die Vorhänge zu, stellte das Handy auf Vibrationsalarm und versuchte, ihre Gedanken zu sortieren.

Alle Drohungen, die auf dem Spiegel ebenso wie die neue hier, waren auf Deutsch verfasst worden. Fehlerfrei. Das sprach für einen Verfasser mit Muttersprache Deutsch – oder für einen, der sie sehr gut gelernt hatte.

Wie Stefano.

Der Gedanke kam fast selbstverständlich, und Nika widmete ihm ein paar Minuten Zeit, bevor sie ihn wieder verwarf.

Stefano mochte sie, das ließ sich nicht übersehen, und sie war sicher, sie hätte gespürt, wenn er ihr etwas vormachte. Er half ihr, wo immer er konnte.

Wenn er sie in Angst und Schrecken versetzen wollte, dann wohl eher auf eine Art, die sie bei ihm Schutz suchen ließ, statt sie aus der Stadt zu vertreiben.

Außer natürlich, das alles hatte mit Jenny zu tun. War ja nicht ausgeschlossen, dass er sie gekannt hatte. Und dass er vielleicht eine Rolle spielte in den Geschehnissen der verlorenen zwei Tage.

Sie würde jetzt ein Experiment wagen. Wenn Stefano diesen Zettel geschrieben hatte, würde er erwarten, dass sie ihm davon erzählte. So wie von der Skorpion-Zeichnung.

Sie wählte seine Nummer an, und wie immer war er schnell dran. »Hey«, sagte er munter. »Ich bin eben erst aufgestanden, es hat lange gedauert gestern, wir sind erst spätnachts zurückgekommen.«

»Hauptsache, ihr wart erfolgreich«, gab Nika ebenso fröhlich zurück. »Ist deine Schwester okay?«

»Na ja. Sie muss jetzt viel erledigen – neues Handy, neue Ausweise. So ähnlich wie du.«

»Ja, das ist übel.« Nika gab sich Mühe, gleichermaßen mitfühlend wie unbeschwert zu klingen. »Ich drück ihr die Daumen, dass sie es schnell hinbekommt.«

»Danke. Du hast gute Laune heute, oder? Gibt es etwas Neues?«

Nika horchte genau hin, versuchte, einen lauernden Unterton hinter der Frage zu hören, doch den gab es nicht.

»Ja, bei mir ist alles okay. Ich habe letzte Nacht endlich mal gut geschlafen.« Gelogen. »Ich fange an, mich langsam wieder sicher zu fühlen, weißt du?« Gelogen zum Quadrat, doch Stefano schien keinen Augenblick lang an ihren Worten zu zweifeln.

»Das ist gut, wirklich sehr gut. Dann würdest du ja vielleicht ... doch in Siena bleiben, auch wenn die Polizei dich gehen lässt?«

»Hm. Vielleicht.« Noch einmal gelogen, aber sie wollte seine Reaktion hören.

»Das ist toll. Das macht meinen Tag jetzt viel schöner, Nika.«

Seine Freude war so echt, dass Nika beinahe ein schlechtes Gewissen bekam. Weil sie ihn belog, und weil sie ihm so etwas wie diesen Drohbrief zugetraut hatte.

»Sehen wir uns heute?«, wollte er wissen. »Ich habe meiner Großmutter und meinem Bruder versprochen, mich bei ihnen blicken zu lassen, aber danach ...«

»Vielleicht. Ruf mich einfach an.«

Sie legte auf, in gewisser Weise beruhigt. Sie musste sich schon sehr täuschen, wenn sie ihr Vertrauen in den Falschen gesetzt hatte.

Sorgfältig faltete sie den Zettel mit der Nachricht zusammen und verstaute ihn in ihrer Handtasche. Der Plan, ihn später zu Commissario Fiorese zu bringen, fühlte sich immer noch gut an, allerdings nur, wenn dadurch nicht auch Stefano von ihrem nächtlichen Besucher erfahren würde, den sie ihm ja verschwiegen hatte.

Leises Klopfen an der Tür ließ sie herumfahren. Sie erwartete niemanden, wollte keinen Besuch. Es konnte eigentlich nur Lennard sein oder irgendeine Mitstudentin, eine Freundin von Jenny, die Nika nur flüchtig kannte. Oder ...

Ein Schlüssel fuhr ins Schloss, wurde gedreht, und im nächsten Moment ging langsam die Türe auf.

Nika unterdrückte einen Aufschrei und stürzte aufs Badezimmer zu, um sich darin zu verbarrikadieren, als sie zu ihrer Erleichterung Signore Rizzardini seinen Kopf in die Wohnung stecken sah.

»Scusa. Ma...«

Neben ihm tauchte die schlanke Gestalt einer Frau um die fünfzig auf. Die dunklen Haare zu einem nachlässigen Pferdeschwanz gebunden, die Augen verschwollen und rot, trotzdem war die Ähnlichkeit zu Jenny unverkennbar. Ebenso wie die Ähnlichkeit zu der Frau in der Zeichnung, die Nika erst gestern in dem Skizzenbuch betrachtet hatte, mit verzerrtem, halb verkohltem Gesicht, wie sie schreiend aus dem Fenster eines brennenden Hauses hing. Jennys Mutter.

In Situationen wie diesen hatte Nika sich immer schon furchtbar gefühlt, sie hasste Begräbnisse, weil sie trauernden Verwandten nie etwas Hilfreiches sagen konnte, sondern immer nur Blödsinn redete, für den sie sich danach am liebsten geohrfeigt hätte. Oder sie sagte gar nichts und brach einfach in Tränen aus.

Das schien diesmal zu passieren. Nika fühlte, wie ihr Blick verschwamm und ihre Kehle sich verengte; sie ging auf die Frau zu, und bevor sie wusste, wie ihr geschah, waren sie einander um den Hals gefallen, als würden sie sich seit Jahren kennen.

Jennys Mutter weinte an ihrer Schulter, ihr ganzer Körper bebte, und Nika streichelte ihr über den Rücken, voller Angst vor dem Moment, in dem sie schließlich doch etwas sagen musste.

»Es tut mir so leid« war dann alles, was sie herausbrachte. Die banalste aller Floskeln, das, was alle sagten, doch sie meinte es aus tiefstem Herzen.

»Danke.« Jennys Mutter löste sich von ihr und zog ein zerfleddertes Papiertaschentuch aus ihrer Jeanstasche. Von Signore Rizzardini war nichts mehr zu sehen, er hatte sich wohl schon diskret zurückgezogen.

»Das hier ist Jennys Zimmer.« Nika deutete auf die Tür. »Ich schätze, Sie werden da lieber allein sein wollen.«

»Nein«, erwiderte die Frau schnell. »Eigentlich ... also, es wäre mir viel lieber, wenn du dabei wärst. Vielleicht kannst du mir noch ein bisschen erzählen, wie es Jenny so ging ... zuletzt.«

Ihre Tränen liefen weiter, während sie sprach, zogen glänzende Spuren über die blasse Haut.

»Gerne. Wenn Sie das möchten.«

Die Frau zog im missglückten Versuch eines Lächelns die Mundwinkel hoch. »Du musst mich nicht siezen. Ich heiße Sabine.«

»Wie du willst. Sabine.« Sie wäre auf jeden Vorschlag eingegangen, um diese Begegnung so wenig schrecklich wie möglich werden zu lassen.

»Das Zimmer sieht ziemlich unordentlich aus. Nach dem Einbruch hat auch die Polizei Chaos gemacht, und ich habe es noch nicht geschafft aufzuräumen.«

»Einbruch?«

»Ja. Vor zwei Tagen.« Hatte die Polizei ihr nichts davon erzählt?

Da war Jenny schon tot. Man konnte den Gedanken in Sabines Gesicht lesen. Sie wandte sich ab und öffnete dann die Tür, behutsam, als wollte sie ihre Tochter nicht wecken. Der Gedanke trieb nun wieder Nika die Tränen in die Augen. Was sollte sie sagen, wenn Sabine sie danach fragte, wie sie sich mit Jenny verstanden hatte? Sollte sie lügen?

Auf jeden Fall würde sie ihr die Ohrfeige verschweigen – das konnte sie guten Gewissens tun. Sie erinnerte sich ja nicht mal mehr daran.

Sabine sah sich um, strich die Bettdecke glatt, hob ein Buch auf. »Mein Mann«, sagte sie in Richtung der Wand, »also, Jennys Vater ist im Hotel geblieben. Er hat gemeint, er kann das nicht. Die ganzen Sachen ansehen, die Jenny nie wieder brauchen wird. Ich glaube, er hat recht gehabt.« Langsam setzte sie sich an die Bettkante. »Ich wollte alles packen, aber wahrscheinlich lasse ich es besser abholen. Es …« Sie legte eine Hand vor den Mund, schluchzte auf.

Nika wäre am liebsten weggelaufen, aber sie beschloss, das genaue Gegenteil zu tun. Sie setzte sich neben Sabine und legte ihr einen Arm um die Schultern, gefasst darauf, dass die Frau sie wegstoßen würde. Allein aus Schmerz darüber, dass ihre Tochter tot war und sie, Nika, lebte.

Doch so war Sabine nicht veranlagt. »Ich bin froh, dass Jenny dich als Mitbewohnerin hatte«, flüsterte sie. »Du musst ihr gutgetan haben.«

»Ich ... ich weiß nicht. Wir haben uns ja nicht sehr lange gekannt.«

»Ach, weißt du«, Sabine wischte sich mit dem Ärmel übers Gesicht, »sie war eine gequälte Seele. Hat viel unter Albträumen gelitten, dann wieder unter Wutausbrüchen. Bei einem davon hat sie die Hälfte unseres Geschirrs zertrümmert.«

Geringe Frustrationstoleranz. Aggressives Verhalten und hohe Reizbarkeit, ging es Nika wieder durch den Kopf. Dann war das bei Jenny also früher schon so gewesen. Nika fragte sich, ob sie Sabine das Skizzenbuch zeigen sollte, allein schon um ihre Reaktion zu sehen. Würde sie schockiert sein, oder kannte sie nicht nur die Wutanfälle, sondern auch die widerwärtigen Zeichnungen ihrer Tochter?

Im nächsten Moment schämte sie sich. Sabine war am Ende ihrer Kraft, das war nicht zu übersehen. Wenn Jennys blutdürstige Kunstwerke neu für sie waren, würde ihr das einen weiteren riesigen Schock versetzen. Nika selbst war fassungslos gewesen, als sie sich in einem der Bilder wiedererkannt hatte – wie würde es da erst Jennys Mutter gehen? Die sich dann ein Leben lang fragen musste, was ihre Tochter dazu gebracht hatte, sie – zumindest in ihrer Fantasie – in einem brennenden Haus sterben zu lassen.

Nika entschied sich für eine harmlosere Frage. »Hat Jenny Geschwister?«

»Ja. Zwillinge. Zoe und Milan, die beiden sind zehn Jahre jünger, und sie sind völlig verstört. Ihre Großeltern kümmern sich jetzt um sie, zum Glück.«

Zwillinge. Wieder drängte sich eine Zeichnung in Nikas Bewusstsein, von zwei Kleinkindern mit durchschnittenen Kehlen ... auf keinen Fall konnte sie Sabine das Buch sehen lassen.

»Ich koche uns Kaffee«, murmelte sie. »Oder möchtest du lieber Tee?«

»Kaffee ist toll.« Sabine lächelte das traurigste Lächeln, das Nika je gesehen hatte. »Schwarz bitte. Danke.«

Sie floh in die Küche, hantierte an der Espressomaschine herum und verspürte plötzlich eine so sengende Wut auf Jenny, dass sie sie am liebsten herausgeschrien hätte.

Wie konnte man eine so nette Mutter haben und selbst so ein hasserfüllter Mensch sein? Was war bloß mit Jenny los gewesen?

Nika stellte die beiden Kaffeetassen auf den Tisch und holte Kekse aus dem Schrank, die vermutlich keiner anrühren würde, aber dann sah der Tisch nicht so leer aus.

Kurz darauf kam Sabine aus dem Zimmer ihrer Tochter. »Danke«, wiederholte sie und nippte an ihrer Tasse.

Nika lag eine Frage auf der Zunge, sie suchte nach den richtigen Worten. »Du hast vorhin gesagt, Jenny wäre eine gequälte Seele gewesen. Wie schlimm war das? War sie in psychiatrischer Behandlung?«

»Was?« Sabine blickte hoch, sichtlich irritiert. »Nein. Nein, wir hatten das zwar einmal überlegt, als sie fünfzehn war, haben uns dann aber dagegen entschieden. Sie fand die Idee so schrecklich, dass sie richtige Angstzustände bekam. Das Problem hat sich dann zum Glück von selbst gelegt. Als die Pubertät vorbei war, hatte sie auch keine Wutausbrüche mehr.«

Dafür hat sie ihren Aggressionen auf dem Papier freien Lauf gelassen, ergänzte Nika in Gedanken. Und mit der einen oder anderen Ohrfeige. Bei ihrer nächsten Frage würde sie Sabine ein klein wenig anlügen müssen. »Jemand hat behauptet, Jenny wäre Epileptikerin. Stimmt das? Ich habe nie etwas bemerkt.«

Sabines fragender Blick sprach Bände. »Epileptikerin? Nein. Das ist Unsinn. Sie war kerngesund ... immer.« Neue Tränen.

Dann hatte Jenny das Phenazepam also wirklich nur zur Beruhigung genommen. Das war das Ende von Nikas heimlicher Theorie, dass sie während eines epileptischen Anfalls in Sienas Kanälen ertrunken war.

»Ich glaube, ich gehe dann.« Sabine stellte ihre leere Tasse auf den Tisch. »Mein Mann kann im Moment nicht gut allein sein, er sucht den Fehler immer bei sich. Wir hätten sie nicht allein ins Ausland gehen lassen dürfen, sagt er, wir hätten ihr erklären müssen, dass fremde Städte nachts gefährlich sind ...« Mutlos zuckte Sabine mit den Schultern. »Aber es hätte nichts genutzt. Jenny war volljährig. Sie hätte nicht auf uns gehört.«

»Nein, wahrscheinlich nicht«, bestätigte Nika. »Sie hatte einen starken Willen und so viel Energie.« Um keinen Preis würde sie zum Schluss noch ein kritisches Wort über Jenny verlieren.

Sie begleitete Sabine zur Tür, wo sie sich noch einmal umarmten. Jennys Sachen würde eine Spedition abholen kommen. Ihre Mutter warf einen letzten Rundumblick in die Diele, dann drehte sie sich um und ging langsam die Treppe nach unten.

Nika fühlte sich nach dieser Begegnung so ausgelaugt, als hätte sie seit zwei Nächten nicht mehr geschlafen. Sie würde heute einfach zu Hause bleiben, sich ins Bett legen und mit dem Notebook auf dem Bauch im Internet surfen. Oder lesen. Und sich nach Hause wünschen.

Sie hatte sich kaum fünf Minuten hingelegt, als ihr Handy klingelte. Vermutlich wieder Stefano, der einen Treffpunkt für später ausmachen wollte. Aber sie würde ihm absagen, sie wollte heute niemanden mehr sehen.

Doch es war nicht Stefano. Die Nummer auf dem Display kannte Nika nicht.

»Hallo?«

»Hallo. Frau Ruland?« Eine Frau, die mit kaum merklichem italienischen Akzent sprach. »Hier ist Carla Sivori, wir kennen uns, ich habe vor Kurzem für Sie und Commissario Fiorese gedolmetscht.«

Die Übersetzerin. Nika drehte sich auf den Rücken. »Ja, natürlich, ich erinnere mich. Gibt es etwas Neues?«

Die Frau zögerte kurz. »Das kann ich Ihnen noch nicht sagen, ich weiß nur, dass Fiorese Sie im Kommissariat sehen will. So schnell wie möglich.«

Vielleicht war das jetzt endlich der Moment, in dem sie die Erlaubnis bekam heimzufahren. Noch ein oder zwei Papiere unterschreiben und dann ciao, Italia.

»Okay. Ich sehe zu, dass ich in einer halben Stunde da bin.«

»Sehr gut. Ich richte es dem Kommissar aus.«

Nika war pünktlich vor Ort, musste aber warten. Der Commissario, erklärte man ihr, sei noch beschäftigt.

Sie setzte sich auf den letzten freien Plastikstuhl im Gang, neugierig gemustert von zwei halbwüchsigen Jungen in Hoodies und einer älteren Frau, die eine Schachtel auf den Knien hielt. Sie wurde als Erste aufgerufen, ging aber in ein anderes Büro.

Bei Nika dauerte es, und sie wurde von Minute zu Minute nervöser. So schnell wie möglich, hatte Carla Sivori gesagt, doch nun schien es plötzlich nicht mehr so dringend zu sein.

Als endlich die Tür zu Fioreses Büro aufging und die Dolmetscherin Nika hereinwinkte, war gut eine halbe Stunde vergangen.

Fiorese saß hinter seinem Schreibtisch und blickte nicht auf, als sie eintrat. Sein Blick war auf die Papiere gerichtet, die vor ihm lagen, seine Miene war finster. Er begann zu reden, leise und eindringlich, während Sivori übersetzte.

»Der Kommissar möchte wissen, ob Sie sich mittlerweile besser an das erinnern können, was zwischen Samstag und Dienstag passiert ist.«

»Nein, leider nicht. Ich habe mir riesige Mühe gegeben, aber ...«

Fiorese fiel ihr ins Wort, lauter diesmal und sichtlich aufgebracht. Die Übersetzerin behielt ihren ruhigen Ton bei, was ihre Worte aber nicht weniger bedrohlich machte.

»Sie wären gut beraten, diese Sturheit bleiben zu lassen. Es gibt Hinweise darauf, dass Sie gemeinsam mit Jennifer Kern in den Bottini waren, also strengen Sie Ihr Gedächtnis ein bisschen an. In Ihrem eigenen Interesse!«

Nika spürte, wie ihre Hände zu zittern begannen, und verschränkte die Finger ineinander. Sie sollte mit Jenny da unten gewesen sein? »Das glaube ich nicht«, brachte sie mühsam hervor. »Wie gesagt, ich kann mich nicht erinnern, aber ...«

Fiorese öffnete eine Schublade, holte etwas in einer Plastiktüte heraus und knallte es vor Nika auf den Tisch.

Sie erkannte es erst auf den zweiten Blick, denn es war wellig, verfärbt und eingerissen. Ein Reisepass.

»Sie hatten Ihren Pass verloren gemeldet, nicht wahr?« Fiorese holte das Dokument aus seiner Verpackung. »Nun, wir haben ihn gefunden. Achtzig Meter entfernt von der Stelle, an der Ihre Freundin ertrunken ist. Wollen Sie mir erzählen, dass das Zufall ist?«

Nika wollte gar nichts erzählen, sie wollte nur weg. Erst Sabines Trauer, jetzt Fioreses Wut, sie fühlte sich alldem nicht mehr gewachsen.

»Ich habe keine Ahnung, wie mein Pass in die Bottini gekommen ist«, flüsterte sie. »Ich weiß nur, dass ich ihn immer in meiner Handtasche hatte und er plötzlich verschwunden war. So wie meine Schlüssel. Haben Sie die auch gefunden?«

»Nein.« Der Kommissar wandte den Blick keine Sekunde lang von ihr. »Aber das kann ja noch kommen.« Er beugte sich vor. »Ich mache keine Witze, Frau Ruland. Dort unten in den Kanälen haben wir ein blutbeflecktes Messer mit ihren Fingerabdrücken und jetzt auch ein Dokument gefunden, das ganz eindeutig Ihnen gehört. Aber Sie leiden praktischerweise an Gedächtnisverlust, und der betrifft ausgerechnet die zwei Tage, in die der Tod Ihrer Mitbewohnerin fällt. Würden Sie das an meiner Stelle nicht auch merkwürdig finden?«

»Wahrscheinlich schon«, gab Nika zu. »Aber was soll ich denn tun? Ich kann mein Gehirn nicht zwingen, sich zu erinnern, sonst würde ich das tun, glauben Sie mir.«

Sie war den Tränen nahe, und Fiorese schien das zu merken, also setzte er noch einen drauf. »Es kann noch nicht ausgeschlossen werden, dass die Verletzungen an Frau Kerns Kopf von Schlägen mit einem stumpfen Gegenstand herrühren. Was tun Sie, Frau Ruland, wenn wir einen solchen Gegenstand finden? Und wir suchen danach, glauben Sie mir. Ich habe da so ein Gefühl, wissen Sie? Wenn wir eine Tatwaffe finden, werden wahrscheinlich auch da Ihre Fingerabdrücke drauf sein. Vielleicht ist es Werkzeug, das irgendwo liegen geblieben ist, vielleicht ein Stein, den Sie geworfen haben ...« Er ließ den Satz im Nichts enden.

Nika erstarrte innerlich. Ein Stein, da war etwas mit einem Stein, den sie geworfen hatte. Sie hatte nicht vor Augen, wo es gewesen war, aber plötzlich erinnerte sie sich an das Gefühl der Kanten in ihrer Handfläche, als sie ihn aufgehoben hatte. An die Wurfbewegung. An ein Platschen, als er im Wasser gelandet war.

Oder war das Geräusch von Jenny gekommen, die ins Wasser gestürzt war, weil Nika den Stein ...

Nein. Nicht möglich. Nicht denkbar, sie hätte doch nie getroffen ...

Fiorese wandte seinen prüfenden Blick keine Sekunde lang von ihr ab, also riss sie sich zusammen. Dachte an den Drohbrief in ihrer Tasche. *Hau ab oder du bist die Nächste.* Wenn sie ihm den zeigte – würde er ihn ernst nehmen? Oder ihn für eine Fälschung halten, etwas, das sie selbst geschrieben hatte, um von sich abzulenken?

»Sie werden meine Fingerabdrücke nicht finden«, stieß sie hervor, während ihr die ersten Tränen übers Gesicht liefen. »Ich habe Jenny nichts getan!«

Fiorese lächelte. »Ach. Und woher wollen Sie das wissen? Ich dachte, Sie erinnern sich nicht.« Er wartete ihre Antwort nicht ab, sondern zog eine dünne Mappe heran und blätterte darin. »Wir haben Aussagen von vier verschiedenen Leuten, die am zweiundzwanzigsten April gemeinsam mit Ihnen im Bella Vista Social Pub waren. Alle vier erzählen, dass es zwischen Ihnen und Frau Kern Streit gegeben hat.« Er sah hoch, Nika erwiderte seinen Blick finster, obwohl sie immer noch weinte.

»Diese Zeugen sind sich außerdem einig, dass Jennifer Kern Sie so heftig geohrfeigt hat, dass sie beinahe das Gleichgewicht verloren haben. Danach hat sie das Lokal verlassen und Sie sind ihr nachgelaufen.« Er klappte die Mappe zu. »Und nun ist Frau Kern tot und Ihre Sachen liegen ganz nahe beim Leichenfundort herum.«

Nika fühlte, wie langsam die Kraft aus ihrem Körper wich. So, wie Fiorese es erzählte, ergab sich daraus ein völlig logischer Schluss. Ein Streit unter Freundinnen, der eskaliert war. Wahrscheinlich ohne böse Absicht. Aber trotzdem. Mit Todesfolge. Und die Überlebende hatte nun beschlossen, sich an nichts mehr zu erinnern. Doch dummerweise war da jetzt die Ahnung von einem Stein, den sie geworfen hatte. Vielleicht zur Verteidigung. Vielleicht auch nicht.

Mühsam fand Nika ihre Sprache wieder. »Beim letzten Mal haben Sie gesagt, Jenny wäre zwischen Sonntagmittag und der Nacht von Sonntag auf Montag gestorben. Das mit der Ohrfeige war doch aber Samstagabend. Da liegt viel zu viel Zeit dazwischen. Das passt nicht zusammen.«

Der Einwand schien Fiorese nicht zu beeindrucken. »Wer weiß, wie wütend Sie waren. Wer weiß, was nach dieser einen Ohrfeige noch alles vorgefallen ist.«

Niemand, dachte Nika. Und wenn es doch jemand weiß, verrät er es nicht.

»Aber wenigstens an die Ohrfeige erinnern Sie sich noch?«, erkundigte der Kommissar sich fast beiläufig.

»Nein, keine Spur. Davon habe ich mir genauso erzählen lassen wie Sie. Eben weil ich versuche, meine Erinnerung wiederzufinden.« Sie strich sich das Haar zurück. Der Kratzer war zwar nur noch ein hellroter Strich, aber übersehen konnte man ihn nicht. »Ich wüsste auch gerne, woher das hier stammt. Ich schätze, es muss wehgetan haben, aber ich erinnere mich kein Stück.«

Falls Fiorese das überzeugend fand, ließ er es sich nicht anmerken. »Wenn wir Beweise dafür hätten, dass Jennifer Kerns Tod nicht einfach nur ein Unfall war, würde ich Sie jetzt festnehmen«, sagte er. »Sobald wir Hinweise darauf finden, dass sie gestoßen oder geschlagen wurde oder dass jemand ihren Kopf unter Wasser gedrückt hat, stehen wir bei Ihnen auf der Matte, Frau Ruland. Verstehen Sie mich? Bis dahin rate ich Ihnen, Ihrem Gedächtnis auf die Sprünge zu helfen. Und keinen Schritt aus Siena hinauszumachen. Arrividerci.«

Nika kämpfte sich aus ihrem Stuhl hoch. Sie öffnete ihre Handtasche so hektisch, dass sie beinahe den Inhalt verstreute, kramte nach der Nachricht von letzter Nacht und fand sie schließlich. Zerdrückt und an einer Seite eingerissen.

»Wenn ich Siena nicht verlassen darf, dann beschützen Sie mich gefälligst.« Sie knallte den Brief auf den Tisch und wartete, bis Sivari ihn übersetzt hatte. Der Kommissar blinzelte irritiert.

»Das hat man mir heute Nacht unter der Tür durchgeschoben. Jemandem liegt viel daran, mich loszuwerden, und ich würde ihm den Gefallen gern tun, aber Sie lassen mich ja nicht weg. Ist also gut möglich, dass ich die Nächste bin.«

Wut fühlte sich so viel besser an als Angst. Nika drehte sich um, verabschiedete sich weder bei Fiorese noch bei Sivari, sondern rannte aus dem Büro und dann, ohne nach rechts oder links zu schauen, auf die Straße hinaus.

Schlimmer konnten die Dinge kaum noch laufen. Vielleicht gab der Brief der Polizei zu denken, aber was, wenn sie in den Kanälen wirklich einen Gegenstand fanden, an dem Jennys Blut oder ihre Haare klebten?
Einen Stein.
Fiorese würde nicht mehr lange nach anderen Tatverdächtigen Ausschau halten, er würde sich Nika schnappen und sie als Täterin präsentieren.

Sie überquerte eine Straße, stolperte über den Randstein und hielt sich gerade noch an einer Hausmauer fest. Dort blieb sie stehen, mit hämmerndem Herzen.

Ich war es nicht, ich kann es nicht gewesen sein ...

Andererseits – woher wollte sie das so genau wissen? Es stimmte, was Fiorese sagte. Wenn sie sich nicht erinnerte, waren ihre Beteuerungen nichts wert. Und jetzt war auch noch ihr Pass gefunden worden. Den sie am Samstagabend doch aber gar nicht mitgehabt hatte! Er war in der Handtasche gewesen, und die hatte sie ganz bewusst zu Hause gelassen.

War sie danach noch einmal in der Wohnung gewesen? Hatte ihren Pass geholt? Sie konnte sich keinen Grund dafür vorstellen.

»Tutto a posto?« Ein älterer Mann war neben ihr stehen geblieben und betrachtete sie besorgt. Nika quälte sich ein Lächeln ab. »Si. Grazie.« Sie lief weiter, ohne zu wissen, wohin. Das alles war ein einziger grauenhafter Albtraum.

Sie lachte auf, bitter. Stefano würde sich darüber freuen, dass sie weiterhin in Siena festsaß. Obwohl er nichts, wirklich nichts davon hatte, wenn sie im Gefängnis landen sollte.

Nika holte ihr Handy heraus. Ihre einzige Chance war, herauszufinden, was sie in der verlorenen Zeit wirklich getan hatte. Jemand musste sie schließlich gesehen haben – so wie zum Beispiel Liz. Die bezeugen konnte, dass Nika in der Nacht von Samstag auf Sonntag ohne Jenny unterwegs gewesen war.

Aber um Leute anzusprechen, brauchte sie Hilfe von jemandem, der wirklich gut Italienisch konnte. Sie brauchte Stefano, doch der ging nicht an sein Handy.

Sie versuchte es mehrere Male, immer mit dem gleichen Ergebnis: Nach vier Freizeichen meldete sich seine Sprachbox.

An einem anderen Tag hätte Nika das mit einem Schulterzucken abtun können, aber heute brachte es sie um den letzten Rest ihrer Fassung. Die Vorstellung, dass sie völlig auf sich allein gestellt war, weil Stefano sich vielleicht doch ausgenutzt fühlte und beschlossen hatte, den Kontakt abzubrechen, war kaum auszuhalten.

Sie mochte ihn. Verliebt war sie nicht, aber er war ihr nicht gleichgültig. Es war mehr als Dankbarkeit, es reichte, um sich Sorgen zu machen, wenn er plötzlich nicht erreichbar war.

Aber Tatsache bleibt: Du nutzt ihn aus. Der Gedanke kam ihr nicht zum ersten Mal, doch bisher hatte sie ihn immer beiseitegeschoben. Diesmal ließ sie ihn zu.

Stefano war immer mit solcher Begeisterung dabei gewesen, wenn er ihr helfen konnte, deshalb hatte sie es so problemlos annehmen können. Doch das bedeutete natürlich nicht, dass er jederzeit für sie da sein musste. Obwohl sie ihn jetzt gerade so dringend brauchte wie noch nie.

Sie war vor seinem Haus gelandet, ohne es wirklich geplant zu haben, und presste nun ihren Finger auf den Klingelknopf. Bei ihrem Glück würde vermutlich nur Liz da sein – noch jemand, der sie für verrückt und gewalttätig hielt.

Es summte, die Tür sprang auf. Nika lief die Treppen nach oben und sah Amelie in der Tür stehen, in T-Shirt und Jogginghose, das rote Haar verwuschelt. »Ach, du bist es.« Sie trat einen halben Schritt zur Seite, offenbar unschlüssig, ob sie Nika hereinbitten sollte oder nicht.

»Ja. Störe ich dich gerade bei irgendwas?«

»Na ja. Ich lerne für eine Klausur in zwei Tagen, aber –« Sie vollführte eine halbherzige Handbewegung in Richtung Wohnung. »Komm ruhig rein.«

Es sah unordentlicher aus als bei Nikas letztem Besuch; Amelie hatte offenbar nicht gelogen: Auf der Couch, dem Beistelltisch und sogar auf dem Teppich lagen Bücher und Notizblocks, die sie nun zur Seite schob, um Platz zu machen. Begeistert wirkte sie dabei nicht.

»Ist Stefano zu Hause?« Nika stand unschlüssig im Raum, den Blick auf die Tür gerichtet, hinter der sich das blau-graue Zimmer ihres einzigen Verbündeten befand.

»Nein. Der ist unterwegs, macht Familienbesuche. Aber ich schätze, er wird sich freuen, wenn ich ihm sage, dass du nach ihm gesucht hast.« Amelie legte die Bücher auf dem Tisch auf einem Stapel zusammen. »Obwohl du heute, offen gesagt, scheiße aussiehst.« Sie nahm einen kleinen Handspiegel vom Bücherregal und hielt ihn Nika hin.

Rote Flecken im Gesicht, verschmierte Wimperntusche bis zu den Mundwinkeln. Die Augen geschwollen und dann auch noch der lange, tiefe Kratzer ... unvermittelt begann Nika zu lachen. »Absolut scheiße, aber immer noch besser, als ich mich fühle.«

»Oh. Das tut mir leid.« Amelie fuhr sich durchs Haar. Es war ihr anzusehen, dass Nika ihr zwar leidtat, sie ihr aber trotzdem nicht über den Weg traute. Liz' Erzählung war eindrucksvoll gewesen. »Möchtest du etwas trinken? Kaffee?«

Obwohl sie nicht wusste, ob sie auch nur einen Schluck hinunterbekommen würde, nahm Nika das Angebot dankend an. Während Amelie in der Küche herumwerkte, wusch sie sich das Gesicht mit eiskaltem Wasser. Stefano hatte ihr gesagt, dass er bei seiner Großmutter sein würde, aber das hatte sie geschätzte fünf Minuten später schon wieder vergessen gehabt. Ha. Und sie hatte Jenny immer als jemanden gesehen, der nur um sich selbst kreiste.

Sie ging zu Amelie in die Küche, fragte, ob sie helfen konnte, und nachdem Amelie abwinkte, hätte sie fast angeboten, Geschirr zu spülen, bloß um den üblen Eindruck, den sie bisher hinterlassen hatte, irgendwie vergessen zu machen.

»Stefano meinte, Jenny ist ertrunken«, sagte Amelie, als sie dann gemeinsam im Wohnzimmer saßen. »In den Bottini.« Sie sah Nika prüfend an. »Ich frage mich, wie das geht. Da kommt man doch gar nicht hin ohne Führung, und für die muss man sich Monate vorher anmelden.«

»Ja, die Polizei versteht das auch nicht. Und ich kann ihnen nicht weiterhelfen, weil diese beiden Tage bei mir immer noch wie ausgelöscht sind.« Nika schluckte bei der Erinnerung an das Gespräch mit Fiorese. »Die glauben, ich lüge. Dabei wäre niemand glücklicher als ich, wenn ich mich endlich erinnern könnte.«

In Amelies Gesicht war ein nachdenklicher Ausdruck getreten. »Warst du schon einmal in den Bottini? Ich nämlich schon. Dort zu ertrinken ist gar nicht so einfach, das Wasser ist nicht hoch. Dafür ist es sauber – kein Abwasser, eher Trinkwasser. Die Brunnen werden auf diese Weise versorgt.«

Das war ja interessant.»Wie bist du damals reingekommen?«
»Auf die vorgeschriebene Art: Mit Anmeldung und einem Führer, wir waren eine ganze Gruppe. Man geht über das Museo dell'Acqua hinein und dann ist es wie ein unterirdisches Höhlensystem. Zum Teil mit gemauerten Gängen, an anderen Stellen hängen Tropfsteine von der Decke ...« Sie nahm einen Schluck von ihrem Kaffee.»Was könnte Jenny dort unten gewollt haben?«

Flüchtig hatte Nika sich das auch schon gefragt. Allerdings traute sie sich nicht zu, irgendeines von Jennys Motiven durchschauen zu können, erst recht nicht, seit sie das Skizzenbuch kannte.»Keine Ahnung.«

»Hm.« Amelie lehnte sich im Sofa zurück.»Sie war ja ziemlich abenteuerlustig. Könnte also ein Gag gewesen sein, eine Mutprobe, etwas, wovon man Selfies auf Instagram posten kann. Oder – sie ist vor jemandem davongelaufen.«

Auf die Idee war Nika bisher nicht gekommen. Davongelaufen – vor wem? Vor ihr selbst? Allen Erzählungen zufolge war Nika ihr ja tatsächlich nachgerannt, nach der Ohrfeige im Bella Vista. Aber zwischen beiden Ereignissen war viel Zeit vergangen, mindestens ein Tag, eher mehr. So lange würde sie niemanden verfolgen, nicht wegen eines Schlages. Höchstens ... wenn er etwas genommen hatte, das Nika gehörte. Und das sie dringend brauchte.

»Jedenfalls ist es wirklich schlimm«, fuhr Amelie fort, nachdem Nika nur wortlos dasaß.»Und für dich muss es besonders hart sein. Nicht zu wissen, welche Rolle du bei alldem gespielt hast.«

Die Art, wie Amelie den Satz ausklingen ließ, fast wie eine Frage, stellte klar, dass auch sie alles für möglich hielt. Nika klammerte sich an ihrer Tasse fest.»Ich sollte noch einmal versuchen, Stefano zu erreichen.«

»Ja«, erwiderte Amelie trocken.»Er wird sich freuen. Du hast ihm ziemlich den Kopf verdreht, aber das hast du vermutlich selbst gemerkt.«

Nika hob die Schultern.»Nicht mit Absicht.«

»Ja, ich weiß. Du bist ihm schon vor zwei Wochen aufgefallen, hast du das bemerkt? Im Porrione, du warst mit einer Menge Leute da, und wir haben am anderen Ende des Lokals gesessen. Stefano hat die ganze Zeit zu dir hinübergesehen.« Sie schüttelte den Kopf.»Letztens, im Park, weißt du noch? Da war ich mit ihm gemeinsam auf dem Weg zur Uni. Er hat dich dort entdeckt, und er war es, der wollte, dass ich dich anspreche.«

Nun war Nika tatsächlich überrascht.»Wirklich? So schüchtern kommt er mir gar nicht vor.«

»Er findet das Klischee vom italienischen Mann, der hinter allem her ist, was einen Rock trägt, ziemlich daneben. Deshalb.«

Nika ließ die Szene noch einmal vor ihrem inneren Auge Revue passieren. Sie hatte im Gras gesessen, an einen Baum gelehnt und sich zum ersten Mal intensiv mit der Liste beschäftigt. Damals war sie noch überzeugt davon gewesen, dass Jenny demnächst wieder auftauchen würde. Dann hatte plötzlich Amelie vor ihr gestanden, ihr angeboten, mit ihrem Handy zu telefonieren und, zu guter Letzt, ein paar Tage bei ihnen in der Wohnung zu bleiben …

Damit hatte sie wohl eher Stefano eine Freude machen wollen und nicht unbedingt Nika selbst. Amelies Erzählung ließ die Dinge nun in einem anderen Licht erscheinen. Würde sie Stefano gegenüber noch so unbefangen sein können wie bisher? Konnte sie so tun, als hätte Amelie ihr nichts erzählt?

»Du hast im Moment sicher andere Dinge im Kopf«, unterbrach Amelie ihre Gedankengänge. »Aber – tu ihm nicht weh, und solltest du so verrückt sein, wie Liz behauptet, dann lass das nicht an ihm aus. Er ist wirklich ein netter Kerl.«

In ihre letzten Worte mischte sich das Geräusch eines Schlüssels, der ins Schloss fuhr. Nika ging automatisch in Abwehrhaltung, fest davon überzeugt, es gleich wieder mit Liz zu tun zu bekommen, doch es war Stefano, der die Wohnung betrat.

Hätte Nika in den letzten Tagen nicht selbst das Gefühl gehabt, dass Stefano eine gewisse Schwäche für sie hatte, hätte sie Amelies Behauptung von eben für eine glatte Lüge gehalten.

Er wirkte überrascht, sie zu sehen, aber nicht im Mindesten erfreut. »Oh. Dich hatte ich hier nicht vermutet«, sagte er und ging durchs Wohnzimmer in die Küche, ohne Nika auch nur ein flüchtiges Lächeln zu schenken. Als wäre es ihm unangenehm, ihr zu begegnen.

Sie begriff es nicht. Heute Morgen hatten sie noch telefoniert, er hatte sie unbedingt treffen wollen – was war in der Zwischenzeit passiert? Dachte er plötzlich auch, sie hätte etwas mit Jennys Tod zu tun? Hatte er mit der Polizei geredet?

»Ich habe versucht, dich anzurufen«, sagte sie und hörte, wie ihre Stimme schwankte. »Jennys Mutter war heute Vormittag bei mir, und danach wollte Commissario Fiorese mich sehen.«

»Ah.« Er ging in die Küche und kam mit einem vollen Wasserglas zurück. »Ich hoffe, es ist gut gelaufen?«

»Nicht so sehr.« Nika stand auf. Vielleicht wollte er ja bloß vor Amelie nicht normal mit ihr sprechen, dann mussten sie eben nach draußen gehen. Der Tag war bisher furchtbar gewesen, sie brauchte jemanden, mit dem sie richtig reden konnte. Ohne Vorsicht, ohne Zurückhaltung. Sie wusste nicht mehr weiter, und wenn Stefano sie jetzt im Stich ließ, würde sie zusammenbrechen.

»Ich glaube, ich brauche etwas zu essen«, sagte sie und nahm ihre Tasche. »Kommst du mit? Dann erzähle ich dir alles.«

Er antwortete nicht sofort, und Nika konnte förmlich sehen, wie er nach einer Ausrede, einer Entschuldigung suchte. »Ich muss eigentlich ...«

»Bitte.« Sie flüsterte, weil sie Angst hatte, sonst loszuheulen.

»Na los, Stefano.« Amelie wies aufmunternd mit dem Kopf zur Tür. »Stell dich nicht so an.«

»Okay.« Er seufzte. »Aber nicht lange, ich muss noch etwas für meine Schwester erledigen.«

Vielleicht war es ja das, dachte Nika, während sie stumm die Treppen nach unten gingen. Möglicherweise gab es Schwierigkeiten wegen dieser Diebstahlsache in Florenz, die Stefano bedrückten.

»Stimmt etwas nicht?«, fragte sie, als sie draußen auf der Straße waren und in Richtung Campo gingen. »Heute Morgen am Telefon hast du noch viel fröhlicher geklungen.«

Er antwortete nicht gleich, aber der gequälte Ausdruck auf seinem Gesicht vertiefte sich. »Ich hatte keinen besonders guten Tag«, sagte er schließlich.

Ich auch nicht, hätte sie am liebsten patzig erwidert, *und meiner war garantiert beschissener als deiner*, doch sie hielt sich zurück. Die Notiz, die sie am Morgen gefunden hatte, kam ihr wieder in den Sinn. Konnte Stefano herausgefunden haben, dass sie ihm diese Sache bewusst verschwiegen hatte? Weil er mit der Polizei gesprochen hatte? Oder ...

Sie verbot es sich, den Gedanken zu Ende zu denken. Stefano hatte keinen Grund, ihr zu drohen, er wollte nicht, dass sie

Siena verließ. Zumindest hatte sie das bis vor wenigen Minuten gedacht.

Er steuerte eine kleine Bar in einer engen Gasse an. »Hier sind die Tramezzini ausgezeichnet«, erklärte er, setzte sich und begann, eine Nachricht auf seinem Handy zu tippen.

Nika saß daneben und beobachtete ihn; sie fühlte sich auf unerklärbare Weise verraten und gleichzeitig schuldbewusst. Sie hatte heute noch darüber nachgedacht, ob sie ihn nicht auf unfaire Weise ausnutzte, und nun machte es den Eindruck, als würde er das ebenso empfinden. Und auf Distanz gehen.

Als er fertig getippt hatte, winkte er den Kellner heran. »Du sagtest doch, du hast Hunger.«

Sie bestellte ein Thunfisch- und ein Ei-Tramezzino, obwohl ihr schleierhaft war, wie sie überhaupt einen Bissen hinunterwürgen sollte. Dann ergriff sie kurz entschlossen Stefanos Hand. »Irgendetwas stimmt nicht mit dir. Wenn es mit mir zu tun hat und du sauer auf mich bist, dann sage mir bitte, warum.«

Sein Blick wurde weicher, trotzdem zog er seine Hand zurück. »Nicht deine Schuld«, murmelte er. »Es ist nur ... meine kleine Schwester schafft es nicht, sich um ihre Angelegenheiten zu kümmern, und mein Bruder macht sich Sorgen um seine schwangere Frau. Es geht ihr nicht gut, die Ärzte sagen, sie muss aufpassen, dass das Kind nicht viel zu früh kommt ... es wäre für beide eine Katastrophe.« Er schloss die Augen und schüttelte den Kopf. »Sie waren heute wieder im Krankenhaus zur Kontrolle, und jetzt ist Serafina völlig am Boden. Sie weint nur und hat Angst um das Baby, Natale ist die ganze Zeit bei ihr. Ich war vorhin bei ihnen zu Hause, wir haben gemeinsam versucht, sie zu beruhigen.«

Mit jedem seiner Worte war Nika leichter ums Herz geworden. Seine Stimmung hatte nichts mit ihr zu tun, sie hatte nichts falsch gemacht. Und – sie konnte nun ebenso für ihn da sein wie er für sie.

»In welchem Monat ist sie denn?«

»Im sechsten. Wenn das Kind jetzt schon geboren werden sollte, hat es kaum eine Chance, sagt ihr Arzt. Die beiden wünschen sich das Baby so sehr ...« Stefano verschränkte die Arme vor der Brust. »Und ich kann ihnen nicht helfen. Niemand kann ihnen helfen.«

»Du kannst sie beruhigen«, sagte Nika. »Darin bist du so gut, das hast du doch bei mir bewiesen.« Sie hoffte, dass ihm das ein Lächeln entlocken würde. Vergebens. Wenn das möglich war, verdüsterte sein Blick sich eher noch.

»Ich werde für sie da sein, so gut ich kann«, sagte er heiser. »Egal, was passiert.«

Ihre Bestellung kam, doch Stefano rührte seinen Orangensaft nicht an, sondern schob ihn von sich weg. »Es sind keine guten Zeiten im Moment«, sagte er leise. »Ich kann verstehen, dass du nach Hause willst. Es wäre auch wirklich besser.«

Das tat unerwartet weh. Andererseits ... Stefano hatte Wichtigeres zu tun, als einem Mädchen hinterherzulaufen, das seine Gefühle ohnehin nicht erwiderte. Und zudem einen Rattenschwanz an Problemen hinter sich herzog.

Sie griff nach einem der Tramezzini und biss hinein, in der Hoffnung, auf diese Art ihre Enttäuschung besser verbergen zu können. Reiß dich zusammen, sagte sie sich. Du gehörst nicht zu den Mädchen, für die ein Kerl erst interessant wird, wenn er selbst das Interesse verliert.

»Wie war es denn nun bei der Polizei?«, fragte Stefano mitten in ihre Gedanken hinein. Es wirkte eher, als wolle er sich von seinen Familienproblemen ablenken; nicht so sehr, als wäre er gespannt auf die Antwort.

Nika schluckte den Bissen, an dem sie kaute, hinunter. »Fiorese hasst mich. Er glaubt wirklich, ich hätte etwas mit Jennys Tod zu tun. Jetzt ist auch noch mein Pass in den Bottini gefunden worden, ich verstehe überhaupt nicht, wie das möglich ist. Der Kommissar glaubt mir das mit dem Gedächtnisverlust nicht, und ich darf Siena nicht verlassen. Das ist die Kurzfassung.«

Er nickte nachdenklich. »Aber du erinnerst dich immer noch nicht?«

»Nein. Vielleicht sollte ich mir einen guten Arzt suchen. Oder einen Hypnotiseur.«

Stefano sah skeptisch drein. »Wenn du einen findest, der Deutsch spricht – keine schlechte Idee.«

Sie konnte an seiner Stimme hören, wie hoch er die Chancen dafür einschätzte, und verwarf den Gedanken wieder. Stefano schien noch etwas anfügen zu wollen, doch ein kurzer Klingelton ließ ihn zusammenzucken. Er griff nach seinem Handy und wischte über das Display. »Oh no. Tut mir leid, ich muss gehen. Serafina hat wieder Schmerzen, sie fahren ins Krankenhaus, dort bekommt sie ... wie heißt das? Ein Medikament, das Wehen verhindert?«

»Wehenhemmer«, sagte Nika. »Natürlich, geh, mach dir keine Gedanken, ich zahle für dich mit. Los, lauf.«

Er kam zu ihr, drückte sie kurz, aber fest und rannte davon.

Gestern hatte sie sich noch Geschwister gewünscht, nun sah sie die Kehrseite der Medaille. Trotzdem, dachte sie. Ich wünschte, es gäbe mehr Menschen, die mir so viel bedeuten.

Auf Anhieb fiel ihr nur Mama ein, und Papa natürlich, auch

wenn sie den immer seltener sah. Ansonsten war da nur Tamara, ihre beste Freundin zu Hause. Der sie noch gar nichts von dem Schlamassel erzählt hatte, in dem sie steckte.

Für die drei wäre sie auch so gerannt wie Stefano eben, und diese drei würden das Gleiche für sie tun. Papa allerdings nur, wenn er gerade nüchtern genug war.

Nachdenklich griff sie nach dem zweiten Tramezzino. Wenn sie alles aufgegessen und ausgetrunken und bezahlt hatte, lag noch ein halber Nachmittag vor ihr. Danach ein Abend, den sie in ihrer Wohnung verbringen konnte, allein mit den Habseligkeiten ihrer toten Mitbewohnerin und der ständigen Angst, dass wieder jemand an der Tür sein würde.

Oder sie ging unter Leute, traf sich mit Kommilitonen, die alle gierig auf Details über Jennys Schicksal sein würden.

Beides Mist. Nika schnappte sich Stefanos Glas mit Orangensaft und leerte es in einem Zug.

Sie würde sich auf die Suche nach ihrem verlorenen Gedächtnis machen, und zwar mit System. Am nächsten war sie einer Erinnerung bisher immer dann gekommen, wenn sie sich mit der von ihr selbst geschriebenen Liste beschäftigt hatte. Einmal hatte sie auf diese Weise ihr Handy gefunden, das andere Mal zumindest eine heftige körperliche Reaktion provoziert.

Richtig kotzen, das ist doch etwas, worauf sich aufbauen lässt, sagte sie sich und fühlte, wie sie zu lächeln begann, ganz von selbst.

Ihr Galgenhumor war zurückgekehrt. Das war ein gutes Zeichen.

15

Auf dem Rückweg kaufte sie einen Laib Brot und was sie sonst noch für den Abend brauchte und stieß, während sie in ihrem Portemonnaie nach Kleingeld kramte, auf den goldenen Anhänger, den sie unter Jennys Matratze gefunden hatte.

Nel tuoi occhi si specchia il mio mondo.

Sie hatte ihn völlig vergessen. Dabei wäre es wahrscheinlich klug gewesen, ihn gleich zu Beginn dem Kommissar zu überreichen, denn er hätte wohl den gleichen Schluss daraus gezogen wie Nika selbst. Es musste noch einen Mann in Jennys Leben gegeben haben. Einen Italiener.

Langsam und nachdenklich ging sie zurück in die Via della Fonte. Das Auto fiel ihr nicht sofort auf, erst als sie ihre Einkaufstasche abstellen musste, um die Schlüssel aus der Tasche zu holen.

Ein dunkler Wagen mit dunklen Scheiben. Er stand im Halteverbot, mit ausgeschaltetem Motor. In Siena hielt sich niemand großartig an die Parkvorschriften, aber an dieser Stelle hatte Nika bisher nie ein Auto stehen gesehen. Sie war nicht sicher, aber es sah so aus, als säße jemand hinter dem Steuer. Und einen Beifahrer schien es auch zu geben.

Nika ging ins Haus, stellte die Tasche in der Küche ab und spähte aus dem Fenster ihres Zimmers auf die Straße hinaus.

Der Wagen war noch da. Alle Scheiben hochgekurbelt, es musste ganz schön warm sein da drinnen. Entschlossen zog sie die Vorhänge zu. Vielleicht hatten das Auto und dessen Fahrer nicht das Geringste mit ihr zu tun. Möglich war auch, dass Fiorese neuerdings jemanden auf sie angesetzt hatte.

Oder aber der Wagen gehörte dem Skorpionmann.

Nika setzte sich vor den Computer, ausgerüstet mit Weißbrot, Schinken, Oliven, einer gekühlten Flasche Wasser und den besten Vorsätzen. Sie würde nicht sofort aufgeben, wenn sie das Gefühl hatte, in einer Sackgasse gelandet zu sein. Sie würde dieser verdammten Liste jetzt auf den Grund gehen.

Weihnachten voller Angst. Sie gab die Worte bei Google ein und bekam jede Menge Links zu Depressionen und Angststörungen, die gehäuft zu Weihnachten auftraten. Hm. Inwieweit konnte das ein Hinweis sein?

Wieder dachte sie an Papa. Er konnte das Fest nicht leiden, das war immer schon so gewesen, auch als Nika noch klein war, und er hatte sich nicht allzu viel Mühe gegeben, das zu verbergen. Aber Angst? Einmal, ja, als es an Heiligabend gestürmt hatte, da war Nika fast gestorben vor Angst.

Sie suchte im Netz nach den Wetterberichten der letzten Woche für Siena.

Nichts. Kein nennenswerter Wind. Das war dann also ein falscher Gedanke gewesen.

Neue Idee: ein Buch? Ein Film? Die Geschichte mit den drei Geistern der Weihnacht fiel ihr ein, die den alten geizigen Mann heimsuchten, um ihm Angst zu machen. Hatte sie das gemeint?

Sie horchte in sich hinein. Fühlte sich nicht nach einem Treffer an. Wahrscheinlich war es besser, mit dem zweiten Hinweis weiterzumachen, statt sich am ersten stundenlang die Zähne auszubeißen.

Halte dich fern von Einhorn und Adler. Das war der klarste aller Tipps: Sie sollte die Stadtteile der jeweiligen Contraden nicht betreten. Leocorno und Aquila.

Was sie jetzt schon mit Sicherheit sagen konnte, war, dass sie sich daran nicht gehalten hatte. In dem Bereich, der Leocorno zugeschrieben wurde, war sie heute erst gewesen: Die Via San Martino gehörte dazu, und dort wohnte Stefano.

Aha. Der Bella Vista Social Pub war ebenfalls auf Einhorn-Gebiet. Möglicherweise hatte Nika das gemeint? Dass sie dieses Lokal meiden sollte?

Dort war immerhin etwas vorgefallen. Die Ohrfeige hatte eine Vorgeschichte gehabt, ihren albernen Flirt mit Lennard. Aber vielleicht war noch etwas anderes passiert? Das würde Nika ergründen, schließlich waren ausreichend Leute dort gewesen.

Weshalb sie sich selbst vor Aquila, dem Adler, gewarnt hatte, konnte Nika auf den ersten Blick nicht einordnen. Sie fand im Internet eine Karte von Siena, in der sowohl die Straßen als auch die Contraden eingezeichnet waren.

Es war auf einen Blick zu sehen: Das Auffälligste, was die Contrade Aquila zu bieten hatte, war der Domplatz von Siena. Auch den hatte Nika in den letzten Tagen mehrmals überquert, ohne groß darüber nachzudenken, und nichts war passiert. Entmutigt lehnte sie sich zurück. Warum hatte sie nicht einfach Klartext schreiben können? Was sollten diese komischen Andeutungen, diese Hinweise, die niemand kapierte, schon gar nicht sie selbst?

Wobei, den nächsten hatte sie entschlüsseln können, genauer gesagt Stefano – *Cor magis tibi sena pandit* hatte sie zu ihrem zerstörten Handy geführt. Und zu Fotos, die sie ebenso wenig deuten konnte wie ihre Notizen.

Das war es vielleicht wert, einen Moment darüber nachzudenken. Sie hatte Dinge aufgeschrieben – warum? Weil sie geahnt hatte, dass sie sich nicht daran würde erinnern können. Aber sie hatte ihre Aufzeichnungen nicht klar verständlich formuliert. Außerdem hatte sie Fotos geschossen, die nur Nebensächlichkeiten zeigten, und selbst die konnte man kaum erkennen. Langsam dämmerte Nika ein möglicher Grund für ihr Verhalten.

Sie war nicht alleine gewesen. Sie hatte nur heimlich fotografieren und schreiben können, und sie musste Angst gehabt haben, dabei erwischt zu werden. Deshalb war wohl auch keines der Bilder mit Blitz geschossen und deshalb hatte sie ihre Notizen verschlüsselt. Wenn jemand sie fand, sollte er sie für unzusammenhängendes Zeug ohne Sinn halten.

Nika hatte begonnen, an ihrem Zeigefingernagel zu knabbern. So konnte es wirklich gewesen sein, das fühlte sich ... richtig an. Logisch. Nur, dass sie keinen Schimmer hatte, vor wem sie ihre Aufzeichnungen hatte verbergen wollen.

Vor Jenny?

Das Blut ist nicht deines. Ja, das hatte sich bisher immer als richtig erwiesen. Weder das Blut auf dem T-Shirt im Badezimmer noch das Blut auf dem Küchenmesser war Nikas gewesen. Die Frage war: Hatte sie gewusst, von wem es stammte, als sie das geschrieben hatte?

Nika drückte beide Hände gegen ihre Schläfen, als könnte sie so die Erinnerung herauspressen. Sich auf den eigenen Kopf nicht mehr verlassen zu können war das Beängstigendste, was sie je erlebt hatte. Es war, als wäre sie für zwei Tage ausgelöscht und durch jemand anderen ersetzt worden.

Ihre nächste Notiz musste so etwas wie ein Code oder ein Passwort sein. *GR32?ZZ.* Die Pin für ein fremdes Handy? Oder für einen Computer?

Jennys Rechner hatte die Polizei mitgenommen, sonst hätte sie daran ihr Glück versucht. Wenn das die Lösung dieses Rätsels war, dann konnte sie einen weiteren Punkt der Liste abhaken. Andererseits – warum hätte Jenny Nika ihr Notebook-Passwort anvertrauen sollen? Es ergab keinen Sinn.

Nika stand auf und streckte sich. Zog den Vorhang ein winziges Stück zur Seite und lugte durchs Fenster. Der schwarze Wagen parkte immer noch an der gleichen Stelle. Was würde passieren, wenn sie ein Ei aus der Packung im Kühlschrank nahm und es gegen die Windschutzscheibe des Autos warf? Dann würde jemand aussteigen. Wenn nicht, wäre es allerdings umso alarmierender.

Zwei oder drei Minuten lang beobachtete sie das Auto, in dem sich nichts sichtbar rührte, dann kehrte sie an ihren Schreibtisch zurück.

Sieh nach, was der Kapitän isst. Sie ließ den Satz auf sich wirken, horchte in sich hinein, in der Hoffnung, dass ihr spontan ein Geschmack oder Gericht einfallen würde, doch das Einzige, was sich einstellte, war ein unangenehmes Ziehen im Magen. Und etwas wie das Echo eines Geruchs – nach Keller und feuchter Erde.

Sie googelte *Kapitän* und *Essen* und bekam einen Haufen Links zu Sportvereinen in der deutschen Stadt Essen. »Da kann ich zumindest sicher sein, dass ich falschliege«, murmelte sie vor sich hin.

Die Ergebnisse für *Kapitän* und *Siena* waren schon viel interessanter. Sie erfuhr, dass jede Contrade einen Kapitän hatte, der verantwortlich für alle Aktivitäten rund um den Palio war, das traditionelle Pferderennen, das zweimal pro Jahr mitten in der Stadt abgehalten wurde. In mittelalterlichen Kostümen, mit Fahnenwerfern und allem, was dazugehörte. Die Contraden traten bei diesem Rennen gegeneinander an, es wurde bis tief in die Nacht auf den Straßen gefeiert ...

Der Palio war etwas gewesen, worauf Nika sich ganz besonders gefreut hatte. Nun hoffte sie, dass sie im Sommer schon längst nicht mehr hier sein würde.

Also: Gut möglich, dass mit dem Kapitän ein Contradenkapitän gemeint war. Aber – davon gab es insgesamt siebzehn, und die aßen bestimmt nicht alle das Gleiche.

Entmutigt stützte sie die verschränkten Arme auf den Tisch und legte den Kopf darauf. Der verdammte Zettel brachte sie ebenso wenig weiter wie alles andere. Bloß verworrenes, sinnloses Zeug, das sie da geschrieben hatte.

Sie befühlte ihre Schläfe, dort wo der Kratzer seinen Anfang nahm. Überlegte, als Nächstes doch nach einem Arzt zu googeln, der sich auf Gedächtnisverlust spezialisiert hatte. Nein, Stefano hatte recht. Um diesem Problem auf den Grund zu gehen, brauchte sie jemanden, der ihre Sprache sprach. Und selbst dann würde es wahrscheinlich Wochen oder Monate dauern, bis er Zugang zu ihren verschütteten Erinnerungen fand. So viel Zeit hatte sie nicht.

Also der nächste Punkt auf der Liste. *Sic transit Gloria.* So vergeht der Ruhm, gemeint war der Ruhm der Welt. Gab es da vielleicht eine Verbindung zu Siena? Ein Grabmal, auf dem dieser Spruch eingemeißelt war?

Sie gab die Worte wieder bei Google ein, fügte Siena dazu – und erhielt tatsächlich ein Ergebnis. Noch dazu eines, das perfekt zu ihr als Kunstgeschichtestudentin passte.

Im Dom von Siena gab es offenbar ein riesiges Fresko, also ein Wandgemälde, das die Krönungsfeierlichkeiten von Papst Pius II. zeigte. *Sic transit Gloria Mundi* war ein Spruch, der bei dieser Zeremonie jahrhundertelang gesagt worden war, damit auch dem Papst klar wurde, dass er vergänglich ist ... blablabla. Den Rest überflog Nika nur noch flüchtig.

Ein Hinweis, der sich auf ein Gemälde bezog, das war endlich ein Treffer, mit dem Nika etwas anfangen konnte. Irgendwann im Lauf der zwei Tage musste sie im Dom gewesen sein. Möglicherweise hatte sie etwas in der Nähe des Bildes versteckt. Ihre Schlüssel, die bislang immer noch nicht aufgetaucht waren? Oder etwas anderes, das ihr endlich die Augen öffnen würde?

Sie sah auf die Uhr. Schon halb acht, und draußen stand immer noch das schwarze Auto. Es half nichts, sie würde den Ausflug zum Dom auf morgen verschieben müssen, obwohl sie fast umkam vor Ungeduld.

Erst als sie sich ins Bett legte, mischte ihr Tatendurst sich mit leichtem Unbehagen. Sie würde wieder einmal gegen ihre eigenen Ratschläge handeln müssen. Der Dom lag mitten in der Contrade Aquila. Sie würde sich vom Adler nicht fernhalten können.

16

Am nächsten Morgen war der Wagen verschwunden. Nika, die nur schlecht geschlafen und sich die ganze Nacht über von einer Seite auf die andere gewälzt hatte, trank zwei Tassen starken Kaffee, die sie nur nervöser machten. Zweimal griff sie nach ihrem Handy und öffnete WhatsApp, nur um es sofort wieder zu schließen. Beim dritten Mal überwand sie sich doch und tippte:

Hallo, Stefano, ich wollte nur wissen, wie es Serafina geht. Ist mit ihr und dem Baby alles in Ordnung? Ich wünsche dir einen schönen Tag, Nika

Wenn er ihr antwortete, gut. Wenn nicht, wusste sie wenigstens, dass er nichts mehr von ihr hören wollte. Sie duschte kalt, heiß und wieder kalt, bis sie endgültig wach war, schlüpfte in Jeans und eine helle Bluse, dann machte sie sich auf den Weg.

Am Domplatz und rund um die große gotische Kathedrale mit ihrer schwarz-weiß gestreiften Marmorfassade tummelten sich bereits haufenweise Touristen. Das war Nika nur recht, in diesen Menschentrauben konnte man wunderbar untertauchen, keiner achtete auf sie; alle waren damit beschäftigt, ihre Gruppe nicht zu verlieren, Selfies zu schießen oder in Reiseführern zu blättern.

Nikas Ziel war nicht das Hauptschiff des Doms, sondern ein Nebenraum, die sogenannte Piccolomini-Bibliothek. Auch dieser Bereich war ausgesprochen eindrucksvoll. Alle Wände waren mit Malereien bedeckt; Nika erkannte das Fresko, das sie suchte, sofort. Die Krönung des Papstes. Wie die anderen befand es sich gut zwei Meter über ihrem Kopf – dort konnte sie keinesfalls etwas versteckt haben.

Ein Stück tiefer, auf Augenhöhe, reihte sich ein altes handgeschriebenes Buch an das andere. Die kostbaren Bände lagen hinter dickem Glas, also konnte Nika nichts zwischen die Seiten gelegt haben.

Damit wurde es schwierig, denn sonst war der Raum ziemlich leer. Sie begann, die Bücher genauer in Augenschein zu nehmen, ohne auch nur den geringsten Sinn für die wunderschön bemalten Seiten aufzubringen, nur voller Konzentration auf mögliche verborgene Botschaften. Zwei Stunden lang arbeitete sie sich durch jeden Winkel des Saals, bis sie erschöpft aufgab.

Am Ende stellte sie sich in die Mitte der Bibliothek, gleich neben die Säule und blickte noch einmal rundum. Würde sie spüren, wenn sie schon einmal hier gewesen war, trotz ihrer fehlenden Erinnerungen? Jede Zeile ihrer kryptischen Notizen hatte mehr Emotionen in ihr hervorgerufen als dieser Saal hier. Sie hätte schwören können, dass sie zum ersten Mal hier stand. Wenn sie damit richtiglag, brachte der Spruch sie keinen Schritt weiter. *Sic transit Gloria.* Sie hatte bloß einen Vormittag verschwendet.

Halb in der Hoffnung, dort vielleicht Stefano zu begegnen, der sich noch nicht zurückgemeldet hatte, beschloss Nika, sich ein wenig ins Soul Café zu setzen. An der Tür hing ein Zettel mit der Aufschrift *Cercasi cameriera.* Kellnerin gesucht.

Hätte ein netter Nebenjob sein können, dachte Nika, wenn die Dinge hier anders gelaufen wären. Sie bestellte ein Fläschchen Mineralwasser bei Paola und sah sich um. Keine Spur von Stefano. Wenn er sich nicht meldete, würde sie ihn am Nachmittag anrufen und ihn fragen, ob er sauer auf sie war. Ob sie etwas Dummes gesagt oder getan hatte, ohne es zu merken.

Der Fehlschlag des Vormittags lag ihr im Magen wie ein schwerer Stein. Sie war so überzeugt davon gewesen, dass sie im Dom auf eine weitere Spur stoßen würde, vielleicht sogar auf etwas, das ihrer Erinnerung ein Stück weit auf die Sprünge helfen würde, aber – Fehlanzeige. Möglicherweise musste sie sich damit abfinden, dass diese Liste nur wirres Zeug war, das sie in schwer alkoholisiertem Zustand aufgeschrieben hatte. Wahrscheinlich hatte sie sich irgendwann zwischen Samstag und Dienstag zu »Smells like Teen Spirit« übergeben, und nun würde ihr eben jedes Mal schlecht werden, wenn sie das Lied hörte.

Um sich abzulenken, öffnete sie Facebook, scrollte durch ihre Timeline, stellte fest, dass es keine neuen Nachrichten gab. Spiegel Verkehrt hatte sich nicht mehr gemeldet.

Sie legte das Handy auf den Tisch und warf einen Blick durch die großen Fenster nach draußen, automatisch fiel ihr Blick auf die Stelle, an der sie vor einigen Tagen den Skorpionmann entdeckt hatte.

Heute war er nicht da, dafür ging aber eine andere vertraute Gestalt eben mit zügigen Schritten am Café vorbei. Nika sprang auf und lief zur Tür. »Lennard!«

Er drehte sich um, erst dachte sie, er erkenne sie nicht, doch nach kurzem Zögern machte er kehrt und kam auf Nika zu.

»Hey. Wie geht es dir?«

»Es ging mir schon mal besser. Viel besser. Hast du kurz Zeit? Ich würde gern mit dir reden.« Sie konnte ihm förmlich ansehen, wie fieberhaft er nach einer Ausrede suchte, doch nach einigen Sekunden zuckte er mit den Schultern und folgte ihr zu ihrem Tisch. Paola brachte ihm unaufgefordert einen doppelten Espresso, er musste wirklich oft hier sein.

»Ich kann immer noch nicht glauben, dass Jenny tot ist«, begann er, noch bevor Nika das Gespräch eröffnen konnte. »Du weißt, ich habe mit ihr Schluss gemacht ...« Er biss sich auf die Lippen, als ihm die Doppeldeutigkeit dieses Satzes klar wurde. »Also, ich wollte nicht mehr mit ihr zusammen sein. Aber ich finde so furchtbar, was passiert ist ...«

»Ich auch.« Nika malte mit dem Zeigefinger unsichtbare Kringel auf die Tischplatte. »Die Polizei sagt, sie ist ertrunken. Dieser Kommissar denkt, ich hätte etwas damit zu tun.«

Lennard fuhr sich durchs Haar. »Ja, mir sitzt er auch im Genick. Weil ich nicht lückenlos nachweisen kann, wo ich in der Zeit war, als Jenny ... du weißt schon.«

Er konnte es nicht einmal aussprechen, und Nika fand, er wirkte schuldbewusst. Nicht so, als hätte er Jenny getötet, aber als würde er sich vorwerfen, ihren Tod nicht verhindert zu haben.

»Ich kann mich immer noch an nichts erinnern.« Das auszusprechen fiel nun ihr schwer. »Es ist zum Verrücktwerden, und Fiorese hält es für eine Lüge. Aber ich tappe wirklich im Dunkeln. Wenn du mir also irgendetwas sagen kannst, das mir auf die Sprünge helfen könnte ...« Sie umfasste ihr Glas mit beiden Händen. »Irgendein Detail von Samstagabend.«

Er dachte nach. »Da war nichts Besonderes mehr«, erklärte er nach etwa einer Minute. »Ich habe mir auch schon bei der Polizei das Gehirn zermartert, aber ich habe dir alles gesagt, was ich weiß.«

»Hm. Okay.« Sie zog ihr Handy heraus. Gestern Abend hatte sie noch die Fotos von der SD-Karte darauf überspielt und öffnete nun das, auf dem der hellblaue Teppich und die Ecke des beigefarbenen Möbels zu sehen waren. »Ist das bei dir zu Hause?«

Er warf nur einen flüchtigen Blick auf das Bild. »Nein. Bei uns steht eine abgrundtief hässliche dunkelgrüne Sitzgruppe. Kannst du dir gern persönlich ansehen kommen, wenn du willst.«

Wieder ein Fehlschlag, schade. Aber Nika gab nicht auf, sie zeigte Lennard auch noch das Foto der schwarz-weiß gekachelten Toilettenwand.

»Nein, sorry.« Er sah auf die Uhr. »Es gibt zwar haufenweise Klos, die so aussehen, aber unseres hat nur weiße Kacheln. Ich glaube, ich muss dann ...«

Nika legte ihm schnell eine Hand auf den Arm. »Eine Sache wäre da noch«, sagte sie. »Mein Pass.«

»Wie bitte?«

»Als du bei uns in der Wohnung warst und auf Jenny gewartet hast, habe ich dir erzählt, dass meine Schlüssel und mein Handy weg sind. Daraufhin hast du gesagt: Vielleicht auch noch dein Pass?«

Lennard legte die Stirn in Falten. »Ja, und?«

»Er war tatsächlich auch futsch. Und weißt du, wo er wieder aufgetaucht ist? In den Bottini. Achtzig Meter entfernt von Jennys Leiche.«

Falls er nicht wirklich erstaunt war, spielte er seine Verblüffung ausgesprochen gut. »Das war doch bloß ein Schuss ins

Blaue. Ich habe nur etwas genannt, was genauso wichtig ist wie ein Schlüssel, ich wollte dich aufziehen.«

»Dafür war es ein ziemlich punktgenauer Treffer.«

Lennards Blick verfinsterte sich schlagartig. »Willst du damit sagen, ich hätte deinen Pass genommen und ihn neben Jenny in den Kanal geworfen? Natürlich nachdem ich sie dort ertränkt hatte? Darauf willst du hinaus, stimmt's?«

»Ich will gar nichts, ich …«

»Spar dir das.« Er stand auf. »Du suchst jemanden, den du Fiorese unter die Nase halten kannst, damit er dich in Ruhe lässt. Aber da stehen deine Chancen ziemlich schlecht, fürchte ich, besonders, wenn du dir mich dafür ausgesucht hast.« Er zog einen Fünf-Euro-Schein aus seiner Hosentasche und winkte Paola damit zu. »Diese Amnesie-Geschichte wird dir auf Dauer niemand glauben. Den Streit zwischen dir und Jenny hat eine Menge Leute gesehen, und es ist dein, nicht mein Pass dort unten gefunden worden.«

Er zahlte, dann drehte er sich noch einmal zu Nika um und wies drohend mit seinem Zeigefinger auf sie. »Je länger ich darüber nachdenke, desto wahrscheinlicher finde ich es, dass du wirklich etwas mit ihrem Tod zu tun hast. Vielleicht ist dein Gedächtnisverlust in Wahrheit ja bloß Verdrängung? Weil du dich der Tatsache nicht stellen kannst, dass du Jenny auf dem Gewissen hast?«

Damit ließ er sie sitzen und ging.

Nika sah ihm nach, wie vom Donner gerührt. Verdrängung. An diese Möglichkeit hatte sie überhaupt nicht gedacht. Bloß an Alkohol oder einen Schlag auf den Kopf, an irgendeine Einwirkung von außen … aber nicht daran, dass ihr Gehirn etwas aussperrte, das sonst vielleicht nicht auszuhalten war.

Konnte da etwas dran sein? Wie ferngesteuert stand Nika auf, zahlte ebenfalls und verließ das Café. Die Vorstellung, dass ihr Bewusstsein ein solches Eigenleben führen konnte, dass es einfach etwas löschte, das es für zu schlimm hielt, machte Nika mehr Angst als alles andere.

Aber vermutlich stimmte es ja gar nicht. Es war nur etwas, das Lennard so dahingesagt hatte, und was wusste er schon? Er war kein Arzt und schon gar kein Psychiater, kurz gesagt: Er hatte keine Ahnung. Natürlich gab es so etwas wie Verdrängung, aber die erzeugte kein Blackout, soweit Nika wusste.

Sie ging noch einmal über den Domplatz, blieb stehen, mitten in der Contrade Aquila; die konnte sie doch mal kreuzweise, die verdammte Liste. Und was Leocorno, das Einhorn, betraf ...

Sie checkte ihr Smartphone, schirmte es mit der Hand gegen die Sonne ab. Immer noch keine Nachricht von Stefano. Dann würde sie vielleicht später auch noch das zweite verbotene Territorium besuchen und bei ihm zu Hause vorbeisehen. Obwohl der Gedanke, dass sie jetzt bei niemandem in der Wohnung mehr willkommen war, ziemlich wehtat.

Sie ging weiter, nahm einen anderen Weg zurück als den, den sie am Morgen gekommen war, durch eine der schattigeren Gassen. Es wurde nun schon sehr warm um die Mittagszeit.

Verdrängt. Der Gedanke ließ sie nicht los. Das würde doch bloß heißen, dass die Erinnerung verschüttet war, dass man nur ein bisschen buddeln musste, um sie wieder ans Tageslicht zu fördern. Das konnte doch um Himmels willen nicht so schwierig sein – wenn sie sich ein bisschen konzentrierte ...

Sie war so in Gedanken versunken, dass sie es zuerst nur nebenbei wahrnahm. Sie sah es zwar, lief aber daran vorbei, den Blick nach innen gerichtet, in der Hoffnung auf ein winzig kleines Bröckchen Erinnerung, wenigstens das, wenigstens ein Bild, einen Satzfetzen, irgendetwas.

Sie umrundete die Baustelle, deren Absperrung die halbe Straßenbreite einnahm, und blieb erst gut fünfzig Schritte später stehen. Das Straßenschild. Hatte sie richtig gesehen? Sie lief zurück, fand das Schild und fühlte, wie ihr Herz einen Schlag aussetzte.

Via del Capitano.

Die Straße des Kapitäns also. Und dort vorne, auf Höhe der Baustelle …

Wieder machte sie kehrt, rannte die Straße entlang, atemlos. Vor ihren Augen begannen schwarze Punkte zu tanzen, sie musste sich an einer Mauer festhalten und vornüberbeugen, aber als sie sich schließlich aufrichtete, wusste sie, sie war fündig geworden.

Zwei doppelflügelige Türen in einer hellen Mauer, Holz und Glas, flankiert von Topfpflanzen. Über der linken Tür stand »La Taverna«, über der rechten »del Capitano«.

Die Taverne des Kapitäns. Auf sie musste Nika angespielt haben, daran bestand kein Zweifel. Also würde sie nun nachsehen, was der Kapitän aß.

Wie vor so vielen Trattorien hing auch hier eine Speisekarte an der Wand des Lokals in einem verglasten Rahmen. Es war nur nicht ganz einfach, dort hinzukommen, die Baustelle reichte bis fast an diese Stelle, Nika musste sich zwischen Mauer und Absperrung quetschen, die hier hinten nur aus einem breiten rot-weißen Band bestand.

Noch während sie es zur Seite drückte, verlor sie auf einen Schlag jegliches Interesse an der Speisekarte.

Sie wusste jetzt, was sie sich mit der Notiz hatte sagen wollen, und für einen flüchtigen Moment wünschte sie sich, sie hätte es nicht herausgefunden.

Hinter der Absperrung war die Straße aufgerissen worden, der Krater ging tief. Etwa zwei Meter unter Straßenniveau wurden Ziegelstrukturen sichtbar und … etwas wie die obere Wölbung eines Tunnels. Dahinter ging es weiter, ins Dunkel. Es machte ganz den Eindruck, als wäre hier bis hinunter ins Kanalsystem gegraben worden.

Damit war klar, wie Jenny in die Bottini gelangt war. Und vermutlich nicht nur sie.

17

Kein schwarzer Wagen diesmal vor der Wohnung, als Nika nach Hause kam. Trotzdem zog sie die Vorhänge zu und legte sich aufs Bett.

Sie hatte wieder ein Puzzlestück gefunden, aber keine Ahnung, wie es ins Gesamtbild passen sollte. Jenny war über das Loch in der Via del Capitano ins Kanalsystem gestiegen, das unter der Stadt lag – aber warum? Hatte sie etwas gesucht, oder im Gegenteil, etwas versteckt? War sie geflohen? War es bloß eine verrückte Idee von ihr gewesen, die ein böses Ende genommen hatte?

Und, noch viel wichtiger: War Nika bei ihr gewesen? Hatte sie Jenny beim Hinunterklettern beobachtet oder ihr sogar geholfen? Zumindest musste sie mitbekommen haben, was Jenny tat, sonst hätte sie kaum den Satz mit dem Kapitän notiert.

Sie drückte ihr Gesicht tief ins Kissen. Wenn Lennard recht hatte und sie ihr Gedächtnis aufgrund eines Traumas oder Schocks verloren hatte, dann musste das dort unten gewesen sein. An dem Ort, wo Jenny gestorben war. Und zwar, *weil* Jenny gestorben war.

Der Signalton für eine eintreffende WhatsApp-Nachricht ließ

Nika hochfahren. Sie griff so schnell nach ihrem Handy, dass es ihr fast aus der Hand rutschte.

Serafina geht es besser, nett, dass du fragst. Sie hatte Blutungen, die jetzt gestoppt sind. Sie muss im Krankenhaus bleiben, aber die Ärzte sagen, dem Baby geht es gut. Gibt es Neuigkeiten?

Sie starrte ratlos auf Stefanos Nachricht. Ja, es gab Neuigkeiten, aber wenn sie ihm davon erzählte, würde er die Information vielleicht an die Polizei weitergeben. In bester Absicht, doch dann wäre Fiorese endgültig davon überzeugt, dass sie mehr wusste, als sie zugab. Er hatte sicher längst herausgefunden, welchen Weg Jenny in die Bottini genommen hatte, er kannte die Stadt schließlich um vieles besser als Nika.

Aber selbst wenn Stefano den Mund hielt – er würde Nika garantiert an dem Vorhaben hindern wollen, das in ihrem Kopf immer klarere Formen annahm. Es gab einfach nichts Wichtigeres mehr, als endlich zu erfahren, was in den verdammten zwei Tagen passiert war. Wo sie gewesen war. Was sie getan hatte und ob es etwas mit Jennys Tod zu tun hatte.

Allerdings würde sie noch einige Stunden warten müssen – die Tatsache, dass sie in Italien war, machte die Dinge schwieriger. Hier ging niemand früh zu Bett, die Leute waren bis spät in die Nacht draußen unterwegs, und das Letzte, was Nika brauchen konnte, war jemand, der sie beobachtete.

Drei Uhr, schätzte sie, war vermutlich eine gute Zeit, um ihr Vorhaben in die Tat umzusetzen. Mit etwas Glück würde sie jetzt ein bisschen schlafen können und dann später wach und aufmerksam sein.

Bei mir gibt es nichts Neues, schrieb sie Stefano zurück. *Aber ich bin froh, dass es Serafina besser geht. Ich wünsche dir noch einen schönen Abend.*

Sie schickte die Nachricht ab, stellte den Wecker auf zwei Uhr Nacht und steckte das Handy ans Ladekabel. Sie würde später einen vollen Akku brauchen.

Erstaunlicherweise schlief sie schnell ein und wachte fünf Minuten vor dem Weckerläuten von selbst auf. Draußen war es ruhig, Nika hörte nichts weiter als das Brummen eines Motors, mehrere Gassen entfernt.

Sie schlüpfte in ein schwarzes Sweatshirt mit Kapuze, dunkle Jeans und ihre Laufschuhe – damit würden ihre Schritte so gut wie lautlos sein. Ihr Handy steckte sie in die rechte Hosentasche, den Wohnungsschlüssel in die linke. Mehr würde sie nicht brauchen, außer vielleicht eine vernünftige Taschenlampe, die in der Wohnung leider fehlte.

Kein Geräusch machen. Sie zog die Tür so leise hinter sich zu, wie es nur möglich war, und schlich die Treppen hinunter, voller Angst, dass der Hund des Nachbarn oder Signore Rizzardini im Erdgeschoss etwas bemerken würden. Doch das Haus lag still da, nur die Leitungen in den Wänden rauschten.

Das Haustor ließ sich nicht lautlos schließen, wie sich leider herausstellte, doch dank Nikas Vorsicht war nicht mehr als ein kurzer, dumpfer Laut zu hören, der vermutlich nicht bis in die Wohnungen drang. Hoffentlich.

Die Via della Fonte lag menschenleer vor ihr. Nika hatte sich den besten Weg vorab überlegt, sie würde Straßen mit Nachtclubs und Bars möglichst meiden und sich an die Nebengassen halten. Das bedeutete zwar den einen oder anderen Umweg, trotzdem fühlte sie sich wohler so.

Sie brauchte ungefähr zwanzig Minuten bis zur Via del Capitano und begegnete in dieser Zeit nur vier Menschen. Einem

Liebespärchen, das eng umschlungen an einer Hausecke stand und ohnehin keinen Blick für sie hatte, einem ziemlich betrunkenen jungen Mann, der ihr im Zickzackkurs entgegenkam, und einem Gastwirt, der gerade sein Lokal zusperrte.

Niemand von ihnen würde sie wiedererkennen, dessen war sich Nika sicher. Wohl fühlte sie sich trotzdem nicht, nun da sie vor dem Loch im Boden stand. An drei Seiten war es von einem Zaun aus Holzplatten begrenzt, um zu verhindern, dass jemand versehentlich hineinstürzte. Der einzige Zugang lag an der Mauer der Taverne, dort, wo nur ein Kunststoffband gespannt war.

Nika zog ihr Handy aus der Hosentasche. Nachdem sie sich vergewissert hatte, dass sie wirklich allein war, schaltete sie die Taschenlampenfunktion ein und leuchtete in die Grube hinunter.

Das Loch war etwa so tief, wie sie groß war, die Ränder waren uneben, sie würde also genug Halt finden, um wieder hinaufklettern zu können. Hoffte sie. Völlig ungewiss war dagegen, was vor ihr lag, wenn sie sich vom Boden der Grube in die seitliche Öffnung schob, die sie wohl zu den Bottini bringen würde.

Sie biss sich auf die Lippen. Was, wenn Jenny genau das Gleiche getan hatte und dabei verunglückt war? Ein Sprung ins Nichts, Bewusstlosigkeit, Ertrinken im Kanal.

Die Vorstellung war schauderhaft, aber nicht so schlimm wie Ungewissheit. Bevor sie sich selbst wieder von ihrem Vorhaben abbringen würde, prägte Nika sich die günstigste Stelle für den Abstieg ein, drehte das Licht ihres Handys aus und ließ sich vorsichtig nach unten.

Die Erde war feucht, kleine Brocken lösten sich und kollerten auf den Boden der Grube. Als sie sicheren Grund unter den Füßen hatte, drehte Nika das Licht des Handys wieder an.

Da war die Stelle, die sie gesucht hatte. Etwas, das wie der obere Teil eines Torbogens aus Ziegel aussah. Zwischen dem höchsten Punkt dieses Bogens und dem Boden der Grube lag höchstens ein halber Meter. Sie würde sich also bäuchlings durch die Lücke schieben müssen, mit den Füßen voran. Und dann hoffen, dass sie irgendwo Halt fand.

Doch zuerst leuchtete sie mit dem Handy hinein. Viel war nicht zu sehen, aber da links war eine Treppe. Und ein Stück daneben wurde ihr Lichtstrahl glitzernd reflektiert. Wasser. Der Raum musste etwa vier Meter hoch sein.

Nika verstaute das Telefon sicher in der Hosentasche und legte sich auf den Bauch. Robbte rückwärts auf den Abgrund zu. Schon bald spürte sie, dass ihre Beine von den Knien abwärts in der Luft hingen, kurz danach lag nur noch ihr Oberkörper auf festem Grund. Sie streckte die Füße, hoffte auf etwas, das ihr Halt geben würde, doch da war nichts als eine senkrechte Wand.

Die Frage, wie sie jemals wieder nach oben kommen sollte, schoss Nika kurz durch den Kopf, dann schob sie sich weiter. Hielt sich schließlich nur mehr mit den Händen an der Mauerkante fest – und ließ los.

Sie fiel. Wusste, sie hatte etwas getan, das nicht rückgängig zu machen war, bereitete sich auf einen schmerzhaften Aufprall vor ... doch der kam früher als erwartet, und sie verstauchte sich noch nicht einmal einen Knöchel dabei. Ihr Sturz konnte nicht mehr als eineinhalb Meter tief gewesen sein, sie hatte sich mit Händen und Knien abgefangen und richtete sich sofort wieder auf.

Licht. Die Taschenlampe des Smartphones zeigte ihr, dass sie auf dem breiten Absatz einer Treppe gelandet war, die weiter nach unten führte. Verdammt viel Glück. Rechts und links zweigten tunnelförmige Gänge ab, durch die Wasser lief. Am Rand befanden sich schmale Steineinfassungen, die man als Gehweg benutzen konnte, wenn man sich einigermaßen geschickt anstellte.

Langsam ging Nika die Treppe hinunter, dorthin, wo das Wasser war. Der Geruch ... sie kannte ihn. War das der Beginn einer Erinnerung? Nein, es war weniger als das, es war eher eine Ahnung, ein Instinkt. *Hau ab hier, schnell.*

Doch selbst wenn sie das gewollt hätte, war sie nicht sicher, ob es überhaupt zu schaffen war. Den Weg, den sie eben nach unten gestiegen war, wieder hinaufzuklettern schien unmöglich. Und schließlich gab es einen Grund, aus dem sie diese gruselige Expedition unternahm.

Wo war Jenny gestorben? Würde der Platz zu erkennen sein? Nika wandte sich erst in Richtung des rechten Tunnels, entschied sich dann aber doch für die andere Seite. Schritt für Schritt ging sie auf die Röhre zu, versuchte, gelassen zu bleiben, sich nicht vorzustellen, dass sie sich einem Schlund näherte, der sie verschlingen würde.

Sobald sie sich unterhalb der gewölbten Decke befand, klangen ihre Schritte mit einem Mal viel lauter. Ein nasses, patschendes Echo, das ihr Schauer über den Rücken jagte und sie an unsichtbare Verfolger denken ließ. Das Licht des Handys malte zuckende Schatten an die Wände, das Wasser glitzerte silbrig und schwarz.

Unwillkürlich begann sie, schneller zu gehen. Nein, der Tunnel verengte sich nicht, nein, das Wasser würde nicht steigen, das waren alles nur Ausgeburten ihrer Fantasie; es war alberne, kindische Einbildung.

Sie blieb abrupt stehen, als links von ihr plötzlich ein weiterer Tunnel abzweigte. Enger und niedriger, ganz sicher die schlechtere Alternative. Trotzdem bog Nika nach kurzem Zögern ab, mit dem Gefühl, eine unangenehme, aber richtige Wahl zu treffen.

Hier findet mich niemand. Der Gedanke war beängstigend und beruhigend zugleich. Hatte sie ihn schon einmal gedacht?

Sie schwor sich, sofort umzukehren, wenn sie nach zweihundert Schritten nicht an einer luftigeren Stelle ankommen würde, und atmete tief ein, als müsse sie durch den Korridor tauchen.

Jeden einzelnen Schritt zählte sie mit, die Hand fest um das leuchtende Handy geklammert. Zweiunddreißig, dreiunddreißig, jetzt wurde es noch enger und der Steinsteg am Rand schmaler, achtunddreißig, neununddreißig. Das leise Plätschern des Wassers neben ihr. Ob es doch tiefer war, als Amelie gesagt hatte? Ob sie untergehen würde, wenn sie stolperte und hineinfiel?

Fünfundfünfzig, sechsundfünfzig. Vielleicht doch besser gleich umkehren. Die Wände wirkten hier, als müssten sie dringend saniert werden, und der schmale Steinsteg an der Seite war glitschiger als zuletzt. Nika leuchtete abwechselnd auf den Boden und in die Tiefe des Tunnels hinein, dreiundsiebzig, vierundsiebzig, sie hielt sich nah an der Wand.

Der stechende Schmerz an ihrer Schläfe kam völlig überraschend, es fühlte sich an, als würde ein abgebrochener Ast ihr Gesicht streifen, es aufschlitzen bis knapp unters Ohr.

Ihr leiser Aufschrei hallte durch den Kanal, fast hätte sie das Handy fallen lassen, um nach der schmerzenden Stelle zu greifen.

Was war das gewesen? Der Lichtstrahl tanzte die Tunnelwand entlang, um schließlich an einem dünnen Stück Metall hängen zu bleiben, das zwischen den Mauersteinen hervorragte. Schmal und spitz, wie der Rest eines stecken gebliebenen Werkzeugs. Oder es war hier früher eine Halterung angebracht gewesen.

Nika strich mit der Hand über ihre Schläfe, hielt dann die Finger ins Licht. Blut. Diesmal ganz eindeutig ihres. Und sie hatte nichts dabei, um es abzuwischen, sie ...

Die Erkenntnis kam mit einem Schlag. Die neue Verletzung musste fast genau über dem Kratzer liegen, mit dem sie am Dienstag aufgewacht war. Von der Schläfe bis unters Ohr. Das bedeutete, sie war schon einmal durch diesen Tunnel gelaufen, hatte schon damals das aus der Wand ragende Metallstück übersehen. Sie hatte sich die gleiche Wunde zweimal zugefügt.

Langsam ging sie weiter, nun konnte sie nicht mehr anders. Sie fühlte, wie Blut ihr Gesicht hinablief, doch das kümmerte sie kaum, im Vergleich zu der Erkenntnis, die ihr fast den Atem nahm.

Sie war hier unten gewesen, wahrscheinlich mit Jenny. Ebenso wahrscheinlich zu dem Zeitpunkt, als sie gestorben war.

Hatte sie haltgemacht, als sie sich verletzt hatte? War sie weitergelaufen, hatte sie es überhaupt bemerkt?

Mit dem Handrücken wischte Nika das Blut weg, das sich in ihrem Mundwinkel zu sammeln begann. Immerhin hatte sie bereits etwas herausgefunden, dachte sie grimmig. Weiter jetzt. Bis zum bitteren Ende.

Es waren etwas mehr als zweihundert Schritte, bis der Tunnel in eine Art Halle mündete, die an eine Berggrotte erinnerte. Das Wasser lief hier in ein Becken, und es führten schmale, alte Steintreppen hoch nach oben zu einem Durchgang – genauer gesagt einem ehemaligen Durchgang, der irgendwann zugemauert worden sein musste.

Doch all das nahm Nika nur am Rande wahr. Ihre Aufmerksamkeit galt den Klebestreifen auf dem Boden und einem Paar Einweghandschuhe, das jemand achtlos daneben hatte liegen lassen. Wahrscheinlich der Mann von der Spurensicherung.

Hier war es also passiert. In diesem Rinnsal, am Fuß der Treppe, war Jenny ertrunken. Nika ging langsam näher. Lauerte darauf, dass ihr Gedächtnis ansprang wie ein altes Auto mit schwacher Batterie oder gerne auch mit einem Schlag, schockartig. Ganz egal, Hauptsache, sie erinnerte sich daran, was hier vorgefallen war. Anhand der Markierungen ließ sich noch ungefähr erahnen, wo Jenny gelegen haben musste. Halb im Wasser, halb noch auf sicherem Grund. Nika konnte es förmlich vor sich sehen, das lange dunkle Haar, das in der Strömung trieb …

Halt. Stellte sie sich das gerade vor – oder erinnerte sie sich? Das Bild war sehr lebendig, aber es konnte durchaus bloße Fantasie sein. Nika kniete sich hin, hielt eine Hand ins Wasser, versuchte, bis auf den Grund zu greifen.

Kein Problem. Ihr Arm tauchte nur bis knapp oberhalb des Ellenbogens ein, jede Badewanne war tiefer. Hier zu ertrinken war nicht einfach, sie verstand jetzt besser, warum Fiorese vermutete, dass ein Zweiter seine Hände im Spiel gehabt hatte.

Oder eine Zweite.

Blut tropfte von Nikas Gesicht ins Wasser. Sie zögerte, sich damit zu säubern – es sah zwar sauber aus, aber war es Trinkwasser? Zum Reinigen von Wunden war es wohl kaum geeignet.

Noch einmal tastete sie mit der Hand bis auf den Grund. Für ein paar Minuten konnte sie doch den abwegigen Gedanken zulassen, dass sie Jenny niedergeschlagen und ihren Kopf unter Wasser gehalten hatte. Wäre das tatsächlich so gewesen – wo hätte sie dann den Gegenstand versteckt, mit dem sie Jenny ausgeknockt hatte?

Die Antwort war erstaunlich einfach. In einem der größeren Wasserläufe hier natürlich. Das hätte den Vorteil, dass mögliche Spuren wohl schon weggewaschen sein würden, wenn man das Teil je fand.

Sie sah sich um. Von hier aus gesehen links lief ein breiter Kanal ins Dunkel – wenn man dem hundert Meter oder noch weiter folgte und die Tatwaffe dort versenkte ...

Sie würde es nicht überprüfen. Allein die Vorstellung, einfach dem Gefühl nach an irgendeiner Stelle stehen zu bleiben, ins Wasser zu greifen und einen alten Hammer oder etwas Ähnliches in der Hand zu haben, war Angst einflößend.

Dann hätte Commissario Fiorese recht. Dann stünde fest, dass Nika wirklich mit Jennys Tod zu tun hatte.

Ihr Kopf begann nun erst richtig zu schmerzen. Wieder wischte Nika mit dem Ärmel Blut aus ihrem Gesicht; wie gut, dass das Sweatshirt schwarz war.

Sie leuchtete die Wände entlang. Dass sie hier gewesen war, stand dank der neuerlichen Begegnung mit dem Metallspieß fest, jetzt konnte sich doch endlich ihr Gedächtnis zu Wort melden. Wenigstens mit Schlaglichtern, mit einzelnen Bildern, mit Satzfetzen. Aber wie sehr Nika sich auch konzentrierte, alles hier war so fremd, als sähe sie es zum ersten Mal.

Außer vielleicht dieser Treppe. Und dem zugemauerten Durchgang. Wenn sie dort längere Zeit hinsah, regte sich Unbehagen in ihr. Angst. Das Gefühl, davonlaufen zu wollen.

Was war da oben? Wieder eine Frage, die sie sich wohl besser nicht stellte, denn es bestand durchaus die Möglichkeit, dass das der Platz war, an dem sie gestanden und Jenny nach unten gestoßen hatte.

Die Stelle sollte sie sich vermutlich näher ansehen, doch jeder Schritt, den sie sich auf die Treppe zubewegte, widerstrebte Nika zutiefst. Als würde dort oben etwas lauern, das nur darauf wartete, sich auf sie zu stürzen, wenn sie zu nahe kam.

Sie zwang sich trotzdem dazu weiterzugehen, auch wenn es sich anfühlte, als müsse sie sich gegen einen inneren Sturm stemmen. Eine Stufe, zwei, drei, nun konnte sie Übelkeit in sich aufsteigen fühlen. Das Lied kam ihr wieder in den Sinn, Nirvana, und verstärkte das Gefühl noch, aber Nika biss die Zähne zusammen. Sie war hier hinuntergestiegen in der Hoffnung auf Klarheit, auf eine Erkenntnis.

Das Licht ihrer Handylampe zuckte über Stufen und alte Ziegelwände. *With the lights out, it's less dangerous ...*

Kein Brechreiz diesmal, immerhin. Das Lied passte nicht hierher, es gehörte ... an einen anderen Ort.

Na gut, sagte sie sich. Und was gehört dann hierher? Angst oder Wut?

Angst.

Jagd oder Flucht?

Flucht.

Stille oder Lärm?

Gelächter.

Sie blieb stehen. Gelächter, wirklich? Wem konnte an diesem Ort zum Lachen gewesen sein? Jenny? Ihr selbst? Oder waren noch mehr Leute hier gewesen?

Gleich würde Nika den Treppenabsatz und den zugemauerten Durchgang erreichen, und dann würde sie verstehen. Ihr war zwar schwindelig, und es wurde mit jedem Schritt schlimmer, auch wenn sie nicht begriff, warum, aber das war eben so. Zwei Stufen noch. Geschafft. Keuchend stand Nika oben, nur knapp unterhalb der gewölbten Decke, die diesen Bereich der Bottini wie eine Höhle wirken ließ. Sie fühlte den Puls in ihrem Kopf pochen und sah das Smartphone in ihrer Hand zittern, gefasst darauf, gleich zu sehen, was ihr so namenlose Angst einjagte.

Doch da war nichts.

Sie drehte sich um sich selbst, ließ den Lichtstrahl über Wände, Boden und Decke gleiten, über die rissigen Ziegel, die kurzen gelblichen Tropfsteine, die sich an einigen Stellen gebildet hatten.

Nichts Bedrohliches, nichts, trotzdem wollte die Angst nicht verschwinden, im Gegenteil. Nikas Herz schlug viel zu schnell, und ihr Magen ...

Erneut kämpfte sie gegen den stärker werdenden Brechreiz, sie wollte hier keine Spuren hinterlassen, vielleicht kam die Polizei noch mal her. Hoffentlich war ihr Blut nicht irgendwo auf den Boden getropft.

Sie blickte nach unten. Wartete auf den Blitz, der ihr Bewusstsein durchzucken würde, doch alles, was kam, war dieses beschissene Lied, das in ihrem Kopf dröhnte.

Sie stolperte die ersten paar Stufen wieder nach unten, verlor fast den Halt und setzte sich schließlich. *With the lights out, it's less dangerous ...*

Vielleicht sollte sie das wörtlich nehmen. Zwei schnelle Wischer über das Handy-Display und die Höhle versank in absoluter Finsternis.

In dem Moment, als das Licht verschwand, flackerte ein Bild

in Nikas Kopf auf, nur für den Bruchteil einer Sekunde, dafür aber glasklar. Jenny, laufend. Den Mund geöffnet, als würde sie etwas rufen. An ihren Schultern zwei dunkle Riemen, wie von einem Rucksack.

Mit ihrer freien Hand klammerte Nika sich an der Stufe fest, auf der sie saß, und versuchte mit aller Kraft, das Bild zurückzurufen. Ein Vorher und ein Nachher dazu zu finden. Einen Film daraus zu machen.

Es war hier in den Bottini gewesen. Was von Jenny ausging, war sengende Wut. Und … Jenny war hinter Nika gewesen, sie hatte sie nur gesehen, weil sie sich umgedreht, einen Blick über die Schulter geworfen hatte.

Bin ich auch gerannt? War sie hinter mir her? War noch jemand dabei?

Obwohl Nika immer noch im Stockdunkeln saß, stellte sich auf keine dieser Fragen eine Antwort ein. Nur Kurt Cobain sang weiter. *I feel stupid and contagious, here we are now, entertain us …*

Stupid and contagious, dumm und ansteckend, ja. Vor allem dumm. Ihr nächtlicher Ausflug in die Eingeweide der Stadt hatte Nika nichts gebracht außer einer frischen Verletzung und der Erkenntnis, dass sie schon einmal hier unten gewesen war. Mit Jenny. Die Mühe, sich um ein Alibi für deren Todeszeit umzusehen, konnte sie sich dann wohl sparen.

Allmählich verebbte der Schwindel, und Nika schaltete das Licht des Handys wieder ein. Nun war der Akkustand bereits unter der Hälfte, sie würde sparsamer damit umgehen müssen, wenn sie nicht plötzlich im Dunkeln stehen wollte.

Erschöpft und entmutigt betrat sie den schmalen Tunnel, durch den sie gekommen war.

Ihre düsteren Gedanken und das Plätschern der Wasserläufe waren die einzigen Begleiter auf dem Weg zurück zu ihrem Ausgangspunkt. Immerhin war die Angst jetzt fort, sie war einem dumpfen Gefühl der Hoffnungslosigkeit gewichen. Das verstärkte sich noch, als sie vor der Wand stand, die sie zu Beginn abwärtsgeglitten war. Wie sollte sie da je wieder hochkommen? Hatte sie das beim ersten Mal geschafft, ganz alleine? Hatte ihr jemand geholfen? Oder hatte sie einen ganz anderen Weg nach draußen genommen?

Das Loch, durch das sie hereingeklettert war, konnte sie von ihrer tiefen Position aus noch nicht sehen, aber sie hörte die ersten Geräusche einer erwachenden Stadt. Bellende Hunde, startende Autos. Alles nicht in unmittelbarer Nähe. Draußen musste es noch dunkel sein, sonst wäre mittlerweile zumindest ein schwacher Lichtschein bis zu ihr gedrungen.

Dunkelheit war gut. Nika wollte nicht mit blutverschmiertem Gesicht durch Siena laufen – und dann möglichst noch Signore Rizzardini in die Arme.

Das bescherte ihr allerdings noch ein weiteres Hindernis. Sie würde ohne Licht klettern müssen, denn das Handy konnte sie nur in der Hosentasche mit nach oben nehmen.

Langsam ging sie die Mauer entlang. Suchte nach Spalten zwischen den Ziegeln, nach Lücken, in denen ihre Finger Halt finden würden. Sie war nicht unsportlich, und sie hatte einmal einen Kletterkurs belegt, aber das war drei Jahre her.

Schließlich fand sie eine Stelle, über die sie es mit sehr viel Glück schaffen konnte. Einer der Ziegel war zur Hälfte ausgebrochen, wenn sie mit ihrer rechten Hand dort Halt fand und mit der linken in einem schmalen Spalt einen halben Meter daneben, dann konnte sie im nächsten Zug vielleicht schon die

Oberkante ihres Ausgangs greifen. Vorausgesetzt, sie fand auch mit den Füßen einen einigermaßen sicheren Tritt, wenigstens für einen kurzen Augenblick.

Nika stellte sich in Position, prägte sich die Stellen genau ein und steckte dann das Handy in die vordere Hosentasche, ohne vorher die Lampenfunktion auszuschalten. So blieb wenigstens ein winziger Rest von Licht.

Ihr erster Versuch scheiterte schon im Ansatz. Sie griff mit der rechten Hand daneben, rutschte ab und fiel mit voller Wucht auf den Rücken.

Ein paar Sekunden lang bekam sie kaum Luft, dann rappelte sie sich hoch. Ihre Hand fühlte sich abgeschürft an, aber das durfte jetzt keine Rolle spielen. Der zweite Versuch verlief ein wenig besser, sie konnte sich kurz festhalten, doch ihre Schuhe rutschten an der Mauer ab.

Vor dem dritten Anlauf tastete sie die unten liegenden Steine ab. Fand schließlich einen auf Kniehöhe, der ein bisschen weiter herausstand, und stellte einen Fuß darauf ab, drückte sich hoch, bekam die Lücke mit der rechten Hand zu fassen. Entgegen ihrer Erwartung fand sie auch mit der linken Halt, griff mit der rechten nach oben und hatte die ersehnte Kante unter der Hand.

Zwei Sekunden später hing sie mit festem Griff in der Lücke nach draußen. Wenn gerade jemand im Schein der blassen Straßenlampen die Speisekarte der Taverne studierte und zufällig nach unten blickte, würde er ihre Finger sehen.

Sie schob sich zentimeterweise hoch, die Gummisohlen ihrer Laufschuhe rutschten zum Glück nur selten an den Ziegeln ab. Schließlich schaffte sie es, das rechte Knie über die Kante zu heben und sich durch das Mauerloch ins Freie zu ziehen.

Ihre Arme und Beine zitterten, ihre Hände waren rot von Blut und Ziegelstaub, die Jeans an beiden Knien zerrissen.

Beim ersten Mal musste es anders gelaufen sein, ganz ohne Zweifel, da hatte ihre Hose unbeschadet überlebt. Nika stand langsam auf, setzte sich die Kapuze ihres Sweaters auf, zog sie so tief wie möglich ins Gesicht und machte sich auf den Weg nach Hause.

4.53 Uhr. Sie stand unter der Dusche und ließ heißes Wasser über ihren Körper strömen, der fast überall schmerzte. Die Seife brannte höllisch in den Schürfwunden an Händen, Armen und Knien, besonders aber an dem Schnitt im Gesicht. Sie hatte ihn vorhin im Spiegel betrachtet, er verlief auf genau der gleichen Höhe wie der fast verheilte Kratzer, aber er war tiefer, als der andere je gewesen war. Sie musste das Metallstück diesmal mit mehr Wucht erwischt haben.

Nachdem sie sich abgetrocknet hatte, suchte sie nach Wunddesinfektionsspray und Pflastern für die Abschürfungen an ihren Knien. Sie sah aus, als wäre sie von einem Bus mitgeschleift worden, und fühlte sich auch nicht sehr viel besser.

Schlafen, dachte sie. Und später erst weiterdenken. Vielleicht ergeben die Dinge dann mehr Sinn.

Sie stellte ihr Handy lautlos und legte sich ins Bett, als draußen die Sonne aufzugehen begann. Obwohl sie die Augen geschlossen hatte, sah sie die Treppe vor sich, diesen Ort, der ihr so viel Angst eingejagt hatte.

Den Ort, an dem Jenny gestorben war.

18

Es war bereits Nachmittag, als Nika die Augen wieder aufschlug. Im ersten Moment dachte sie, sie hätte extrem verschlafen, dann fiel ihr mit einem Schlag die letzte Nacht wieder ein. Sie richtete sich stöhnend auf, jede Bewegung schmerzte.

Der Badezimmerspiegel erschreckte sie diesmal auf andere Art. Heute nicht durch bedrohliche Worte, sondern durch den bloßen Anblick ihres eigenen Gesichts. Die linke Seite war angeschwollen, Schläfe und Jochbein blaurot verfärbt. Die Wunde war dünn verschorft und brannte, wenn Nika leicht mit dem Finger darüberfuhr.

So konnte sie nicht aus dem Haus gehen. Zum Überschminken waren die Blessuren noch zu frisch, davon abgesehen ließen Schwellungen sich nur schwer kaschieren. Das Einzige, was möglicherweise funktionierte, war, sich das Haar möglichst weit ins Gesicht fallen zu lassen. Wie das Mädchen aus *The Ring*, nur in Blond.

Aber vielleicht musste sie heute auch gar nicht aus dem Haus. Ihre Vorräte würden reichen, und sie fühlte sich ohnehin wie durchgekaut und ausgespuckt. Sie hatte es sich verdient, einen Tag einfach nur im Bett zu bleiben.

Zwei Stunden lang funktionierte das gut. Sie nahm sich das Notebook mit ins Bett und sah sich die *Avengers* über eines der Streamingportale an, die sie abonniert hatte. Der Film war laut, bunt und hatte nicht das Geringste mit der Realität zu tun, er war perfekt. Nika hatte trotz der warmen Temperaturen die Bettdecke bis unter die Achselhöhlen gezogen und drückte eines der Sofakissen an sich. So fühlte sich das Leben sicher an. So sollte es bleiben.

Zehn Minuten bevor der Film zu Ende ging, mitten im großen Finale, läutete es an der Tür. Nika erstarrte.

Konnte sie einfach so tun, als wäre sie nicht da? Aber was, wenn es die Polizei war? Die dann die Türe aufbrechen würde?

Nein, würde sie nicht. Es gab schließlich Signore Rizzardini und seinen Schlüssel. Trotzdem war die Vorstellung beunruhigend; es war schwer einzuschätzen, welche Schlüsse Fiorese aus dem Zustand ihres Gesichts ziehen würde.

Möglicherweise war es auch Sabine, die noch einmal Jennys Zimmer sehen wollte. Oder es war Lennard.

»Nika? Bist du da? Ist alles in Ordnung mit dir?« Der wohlbekannte Akzent, die vertraute Stimme. Stefano.

Sie legte das Notebook zur Seite und stand mühevoll auf. Vor allem der Rücken tat ihr weh, die Stelle, auf die sie bei ihrem ersten missglückten Kletterversuch gefallen war.

»Doch, ich bin da«, sagte sie, die Hand schon auf der Türklinke. »Aber ich fühle mich heute nicht so gut.« Es war ihr nur recht, wenn er gleich wieder ging. Gestern hatte er keine Lust auf Gesellschaft gehabt, heute war es bei ihr so.

»Ich habe sicher zehn Mal versucht, dich anzurufen, aber du gehst nicht ran.«

Sie wollte schon empört widersprechen, als ihr einfiel, dass sie vor dem Schlafengehen die Klingeltöne ausgeschaltet hatte. Und bisher nicht wieder angemacht. »Ja. Tut mir leid, ich wollte heute einfach nur Ruhe haben.«

Kurze Pause. »Lässt du mich trotzdem rein?«, fragte Stefano dann leise. »Muss nicht lange sein. Aber ich muss dir etwas sagen.«

Mit einem schnellen Blick in den Vorzimmerspiegel überprüfte Nika den Zustand ihres Gesichts, erschrak einmal mehr und zog sich eine breite Haarsträhne über die linke Hälfte. Dann erst öffnete sie die Tür. »Hallo.«

Sie hätte sich die Mühe sparen können. Stefanos Augen weiteten sich. »Madonna. Was ist mit dir passiert?«

»Ach nichts, ich …«

»Nichts? Du siehst aus, als hättest du dich mit jemandem geprügelt. Besser, ich bringe dich zu einem Arzt.«

»Was? Nein!« Nika schüttelte die Hand ab, mit der er ihren Kopf zur Seite drehte. »Ich war im Park und habe im Vorbeigehen einen tief hängenden Ast übersehen. Das ist alles.«

Seine Augen wurden schmal. »Und das hier?« Er griff nach ihrer rechten Hand, die Abschürfungen waren nicht zu übersehen. »Hast du danach auf den Baum eingeschlagen?«

Sie trat einen Schritt von ihm weg, drehte sich um und ging in die Küche. Öffnete den Kühlschrank nur, weil sie nicht wusste, was sie sonst tun sollte, und blickte suchend hinein.

Es war keine gute Idee, ihm zu erzählen, was sie letzte Nacht getan hatte. Ihn spekulieren zu lassen war möglicherweise aber noch ungeschickter. »Ich habe etwas versucht und mich ziemlich dumm dabei angestellt«, sagte sie. »Können wir nicht mehr davon reden, bitte? Es ist mir so schon peinlich genug.«

Sie hörte, wie er einen der Stühle am Küchentisch zurechtrückte und sich setzte. »Mach keinen Unsinn, Nika«, sagte er. »Kannst du mir das versprechen? Es steht schon jetzt nicht gut um dich, mach es nicht schlimmer.«

Sie schloss die Kühlschranktür, ohne etwas herausgenommen zu haben. »Was meinst du?«

Sein Blick ließ sie schlucken. Es war unverkennbar, er hatte Neuigkeiten und sie waren ganz sicher nicht gut.

»Die Polizei befragt natürlich alle Leute, die Jenny kannten«, begann er. »Sie haben mit mir gesprochen, aber auch mit Amelie.« Er sah zur Seite. »Und heute Morgen auch mit Liz.«

Oh Gott. »Und?«

»Sie hat ihnen alles erzählt. Wie du dich auf das Auto geworfen hast, was du gerufen hast – alles. Und natürlich auch die Sache mit dem Schlüssel und ihrer Verletzung. Sie sagt, Fiorese wollte in allen Details wissen, wie es war.«

Nika fühlte, wie die Selbstbeherrschung ihr zu entgleiten drohte. Sie wusste noch zu genau, was Liz ihr erzählt hatte. *Steig aus*, hatte sie angeblich geschrien. *Warum tust du das? Ich hasse dich.*

Sie setzte sich ebenfalls an den Tisch und vergrub das Gesicht in ihren Händen. »Aber – das in dem Auto war sicher nicht Jenny. Liz sagte, es wäre ein dunkler Wagen gewesen, der von Jenny ist silberfarben. Hat Fiorese sich überlegt, dass ich möglicherweise ihrem Mörder gedroht habe?«

»Ich weiß es nicht.« Zum ersten Mal, seit Nika ihn kannte, wirkte er, als würde ihn seine Kraft verlassen. Ihretwegen?

»Selbst wenn das so ist«, sagte er nach kurzem Nachdenken, »dann ist Fiorese zumindest überzeugt davon, dass du viel mehr weißt, als du zugibst. Das hat Liz ihm jetzt bestätigt. Es tut ihr übrigens nicht leid, du bist ihr noch immer verdächtig.«

Nika wünschte sich in ihr Bett zurück, sie wünschte, sie hätte die Tür einfach nicht geöffnet. »Was denkst du, wie lange es noch dauern wird, bis er mich ins Präsidium bestellt?«

»Keine Ahnung.« Stefano sah bekümmert drein. »Aber ich wollte, dass du Bescheid weißt. Es wird immer enger, Nika.«

Genau so empfand sie es. Wie Wände, die immer näher rückten und sie zerquetschen würden, wenn sie nicht schnell einen Ausweg fand.

Einfach abhauen? Zurück nach Hause? Niemand würde sie aufhalten, sie brauchte den Pass nicht, um über die Grenze zu kommen, und dann konnte sie nach einem Arzt und einem Anwalt suchen, die beide ihre Sprache verstanden.

Allerdings würde das wohl als Fluchtversuch gewertet werden, und es war gut möglich, dass man sie an Italien auslieferte, wenn es genug Verdachtsmomente gegen sie gab ...

»Dass du jemandem entgegengebrüllt hast, wie sehr du ihn hasst, und jemand anderen verletzt hast, kurz bevor eine Tote gefunden wird, das wird die Polizei nicht als Kleinigkeit abtun.« Stefano nahm ihre Hände zwischen seine. »Ich will dir keine Angst machen, aber ich kann dir nur helfen, wenn du ehrlich zu mir bist. Du erinnerst dich wirklich an nichts? An gar nichts?«

Nika merkte, wie ihre Augen sich mit Tränen füllten. »Nichts, womit ich etwas anfangen könnte. Nur daran, dass ich irgendwann vor Jenny davongelaufen sein muss. Sie ist mir nachgerannt und sie hatte einen Rucksack um.« Von den Bottini würde Nika nichts erzählen, das brachte Stefano sonst nur auf die falschen Ideen. Wenn er nun auch beginnen sollte, sie für schuldig zu halten, hatte sie gar niemanden mehr.

Sein Blick hing an ihrem aufgeschrammten Gesicht, senkte sich dann auf die zerkratzten Hände, die er in seinen hielt.

»Du kannst dich aber sicher noch an das erinnern, was du letzte Nacht getan hast. Ich glaube nicht, dass es etwas mit einem Baum zu tun hatte, Nika.« Er begann, ihre Handrücken mit seinen Daumen zu streicheln. »Willst du mir nicht sagen, wo du warst?«

»Im Park«, beharrte sie störrisch. »La Lizza, da bin ich gerne. Ich konnte nicht schlafen, habe es hier nicht mehr ausgehalten und wollte frische Luft schnappen. Es war dunkel, und der Ast hat mich im Gesicht verletzt, dabei war das noch Glück, hätte ja auch ein Auge treffen können.« Sie holte tief Atem. »Ich habe mich erschreckt, bin gestolpert und konnte mich gerade noch an dem Baum festhalten, leider war seine Rinde nicht wirklich streichelweich. Reicht dir das?«

Sie hatte sich in ihre Erzählung so hineingesteigert, dass sie die Szene fast vor sich sehen konnte. Ein Teil von ihr glaubte beinahe selbst an die Geschichte und war entsprechend empört, als Stefano seufzend den Kopf schüttelte. »Wie du willst, Nika. Ich weiß, wir kennen uns noch nicht lange, und ich verstehe, wenn du mir nicht sofort völlig vertraust. Aber ich möchte dir wirklich nur helfen.« Er hielt inne, als würde er sich das, was er als Nächstes sagen wollte, noch einmal überlegen. Blickte zur Seite, zum Fenster hin. »Ich mag dich nämlich«, murmelte er. »Sehr.«

So, jetzt war es heraus, und sie musste irgendwie darauf reagieren. Ja, sie mochte ihn, und sie konnte sich an ihre Enttäuschung von gestern gut erinnern, als er so kurz angebunden gewesen war. Nur leider …

Sie fasste einen Entschluss. Zumindest in diesem Punkt konnte sie Stefano die Wahrheit sagen. »Ich mag dich auch. Wirklich. Aber im Moment habe ich überhaupt keinen Kopf für Romantik oder so was. Ich kann an nichts anderes denken als an die zwei Tage, die ich verloren habe, an die tote Jenny, an ihre Mutter, an den Commissario, der mich wahrscheinlich bald verhaften wird, und an diese Liste, die ...«

Sie unterbrach sich, zu spät. Stefano zog die Stirn kraus. »Welche Liste?«

Nika suchte und fand blitzschnell eine passende Lüge. »Eine To-do-Liste, die ich mir zusammengestellt habe. Neuer Pass, ein paar Mails, die ich schreiben muss, solche Sachen. Lästiger Kram, aber ich darf ihn eben nicht vergessen.«

Diesmal kaufte er ihr die Geschichte ohne ein Wimpernzucken ab. »Okay. Ich verstehe, dass du jetzt andere Dinge im Kopf hast. Aber – wenn alles vorbei und gut gegangen ist«, er hob eine ihrer Hände an und küsste sie, »denkst du, dann wäre mehr möglich als nur Freunde sein?«

Einige Sekunden lang dachte sie ernsthaft darüber nach. »Ich weiß es nicht. Vielleicht.« Auch damit war sie wieder völlig ehrlich. »Versprechen kann ich dir gar nichts, noch nicht einmal, dass ich in Siena bleibe. Selbst wenn die Polizei mich in Ruhe lässt und alles nur ein Unfall war. Ich ...«

Lautstarkes Pochen an der Tür unterbrach sie. Nika fuhr herum. »Signorina Ruland?« Wieder drei harte Schläge gegen die Tür. »Polizia. Si prega di aprire!«

Die Worte waren höflich, der Ton befehlend. Nika stand von ihrem Stuhl auf. Jetzt war es so weit, sie würden sie mitnehmen.

Bevor sie die Tür erreichte, hatte Stefano sie überholt und geöffnet. Er wechselte ein paar schnelle Sätze mit den zwei Polizisten, die mit ernsten Gesichtern über die Schwelle traten; Nikas Name fiel dabei immer wieder. Schließlich drehte er sich zu ihr um.

»Du sollst mit aufs Präsidium kommen, Fiorese möchte mit dir sprechen. Dringend, deshalb sind die beiden hier. Es ist keine Verhaftung, okay?«

Gut möglich, aber bald würde es vielleicht eine sein. Wenn sie Fiorese gegenüber auch nur ein falsches Wort sagte, würde er sie nicht mehr gehen lassen, das hatte er ihr beim letzten Mal schon angedroht.

Beide Polizisten bemerkten den Zustand ihres Gesichts, doch keiner von ihnen äußerte sich dazu. Sie begleiteten sie aus der Wohnung, gefolgt von Stefano, der sich schon nach kurzer Zeit an ihrer Seite befand und den Arm um sie legte.

Dafür war sie ihm dankbarer als für alles andere, was er bisher für sie getan hatte. Niemand konnte nun sagen, wer von ihnen beiden von der Polizei eskortiert wurde. Es war eine Geste, die Mut erforderte, besonders, weil so viele Leute in Siena Stefano kannten. Nika fand, dafür hatte er sich seinerseits eine Geste von ihr verdient. Sie legte ihm kurz den Kopf auf die Schulter. »Grazie.«

Diesmal musste sie auf dem Präsidium nicht warten, im Gegenteil. Fiorese und Sivori saßen schon bereit, die Tür wurde sofort hinter Nika geschlossen.

Der Commissario deutete mit dem Zeigefinger auf ihre Wange, Sivori übersetzte seine Worte mit der üblichen kurzen Verzögerung. »Was ist da passiert?«

Nika blieb bei der Geschichte mit dem Baum. Fiorese war der Letzte, dem sie ihren Ausflug in die Bottini gestehen würde.

»Sind Sie sicher, dass Sie nicht wieder mit jemandem aneinandergeraten sind?« Er zog ein paar dicht beschriebene, zusammengeheftete Seiten näher an sich heran. »Ich habe hier die Aussage einer jungen Frau, die berichtet, Sie hätten sie angegriffen und verletzt. Mit einem Schlüssel. Man kann die Spuren immer noch sehen.«

Nika konnte es Liz nicht verdenken. An ihrer Stelle hätte sie wahrscheinlich auch vermutet, dass jemand, der sich so aggressiv verhielt, wenn man ihm helfen wollte, potenziell einen anderen im Affekt töten konnte.

»Liz hat mir das auch erzählt, schon vor ein paar Tagen«, erklärte Nika. »Mein Problem ist aber leider trotzdem immer noch dasselbe. Ich kann mich nicht erinnern.«

Es war Fiorese anzusehen, dass er sich um innere Ruhe bemühte. »Sehr bequem, nicht wahr? Einfach so tun, als wäre nichts passiert?«

Sie wusste nicht, ob es sein Ton war oder sein gehässiges Lächeln, was das Fass zum Überlaufen brachte. »Nein, das ist überhaupt nicht bequem«, fuhr sie ihn an. »Es ist ein Albtraum. Ich zermartere mir jede Minute des Tages das Hirn, was geschehen sein könnte, welche Rolle ich dabei spiele, warum Jenny wirklich tot ist. Es wäre mir lieber, es wenigstens zu wissen, wenn ich irgendwie schuldig bin, als immer nur darüber spekulieren zu können. Und Sie dürfen beruhigt sein: Ich tue nicht so, als wäre nichts passiert. Im Gegenteil, ich denke an überhaupt nichts anderes mehr. Vorgestern habe ich mit Jennys Mutter zusammengesessen, seitdem ist die Sache für mich noch ein ganzes Stück schlimmer. Wissen Sie, wie es sich anfühlt, seinem eigenen Kopf nicht mehr vertrauen zu können?« Sie war immer lauter geworden, fiel ihr jetzt auf; Fiorese hatte sichtlich Schwierigkeiten, die Sätze der Dolmetscherin zu verstehen.

Vielleicht lag es daran, dass er Italiener war, jedenfalls schien ihr Ausbruch ihn zu besänftigen. Emotionen fand er offenbar vertrauenserweckender als stumme Hilflosigkeit.

»Calma«, sagte er, als sie innehielt, um Luft zu holen. Es klang zum ersten Mal ansatzweise freundlich. Ob sie sich beruhigen konnte, wie er das vorschlug, wusste sie allerdings nicht.

Doch nun übernahm ohnehin wieder er das mit dem Reden. Nika starrte auf ihre Hände.

»Es liegt ein Gutachten der Spurensicherung vor. Es steht jetzt eindeutig fest, dass Frau Kern nicht alleine in den Bottini war. Wir haben Abdrücke von unterschiedlich großen Schuhen gefunden. Welche Schuhgröße haben Sie?«

Nika war zum Weinen zumute. »Achtunddreißig.«

Der Kommissar und die Dolmetscherin wechselten einen Blick. »Das würde passen.«

Ja, natürlich passte das. Weil sie dort gewesen war.

Der Kommissar seufzte. »Frau Ruland, Sie können mit der Geschichte vom Gedächtnisverlust aufhören. Es ist so gut wie erwiesen, dass Sie mit Frau Kern in den Bottini waren, aber das heißt noch lange nicht, dass Sie sie umgebracht haben. Wir würden uns alle so viel Zeit und Ärger ersparen, wenn Sie ein bisschen kooperierten.«

Nika war nur eine Haaresbreite davon entfernt, Fiorese ihren Ausflug von vergangener Nacht zu gestehen, doch dann hätte sie zugegeben, gelogen zu haben. Sie konnte sich vorstellen, was sein Rückschluss daraus sein würde: Wer einmal log, log auch mehrmals. Er würde ihr die Sache mit der Erinnerungslücke noch weniger abkaufen, als er es ohnehin schon tat.« Und da haben wir noch etwas.« Er zog ein Blatt Papier aus dem Aktenstapel auf seinem Schreibtisch und legte es vor Nika auf den Tisch.

Fünf ausgedruckte Fotos, ganz offensichtlich im Bella Vista geschossen. Auf allen waren Jenny und Nika selbst zu sehen. Lachend, plaudernd. Auf der Tanzfläche, an der Bar.

Das vierte Bild der Serie weckte ihre besondere Aufmerksamkeit: Jenny unterhielt sich mit einem Mädchen, einer Kommilitonin, deren Namen Nika vergessen hatte. Sie selbst stand ein paar Meter weiter hinten und hatte die Arme um Lennards Hals geschlungen. Ihre Lippen waren an seinem Ohr, als würde sie ihm etwas zuflüstern.

Das deckte sich mit dem, was er ihr erzählt hatte. Dass dieses Foto existierte, war eine Katastrophe, denn es rundete die Story perfekt ab: Zwei Studentinnen, eine davon mit dem hübschesten Kerl liiert, der im Institut für Geschichte zu finden ist. Die andere natürlich auch in ihn verliebt. Sie gehen gemeinsam aus, die verliebte Studentin macht sich an den Freund ihrer Mitbewohnerin heran, die andere bekommt das mit, ohrfeigt die Nebenbuhlerin, das Eifersuchtsdrama setzt sich draußen fort – ohne Zeugen –, und am Ende ist eine der beiden tot. Keine Frage, wer dafür verantwortlich sein muss.

Nika starrte das Foto an. Schwieg. Zum hundertsten Mal »ich erinnere mich nicht daran« zu sagen, war verschwendete Energie.

»Sie haben ein … enges Verhältnis zu Lennard Hoske?«

»Nein.« Meine Güte, was war da nur in sie gefahren? »Ich kenne ihn kaum, und er ist eigentlich nicht mein Typ. Das hier«, sie tippte mit dem Finger auf das Bild, »verstehe ich nicht.«

»Ja, alles andere hätte mich auch überrascht«, sagte Fiorese trocken. »Dann vermute ich, Sie können auch damit nichts anfangen?«

Der nächste Asservatenbeutel. Das, was sich darin befand, erkannte Nika auf den ersten Blick. Die Pillenschachtel, die sie in Jennys Zimmer gefunden hatte.

»Ich weiß, dass dieses Medikament in unserer Wohnung gelegen hat«, sagte sie vorsichtig. »Irgendwann habe ich den Beipackzettel gelesen. Es ist ein Beruhigungsmittel, das auch bei Epilepsie wirkt.«

Fiorese nickte bedächtig. »Litt Frau Kern an Epilepsie?«

»Nicht dass ich wüsste.«

»Tja. Ihre Eltern wissen auch nichts davon. Man kann diese Pillen allerdings auch aus anderen Gründen schlucken. Außerhalb von Russland werden sie hauptsächlich als Designerdroge eingesetzt.«

Ach. Das hatte Nika nicht gewusst. Sie hatte auch nie mitbekommen, dass Jenny Drogen nahm, aber das musste ja nichts heißen. Sie schien vieles nicht bemerkt zu haben.

»Phenazepam gehört zu den Benzodiazepinen, es wirkt angstlösend und kann euphorisch machen«, fuhr Fiorese fort. »Dann kann es natürlich leicht passieren, dass man sich selbst überschätzt, unvorsichtig handelt – und einen verhängnisvollen Unfall hat.«

Nika fühlte, wie Erleichterung sie durchströmte. War es so gewesen? Lieferte der Kommissar gerade die Erklärung dafür, wie Jenny in einem Rinnsal ertrinken hatte können?

Er war noch nicht fertig. »Die Sache ist die: Es wurden bei der Obduktion von Frau Kern keinerlei Hinweise darauf gefunden, dass sie Phenazepam eingenommen hätte. Der Wirkstoff ist relativ lange im Blut nachweisbar. Bei ihr war keine Spur davon.«

Aha. Damit ging ihre Theorie bereits wieder den Bach runter. »Dann muss es doch schon länger her sein, dass sie das letzte Mal etwas davon eingenommen hat.«

»Ja.« Fiorese zog die Brauen hoch. »Oder sie hat das nie getan. Sondern jemand anderes.« Er beugte sich vor und verschränkte seine Hände auf dem Tisch. »Wussten Sie, dass Phenazepam in Verbindung mit Alkohol zu Blackouts führen kann? Die bis zu einer Woche lang dauern können?«

Nika wollte antworten, sie wollte Nein sagen und dass sie davon noch nie gehört hatte, aber sie bekam keine Luft mehr. Eine Droge, die für gewisse Zeit das Gedächtnis lahmlegen konnte. Wenn man dazu Alkohol trank.

»Sie meinen – sie hat sie mir verabreicht? Ohne dass ich es gemerkt habe?«

Im Gesicht des Kommissars arbeitete es. »Entweder das. Oder Sie haben sie selbst eingenommen und die Schachtel in Frau Kerns Zimmer gelegt. Wir versuchen gerade herauszufinden, ob eine von Ihnen das Phenazepam übers Internet bezogen hat. Wären Sie bereit, sich einem Bluttest zu unterziehen?«

Nika zögerte; wahrscheinlich war es spätestens jetzt an der Zeit, sich einen Anwalt zu suchen. Sie hatte keine Ahnung, ob es vernünftig war, Fioreses Vorschlag zuzustimmen.

»Ich habe noch nie Drogen genommen«, sagte sie. »Wenn jemand sie mir ins Essen oder ein Getränk gemischt hat, dann habe ich es nicht bemerkt ...« Aber es war denkbar, es war vorstellbar, es war endlich eine Erklärung. Jenny hatte diese Pillen gekauft und sie Nika verabreicht, warum auch immer, wahrscheinlich brauchte sie für so etwas keinen Grund. Antisoziale Persönlichkeitsstörung. Kein Mitgefühl, kein Gewissen.

Vielleicht sollte sie Fiorese doch das Skizzenbuch zeigen. Und ihm sagen, was Jennys Mutter über ihre Wutausbrüche erzählt hatte. Nur würde er sie dann mit Recht fragen, warum sie erst so spät mit alldem herausrückte.

Weil ich überhaupt keine Erfahrung mit solchen Situationen habe, dachte sie verzweifelt.

»Also? Sind Sie bereit?«

»Ja.« Nika traf ihre Entscheidung aus Erschöpfung und dem Gefühl heraus, dass sie endlich Gewissheit haben musste, um jeden Preis. »Ich möchte selbst gern wissen, ob jemand mich unter Drogen gesetzt hat.«

Wenn ihr Entschluss Fiorese überraschte, ließ er es sich nicht anmerken. »Gut. Dann brauchen wir keinen richterlichen Beschluss, das macht es einfacher.« Er telefonierte, und kurz darauf kam eine junge Polizistin, die Nika zum Polizeiarzt brachte. Ein Nadelstich, einige Milliliter Blut, und zehn Minuten später war alles erledigt.

Auf dem Weg zurück ins Büro des Kommissars presste sie ein kleines Stück Zellstoff in ihre Armbeuge und betrachtete den roten Fleck, der sich darauf ausbreitete. Wieder Blut, das ihres war.

Ihr Entgegenkommen schien Fiorese besänftigt zu haben. Er schärfte ihr zwar noch einmal ein, dass sie in Siena zu bleiben hatte, wünschte ihr aber immerhin einen schönen Tag, als er sie verabschiedete.

19

Nika trat auf die Straße hinaus, wo Stefano tatsächlich immer noch auf sie wartete. »Was haben sie gesagt?«

Sie erzählte ihm von dem Phenazepam, schilderte ihm die mögliche Wirkung. »Das würde doch passen, findest du nicht? Dass Jenny mir das Zeug irgendwo reingemischt und dann dafür gesorgt hat, dass ich ein bisschen Wein trinke?«

Er antwortete nicht gleich. »Einfach so aus Neugierde, denkst du?«

»Aus Experimentierfreude. Vielleicht wollte sie es selbst probieren und erst bei jemand anderem testen, wie es wirkt. Ich halte das mittlerweile alles für möglich.« Sie hakte sich bei Stefano unter. »Fiorese hat zum ersten Mal gewirkt, als würde er mir glauben.«

»Das ist toll.«

Sie wusste nicht, ob er damit ihre Worte meinte oder die Tatsache, dass sie erstmals so nah und vertraut miteinander die Straße entlanggingen. Wenn sie recht überlegte, hatte sie ihn bisher gar nicht richtig begrüßt, weil sie viel zu überwältigt von dem gewesen war, was mit ihr und um sie herum passierte. Sie drückte seinen Arm. »Schön, dass du da bist.«

Wie sie erwartet hatte, wandte er ihr überrascht den Kopf zu.
»Ja?«

»Ja. Ich finde, du bist ...«

Etwas ließ sie mitten im Satz innehalten und abrupt stehen bleiben, ein paar Sekunden lang wusste sie nicht, was es gewesen war. Nur, dass ihr Unterbewusstsein sie buchstäblich gebremst, etwas gesehen oder begriffen hatte. Wieder einmal schneller gewesen war als sie.

Und dann war es ihr klar, auf einen Schlag. Sie löste sich von Stefano und ging zum Straßenrand.

»Was hast du denn?« Sie hörte ihn nur wie aus weiter Ferne. »Ist alles in Ordnung?«

GR3 – doch der Rest stimmte nicht. Das Auto, das ihre Aufmerksamkeit auf sich gezogen hatte, trug ein Nummernschild, auf dem GR396TP stand, aber Nika war nun klar, was sie auf ihrem Zettel hatte notieren wollen.

Eine Autonummer.

Sie fühlte Stefanos Hand auf ihrem Rücken. »Stimmt etwas nicht?«

Nika deutete auf das Nummernschild. »GR – wofür steht das?«

»Grosseto. Das gehört auch zur Toskana, liegt ungefähr siebzig Kilometer von hier. Warum?«

Sie hatte sich auf die Kühlerhaube eines Autos geworfen, wenn man Liz Glauben schenken durfte, und das musste das dazugehörige Kennzeichen gewesen sein. Nur dass Nika die dritte Zahl nicht hatte lesen können oder sie wieder vergessen hatte.

»Ich habe eine solche Nummer im Kopf«, sagte sie, immer noch ohne den Blick von dem Auto wenden zu können. »Ich weiß nicht, wie das Auto ausgesehen hat oder wer drin war, aber die Nummer lautet GR-drei-zwei, die nächste Stelle weiß ich nicht, aber danach folgen zwei Z.«

Stefano nahm sie am Arm und zog sie weiter. Schüttelte fassungslos den Kopf. »Du weißt nicht, was in den zwei Tagen passiert ist, aber du erinnerst dich an ein Kennzeichen?«

Sie würde ihm zumindest einen Teil der Wahrheit sagen. »Erinnern – nein. Aber ich habe es mir aufgeschrieben. Auf einen Zettel, den ich in meiner Hosentasche gefunden habe.«

»Das hast du mir gar nicht erzählt.«

»Ich wusste ja nicht, was das überhaupt bedeuten könnte.« Aber jetzt war es ein wichtiger Anhaltspunkt. Wenn sie Fiorese die Nummer gab, konnte er dann den Fahrzeugbesitzer ermitteln, auch wenn eine Zahl fehlte? Würde Nika dann erfahren, wer in dem Wagen gesessen hatte, den sie stoppen wollte?

Stefano marschierte neben ihr her, sichtlich in eigene Gedanken versunken, doch er hob den Blick und lächelte, als er merkte, dass sie ihn ansah. »Denkst du, es ist das Auto, von dem Liz erzählt hat?«, fragte er.

Sie zuckte mit den Schultern und nickte dann. »Welches denn sonst?« Vielleicht erinnerte sich ja Liz noch an das vollständige Kennzeichen, obwohl die Chancen dafür wohl eher schlecht standen. Es war dunkel gewesen und ihre Aufmerksamkeit war hauptsächlich auf die tobende Nika gerichtet gewesen. Zuerst. Dann auf die Wunde an ihrer Schulter.

Aber dass sie noch wusste, ob die Nummer mit GR angefangen hatte, war immerhin möglich. »Was hältst du davon, wenn wir zu dir nach Hause gehen?« Sie sah seinen fragenden Blick. »Um auf Liz zu warten«, fügte sie schnell hinzu. »Sie soll mir genau erzählen, woran sie sich erinnert.«

Sie wartete seine Antwort nicht ab – wie die lautete, konnte sie ohnehin an seinen Stirnfalten ablesen –, sondern schlug zielstrebig den Weg in die Via San Martino ein.

»Sie will dich nicht sehen«, erklärte Stefano, als sie vor der Haustür standen. »Sie hat es mir letztens noch einmal gesagt. Sie traut dir nicht über den Weg.«

Nika war zur Seite getreten, damit Stefano aufschließen konnte. »Und seit wann kratzt dich das? Vor Kurzem wolltest du mich noch hier wohnen lassen, und es war dir egal, was Liz dazu sagen würde.«

»Da war bei dir eingebrochen worden und du konntest deine Tür nicht absperren. Jetzt kannst du.« Er sah ihr in die Augen. »Und ich könnte bei dir bleiben.«

Sie erwiderte seinen Blick, ohne zu antworten. Wenn er nicht begriff, wie wichtig es ihr war, Licht in ihr Blackout zu bringen, würde es die Zweisamkeit, auf die er unterschwellig anspielte, nicht geben, egal in welcher Wohnung.

Stefano seufzte und gab nach. Er sperrte auf und ging Nika voran in den zweiten Stock. Liz, stellte sich schnell heraus, war nicht da, dafür aber Amelie. Sie saß auf der Couch und telefonierte, hob nur flüchtig zur Begrüßung eine Hand und verzog sich dann in ihr Zimmer.

»Möchtest du etwas trinken? Soll ich uns etwas kochen?« Ohne Nikas Antwort abzuwarten, stellte Stefano eine Flasche Rotwein auf den Tisch.

»Ich weiß nicht.« Sie dachte an das Phenazepam und dass es angeblich lange im Körper blieb. »Besser nicht.«

Er lächelte. »Ich will dich nicht betrunken machen, versprochen.«

Sie ließ zu, dass er ihr zwei Fingerbreit der dunkelroten Flüssigkeit in ihr Glas schüttete, beschloss aber, es nicht anzurühren. Nicht, bevor sie nicht mit Liz gesprochen hatte.

Die tauchte eine halbe Stunde später auf. Diesmal machte sie sich nicht die Mühe, den Schein zu wahren, sie pfefferte ihre Tasche in die Ecke und ging unmittelbar auf Stefano los. »Sag mal, war ich undeutlich? Habe ich dir nicht gesagt, dass ich die Frau hier nicht mehr sehen möchte? Ja, schon klar, es ist deine Wohnung. Aber wenn du sie noch einmal anschleppst, dann ziehe ich aus, verlass dich drauf.«

Sie wollte davonstürmen, aber Nika stellte sich ihr in den Weg. »Jetzt bleib mal ruhig. Stefano hat mich gebeten, auf dich Rücksicht zu nehmen, aber ich habe ihm keine Chance gelassen.«

Liz lachte höhnisch auf. »Och. Der arme kleine schwache Stefano. Hör auf, mich zu verarschen, er hat nachgegeben, weil er in dich verschossen ist, unverständlicherweise. Wahrscheinlich steht er auf durchgeknallte Irre.«

Nika war nicht sicher, aber es konnte gut sein, dass in Liz' Worten so etwas wie Eifersucht mitschwang. Das fehlte gerade noch. Sie holte tief Luft, um sie zu beschwichtigen, da trat Liz einen Schritt näher auf sie zu und deutete auf ihr Gesicht.

»Mit wem hast du dich denn diesmal geprügelt, hm? Muss endlich mal jemand gewesen sein, der sich gewehrt hat.«

»Ja«, entgegnete Nika. »Ein Baum. Aber schön, dass du dich freust.«

»Freuen werde ich mich erst, wenn du hinter Schloss und Riegel sitzt. Kann ja nicht mehr lange dauern.«

Nika entschied sich, darauf nicht einzugehen. Sie würde Liz nicht auf ihre Seite ziehen, egal, was sie sagte. »Hör zu. Ich habe zwei Fragen an dich. Wenn du mir die beantwortest, musst du mich nie wieder sehen.«

»Du kannst mich mal.« Liz wollte sich an ihr vorbeidrängen, doch sie trat ihr in den Weg. »Zwei harmlose Fragen.«

Demonstrativ drehte Liz sich um und ging in die Küche, wo sie ein großes Glas aus dem Schrank nahm und bis oben hin mit Wasser füllte.

»Das Auto, von dem du erzählt hast«, begann Nika. »Kannst du dich an das Nummernschild erinnern? Zumindest an die ersten zwei Buchstaben?«

Keine Antwort. Damit hatte sie fast gerechnet.

»Es war ein Wagen aus Grosseto, nicht wahr? GR und dann drei und zwei. Stimmt das?«

Liz drehte sich um, trank zwei Schluck Wasser und sah dabei beharrlich an Nika vorbei. »Nein«, sagte sie. »War es nicht. Das Auto war in Siena zugelassen.«

Darauf war Nika nicht gefasst gewesen. »Bist du ganz sicher?«

Liz maß sie mit einem Blick, der vor Abneigung geradezu triefte. »Ja, verdammt. Ich habe extra auf die Nummer geachtet, weil du ja deutsch geredet hast. Da habe ich ganz automatisch nachgesehen, ob das Auto ein deutsches Nummernschild hatte. War aber nicht so. Italienisches Kennzeichen, begann mit SI. War's das jetzt?«

Noch nicht ganz, aber Liz' unverhohlener Abscheu war nur schwer zu ertragen. Am liebsten wäre Nika gegangen, aber das hier war ihre letzte Chance auf ein Gespräch.

»Der Schlüssel, mit dem ich dich verletzt habe. War da ein Anhänger dran? Einer, der wie ein Löwe ausgesehen hat? Ein spiegelnder Löwe?«

Unwillkürlich tastete Liz nach ihrem Schlüsselbein und zog eine Grimasse. »Nein. Es war ein Schlüsselbund, an dem irgendein dämlicher rosa Flauschball hing.«

Der pinkfarbene Glücksbringer, den Mama ihr zum Abschied geschenkt hatte. Ohne dass sie es verhindern konnte, stiegen Nika Tränen in die Augen, vor Heimweh, vor Verzweiflung. Also waren es die Wohnungsschlüssel gewesen, mit denen sie Liz angegriffen hatte. *Der Spiegel des Löwen* blieb nach wie vor ein Rätsel. Ebenso wie das GR-Nummernschild.

»Danke«, sagte Nika matt. Ihr war nun doch nach Wein zumute. »Kann ich noch austrinken? Dann gehe ich.«

Liz nickte gnädig, Nika griff nach ihrem Glas, stellte sich zum Fenster und sah auf die Straße hinaus. Trank dann doch nichts. Bloß kein Risiko eingehen.

»Ich habe dem Commissario übrigens genau geschildert, wie du auf mich losgegangen bist«, hörte sie Liz hinter sich sagen. »Und auch, dass du meiner Meinung nach Jenny um die Ecke gebracht hast. Das kannst du ruhig wissen.«

Erschöpft lehnte Nika ihre Stirn gegen die kühle Scheibe des Fensters. Sie konnte nicht einmal voller Überzeugung »Habe ich nicht!« sagen, weil sie es schlicht und einfach nicht wusste. Und wohl auch nicht herausfinden würde. Alle ihre Bemühungen verliefen im Sand. Und wenn sie sich allzu scharf konzentrierte, tauchte diese verschwommene Ahnung davon auf, dass sie einen Stein durchs Dunkel geworfen hatte.

Draußen dämmerte es, bald würden die Straßenlichter angehen. Wie immer begannen sich um diese Tageszeit die Gassen und Plätze zu füllen, die Menschen spazierten vorbei oder saßen vor den Bars und Cafés, plauderten …

Und dann sah sie ihn. Er stand an einer Hausecke, den Blick unverwandt auf das Haus gerichtet, in dem Nika sich befand. Mittelgroß, dunkles Haar. Heute trug er ein schwarzes T-Shirt, und trotz der Entfernung war Nika überzeugt davon, den Skorpionschwanz zu sehen, der unter einem der kurzen Ärmel hervorlugte.

»Da ist er! Stefano! Komm her, schau, das ist er!«

Er kam näher. »Wer?«

»Der Skorpionmann!« Sie nahm ihn am Arm und zog ihn neben sich ans Fenster. »Da, siehst du ihn? Jeans und schwarzes T-Shirt, er steht direkt gegenüber, rührt sich keinen Zentimeter weg ... er wartet auf mich.«

Stefano blickte nach draußen, biss sich auf die Lippen. »Bist du sicher?«

»Ja! Siehst du nicht das unterste Stück seines Tattoos am linken Arm? Genau der Skorpion, den Jenny gezeichnet hat. Sie kannte ihn, da bin ich sicher!«

Nika stellte ihr Weinglas auf dem Couchtisch ab, schnappte ihre Tasche und lief zur Tür. »Ich werde jetzt mit ihm reden, ich will wissen, wer er ist. Da unten sind so viele Leute, da kann er mir nichts antun.«

»Warte!« Stefano fing sie in der Diele ab. »Lass mich schnell meine Schuhe anziehen, dann komme ich mit. Wenn er Italiener ist, verstehst du doch sonst nur die Hälfte von dem, was er sagt.«

»Dann komm eben nach.« Die Befürchtung, dass der Mann verschwunden sein würde, wenn sie endlich auf der Straße war, ließ sie immer zwei Stufen auf einmal nehmen. Sie warf sich ungeduldig gegen die Eingangstür, die schwer war und sich nur langsam öffnete, aber da stand er noch, und er war es, ganz unverkennbar. Nika lief beinahe eine alte Frau um, als sie auf ihn zurannte. »Signore!«

Sein Kopf zuckte zur Seite, er sah sie – und erkannte sie ganz offensichtlich. Der Schreck in seinem Gesicht war deutlich zu sehen, er drehte sich um und bog mit schnellen Schritten in eine Seitengasse ein, doch Nika folgte ihm. Egal, ob Stefano schon hinter ihr war, egal, ob der Skorpionmann sie jetzt in einen finsteren Winkel lockte – sie würde ihn zur Rede stellen.

Aber er war leider schnell und sichtlich geübter darin, sich durch die Menge der gemütlich schlendernden Passanten zu schlängeln. Einmal dachte Nika, sie hätte ihn verloren – er war auf eine Piazza abgebogen und nicht mehr zu sehen, als Nika den Platz betrat. Vielleicht hatte er sich in eines der Lokale geflüchtet ... nein. Da vorne war er, er steuerte auf ein Hotel zu – stammte er etwa gar nicht aus Siena?

Nika hatte ihn fast erreicht, als sie eine Hand auf ihrer Schulter spürte. »Warum wartest du denn nicht auf mich?« Stefano, natürlich.

»Da vorne. Siehst du?« Sie zog ihn mit sich, gemeinsam überholten sie den Mann und bauten sich vor ihm auf. Er sah sie mit großen Augen an, erst Nika, dann Stefano.

Nein, es war kein Zweifel mehr möglich, er war es gewesen, der sie vor dem Soul Café beobachtet hatte und ihr bis vor den Handyladen gefolgt war. Ihr Blick wanderte zu dem halb sichtbaren Tattoo.

Stefano hatte bereits zu sprechen begonnen. Wenn sie es richtig verstand, fragte er den Mann, aus welchem Grund er sie verfolgte, und bekam als Antwort, dass ja wohl eher sie ihn verfolgten.

»Sag ihm, ich hätte gesehen, wie er mich beobachtet hat. Zwei- oder dreimal. Wenn er etwas will, soll er es einfach sagen. Jetzt.«

Stefano übersetzte, und auf dem Gesicht des Skorpionmanns zeichnete sich erst Erstaunen, dann Erheiterung ab. Er zuckte mit den Schultern. Von dem, was er erwiderte, verstand Nika kaum mehr als die Worte »niente« und »sposato«.

»Er meint, er will überhaupt nichts von dir.« Es war Stefano anzusehen, wie unangenehm er die Situation fand. »Er ist glücklich verheiratet, und auch wenn du ein hübsches Mädchen bist, hat er kein Interesse an dir.«

Nika musterte den Mann ausgiebig und konnte spüren, wie unangenehm ihm das war. An seinem Aussehen lag das keinesfalls, er war schätzungsweise Mitte bis Ende zwanzig und verfügte über eines dieser scharf geschnittenen Gesichter, wie man sie auf alten römischen Münzen fand.

Aber da war noch etwas anderes. Je länger sie ihn betrachtete, desto stärker wurde das Gefühl, dass mit ihm etwas nicht stimmte. *With the lights out*, kam ihr wieder in den Sinn, *it's less dangerous ...*

Druck auf dem Magen. Ein merkwürdiger Anflug von Ekel. Sie schluckte. »Frag ihn, ob er Jenny gekannt hat. Jenny Kern.« Sie beobachtete ihn genau, während sie den Namen aussprach, doch er zuckte mit keiner Wimper; auch nicht, als Stefano die Frage auf Italienisch wiederholte.

»Er sagt Nein, aber er hat von der Studentin gehört, die tot in den Bottini gefunden wurde. Wenn sie eine Freundin von dir war, tut ihm das sehr leid, sagt er. Und dass er jetzt gerne gehen würde, zu Hause wartet man auf ihn.«

Der Skorpionmann rang sich ein angestrengtes Lächeln ab, drehte sich um und ging. Nika blickte zu Boden, kämpfte immer noch mit aufkeimender Übelkeit. *I feel stupid and contagious*, dachte sie.

»Wir hätten ihn nach seinem Namen fragen sollen«, murmelte sie. »Oder – weißt du was? Wir gehen ihm nach. Wenn wir wissen, wo er wohnt, finden wir auch heraus, wer er ist, ganz sicher!«

Sie wollte los, aber Stefano hielt sie fest. »Lass es, Nika. Ich schätze, der Typ wird dich nicht mehr belästigen. Meiner Meinung nach war es einfach so: Du gefällst ihm, und bei nächster Gelegenheit hätte er dich wahrscheinlich angequatscht, auch wenn er verheiratet ist. Die Lust darauf ist ihm jetzt wohl vergangen.«

So einfach war es nicht. Das wusste sie. Sein Anblick hatte etwas Ähnliches in ihr ausgelöst wie dieses elende Lied, es gab einen Zusammenhang, es musste einen geben. Doch jetzt war der Mann bereits aus ihrem Sichtfeld verschwunden.

»Jenny hat sein Tattoo gezeichnet«, sagte Nika. »Das kann doch kein Zufall sein.«

»Sie hat einen Skorpion gezeichnet. Hast du das Tattoo von dem Kerl überhaupt je ganz gesehen?«

Nein, hatte sie nicht. Da musste sie Stefano recht geben. Aber trotzdem, trotzdem, trotzdem. Sie rieb sich über die Stirn, hinter der sich immer stärkeres, schmerzhaftes Pochen bemerkbar machte. »Ich glaube, ich gehe jetzt nach Hause. Ich bin fix und fertig.«

Sie hatte halb gehofft, halb gefürchtet, dass Stefano ihr anbieten würde mitzukommen, und als er es nun wirklich tat, stimmte sie zu. Den Abend allein zu verbringen würde bedeuten, sich wieder in den eigenen Gedanken zu verfangen, mit den eigenen Ängsten und Jennys Schatten, der über der Wohnung lag.

Auf dem Weg nahm Stefano noch ein paar Kleinigkeiten zum Essen und eine Flasche Wein mit, die er wohl alleine würde trinken müssen – Nika hatte beschlossen, bis auf Weiteres stocknüchtern zu bleiben.

Zu Hause stellte sie sich sofort unter die Dusche, während Stefano in der Küche hantierte und ihr erwartungsvoll entgegenblickte, als sie in Shirt, Jogginghose und einem Handtuchturban um den Kopf aus dem Badezimmer trat.

Er hatte Häppchen gemacht, aus Weißbrot, Prosciutto, Pecorino und getrockneten Tomaten. »Du musst Hunger haben«, sagte er.

Davon konnte keine Rede sein, dennoch setzte Nika sich an den Tisch und legte sich zwei der Häppchen auf den Teller. »Ich schätze, ich werde bald schlafen gehen«, sagte sie, ohne Stefano anzusehen. »Wenn du hierbleiben möchtest – die Couch ist angeblich recht bequem. Wir haben Bettzeug für Gäste, das beziehe ich dir gerne.« Das *Wir* musste sie sich abgewöhnen, das gab es nicht mehr. Einen Moment lang fragte Nika sich, ob sie Stefano Jennys Zimmer anbieten sollte, aber sie konnte sich nicht vorstellen, dass er der Typ war, der sich ungerührt ins Bett einer Toten legen würde.

»Danke, das ist nett von dir.« Er prostete ihr mit seinem Weinglas zu, sie hob ihres, aber im Gegensatz zu ihm trank sie nichts davon.

Kaum eine halbe Stunde später verabschiedete Nika sich in ihr Zimmer. Je müder sie wurde, desto stärker spürte sie, wie der Ausflug von letzter Nacht ihr immer noch in den Knochen steckte. Ihre linke Gesichtshälfte hatte unter dem heißen Wasser der Dusche nicht mehr so schlimm gebrannt, aber Verletzung und Schwellung waren unübersehbar. Eine dünne Narbe würde wohl zurückbleiben.

Sie schloss die Tür hinter sich, schaltete aber noch kein Licht im Zimmer an. Vorsichtig schob sie den Vorhang ein paar Zentimeter zur Seite und spähte nach unten auf die Straße.

Kein schwarzes Auto im Halteverbot. Vor allem aber kein Skorpionmann, sie hatte halb und halb damit gerechnet, dass er heute noch einmal auftauchen würde. Irrtum.

Es war erst kurz nach neun, wie Nika nach einem schnellen Blick auf ihr Handy feststellte. Wenn sie sich jetzt schlafen legte, würde sie wahrscheinlich um drei Uhr nachts hellwach sein und sich unruhig von einer Seite auf die andere drehen.

Also setzte sie sich aufs Bett und holte alle die Dinge aus ihrer Tasche, die sie der Polizei bisher vorenthalten hatte. Ihre Liste. Den goldenen Anhänger. Jennys Skizzenbuch.

Mit diesen Zeichnungen verhielt es sich wie mit den Horrorfilmen, die Nika heimlich als Kind gesehen hatte: Sie wusste, dass sie sie scheußlich finden würde, dass sie ihr den Schlaf rauben würden, aber trotzdem übten sie eine unheimliche Anziehungskraft auf sie aus.

Sie suchte nach dem Bild, auf dem Jenny ihre Mutter gezeichnet hatte, brennend, wollte sich noch einmal vergewissern, dass es wirklich sie war.

Ja, kein Zweifel. Sabine mit ihrem brünetten Haar, von dem hier kaum noch etwas übrig war. Nika wischte eine Träne von ihrem Gesicht. Es war gut, dass sie diese Zeichnungen nicht abgegeben hatte. Einige davon würden Jennys Familie das Herz brechen.

Sie blätterte vorwärts, wollte noch einmal das Bild sehen, das sie selbst zeigte. Erwartete halb und halb, plötzlich auf eine neue Zeichnung zu stoßen, die ein Mädchen in einer matt erleuchteten Grotte zeigte, auf dem Bauch liegend, den Kopf im Wasser, die dunklen Haare in der Strömung treibend wie Seegras ...

Was für ein Unsinn, Nika sollte wirklich besser schlafen gehen und Kräfte sammeln für ...

Sie hatte das Bild schon überblättern wollen, hielt aber unvermittelt inne. Es war eines von denen, die sie bisher nur flüchtig beachtet hatte, aber nach dem heutigen Abend war es kein Wunder, dass der Anblick sie diesmal traf wie ein Faustschlag in den Magen.

Die Zeichnung zeigte einen Mann, der mit aufgeschlitztem Bauch von einem Baum hing, mit den Füßen nach oben. Er wandte dem Betrachter ein erschlafftes Gesicht mit leeren Augen zu, dessen Züge Nika sofort wiedererkannte. Klassisch und scharf geschnitten. Es war der Skorpionmann, den Jenny hier zeichnerisch ausgeweidet hatte. Man sah nur die Innenseiten der herabhängenden Arme, daher war kein Tattoo zu entdecken, aber Nika war sich sicher.

Er hatte also gelogen. Er hatte Jenny gekannt.

»Stefano«, rief sie, nein, krächzte sie. Das hatte er ganz sicher nicht gehört. Mit dem Skizzenbuch in der Hand lief sie aus dem Zimmer, fand Stefano vor der Couch, die er eben zu einem Bett umbaute.

»Ich habe es gewusst.« Sie hielt ihm die Zeichnung mit dem kopfüber hängenden Mann vors Gesicht. »Er hat uns belogen.«

»Was?« Irritiert schob Stefano das Buch ein Stück von seiner Nase weg. »Wer hat uns belogen? Ach, und das Bild hier kenne ich, das hast du mir schon einmal gezeigt.«

»Ja, aber – schau doch!« Sie wies auf die Zeichnung. »Das ist der Mann von vorhin. Der Skorpionmann, Jenny hat ihn gezeichnet. Das heißt, sie haben sich gekannt, aber genau das hat er abgestritten. Nicht wahr?«

Nun griff Stefano doch nach dem Skizzenbuch, betrachtete das Bild genauer. »Könnte stimmen. Ein bisschen sieht er ihm wirklich ähnlich.«

»Ein bisschen?« Nika lachte auf. »Das ist er! Sie hat keine erfundenen Personen gezeichnet, sondern ihre Mutter, ihre Lehrer, ihre Geschwister, mich ... und ihn!« Sie setzte sich auf den Sessel links von der Couch und vertiefte sich in den Anblick des Bildes. »Wenn ich bloß wüsste, warum.«

Noch bevor sie ausgesprochen hatte, hämmerte jemand gegen die Tür. Nika fuhr hoch, sah, wie auch Stefano herumwirbelte. War das wieder die Polizei? Hatten sie neue Beweise gefunden, irgendetwas, das Nika so sehr belastete, dass sie sie noch spätabends festnehmen wollten?

Stefano warf ihr einen schnellen Blick zu, dann ging er die Tür öffnen.

20

Im ersten Moment dachte Nika, es wäre der Skorpionmann; sein hochgewachsener Umriss mit den breiten Schultern und dem lockigen Haar, doch Sekunden später begriff sie, es war nur Lennard.

Zum ersten Mal wurde Nika bewusst, dass die beiden sich nicht unähnlich waren. Ähnliche Statur, ähnlicher Gang, beide eher der dunkle Typ. Wenn Lennard Jennys Männergeschmack getroffen hatte, dann galt das wohl ebenso für den Skorpionmann.

Das passt alles, dachte sie, während Lennard ins Wohnzimmer trat. Jenny hat ihn mit dem Italiener betrogen, aber er muss irgendetwas getan haben, was ihr nicht gepasst hat, also hat sie ihn mit ihren Farbstiften aufgeschlitzt, an einen Baum gehängt und ausbluten lassen.

»Hi, Nika.« Lennard blieb unschlüssig mitten im Raum stehen. »Ich hoffe, es stört dich nicht, dass ich so spät noch vorbeikomme, aber ich wollte mit dir reden.«

»Und ich mit dir. Setz dich hin, okay?«

Er kam ihrer Aufforderung nach, aber es war ihm anzusehen, dass er sich überhaupt nicht wohl in seiner Haut fühlte. »Ich wollte mich entschuldigen, für das, was ich letztens im Café gesagt habe. Dass dein Gedächtnisverlust wahrscheinlich nur Verdrängung ist und du selbst etwas mit Jennys Tod zu tun hast.« Er sah ihr verlegen ins Gesicht. »Das war Blödsinn. Ich wollte dir nur sagen, dass ich nichts in dieser Richtung bei der Polizei behauptet habe.«

Sie nickte ihm zu. »Danke. Ich wollte dir auch etwas erzählen. Es könnte sein, dass mein Blackout von einem Medikament herrührt, das ich in Jennys Zimmer gefunden habe. Phenazepam. Ich glaube, sie hat es mir ins Essen gemischt oder in eines meiner Getränke. Der Kommissar sagt, gemeinsam mit Alkohol kann dieses Zeug Gedächtnisverlust auslösen.« Sie atmete tief durch. »Außerdem hat er mir ein Foto gezeigt aus dem Bella Vista. Offenbar habe ich mich wirklich an dich herangemacht. Tut mir leid.«

»Nicht so schlimm.« Sein Blick wanderte kurz in Stefanos Richtung, als frage er sich jetzt erst, was der eigentlich hier machte. »Wie heißt dieses Medikament noch mal? Pheno…«

»Phenazepam. Ist ein Beruhigungsmittel, wird auch bei Epilepsie eingesetzt.«

Lennard vergrub sein Gesicht in beiden Händen, als könne er so besser nachdenken. Nach ein paar Sekunden sah er wieder hoch. »Jenny hat irgendwann etwas erwähnt … sie wollte etwas testen, hat sie gesagt. Hm.« Er griff nach Nikas Glas, nahm einen Schluck, bemerkte erst dann seinen Irrtum und entschuldigte sich.

»Ich bringe dir auch etwas zu trinken.« Stefano verschwand in der Küche.

»Etwas testen?«, hakte Nika nach. »Hat sie dir gesagt, was?«

»Jenny hat ab und zu ganz gern was geraucht, und sie hat mit

Aufputschmitteln experimentiert. Ab und zu ist es ihr danach richtig schlecht gegangen. Ich erinnere mich noch, sie meinte, es gäbe da etwas, das sie gerne ausprobieren wollte, aber nicht gleich am eigenen Leib. Warum soll sie sich die Seele aus dem Leib kotzen, wenn es sich verhindern lässt? Und jetzt hätte sie ja ein praktisches Versuchskaninchen an der Hand. Das war zwei Wochen nachdem du hier eingezogen warst.«

Das musste Nika erst einmal verdauen. Jenny hatte sich das Phenazepam für den Eigengebrauch organisiert, erst aber sehen wollen, wie es wirkte?

»Dann hat sie sich aber ganz schön lange Zeit gelassen mit ihrem Experiment.«

Lennard schüttelte unglücklich den Kopf. »Wenn ich es mir recht überlege, nein. Eigentlich dachte ich, sie hätte die Idee ganz fallen lassen, aber nachdem ich jetzt weiß, wie du auf den Stoff reagierst ...« Er nahm ein volles Glas Rotwein von Stefano entgegen und trank es zur Hälfte leer.

»Du hast dich mir gegenüber schon einmal so verhalten wie letztens im Bella Vista. So als wärst du, sagen wir mal, sehr interessiert an mir. Weißt du das noch?«

Nika öffnete den Mund, brachte aber nichts heraus. Schüttelte nur den Kopf.

»Deshalb dachte ich auch, du hast wirklich eine Schwäche für mich, als du es dann zum zweiten Mal versucht hast. Und habe mir nicht viel dabei gedacht, als Jenny dir eine geklebt hat – so konnte sie nun mal sein. Impulsiv und explosiv.«

»Wo soll das gewesen sein? Das erste Mal?«

»Im Key Largo. Wir waren zuerst unten und sind dann rauf in den ersten Stock, auf die Terrasse. Es war zwar noch ziemlich kühl, aber ein toller, klarer Abend mit einem irren Sternenhimmel. Du hattest erst Wein, dann Aperol Spritz, und du hast versucht, mich zu küssen.«

Keine Erinnerung, keine, keine, keine. Nika fühlte, wie ihr Hals sich zuschnürte, vor Verzweiflung, aber auch vor Wut auf Jenny. Eine Wut, die sie ihr nie würde entgegenschleudern können.

Und plötzlich griffen die Dinge ineinander. Ja, da hatte es diese eine Nacht gegeben, nach der Nika im Freien aufgewacht war. Sie hatte in der Wiese geschlafen, fest in ihre Jacke gewickelt, war aber trotzdem durchgefroren gewesen. Ein Hund hatte an ihr geschnüffelt und ihr seine feuchte Nase ins Gesicht gestupst.

Sie wusste noch, sie hatte sich wie gerädert gefühlt und sich geschworen, sie würde nie wieder so viel trinken. Nur weil die anderen Studenten ihre Auslandssemester dazu nutzten, möglichst heftig über die Stränge zu schlagen, musste sie es ihnen schließlich nicht nachmachen. Zumal sie das offenbar nicht vertrug.

Sie war dann nach Hause gegangen, mit dröhnendem Kopf und flauem Gefühl im Magen. Jenny hatte in der Küche gesessen, vor einer Tasse mit schwarzem Kaffee, und war aufgesprungen, als Nika hereinkam. Die Waschmaschine im Bad war gelaufen, daran erinnerte sie sich ebenso gut wie an den erschöpften Ausdruck in Jennys blassem Gesicht. »Wo warst du?«, hatte sie nervös gefragt, und Nika hatte ihr geschildert, wo sie aufgewacht war und beteuert, dass sie sich künftig zusammennehmen würde.

»Wann haben wir uns eigentlich aus den Augen verloren?«, wollte sie wissen.

»Du erinnerst dich nicht mehr?«

»Nein.«

»Ganz sicher nicht?«

»Nein! Ich muss echt zu viel erwischt haben.«

Jenny hatte eine Sekunde lang gezögert. »Ich mich auch nicht. Sorry.« Sie hatte in die Richtung gedeutet, von der die Geräusche der Waschmaschine kamen, mittlerweile im Schleudergang. »Ich habe mich vorhin von oben bis unten angekotzt. Ist dir auch schlecht?«

Ein wenig, hatte Nika festgestellt, aber nicht so sehr, dass sie sich übergeben musste. Nach dem Gespräch war sie in ihr Zimmer gegangen und hatte den ganzen Tag verschlafen.

Am Abend streiften sie das Thema noch einmal kurz, da sah Jenny schon viel besser aus. Sie überlegten gemeinsam, wo eigentlich Lennard geblieben war, und Jenny stellte halb empört fest, dass er sie jedenfalls nicht nach Hause begleitet hatte.

Das war dann also wohl ihr erster Phenazepam-Versuch an Nika gewesen.

»Okay«, sagte sie und suchte Lennards Blick. »Wie war das damals? Im Key Largo? Hat Jenny mich dort auch geohrfeigt?«

Er überlegte kurz. »Nein. Aber mich, beinahe. Sie hat gewartet, bis du auf die Toilette gegangen bist, und mir dann eine ziemliche Szene gemacht. Mit Tränen und zerbrochenen Gläsern und so.« Er lächelte kühl. »Ich bin nicht der Typ, mit dem man so umspringen kann, also bin ich gegangen und habe sie dort stehen lassen. Ich bin direkt nach Hause, dachte, sie würde mir schon bald nachkommen, für den nächsten Akt des Dramas, aber sie hat sich die ganze Nacht nicht mehr blicken lassen.« Wieder nahm er einen Schluck Wein. »Ich war froh darüber. Ich dachte: Immerhin. So viel Selbstachtung hat sie wenigstens noch.«

Frustriert lehnte Nika sich zurück. Also konnte Lennard auch kein Licht in die Ereignisse dieses Abends bringen. Was allerdings nicht so schlimm war – den hatte Jenny ja überlebt.

»Es tut mir leid, dass es so gelaufen ist«, sagte er und stand auf. »Hätte ich gewusst, dass Jenny wirklich irgendein dubioses Medikament an dir testet, hätte ich dich gewarnt. Aber ich dachte, sie hätte den Plan fallen gelassen. Sie hat häufiger merkwürdige Dinge angekündigt, die sie dann nie getan hat.« Er ging zur Tür, drehte sich dort aber noch einmal um. »Wenn du möchtest, erzähle ich der Polizei davon. Dass Jenny dich unter Drogen setzen wollte. Das tue ich gern, es stimmt ja auch.«

Nika lächelte müde. »Danke.«

»Nichts zu danken. Du darfst die Stadt auch noch nicht verlassen?«

»Nein.«

»Na, dann teilen wir ja das gleiche Schicksal.« Er hob grüßend die Hand und ging.

Stefano hatte die ganze Zeit über nichts gesagt, nur stumm zugehört. Nun gab er ein Geräusch von sich, das irgendwo zwischen Lachen und Schnauben lag. »Deine Freundin war eine Bestie.«

»Das stimmt nur halb«, erwiderte Nika.

»Wie meinst du das?«

Nika zog die Knie hoch an den Körper und umschlang sie mit ihren Armen. »Sie war wohl eine Bestie, aber sie war ganz sicher nicht meine Freundin.«

Ein zweites Blackout also. Nein, gewissermaßen ein erstes. Danach war Jenny ein paar Tage lang fahrig und reizbar gewesen, das wusste Nika noch genau.

Nachdem Lennard gegangen war, hatte sie sich wieder in ihr

Zimmer zurückgezogen, das Skizzenbuch in ihre Tasche gesteckt und sich ins Bett gelegt, die Decke bis hoch zum Kinn.

Lennard würde also mit Fiorese sprechen und Nika entlasten – wenn der Bluttest positiv war, würde die Polizei wenigstens nicht davon ausgehen, dass Nika das Zeug freiwillig genommen hatte. Ein bisschen klarer sah sie nun, doch jede beantwortete Frage warf mindestens eine neue auf.

Jenny hatte die Wirkung des Phenazepams testen wollen, okay. Aber warum hatte sie es nicht bei diesem einen Test belassen? Warum hatte sie Nika zwei Wochen später noch einmal unter Drogen gesetzt?

So viel Spaß konnte sie beim ersten Mal nicht gehabt haben – Nika hatte erst ihren Freund angebaggert und war dann verloren gegangen. Jenny war am nächsten Morgen alles andere als fröhlich gewesen, sie hatte gewirkt, als hätte man sie durch den Fleischwolf gedreht.

Aus Sorge um Nika? Aus Angst, dass ihr im Drogenrausch etwas passiert sein könnte? Sie lachte auf. Unwahrscheinlich, wenn man Jenny auch nur ein bisschen kannte. Und sich die hübsche Zeichnung mit dem Pfahl im Brustkorb vor Augen hielt.

Also eher wegen des Streits mit Lennard. Bei dem sie in dieser Nacht nicht mehr aufgetaucht war.

Nika drehte sich auf die rechte Seite. Etwas hier begann Sinn zu ergeben. Jenny war wütend und eifersüchtig gewesen, Lennard war abgehauen – gut möglich also, dass sie die erstbeste Gelegenheit ergriffen hatte, um es ihm heimzuzahlen, indem sie sich mit jemand anderem einließ.

Mit dem Skorpionmann.

Wenn das stimmte, hatte Jenny es wohl am nächsten Morgen bereut. Vielleicht hatte sie gar nicht gekotzt, sondern ihre Sachen in die Waschmaschine geworfen, weil sie nach seinem Aftershave dufteten. Vielleicht war ihre miese Stimmung Ausdruck eines schlechten Gewissens gewesen, Lennard gegenüber.

Und dann ... tja, dann wollte der Skorpionmann die Sache fortsetzen. Schenkte ihr diesen Anhänger. Folgte ihr möglicherweise, so wie er jetzt Nika folgte. Jagte sie in die Bottini, wo er sie tötete.

Nika versuchte sich noch einmal ganz genau an das Gespräch zu erinnern, das sie und Stefano ihm vorhin aufgezwungen hatten. Er hatte auf Jennys Namen nicht reagiert. Und er hatte betont, dass er verheiratet war. Hätte er dann nicht eigentlich froh sein müssen, dass Jenny die Affäre so schnell wieder beenden wollte?

Ja, dachte Nika. Wenn meine Theorie stimmt, aber es ist eben leider nicht mehr als eine Theorie.

Fest stand, dass er etwas getan hatte, das Jennys Missfallen erregt hatte. Deshalb die Zeichnung.

Nika drehte sich hin und her, versuchte eine Position zu finden, in der sie einschlafen konnte. Vergeblich. Ihr Gehirn ratterte immer wieder die gleichen Gedanken durch, begleitet von Curt Cobains Stimme und der Frage, wer wohl Weihnachten voller Angst verbringen würde. Und wo der Spiegel des Löwen steckte.

Nach ungefähr zwei Stunden gab sie es auf und stieg wieder aus dem Bett, tappte auf nackten Füßen ins Wohnzimmer, wo Stefano noch wach lag und auf seinem Smartphone herumtippte. Als er sie sah, lächelte er voll Mitgefühl. »Du kannst auch nicht schlafen?«

»Nein. Die ganze Sache macht mich wahnsinnig. Der Mann

hat uns belogen, und ich möchte wirklich wissen, warum.« Sie stupste Stefano sanft gegen die Schulter. »Du kennst doch so viele Leute in Siena. Du hast doch letztens vorgeschlagen, du könntest dich ein bisschen umhören, hm? Vielleicht kann jemand dir den Namen des Mannes mit dem Skorpiontattoo verraten.«

21

Stefano hatte es halb und halb versprochen und zog früh am nächsten Morgen los. Er würde Nika anrufen, wenn er etwas herausfand. Sie selbst tigerte unruhig in der Wohnung herum, mit dem Gefühl, etwas tun zu müssen, aber nicht zu wissen, was. Durch die Straßen Sienas zu laufen, in der Hoffnung, dem Mann zufällig zu begegnen, war ziemlich albern. In die Uni zu gehen war Zeitverschwendung – sie würde sich ohnehin nicht auf den Stoff konzentrieren können.

Aber die Tür zu Jennys Zimmer stand halb offen. Sabine hatte ihre Sachen noch nicht abholen lassen, und so herrschte immer noch das Chaos, das Einbrecher und Polizei hinterlassen hatten.

Zögernd betrat Nika den Raum. Sie konnte ein bisschen Ordnung schaffen. Und dabei vielleicht noch auf irgendetwas stoßen, das ihr helfen würde zu begreifen, was in Jenny vorgegangen war.

Oder auf etwas Bedeutenderes, wie den goldenen Anhänger.

Nika begann, Bücher vom Boden aufzuheben und diverse Zettel zu sortieren, hauptsächlich Kopien aus italienischen Geschichtsbüchern. Dazwischen fand sie immer wieder Skizzen von der Sorte, die Jenny gerne hergezeigt hatte. Der Sieneser Dom, der Gaia-Brunnen, Lennard im Profil, das Gesicht mit geschlossenen Augen der Sonne zugewandt.

Die Zeichnungen sortierte Nika auf einen eigenen Stapel, hoffte insgeheim, dass sie auch eine finden würde, die den Skorpionmann zeigte, doch das passierte nicht.

Die interessanten Dinge hatte vermutlich die Polizei schon sichergestellt. Nika öffnete den Kleiderschrank, und plötzlich war Jennys Geruch allgegenwärtig, ihr Parfum, das sie immer mehr als großzügig verwendet hatte. Mit einem Mal schien es Nika unvorstellbar, dass sie tot war.

Sie schob die Stoffhosen und Jeans, die ordentlich über Bügeln hingen, auf ihrer Stange zurecht und stutzte, als aus einer von ihnen ein kleiner Zettel fiel. Es war ein hellblaues Post-it, auf dem eine Adresse notiert worden war.

Sie hob es auf. *Via Follonica 4, Kellerabteil 12*, stand in hastigen Buchstaben darauf, in einer eckigen Schrift, die Nika nicht kannte.

War das ein Scherz auf ihre eigenen Kosten? Follonica klang ganz ähnlich wie *Follow Nika*. Folge Nika. Die schlaglichtartige Erinnerung aus den Bottini kehrte zurück. Der Blick über die Schulter, und Jenny, die ihr hinterherrannte.

Wenn es nur ein Wortspiel war, würde sich das rasch klären lassen. Nika ging in ihr Zimmer, klappte ihr Notebook auf und gab den Straßennamen bei Google Maps ein. Sekundenbruchteile später war alles klar. Die Straße existierte tatsächlich und befand sich in Siena. Von zu Hause war es gerade mal ein Fußweg von acht Minuten dorthin.

Warum hatte die Polizei den Zettel nicht sichergestellt? War er den Beamten bedeutungslos erschienen, oder hatten sie ihn gar nicht gefunden? Weil er erst jetzt aus der Hosentasche gerutscht war?

Das war dann ziemlich schlampige Arbeit, dachte Nika beunruhigt. Wenn Fioreses Team so oberflächlich ermittelte, würde es sich schon aus Bequemlichkeit auf das nächstliegende Ziel einschießen. Also auf Nika.

Sie strich den kleinen blauen Zettel glatt. Was befand sich in der Via Follonica 4? War das ein Treffpunkt gewesen, für Jenny und den Skorpionmann, ein Versteck, in dem niemand sie finden würde? Er war ja immerhin verheiratet.

Sie studierte die Straßenkarte, prägte sich den Weg bis zu der Adresse ein, bis ihr plötzlich noch etwas anderes klar wurde. Die Via Follonica gehörte zum Gebiet der Contrade Leocorno. Einhorn.

Egal, bisher hatte sie ihre eigene Warnung schon mehrmals in den Wind geschlagen, da kam es auf einmal mehr nicht an, und viel schlimmer konnte es ja kaum noch werden. Kurz entschlossen schlüpfte Nika in Jeans und Sneakers, schnappte sich ihre Tasche und machte sich auf den Weg zu der Adresse. Wahrscheinlich konnte sie sich das Haus nur von außen ansehen, aber danach würde sie zu Fiorese gehen und ihm den Zettel zeigen. Schon allein damit er sah, wie kooperativ sie war.

Draußen strahlte heute die Sonne, es begann, nach Sommer zu riechen. Eine alte Frau in schwarzem Kleid und schwarzem Kopftuch hatte sich einen Holzstuhl vor die Tür gestellt und unterhielt sich lautstark mit ihrer Nachbarin, die sich gemütlich aus dem Fenster lehnte. Ein junges Mädchen mit großer Sonnenbrille lag auf dem Mäuerchen am Straßenrand gegenüber und sonnte sich, als wäre sie am Strand. Nika fand die Gasse auf Anhieb, schmal und kurz; die Nummer vier befand sich über einem grünen bogenförmigen Tor, das ziemlich massiv aussah. Ohne große Hoffnung stemmte Nika sich dagegen und drückte die Klinke nach unten. Zu ihrer Überraschung schwang der rechte Flügel auf.

Dahinter lag ein kühler Gang im Dämmerlicht, der Steinboden wirkte feucht. Direkt geradeaus gab es eine Treppe, die nach oben führte – und daneben eine nach unten.

Nika kämpfte mit sich. Sollte sie wirklich? Sie war in einem fremden Haus, wenn jemand auftauchen und sie fragen würde, was sie hier zu suchen hatte, würde sie in ziemlichen Erklärungsnotstand geraten. Überhaupt auf Italienisch. Und wenn dann jemand auf die gute Idee kam, die Polizei zu rufen …

Andererseits war das hier im Vergleich zu ihrem Abstieg in die Bottini ein Klacks. Einmal schnell die Treppe hinunter, ein Blick hinter die Kellertür Nummer zwölf, wieder hinaufgehen und das war's.

Die Stufen waren zweifellos alt und führten tief nach unten. Das Licht der einsamen Glühbirne, die den oberen Treppenabsatz beleuchtete, verlor sich sehr schnell; schon ab der Hälfte ihres Abstiegs musste Nika sich durchs Dunkel tasten.

Aber sie hatte ihr Handy dabei. Bei eingeschalteter Taschenlampenfunktion sah sie, dass es sehr wohl auch weiter unten noch eine Lampenfassung in der Wand gab, nur leider ohne Lampe. Egal. Ihr Smartphone strahlte ohnehin heller, sie würde alles sehen können, was wichtig war. Wenn es hier überhaupt etwas zu sehen gab.

Der Kellerboden bestand aus Ziegeln, von denen viele schon zersprungen waren, entsprechend holprig war der Gang, den Nika nun entlangging. Die Tür zwölf erwies sich als Metalltür, an den Rändern vom Rost verfärbt, aber ansonsten stabil. Dahinter verbarg sich wohl ein Lagerraum oder ein Weinkeller. Es roch feucht und ein wenig nach Schimmel.

Nika drückte die Türklinke nach unten, ohne große Erwartung, sie war sicher versperrt und wahrscheinlich auch verrostet. Überraschung. Sie bewegte sich lautlos in ihrem Scharnier, wie frisch geschmiert.

Dahinter lag wie erwartet ein schmuckloser, fensterloser Raum. Die Wände grob verputzt, auf der rechten Seite ein wackelig aussehendes Holzregal, daneben ein paar Kisten. Ein Stück davon entfernt entdeckte Nika eine kleine Sammlung ausrangierter Möbel – zwei Stühle, ein dreibeiniger Tisch, ein Hocker.

War das alles? Sie trat zwei Schritte in den Kellerraum hinein. Niemals hätte Jenny sich auf ein Date in einer so schauderhaften Umgebung eingelassen. Dazu hatte sie viel zu viel Wert auf Äußerliches und ein bisschen Luxus gelegt. Wenn sie wirklich hier gewesen war, dann höchstens, um etwas abzuholen oder ...

Der Knall war ohrenbetäubend laut und ließ Nika zusammenfahren. Sie hörte sich selbst aufschreien und fuhr herum, das Licht ihres Handys streifte den Boden, eine kahle Wand, die Decke und traf schließlich die Tür. Die nun nicht mehr offen stand. Zweimaliges deutliches Knirschen verriet Nika, dass eben ein Schlüssel im Schloss gedreht und abgezogen worden war, trotzdem warf sie sich gegen die Tür, versuchte wider besseres Wissen, sie zu öffnen.

Hämmerte dann mit der Faust dagegen, schrie, so laut sie konnte. Vielleicht war es ja nur ein Versehen gewesen. Dieses Gebäude hatte sicher auch einen Hausmeister, der darauf achtete, dass die Kellerabteile geschlossen waren, dass alles seine Ordnung hatte.

Doch in Wahrheit wusste sie, dass sie sich selbst belog. Sie war in die Falle gegangen, das spürte sie bereits, bevor sie zurücktrat und im Lichtschein ihres Smartphones las, was in ungelenken weißen Buchstaben an der nun verschlossenen Tür stand.
KEINE CHANCE MEHR

22

Diesmal brach Nika einfach zusammen. Seit Tagen kämpfte sie – gegen ihre Angst, ihre Erinnerungslücken, ihre drohende Verhaftung. Jetzt hatte sie keine Kraft mehr. Sie kauerte sich in einer Ecke des Kellers, schaltete das Licht des Handys aus und ließ sich vom Dunkel umfangen, bis sie das Gefühl hatte, ein Teil davon zu sein.

Keine Chance mehr. Ja, genauso fühlte es sich an. Als Tränen in ihr hochstiegen, ließ sie sie fließen, ließ sich von ihrer Verzweiflung schütteln. Sie hatte ihre eigene Warnung in den Wind geschlagen. Sie hätte sich vom Einhorn fernhalten sollen.

Es war sicher eine halbe Stunde oder mehr vergangen, bevor sie wieder einen klaren Gedanken fassen konnte. Und der lautete: Eine Falle gab es nur dann, wenn jemand sie stellte.

Das auf dem Zettel war eine fremde Handschrift gewesen. Niemand hatte damit rechnen können, dass sie ausgerechnet heute den Kleiderschrank öffnen, den Zettel finden und dämlich genug sein würde, sich diesen Keller alleine anzusehen. Logisch betrachtet musste ihr also jemand gefolgt sein und hatte dann die Gelegenheit beim Schopf ergriffen. Jemand, der einen Schlüssel zu diesem Keller hatte.

Nika tippte auf das Display ihres Handys. Wäre der Schock nicht so groß gewesen, hätte sie gleich Hilfe gerufen – egal, ob sie Stefano, Lennard oder Fiorese erwischte, innerhalb von einer Viertelstunde würde sie hier draußen sein.

Allerdings bekam sie hier unten keinen Empfang. Sie versuchte es in jeder Ecke des Kellerabteils, hielt ihr Telefon hoch über den Kopf, in der Hoffnung auf wenigstens ein bisschen Netz. Vergeblich. Der Keller lag zu tief, sie schaffte es nicht einmal, einen Notruf abzusetzen.

Nika widerstand der Versuchung, ihr Smartphone an der Wand zu zerschmettern, und begann, mit den Fäusten auf die Metalltür einzuschlagen. Aiuto hieß »Hilfe« auf Italienisch; das schrie sie, bis ihr Hals anfing zu schmerzen.

Zwischendurch stoppte sie immer wieder und drückte ein Ohr gegen die Tür, in der Hoffnung, irgendwann Schritte zu hören – doch niemand kam. Das durfte einfach nicht wahr sein.

Sie machte weiter, bis ihre Hände schmerzten und ihre Stimmbänder endgültig erlahmten. Danach lehnte sie sich keuchend gegen die Wand und schaltete noch mal das Display des Handys an. Vielleicht geschah ja ein Wunder und es war doch ein Netz verfügbar.

Fehlanzeige. Sie schloss die Augen. Und hörte, als ihr Atem zur Ruhe kam, erstmals ein Geräusch aus der Außenwelt. Sehr leise nur, aber unverkennbar: Kirchenglocken.

Die Chiesa di San Giovannino lag nur dreißig oder vierzig Meter entfernt, das wusste Nika – wenn sie schon die Glocken dieser Kirche nur so gedämpft hören konnte, würden umgekehrt all ihr Geschrei und Gehämmere niemals bis nach draußen dringen.

Entmutigt rollte sie sich auf dem Boden zusammen. Was,

wenn niemand sie fand? Oder erst in zwei, drei Tagen? Bis dahin war sie vermutlich verdurstet.

Sie hätte sich ohrfeigen können für ihre eigene Dummheit. Warum hatte sie sich auf dem Weg hierher kein einziges Mal umgedreht? Dann hätte sie gesehen, dass jemand sie verfolgte, und sie hätte sofort reagiert, wenn es der Skorpionmann gewesen wäre.

Aber das alles half jetzt gar nichts. Sie tippte eine Textnachricht an Stefano – sollte ihr Handy zufällig für ein paar Sekunden Verbindung bekommen, würde die Nachricht hoffentlich abgeschickt werden. Dann wusste er, wo sie steckte und dass sie Hilfe brauchte.

Müde rollte sie sich auf dem nackten Boden zusammen. Ausruhen. Nachdenken. Vielleicht hatte sie ja dann die zündende Idee.

Unfassbarerweise musste sie eingeschlafen sein, denn als sie in absoluter Finsternis die Augen öffnete, war sie ein paar Sekunden lang desorientiert und voller namenloser Angst.

Lag sie im Wasser? Im Schlamm? War es vorbei?

Unter ihrer tastenden Hand fühlte sie harten Boden und begriff sofort, wo sie war. Das Handy lag neben ihrem Kopf, sie hob es auf und berührte das Display.

15.23 Uhr. Sie war seit über vier Stunden hier unten und begann allmählich, durstig zu werden. Der Akku ihres Telefons war nicht einmal mehr halb voll, die Nachricht an Stefano war auch nicht abgeschickt worden.

Sie fühlte, wie Panik in ihr hochkroch, sobald sie das Licht des Displays erlöschen ließ. Als würde etwas in der Finsternis lauern, nass, rachsüchtig und … tot.

Was für ein Schwachsinn, wies sie sich selbst zurecht. Jenny ist nicht hier, sie liegt in einem Kühlfach und du wirst sie nie wiedersehen. Reiß dich zusammen.

Es klappte erst, als sie leise anfing zu summen. Heiser, aber hörbar. Ihre eigene Stimme beruhigte sie zumindest so weit, dass sie wieder logisch denken konnte. Es half nichts, sie würde weiter Krach machen müssen, wenn sie wollte, dass man sie in absehbarer Zeit fand. Den halb leeren Akku ihres Handys zum Trotz schaltete sie die Taschenlampen-App ein und sah sich in dem Kellerraum um. In einer Ecke lag ein vierkantiges Stück lackiertes Holz – vermutlich ein ehemaliges Stuhlbein. Das war perfekt für ihr Vorhaben.

Sie setzte sich vor die Metalltür und begann, mit dem Holzstück darauf einzuschlagen. Kräftige, rhythmische Schläge, die im ganzen Raum widerhallten, viel lauter als zuvor ihre Faustschläge. Vielleicht hörte man das nicht bis hinaus auf die Straße, aber ganz sicher drang der Lärm durchs Haus. Und würde hoffentlich irgendwann jemanden stören.

Sie drosch auf die Tür ein, bis ihr rechter Arm erlahmte, wechselte die Seite, machte weiter. Es war anstrengend, aber gleichzeitig beruhigend, als würde sie sich in Trance trommeln. Umso mehr erschrak sie, als plötzlich ein Geräusch von außen zu ihr drang. Der Schlüssel wurde im Schloss gedreht. Nika wich zurück.

Vor ihr, auf dem dämmrigen Gang, stand eine Frau. Klein, rundlich, mit in die Seiten gestemmten Fäusten. »Cosa ci fai qui?«, keifte sie. »E poi chi sei?«

Nika kam mühsam auf die Beine, das rechte war beim Sitzen eingeschlafen, sie knöchelte beinahe um. Was sie hier getan hatte, konnte sie der Frau nur schwer erklären, aber wer sie war, konnte sie ihr sagen. »Mi chiamo Nika. Grazie, Signora.«

Sie drückte sich an der kompakten kleinen Gestalt vorbei und humpelte die Treppen hinauf, so schnell sie konnte. Tageslicht. Frische Luft.

Kaum war sie auf der Straße, meldete ihr Handy achtzehn entgangene Anrufe. Drei von Fiorese, fünfzehn von Stefano. Der Kommissar würde bis morgen warten müssen, Stefano nur noch ein paar Minuten. Sobald sie zu Hause war und etwas getrunken hatte, würde sie ihn anrufen.

Doch er fing sie bereits ab, bevor sie noch in die Via della Fonte einbog. »Nika! Mein Gott, ich habe ständig versucht, dich zu erreichen! Wo warst du?«

Sie ließ es zu, dass er sie an sich zog und drückte, obwohl sie sich nichts sehnlicher wünschte, als nach Hause zu kommen. »Erzähle ich dir gleich. Ich bin ziemlich am Ende, ich möchte gern ...«

»Du kannst auf keinen Fall in die Wohnung«, unterbrach er sie. »Deshalb warte ich hier schon seit zwei Stunden. Komm mit.« Er zog sie am Unterarm hinter sich her, ungeachtet ihres Protests. »Lass mich nur ganz kurz nach Hause«, bat sie. »Ich verdurste. Und ich muss aufs Klo.«

Ohne Kommentar schob er sie in die nächste Bar, eine der kleinen verstaubten, wo vor allem ältere italienische Männer saßen, Karten spielten und den Corriere della Sera lasen. »Dahinten sind die Toiletten, ich bestelle dir ein Wasser.«

Es stand auf dem Tresen, als sie zurückkam, ein großes Glas, das sie beinahe in einem Zug leerte. Stefano sah ihr dabei zu, sein Blick war bekümmert.

»Ich habe einen Scheißtag hinter mir«, sagte sie. »Ich habe in Jennys Zimmer eine Adresse gefunden, bin ihr nachgegangen und jemand hat mich ein einem Keller eingesperrt, stundenlang, bis mich eben erst die Hausmeisterin befreit hat.«

Er sah sie fassungslos an. »Eingesperrt? In einem Keller? Hast du gesehen, wer das war?«

»Nein. Aber ich bin sicher, Jenny war auch einmal dort. An der Innenseite der Tür steht etwas, auf Deutsch. Keine Chance mehr. Ich bin sicher, das hängt mit Jennys Tod zusammen.«

Stefano schloss kurz die Augen. »Manchmal erzählst du Dinge, die schwer zu glauben sind.«

Empört trat Nika einen Schritt zurück. »Du denkst, ich erfinde das? Okay. Weißt du was? Ich gehe einfach nach Hause und lege mich schlafen. Wenn du mich immer noch davon abhalten willst, musst du dafür einen richtig guten Grund haben.«

Er nickte langsam. »Habe ich. Leider. Vor deinem Haus wartet ein Polizeiauto, sie wollen dich festnehmen.«

Es war, als wäre in dem Lokal plötzlich keine Luft mehr, die sich atmen ließ, und Nika befürchtete, das hastig getrunkene Wasser würde ihr gleich wieder hochkommen. »Was? Aber warum?«

Wieder nahm Stefano sie am Arm. »Nicht hier. Zu mir können wir auch nicht, aber ich weiß einen Platz, wo uns erst mal keiner suchen wird.«

Sie leistete nun keinen Widerstand mehr. Ließ sich willenlos von ihm durch die Straßen ziehen, mit gesenktem Kopf, durch Stadtteile, die Nika bisher kaum betreten hatte. Hier wirkte Siena fast wie dörflich, es war viel grüner als rund um Campo und den Dom.

Sie blieben vor einem Häuschen stehen, das beunruhigend baufällig aussah. Im Vorgarten pickten zwei Hühner im Boden herum. Stefano zog einen Schlüssel aus der Tasche.

»Wer wohnt hier?«

»Meine Nonna. Also, meine Großmutter. Du wirst nicht viel mit ihr reden können, sie spricht kein Wort Englisch oder Deutsch. Nur Italienisch, mit starkem Sieneser Einschlag.«

Nika betrachtete das Häuschen, das mehr eine Hütte war, und fühlte plötzliche Scheu. »Ist das wirklich nötig? Ich möchte sie nicht stören.«

Er drehte sich zu ihr um, todernst. »Es ist nötig. Sie haben das Blut auf dem Messer analysiert, dem Küchenmesser mit deinen Fingerabdrücken, erinnerst du dich? Es ist nicht Jennys Blut, aber es stammt eindeutig von einem Menschen.«

23

Die Großmutter war eine freundliche, gebückt gehende Frau, die, wie so viele Italienerinnen ihres Alters, ganz in Schwarz gekleidet war. Sie lächelte Nika an und tischte sofort auf, was sie an Essbarem im Haus hatte. Salat, Lasagne, Weißbrot, Käse. Nika hatte nicht damit gerechnet, auch nur einen Bissen hinunterwürgen zu können, aber nachdem sie aus reiner Höflichkeit von der Lasagne gekostet hatte, konnte sie nicht mehr aufhören. Nicht nur, weil sie tatsächlich Hunger hatte, sondern weil Stefanos Großmutter offenbar eine Zauberin in der Küche war.

Trotzdem waren seine Worte allgegenwärtig in Nikas Kopf. Menschliches Blut auf dem Küchenmesser und dann die Erinnerung an ein zerfetztes, ebenfalls blutiges Shirt in ihrem Badezimmer.

Vielleicht musste sie sich langsam mit dem Gedanken vertraut machen, dass sie wirklich jemanden angegriffen und … verletzt hatte. Aber höchstens verletzt. Auf keinen Fall mehr als das.

Während Nika aß, unterhielten sich Stefano und seine Großmutter angeregt, er hatte sich ihrer Sprechweise angepasst, was dazu führte, dass Nika nun definitiv kein Wort mehr verstand. Nur, dass der Name Serafina einige Male fiel, war nicht zu überhören. Ein Anflug von schlechtem Gewissen verstärkte ihre ohnehin angespannte Laune. Sie hatte Stefano heute noch nicht gefragt, wie es seiner Schwägerin ging.

Nika schob den leer gegessenen Teller von sich und bedankte sich bei der Großmutter, die lächelnd nickte und etwas sagte, das Stefano dankenswerterweise sofort übersetzte. »Sie möchte wissen, ob du dein Zimmer sehen willst. Sie hat dir schon dein Bett gerichtet.«

Die Vorstellung, hier schlafen zu müssen, erfüllte Nika mit Unbehagen, auch wenn sie wusste, dass sie eigentlich zutiefst dankbar sein sollte. »Ja, gerne.«

Es war eine Kammer mit dunklen Holzwänden, beherrscht von einem riesigen Kruzifix in der Ecke, einer von innen leuchtenden Marienstatue auf der Kommode und einigen Fotos von Padre Pio an der Wand. Die Bilder fand man in Italien sogar neben den Kaffeemaschinen der Bars und an den Kassen der Supermärkte – Padre Pio war ein Nationalheiligtum, ein Mönch, der, so hieß es, spontan Kreuzigungswunden entwickelt hatte. Auf einem der Fotos sah man sie – blutende Löcher in den Handflächen, die er segnend erhoben hatte.

Mit flauem Gefühl im Bauch setzte Nika sich auf das Bett. Noch mehr Blut war genau das, wonach ihr nicht der Sinn stand.

»Nicht sehr aufmunternd hier, oder?« Stefano war ihr nachgekommen und sah sich kopfschüttelnd um. »Ich finde es auch jedes Mal schräg, wenn ich hier bin. Aber in dem Zimmer hat ihre Mutter gewohnt, meine Urgroßmutter. Und die war noch vom alten Schlag. Katholischer als der Papst.«

Nika musterte einen der drei Rosenkränze, die blumengeschmückt an der Wand hingen. »Ich glaube, der Papst hätte hier auch Angst.«

Stefano warf einen prüfenden Blick über die Schulter, bevor er sich neben Nika aufs Bett setzte und ihre Hand nahm. »Angst musst du überhaupt keine haben. Nonna ist ganz wunderbar und geht bloß einmal pro Woche in die Kirche. Ich wünschte, mir wäre eine bessere Lösung eingefallen, aber bevor Fiorese dich erwischt ...«

Sie drückte seine Hand. »Hey, ich bin dir wirklich dankbar, und ihr auch – tut mir leid, dass ich mich so anstelle. Es wird nur langsam alles zu viel.«

»Ich verstehe das.« Von draußen war Rumoren zu hören, und Stefano stand auf. Ging zum Fenster.

»Dafür verstehe ich überhaupt nichts mehr«, murmelte Nika. »Auf dem Messer ist also menschliches Blut, aber es ist nicht von Jenny. Aber wem gehört es dann? Es hat niemand eine Messerstichverletzung angezeigt, oder?« Ein Gedanke, der ihr schon einmal durch den Kopf gegangen war, tauchte nun erneut auf. »Der Mann mit dem Tattoo – könnte es nicht sein, dass es sein Blut ist? Dass er mit Jenny Streit hatte und sie mit dem Messer auf ihn losgegangen ist?«

Stefano hob die Augenbrauen. »Es sind aber deine Fingerabdrücke auf dem Griff.«

»Vielleicht habe ich ja Jenny verteidigt. Weil er sie angegriffen hat. Und habe ihn dabei verletzt.« Nika merkte selbst, dass ihre Stimme sich immer verzweifelter anhörte. In Stefanos Miene zeichnete sich Mitleid ab. »Ach, Nika. Wenn das so wäre, dann hätte er doch nicht behauptet, dass er dich noch nie gesehen hat. Dann hätte er dir eine Szene gemacht, dich zur Polizei geschleppt, dich wegen Körperverletzung angezeigt. Glaubst du nicht?«

Wild schüttelte sie den Kopf. »Nicht, wenn er Jenny auf dem Gewissen hat. Es sind doch noch andere Schuhabdrücke in den Bottini gefunden worden. Größe 43.«

Stefano seufzte schwer. »Ja, aber die gehören wohl einem Mitarbeiter der Stadt. Dem, der Jenny auf seiner Kontrolltour gefunden hat.« Er zuckte resigniert mit den Schultern. »Das habe ich im Soul Café von Paola gehört. Hier spricht sich alles schnell herum.«

In dem Café wäre Nika jetzt gerne gewesen, die düstere Stimmung des Zimmers schlug sich zunehmend auf ihr Gemüt. »Ich hätte dort ganz gern gejobbt, wenn das alles nicht passiert wäre«, sagte sie wehmütig. »Sie suchen Ersatz für die Kellnerin, die ihnen abgehauen ist.«

Offenbar fand Stefano es nicht angebracht, dass sie vom Thema ablenkte. »Sie hätten dich wohl kaum genommen«, sagte er knapp. »Dafür ist dein Italienisch nicht gut genug.«

»Jaja. Schon gut.« Sie konnte fühlen, wie ihr Tränen in die Augen traten, und verbarg das Gesicht in den Händen. Mit ein paar schnellen Schritten war Stefano bei ihr und legte den Arm um sie. »Tut mir leid«, flüsterte er. »Ich wollte nicht so grob sein. Es ist nur ... weißt du, ich mag dich wirklich sehr. Aber mir wird von Tag zu Tag stärker bewusst, dass aus uns niemals etwas werden kann.« Er holte tief Luft. »Ich möchte nicht, dass du eingesperrt wirst. Obwohl klar ist, dass du dann eben nach Hause fährst und wir uns nicht wiedersehen.«

Nika, die ihren Kopf an seine Schulter gelegt hatte, blickte auf. »Aber wieso denn nicht? Du könntest doch auch zu mir kommen. Mich besuchen. Und umgekehrt.«

Er drückte sie fester an sich. »Nein«, sagte er bestimmt. »Das wird nicht passieren. Es wäre dir viel zu kompliziert, und das weißt du.« Ein paar Atemzüge lang hielt er sie noch, dann stand er auf. »Besser, ich gehe jetzt. Falls die Polizei auf die gute Idee kommen sollte, bei mir zu Hause zu warten.«

Nika begriff seinen Stimmungsumschwung nicht. Sie hatte doch nichts gesagt oder getan, was ihn vor den Kopf hätte stoßen können. Sie hatte ihm nie eine Abfuhr erteilt, im Gegenteil, die Momente, in denen sie sich zu ihm hingezogen fühlte, wurden immer häufiger.

»Okay, dann komm gut nach Hause«, flüsterte sie. »Ach, und mein Handy ist fast leer. Du hast nicht vielleicht ein passendes Ladekabel dabei?«

»Nein. Aber ich bringe dir morgen früh eines mit. Versuche, sparsam mit dem Akku zu sein.« Er lächelte ihr noch einmal zu und wandte sich zum Gehen.

»Stefano?«

Er drehte sich noch einmal um. »Ja?«

»Zu welcher Contrade gehört diese Straße?«

Sie sah, wie seine Stirn sich in Falten legte, wahrscheinlich war das die allerletzte Frage, die er erwartet hatte. »Istrice. Das bedeutet Stachelschwein.«

Auch wenn es albern war, beruhigte diese Auskunft Nika ein wenig. Nicht Aquila, nicht Leocorno – damit also kein Feindesland, wenn man so wollte. Istrice fühlte sich so an, als könnte es ihr Freund werden.

Dass sie sich mit Stefanos Großmutter nicht unterhalten konnte, war einerseits angenehm – sie musste keinen Small Talk machen –, andererseits blieb ihr damit nicht sehr viel zu tun. Sich neben die alte Frau ins Wohnzimmer zu setzen und italienische Serien auf dem klitzekleinen Fernseher zu schauen war keine verlockende Option. Also gab sie ihr durch Gesten zu verstehen, dass sie kurz nach draußen gehen würde.

Hinter dem Haus setzte sie sich auf eine der Steintreppen und ließ sich von den Hühnern misstrauisch beäugen, bis sie sich an sie gewöhnt hatten und sie von da an ignorierten.

Was sollte sie als Nächstes tun? Sich tagelang hier verstecken würde nicht funktionieren, abgesehen davon, dass sie es vermutlich nicht aushalten würde. Kurz überlegte sie, ob sie nicht einfach morgen zu Fiorese gehen und sich stellen sollte. Vielleicht half das den Ermittlungen weiter, und mittlerweile war deren Ergebnis Nika gar nicht mehr so wichtig. Hauptsache, es gab eines und die Ungewissheit hatte ein Ende.

Sie hielt inne. Meinte sie das tatsächlich ernst? Was, wenn sich herausstellte, dass sie Jenny wirklich umgebracht hatte? Würde sie damit leben können?

Wieder dachte sie an den Stein, von dem sie glaubte, dass sie ihn geworfen hatte. Sie schloss die Augen, versuchte mit aller Kraft, eine Erinnerung herbeizuzwingen. Hatte sie Jenny getroffen? Aber was war dann mit dem Messer?

Die Sonne versank langsam hinter den Dächern der Stadt, doch Nika hatte kein Bedürfnis, wieder ins Haus zu gehen. Ihre Hände lagen auf dem kühlen Steinboden, so wie vorhin im Keller, und wieder empfand sie diesen Anflug von Angst und Ekel, ohne sagen zu können, woher er kam.

Plötzlich fiel ihr das Foto wieder ein, das Spiegel Verkehrt ihr über Facebook geschickt hatte und das zeigte, wie sie an einen Baum gelehnt im Dunkel saß. Erschöpft oder verzweifelt oder beides.

Was war dort passiert? Der Ort lag keinesfalls in den Bottini oder innerhalb der Altstadt, eher in einem Wald. Wo es nach Erde und Kiefernnadeln roch ... und nach Wasser. Und ...

Sie versuchte, diesen Eindruck noch weiter zu vertiefen, vielleicht würde er gleich eine Erinnerung nach sich ziehen, ein Bild, doch darauf wartete Nika vergebens. Dunkles Wasser, ging ihr durch den Kopf, du weißt, wo das Wasser am dunkelsten ist ...

Ohne dass sie es verhindern konnte, schob sich ein Bild der Bottini zwischen sie und die aufkeimende Erinnerung. Durch die Finsternis laufen und dann plötzlich das Metall, das durch ihr Gesicht schnitt.

Nika stand von der Treppe auf, ihr wurde allmählich kühl. Sie würde vielleicht nie erfahren, wo dieser Baum stand, an den sie sich gelehnt hatte, aber eines war klar: Es war an der Zeit, sich Hilfe von jemandem zu holen, der mehr tun konnte als nur herumraten. Nein, sie würde sich nicht verhaften lassen, wenn sie es vermeiden konnte. Aber sie würde mit Fiorese in Kontakt treten.

Die Nacht über hatte sie ihr Handy ausgeschaltet; als sie es am nächsten Morgen wieder aktivierte, waren immerhin noch zehn Prozent Akkuleistung übrig. Sie hatte nicht besonders gut geschlafen, dafür hatte sie sich aber zurechtgelegt, was sie tun wollte.

Stefanos Großmutter war dabei, Frühstück zu machen, als Nika aus dem Zimmer kam. Sie grüßte freundlich und versuchte, der alten Frau zu erklären, dass sie kurz wegmüsse, aber in zehn Minuten wieder hier sein würde.

Dann lief sie. Strikt in eine Richtung und hoffentlich weit

genug, um aus dem Sendebereich der Mobilfunkzelle zu kommen, in der sie bei Stefanos Großmutter eingebucht war. Die Polizei konnte Handys orten, also wollte sie möglichst weit von ihrem Versteck entfernt sein, wenn sie es wieder einschaltete.

Als sie Seitenstechen bekam, hielt sie an. Drehte das Handy auf und tippte eine SMS an den Kommissar. Auf Deutsch, Sivori würde es schon übersetzen.

Suchen Sie nach einem Auto mit dem Kennzeichen GR32?ZZ. Es hat etwas mit Jennys Tod zu tun, und es ist wichtig. In welcher Hinsicht weiß ich nicht, ebenso wie ich die Zahl nicht kenne, an deren Stelle das Fragezeichen steht.

Sie schickte die Nachricht ab und schaltete das Handy aus. Dann ging sie den Weg zurück und kam eben pünktlich an, als die Großmutter Kaffeetassen und Panini auf den Tisch stellte.

Das Frühstück verlief entspannter, als Nika zu hoffen gewagt hatte. Die alte Frau hatte das Radio aufgedreht und lauschte den Moderatoren, die über Fußball sprachen. Zwischendurch lächelte sie Nika an und schenkte ihr Kaffee nach.

Ihre innere Spannung wuchs trotzdem stetig an. Hatte sie das mit der Handyortung zu spät bedacht? Im Keller hatte sie kein Netz bekommen, aber danach hätte man theoretisch ihren Weg bis in die Contrade Istrice verfolgen können. Gut möglich, dass Fiorese ihren Aufenthaltsort schon eingegrenzt hatte und bald herausfinden würde, dass Stefano in dem Stadtteil Verwandtschaft hatte. Dann war es nur noch eine Frage der Zeit, bis seine Leute hier vor der Tür stehen würden.

Doch der Nächste, der an der Tür klopfte, war Stefano selbst. Er umarmte seine Großmutter, drückte Nika ein Ladekabel in die Hand und schenkte sich eine Tasse Kaffee ein. »Gestern war noch Polizei bei uns und hat nachgefragt, ob wir wüssten, wo du steckst. Aber sie dürften mir geglaubt haben, als ich Nein gesagt habe.« Er nahm einen vorsichtigen Schluck aus seiner Tasse. »Auf dem Weg hierher habe ich einen schnellen Blick in die Via della Fonte geworfen – keine auffälligen Autos dort. Trotzdem würde ich an deiner Stelle erst mal nicht wieder nach Hause gehen.«

Nein, besser nicht. Oder zumindest nur für einige Minuten. Sie wollte sich umziehen und wenigstens ein paar Sachen holen, mit denen sie sich die Zeit vertreiben konnte.

»Was hast du denn gestern noch gemacht?«, erkundigte sich Stefano.

»Hühner beobachtet.« Sie überlegte kurz und sprach dann einfach weiter. »Und heute habe ich Fiorese eine Nachricht geschickt. Wegen des Nummernschildes.«

Prompt verschluckte Stefano sich an seinem Kaffee. »Du hast was?« Er schrie beinahe, was seine Großmutter hellhörig werden ließ. Sie begann, ihren Enkel mit Fragen zu bombardieren, offenbar war sie solche Ausbrüche von ihm nicht gewohnt. Er antwortete knapp, dann nahm er Nika am Arm und zerrte sie hinters Haus. Wieder waren die Hühner ihre einzige Gesellschaft.

»Wieso tust du so etwas? Ich bemühe mich so sehr, dich zu schützen, zu verstecken, und du schreibst hinter meinem Rücken Nachrichten an die Polizei?«

»Ich bin extra ein ganzes Stück von hier weggegangen«, versuchte sie ihm zu erklären, plötzlich unsicher, ob ihre Vorsichtsmaßnahme nicht albern und sinnlos gewesen war. »Damit sie mich nicht bei deiner Großmutter orten können.«

Er ließ sich auf die gleiche Steinstufe fallen, auf der Nika gestern Abend gesessen hatte, und stützte den Kopf in die Hände.

»Madonna Mia. Das war eine schlechte Idee, Nika, eine ganz schlechte Idee. Wenn du still geblieben wärst, hätte Fiorese vielleicht gedacht, du bist abgehauen. Er hätte seine Suche ausgeweitet und nicht auf Siena konzentriert. Aber so ...« Er schüttelte mutlos den Kopf. »So werden sie dich bald haben.«

»Aber ...«

»Was genau hast du ihm geschrieben?«

Ihr Handy hing an der Steckdose, also konnte sie Stefano den Text nicht einfach zeigen. »Dass er nach einem Auto mit der Nummer suchen soll, die ich mir während meines Blackouts aufgeschrieben habe, weil ich glaube, dass dieses Auto mit Jennys Tod in Verbindung steht.«

Er sah sie fassungslos an. »Das Kennzeichen aus Grosseto? Das hast du ihm geschickt? Weil du es auf einem Zettel notiert hattest, während du voll mit Drogen und Alkohol warst? Was um Gottes willen ist in dich gefahren?«

Nika fühlte, wie Wut in ihr hochkroch. Was Stefano sagte, klang wie ein Vorwurf. Als hätte Nika selbst das Phenazepam eingeworfen, als hielte er sie für einen Junkie. »Genau. Weil ich endlich wissen will, was passiert ist. Bisher hatte alles, was auf diesem Zettel steht, einen tieferen Sinn, und das gilt garantiert auch ...«

»Alles, was auf dem Zettel steht?« Er legte den Kopf schief, als sei er nicht sicher, ob er richtig verstanden hatte. »Ich dachte, du hast nur das Kennzeichen aufgeschrieben. Was steht denn da noch?«

Sie konnte das zusammengefaltete Papier in ihrer Hosentasche förmlich fühlen. Aber sie würde es nicht herausziehen, schon gar nicht jetzt. Stefano hielt ihre Nachricht an den Kommissar ohnehin schon für einen Fehler; wenn sie ihm die anderen wirren Satzfragmente zeigte, hielt er sie wahrscheinlich für durchgeknallt.

»Nicht viel. Aber zum Beispiel *Cor magis tibi sena pandit*. Ich wusste nicht, was ich damit gemeint hatte, aber wir haben an dem Stadttor trotzdem mein kaputtes Handy gefunden.« Trotzig reckte sie ihr Kinn vor. »Nur die Polizei kann herausfinden, zu welchem Auto die Nummer möglicherweise gehört. Wahrscheinlich gibt es drei oder vier, die infrage kommen, weil eine Zahl fehlt, aber immerhin besteht die Chance, den Besitzer zu finden.«

Stefano wirkte immer noch fassungslos. »Und dann? Willst du ihm die Hand schütteln? Oder ihn fragen, was du in den zwei Tagen getan hast, die dir verloren gegangen sind?«

Sie wandte sich ab, teils aus Ärger, aber vor allem, weil sie keine Antwort auf seine Frage wusste. Sie wollte einen weiteren Punkt auf ihrer Liste abhaken. Herausfinden, ob er vielleicht wichtig war. Ein Augenöffner.

Und ja, sie begriff schon, warum Stefano ihren Vorstoß dumm fand. Trotzdem hatte sie so eine heftige Reaktion nicht erwartet. Er hatte sich verändert, fand sie. Seit dem Zeitpunkt, als sie darauf bestanden hatte, noch einmal mit Liz zu sprechen, war er anders als vorher.

»Zeigst du mir diesen Zettel?«, hörte sie ihn fragen. Es klang matt.

Nika überlegte blitzschnell. Es war nicht ausgeschlossen, dass Stefano mit ein paar der Zeilen etwas würde anfangen können. Vielleicht wusste er, was *Der Spiegel des Löwen* war. Aber Dinge wie *Weihnachten voller Angst* oder *Sieh nach, was der Kapitän isst ...* die klangen einfach nur nach dem Drogenrausch, den er ihr eben erst vorgeworfen hatte. Außerdem zog er möglicherweise den richtigen Schluss auf die Via del Capitano, fand die Baugrube, würde dann wissen, dass Nika einen Hinweis auf die Bottini notiert hatte, und das verständlicherweise verdächtig finden.

»Der Zettel liegt irgendwo in der Wohnung«, log sie. »Kannst ihn ja suchen gehen. Viel Glück dabei. Oder die Polizei hat demnächst einen Durchsuchungsbeschluss für die Wohnung und stellt ihn sicher, dann kann Fiorese das ganze wirre Zeug einfach so lesen und ich muss ihm keine Nachrichten mehr schicken.«

Sie hörte, wie Stefano von seiner Stufe aufstand und auf sie zukam, aber sie drehte sich nicht um. Er umarmte sie von hinten. »Verstehst du eigentlich, dass ich dir nur helfen will?«

Sein Körper an ihrem fühlte sich gut und tröstlich an, auch wenn die Geste überraschend kam, nachdem er am letzten Abend erst erklärt hatte, aus ihnen könne nichts werden. »Ja. Aber ich glaube, wir packen das schon die ganze Zeit über falsch an. Ich hätte Fiorese Jennys Zeichnungen zeigen sollen. Und ihr Medaillon, den ganzen Kram.«

Stefano küsste sie sanft auf den Hinterkopf. »Welches Medaillon?«

»Muss ein Geschenk von einem italienischen Freund gewesen sein. Oder eher einem Liebhaber. Darauf eingraviert steht *Nel tuoi occhi si specchia il mio mondo.*«

Er umarmte sie ein wenig fester. »Hübscher Spruch«, murmelte er. »Du solltest es behalten.«

Eine Weile standen sie noch so, eng beieinander, nur von den Hühnern beobachtet. Schließlich seufzte er. »Wenn du es möchtest, gehe ich später mit dir zu Fiorese und du erzählst ihm diesmal alles. Besser wäre, du würdest dir vorher einen

Anwalt suchen, der dafür sorgt, dass du dich nicht direkt ins Gefängnis redest.«

Sie drehte sich halb zu ihm um, plötzlich nicht mehr sicher, ob sie wirklich den Mut aufbringen würde. »Einen Anwalt? Kennst du einen?«

»Darüber denke ich schon die ganze Zeit nach«, gab er zurück. »Aber leider nein. Ich komme aus einer viel zu anständigen Familie.«

Sie versprach ihm, im Haus zu bleiben, bis er am Nachmittag wiederkommen würde. »Und lass das Handy ausgeschaltet.«

»Ich werde umkommen vor Langeweile.«

»Du kannst mit Nonna fernsehen. Sie hat sicher nichts dagegen.«

Nika gab einen unbestimmten Laut von sich und verzog sich in ihr erschreckend katholisches Zimmer. Das Handy war fast voll geladen, aber immer noch abgeschaltet.

Sie legte sich aufs Bett, versuchte, noch einmal einzuschlafen, doch ihr Gedankenkarussell drehte sich viel zu schnell. Ob Stefano jetzt in ihre Wohnung ging und nach dem Zettel suchte? Dann war er lange beschäftigt. Ach Quatsch, er hatte ja gar keinen Schlüssel.

Knapp eine Stunde hielt Nika es aus, dann war ihre Geduld am Ende, außerdem bedrückte sie das dunkle Zimmer mit all seinen leidend aussehenden Heiligen zutiefst. Sie steckte das Handy aus und schlich in den Vorraum. Die Großmutter saß im Wohnzimmer, der Fernseher war so laut gedreht, dass sie Nika garantiert nicht hörte.

Vorsichtig verließ sie das Haus und zog leise die Tür hinter sich zu. Am liebsten hätte sie sich eins der Outfits der alten Frau geliehen: ein schwarzes Kleid, schwarze Strümpfe, schwarzes

Kopftuch – wenn sie dann noch ein wenig gebückt ging, wäre sie perfekt getarnt.

Aber es musste auch so gehen. Nika beeilte sich, sie blieb in den schmäleren Gassen und hielt den Blick zum Boden gesenkt. Nach etwa einem Kilometer blieb sie stehen, gleich neben einer der zahllosen Kirchen. An der Rückseite fand sie eine Nische, in der man sie nur zufällig entdecken würde. Dort schaltete sie ihr Handy ein.

Natürlich hatte Fiorese ihr zurückgeschrieben. Sicherlich mithilfe von Carla Sivori, denn die Nachricht war auf Deutsch verfasst. Genau genommen waren es zwei.

Die erste lautete: *Wo sind Sie?*

Die zweite war erst über eine Stunde später geschickt worden. *Kommen Sie zur Polizei, ich will Ihnen etwas zeigen. Wir werden Sie nicht festnehmen. Ich gebe Ihnen mein Wort. Es ist wichtig.*

Nika schaltete ihr Handy sofort wieder ab. Von wegen, er würde sie nicht festnehmen. Das war schlicht und einfach eine Falle, wenn auch eine geschickt angelegte, weil er Nikas Neugierde geweckt hatte.

Hätte er geschrieben, er müsse sie etwas fragen oder etwas mit ihr besprechen, hätte sie keinen Gedanken daran verschwendet, seine Einladung anzunehmen. Aber nein. Er wollte ihr etwas zeigen.

Langsamer als zuvor machte Nika sich auf den Rückweg. Durfte ein Polizist lügen? Noch dazu schriftlich? Wahrscheinlich schon, wenn es darum ging, jemanden zu fassen, den man für einen Mörder hielt. Allerdings schätzte sie Fiorese nicht so ein. Er war direkt, manchmal fast brutal ehrlich. Wenn er schrieb, er würde sie nicht festnehmen …

Nika umklammerte ihr Handy. Sie hatte zwei Möglichkeiten. Entweder zu Stefanos Großmutter, den Hühnern und dem riesigen Kreuz in ihrem Zimmer zurückzukehren – oder das Wagnis einzugehen, Fiorese zu vertrauen.

Er würde sich wahrscheinlich auf die Schenkel klopfen vor Lachen und seinen Kollegen eine Runde ausgeben, wenn sie aufs Kommissariat spaziert kam. Vollkommen freiwillig, absolut naiv – es reichte eine kleine Textnachricht und schon marschierte Nika Ruland in die bereitgestellte Falle. Stefano würde es nicht fassen können.

Trotzdem hatte Nika, fast ohne es zu merken, den Weg in Richtung Stadtzentrum eingeschlagen. Sie konnte es sich dann ja immer noch überlegen, sie würde einfach ihrem Bauchgefühl folgen. *Ja, und dein Bauchgefühl lacht sich dann tot, wenn du in der Zelle sitzt.*

Sie vertrieb den Gedanken, genoss die leichte Brise, die durch die Gassen wehte. Dass sie sich verstecken sollte, war Stefanos Idee gewesen, nicht ihre. Sie hatte sich ja noch nicht einmal selbst davon überzeugt, dass wirklich Polizei vor ihrem Haus lauerte.

Was, wenn er gar nicht die Wahrheit gesagt hatte? Nika blieb abrupt stehen. War doch denkbar, dass Stefano es darauf anlegte, dass sie sich gewissermaßen in seine Obhut begab, oder besser gesagt, unter seinen Schutz. Die Chancen, dass sie sich auf diese Weise näherkommen würden, standen nicht schlecht. Vielleicht wollte Fiorese sie nicht verhaften, sondern gab ihr grünes Licht für die Heimreise. Konnte es sein, dass Stefano das erfahren hatte und sie deshalb von der Polizei fernhalten wollte?

Aber warum dann dieser Anfall von schlechter Laune gestern? Nein, das passte nicht ins Bild. Und er war auch überhaupt nicht der Typ für so etwas.

Entschlossen vertrieb Nika die unzähligen Fragen aus ihrem Kopf. Es war zur Abwechslung mal Zeit für Antworten, und eine würde sie sich jetzt holen. Sie würde sehen, was Fiorese ihr zeigen wollte.

24

Niemand stürzte sich auf sie, als sie das Kommissariat betrat, niemand schlug Alarm. Sie war also wohl nicht zur Großfahndung ausgeschrieben worden.

Als sie am Empfang ihren Namen sagte und erklärte, der Commissario habe sie sprechen wollen, ging es dann allerdings sehr schnell. Sie wurde vor Fioreses Büro geführt, ein Beamter blieb bei ihr, und kaum drei Minuten später tauchte auch schon der Kommissar auf.

»Signorina Ruland.« Er sah sie ernst an und schüttelte ihr die Hand. »Prego, si accomodi. Signora Sivori arriva subito.«

Er wies auf den Stuhl, auf dem Nika auch die letzten Male gesessen hatte. Ein paar Atemzüge lang saßen sie sich schweigend gegenüber. Bisher waren noch keine Handschellen im Spiel, das war ein gutes Zeichen. Die Dolmetscherin erschien auch tatsächlich so schnell, wie Fiorese es angekündigt hatte, sie zog sich einen Stuhl zum Schreibtisch und nickte ihm auffordernd zu.

»Ich bin sehr froh, dass Sie gekommen sind«, begann der Kommissar. »Ich wollte Sie gestern schon herbitten, wegen des Messers. Es gibt uns wirklich viele Rätsel auf.«

Und mir erst, dachte Nika. »Sie wollten mich nicht verhaften lassen?«

Fiorese wiegte nachdenklich den Kopf. »Es spricht manches dafür und manches dagegen. Auf dem Messer ist menschliches Blut, aber weder das von Frau Kern noch Ihres, Frau Ruland. Sie können sich vorstellen, dass wir sehr daran interessiert wären zu erfahren, von wem es stammt?«

»Ja, natürlich. Aber ich weiß es leider wirklich nicht.«

Fioreses Gesichtsausdruck zufolge hatte er nichts anderes erwartet. »Das Messer wurde nicht gereinigt, nicht einmal abgewischt – also zumindest nicht die Klinge. Vom Blut einmal ganz abgesehen finden wir schon allein die Tatsache ungewöhnlich, dass Frau Kern ein Messer dabeigehabt hat.«

Das konnte Nika sich vorstellen, aber die Polizisten wussten eben nicht alles über Jenny. »Ich glaube nicht, dass es zur Selbstverteidigung war. Ich könnte mir denken, dass sie das aufregend fand«, sagte sie vorsichtig. »Sie hatte eine merkwürdige Vorliebe für Dinge, die andere erschreckend finden.« Das war wirklich freundlich formuliert. »Sie konnte auch sehr gut zeichnen, wissen Sie, und oft hat sie Bilder von Unfällen gemalt, von toten Menschen ...« Das Buch war in ihrer Tasche, sie musste es nur herausholen, aber zwei Dinge hielten sie zurück. Einmal, dass eines der Bilder sie selbst zeigte. Fast noch schwerer aber fiel ins Gewicht, dass man ihr das Buch dann wegnehmen und es gemeinsam mit Jennys anderen Sachen an die Eltern schicken würde. Sie wollte einfach nicht, dass Sabine das sehen musste.

Fiorese wirkte irritiert. »Solche Zeichnungen haben wir nicht gefunden. Nur normale Porträts und Skizzen von Siena. Dom, Campo, Fortezza ...«

»Es gibt sie aber. Und sie sind vor allem deshalb verstörend, weil sie Personen zeigen, die Jenny tatsächlich gekannt hat.« *Und mit denen sie eng verwandt war.* Nika lächelte. »Ich sehe gerne meine Sachen durch, sie hat mir ein oder zwei dieser Bilder geschenkt.«

Es würde kein Problem sein, Seiten aus dem Buch zu trennen. Zum Beispiel die mit den abgehackten, aufgespießten Professoren-Köpfen.

»In Ordnung.« Fiorese verschränkte die Hände auf der Tischplatte. »Jetzt zu etwas anderem. Sie haben mir heute Morgen eine Nachricht geschickt, ein Autokennzeichen betreffend, an das Sie sich zu erinnern glauben. Das hat sich als sehr interessant herausgestellt.«

Nikas Herz tat einen Sprung. Endlich gute Neuigkeiten. »Ja? Haben Sie herausgefunden, was für ein Auto das ist? Wem es gehört?«

Der Kommissar zögerte kurz, dann zog er ein Blatt Papier aus dem Stapel links von ihm. Er räusperte sich. »Wenn die vollständige Nummer GR328ZZ lautet, dann gehört es einer Signorina Di Canio. Zweiundzwanzig Jahre alt, Kellnerin. Kennen Sie sie?«

Nika schüttelte den Kopf, während Enttäuschung sich in ihr ausbreitete. Sie hatte auf ein Aha-Erlebnis gehofft, auf eine plötzliche Erleuchtung. Aber der Name Di Canio sagte ihr überhaupt nichts.

»Sie arbeitet in einem Café hier in Siena, das Auto allerdings ist auf ihren Freund zugelassen, der in Grosseto lebt. Er ist Mechaniker und hat es ihr zur Verfügung gestellt. Ein schwarzer Peugeot 108.«

Etwas wie eine Ahnung stieg in Nika hoch. »Signorina Di Canio – arbeitet sie im Soul Café?«

Mit zufriedenem Lächeln lehnte Fiorese sich zurück. »Sie kennen Sie also doch.«

»Nein. Mir hat nur eine andere Kellnerin erzählt, dass ihre Kollegin einfach ans Meer abgehauen ist, ohne Bescheid zu sagen.«

»Ja, und sie hat auch ihrem Freund nichts gesagt. Ihm nur einmal eine Nachricht geschickt, dass sie sich ein paar Tage Auszeit nimmt. Dann hat sie noch einmal geschrieben und behauptet, sie wäre jetzt auf Elba. Die beiden hatten gestritten, das war also nicht abwegig. Doch jetzt gibt es seit über einer Woche kein Lebenszeichen mehr von ihr. Sie hat sich weder bei ihm noch bei ihren Eltern noch an ihrem Arbeitsplatz gemeldet.« Der Commissario legte die Fingerspitzen aneinander. »Und heute Morgen schreiben Sie mir eine Nachricht und fragen nach ihrem Kennzeichen. Das ist doch erstaunlich, nicht wahr?«

Erstaunlich, ja, vor allem aber verwirrend. Nika strich sich die Haare aus der Stirn. »Ich kapiere den Zusammenhang nicht.«

»Wir auch nicht. Noch nicht. Aber ich schätze, Sie sind auch der Meinung, dass es vermutlich einen gibt?« Er griff noch einmal in seinen Stapel und holte zwei ausgedruckte Fotos hervor, die er Nika hinschob.

Das erste zeigte einen schwarzen Kleinwagen, das Nummernschild wies die Folge aus Zahlen und Buchstaben auf, die Nika notiert hatte. Nur mit einer Acht anstelle des Fragezeichens.

Auf dem zweiten Bild war eine junge blonde Frau zu sehen, die in die Kamera lächelte, vor einem blauen Hintergrund aus Himmel und Meer.

Der Brechreiz kam plötzlich und überraschend; Nika biss die Zähne zusammen, schluckte, versuchte, sich nichts anmerken zu lassen. Was, um Himmels willen, war so schlimm an dem

Bild, dass es ihr den Magen umdrehte? Sie kannte die Frau überhaupt nicht. Im Soul Café war sie praktisch immer von Paola bedient worden, an die anderen Servierkräfte erinnerte sie sich nicht. Aber ziemlich sicher war diese Signora Di Canio ihr in der Zeit ihres Blackouts begegnet. Sie und ihr Auto, und der Anblick von beidem ließ Nika fast das Frühstück wieder hochkommen.

Sie riss ihren Blick von den Fotos los, und ihr Magen beruhigte sich. »Das Auto muss ich wohl einmal gesehen haben, sonst hätte ich die Nummer nicht notiert. Aber es ist leider so wie mit allem anderen. Ich erinnere mich nicht mehr.«

Fiorese musterte sie skeptisch. »Sie haben aber eben ziemlich aufgewühlt gewirkt.«

»Ja, natürlich. Weil es diesen Wagen offenbar wirklich gibt und ich nicht einfach nur eine Fantasienummer aufgeschrieben habe.« Sie stützte für ein paar Sekunden den Kopf in die Hände und atmete tief durch. So war es besser, viel besser. »Sie können sich nicht vorstellen, wie schlimm es ist, zwei volle Tage zu verlieren, in denen noch dazu so viel Wichtiges passiert sein muss.«

Fiorese hob eine Augenbraue. »Kann ich wahrscheinlich nicht. Aber ich kann Ihnen die Ergebnisse Ihres Bluttests sagen. Es wurden tatsächlich Spuren von Phenazepam nachgewiesen. Die Dosis, die Sie genommen haben, muss demzufolge recht hoch gewesen sein.«

»Ich habe gar nichts genommen!« Sie vermied es, den Blick noch einmal auf die Fotos zu senken. »Jemand muss es mir irgendwo reingemischt haben.«

Fiorese nahm die Bilder wieder an sich, sehr zu Nikas Erleichterung. »Gut. Das war es dann schon. Viel weiter hat das

Gespräch uns nicht gebracht, stimmen Sie mir da zu, Frau Ruland?«

»Ja, leider.«

»Es bleibt dabei: Sie verlassen die Stadt nicht, und ich wäre Ihnen dankbar, wenn Sie dafür sorgen könnten, dass Sie für uns telefonisch erreichbar sind. Wir haben gestern mindestens zehn Mal angerufen, aber Ihr Handy war ausgeschaltet.«

Eine Sekunde lang überlegte sie, ob sie ihm nicht vom Keller in der Via Follonica erzählen sollte. Von der Schrift an der Innenseite der Tür. *Keine Chance mehr.* Dummerweise waren die Worte auf Deutsch verfasst, vielleicht würde er annehmen, sie hätte sie selbst geschrieben.

Er reichte ihr die Hand zur Verabschiedung und war schon wieder am Telefon, als sie die Tür hinter sich schloss.

Auf jeden Fall würde sie heute Abend wieder in ihre Wohnung gehen, was wohl auch Stefanos Großmutter erleichtern würde. Sie war kein besonders fröhlicher und dankbarer Gast gewesen.

Ein Blick auf ihr stumm geschaltetes Handy verriet ihr, dass Stefano vier Mal angerufen hatte. Dann wusste er also schon, dass sie sich nicht an ihr Versprechen, sich weiter zu verstecken, gehalten hatte.

Sie würde ihn zurückrufen, später. Aber erst hatte sie noch etwas anderes vor. Es war nicht weit bis zum Soul Café, und Nika würde die Gelegenheit ergreifen, ein paar Dinge zu klären.

Paola winkte ihr von der Bar aus zu, als sie das Café betrat. Es war nicht sehr voll heute, das Wetter war zu schön, und die meisten Gäste saßen lieber draußen.

»Willst du wieder Latte Macchiato?«, fragte Paola in ihrem italienisch gefärbten Englisch, das so drollig klang.

»Ja, bitte.« Nika hatte sich an einen der kleinen Tische gesetzt und sich eine Zeitung geholt, hinter der sie sich verstecken konnte, falls jemand hereinkam, den sie kannte.

Zwei Minuten später stellte Paola den Kaffee vor ihr auf dem Tisch ab. Nika hielt sie am Arm fest. »Kann ich dich schnell etwas fragen?«

Die hübsche Kellnerin schwang ihren Zopf auf den Rücken. »Sicher. Was denn?«

»Die Kollegin, von der du erzählt hast – hat sie sich wieder gemeldet?«

Eine steile Falte entstand zwischen Paolas Augenbrauen, eher besorgt als misstrauisch. »Nein. Ich verstehe es nicht. Sie ist zwar manchmal unberechenbar und nicht sehr verlässlich, aber das sieht ihr trotzdem nicht ähnlich. Ich habe ein paarmal versucht, sie anzurufen, aber das Handy ist offline.«

Das Bild der blonden Frau vor dem blauen Meer drängte sich vor Nikas inneres Auge. »Wann genau hat sie dir die letzte SMS geschrieben?«

Ohne lange nachzudenken, zog Paola ihr Handy aus der Tasche und sah nach. »Am Mittwoch vergangener Woche. Da war sie auf Elba.«

»Und seitdem nichts mehr? Auch nicht an einen von den anderen Kollegen?«

Paola hob die Hand, um einem anderen Gast zu signalisieren, dass sie gleich zu ihm kommen würde. »Nein. Gloria ist nur mit mir richtig befreundet, zu den anderen hat sie eher lockeren Kontakt.« Damit ging sie.

Nika blieb zurück, mit dem Gefühl, jemand habe die Geräusche rund um sie leiser gedreht. Es rauschte in ihren Ohren, gleich würde ihr schwindelig werden.

Gloria. Der Name hatte wie eine Bombe in ihrem Bewusstsein eingeschlagen. Gloria, oh mein Gott, *Sic Transit Gloria* ...

Dass das letzte Wort, *Mundi*, fehlte, war also weder Schlamperei gewesen, noch irgendeiner Hektik geschuldet. Es ging nicht um den Ruhm der Welt, sondern um eine blonde Kellnerin.

Sic Transit Gloria bedeutete nichts anderes als »so vergeht Gloria«. In Anbetracht der Tatsache, dass es von ihr seit Tagen kein Lebenszeichen mehr gab, fand Nika nur eine überzeugende Deutung für diesen Satz. Gloria musste etwas Furchtbares zugestoßen sein, und wahrscheinlich war Nika dabei gewesen.

Sie griff nach dem Glas mit dem Latte Macchiato, sah, wie sehr es in ihrer Hand zitterte, und stellte es wieder ab. Plötzlich hatte sie das Gefühl, möglichst schnell hier rauszumüssen. Sie legte drei Euro auf den Tisch und verließ das Café, lief in die Via della Fonte und sperrte ihre Wohnungstür doppelt hinter sich zu.

Das Blut ist nicht deines.

Jennys war es auch nicht gewesen. Aber vielleicht das von Gloria? Und Nikas Fingerabdrücke befanden sich auf dem Messergriff ...

Sie leerte ihre Handtasche auf das Bett aus, griff mit immer noch zitternden Händen nach dem Skizzenbuch und blätterte es so aufmerksam durch, wie es ihr angesichts ihrer aufkeimenden Panik möglich war.

Gab es hier drin eine Zeichnung von Gloria? Zwei der Mädchen, die Jenny gewissermaßen mit ihren Stiften getötet hatte, waren blond, aber eine hatte die Haare bloß kinnlang, bei der anderen war das Gesicht zu rund und die Nase zu stupsig, als dass es Gloria hätte sein können. Nika hatte das Gesicht, das Fiorese ihr auf dem Foto gezeigt hatte, noch genau vor Augen und wusste, Jennys Zeichnungen waren präzise. Gloria war auf keiner von ihnen zu sehen.

Okay, ruhig bleiben. Gedanken sortieren. Und – Stefano anrufen. Er hatte am Nachmittag wieder bei seiner Großmutter sein wollen, es war nicht fair von Nika, ihn nicht darüber zu informieren, wo sie steckte.

Sie wählte seine Nummer, aber er ging nicht ran. Nach dem vierten Freizeichen schaltete sich seine Voicemail ein. Nika wartete auf das Piepsignal. »Hallo, Stefano, ich bin's. Mir geht es gut, tut mir leid, dass ich mich nicht an unsere Abmachung gehalten habe, aber ich musste einfach mit Fiorese sprechen.« Sie holte tief Luft. »Er wollte mich überhaupt nicht verhaften, nur mit mir reden. Und hör mal – ich glaube, ich habe etwas herausgefunden, darüber möchte ich unbedingt mit dir sprechen. Kannst du vorbeikommen? Ich bin wieder in meiner Wohnung.« Sie zögerte kurz. »Ich hoffe, deine Oma ist nicht sauer auf mich. Sag ihr, ich bedanke mich für ihre Hilfe. Okay? Ciao.«

Insgeheim erwartete sie, dass er gleich zurückrufen würde, zumindest in den nächsten zehn Minuten, doch das Handy blieb stumm. Hatte sie ihn wirklich so wütend gemacht?

Eine Viertelstunde später versuchte sie es noch einmal, mit dem gleichen Ergebnis. Diesmal hinterließ sie keine Nachricht, sondern warf frustriert ihr Handy aufs Bett und schlang die Arme um ihren Oberkörper.

Sie hatte kein Recht, von Stefano zu erwarten, dass er ständig für sie da war. Er hatte sich viel engagierter für sie eingesetzt, als man es angesichts der kurzen Zeit, die sie sich kannten, hätte vermuten dürfen. Vielleicht gab es ja auch wieder Probleme mit Serafinas Schwangerschaft. Oder seine jüngere Schwester, Maria, brauchte Hilfe.

In Nika regte sich schlechtes Gewissen. Sie hatte sich bei ihrer letzten Begegnung mit Stefano überhaupt nicht danach erkundigt, wie es um seine Familie stand. Es geschah ihr völlig recht, dass zur Abwechslung nun mal er egoistisch war.

Nika setzte sich an ihren Schreibtisch. Klappte das Notebook auf und wieder zu, unschlüssig, was sie als Nächstes tun sollte. Schließlich zog sie die Liste aus ihrer Hosentasche.

Alles, was darauf stand, hatte bisher Bedeutung gehabt. Jede ihrer Notizen war wichtig gewesen und hatte, richtig betrachtet, ein wenig mehr Licht in das Dunkel der verlorenen Tage geworfen, auch wenn Nika immer noch weit davon entfernt war, eine zusammenhängende Geschichte zu sehen. Oder sich gar zu erinnern.

Sie strich mit dem Finger über das hingeschmierte Wort *Gloria*. Sie hatte den Namen der jungen Frau vorher nicht gehört, da war sie sicher – wie hatte sie ihn aufschreiben können? Hatten sie sich kennengelernt, vielleicht im Bella Vista, und später war die Situation aus dem Ruder gelaufen?

Nein. Allen Anwesenden zufolge war da zuerst diese Ohrfeige gewesen, nach der sie selbst und Jenny auf die Straße gerannt waren. Nur sie beide. Keine Gloria.

Aber – konnte es sein, dass es sie ins Soul Café verschlagen hatte? Auch das kam Nika unwahrscheinlich vor. Es sah ihr nicht ähnlich, sich erst von jemandem schlagen zu lassen und dann mit ihm auf einen Kaffee zu gehen.

Trotzdem. Sie hatte den Namen gewusst. Und aufgeschrieben, wenn auch so, dass man ihn erst mal in einer anderen Bedeutung las ...

Etwas in ihrem Kopf machte Klick. Sie ballte die Hände zu Fäusten, merkte, wie ihr Puls sich beschleunigte. Konnte es sein, dass ihr Unterbewusstsein unter Stress ungewöhnliche Querverbindungen herstellte? Dass sie den gleichen Trick zweimal angewendet hatte?

Im tiefsten Inneren wusste sie bereits, dass es so war, trotzdem sträubte sie sich noch gegen die Vorstellung, dass der Schluss, den sie zog, wirklich zutreffend sein konnte. Sie starrte minutenlang auf den Zettel. Ja, es hatte keinen Sinn, sich etwas vorzumachen.

Sie hatte nicht nur einen Namen auf ihrer Liste notiert. Es waren zwei.

25

Sie setzte sich aufs Bett, grübelte. Jeden Entschluss, zu dem sie kam, verwarf sie wieder, merkte kaum, wie die Zeit dabei verging. Am Ende gab sie sich einen Ruck. Sie würde mit Fiorese telefonieren. Obwohl auch das eine alberne Idee war, wenn man in Betracht zog, wie erbärmlich ihr Italienisch war. Sie warf einen schnellen Blick auf die Uhr. Fast neun. Er würde nicht mehr im Büro sein, oder?

Um das zu erfahren, sollte ihr Italienisch reichen, hoffte sie. Die Nummer des Kommissariats hatte sie im Handy gespeichert, und sie legte sich ihre Frage sorgfältig zurecht, bevor sie anrief.

»Buona sera. Il Signore Fiorese è ancora in ufficio?«

Es war ein Beamter am Telefon, der seiner Stimme nach noch ziemlich jung war. Er antwortete weder mit Ja noch mit Nein, er stellte sie auch nicht durch, sondern ließ eine Flut von stakkatoartigen, absolut unverständlichen Sätzen auf sie los.

»Scusi«, versuchte sie ihn zu unterbrechen, doch er war nicht davon abzuhalten, seine Erklärung zu Ende zu bringen. Entnervt legte Nika auf. Gut. Dann würde sie eben den Weg ins Kommissariat auf sich nehmen, so weit war es ja nicht. Falls er nicht dort war, gab es sicherlich jemand anderen, mit dem sie sprechen konnte. Oder es zumindest versuchen.

Vorsichtig trennte sie die Seite mit den aufgespießten Professorenköpfen aus dem Skizzenbuch und steckte sie so in ihre Tasche, dass sie möglichst nicht zerknittert wurde. Mehr brauchte sie im Moment nicht. Es war ihr zwar noch völlig unklar, wie sie Fiorese ihren plötzlichen Verdacht erklären sollte, aber das würde sich dann schon ergeben. Schlimmstenfalls hielt er sie eben für noch durchgeknallter, als er es ohnehin schon tat.

Sie schlüpfte in ihre Sneaker und hängte sich die Tasche um die Schultern.

Draußen war es kühler, als sie gedacht hatte, und kurz überlegte sie, schnell umzukehren und eine Jacke zu holen. Andererseits war es wirklich kein weiter Weg, und sie würde ja in Bewegung bleiben ...

Das Geräusch einer Autotür, die unmittelbar hinter ihr aufgerissen wurde, ließ sie zusammenzucken, doch bevor sie sich umdrehen konnte, spürte sie schon eine Hand auf der Schulter, und im nächsten Moment war etwas über ihrem Kopf, das ihr die Sicht nahm. Rauer Stoff. Ein Sack?

Sie holte Luft, um zu schreien, doch jemand presste ihr eine Hand auf den Mund und zerrte sie so abrupt nach hinten, dass sie fast das Gleichgewicht verloren hätte.

Etwas stieß hart gegen ihre Hüfte, ihr Kopf wurde nach unten gedrückt, sie fiel auf etwas Weiches. Die Rücksitzbank eines Autos. Es roch nach Leder und Vanille.

Dann wurde sie auf den Bauch gedreht, endlich würde sie um Hilfe rufen können, auch wenn ihre Hände gerade auf dem Rücken zusammengeschnürt wurden. Sie schnappte nach Luft, fühlte das breite Klebeband auf ihrer Haut. Ein reißendes Geräusch, dann wurden ihre Jeans an den Unterschenkeln umwickelt, blitzschnell und sehr fest.

»Aiuto!« Sie schrie, so laut sie konnte, doch es klang heiser. Sekunden später fiel mit einem Knall die Autotür zu, eine weitere wurde geöffnet und geschlossen, dann sprang der Motor an.

Nika versuchte, sich aufzusetzen, doch jedes Mal wenn sie es halb geschafft hatte, brachte eine Kurve sie wieder aus dem Gleichgewicht. Also beschloss sie, ihre Kräfte zu schonen und ihre Angst niederzukämpfen.

Es gelang ihr nicht, denn es war doch völlig klar, was gleich passieren würde. Man hatte sie nicht entführt, um irgendjemanden zu erpressen, sondern man wollte sie zum Schweigen bringen. Wahrscheinlich ganz still und leise in einem abgelegenen Waldstück. Oder im Meer, dort würde sie niemals gefunden werden.

Die Vorstellung trieb ihr Tränen in die Augen. »Lassen Sie mich bitte gehen«, schluchzte sie, ohne zu wissen, ob ihr Entführer sie über das Motorgeräusch hinweg überhaupt hören konnte. Oder ob er ihre Sprache verstand.

Doch, wahrscheinlich tat er das. Sie dachte an die Drohungen auf dem Badezimmerspiegel und der Innenseite der Kellertür. Alles war in fehlerfreiem Deutsch geschrieben gewesen. Wenn derjenige am Steuer saß, den Nika im Verdacht hatte, war das auch kein Wunder.

Sie fühlte ihren eigenen Atem im Gesicht, der immer wieder von dem Stoffsack über ihrem Kopf zurückgeworfen wurde. Wieso war sie eine Bedrohung? Sie wusste doch überhaupt nichts, sie begriff keinen einzigen Zusammenhang. Irgendwie waren Jennys Schicksal und das von Gloria miteinander verknüpft, aber auf welche Weise, war Nika schleierhaft. Waren sie befreundet gewesen oder hatten sich zumindest gekannt? Hatte der gleiche Täter sie auf dem Gewissen – der Mann, der jetzt am Steuer dieses Wagens saß?

Sie wusste es nicht. Nur, dass sie alles versuchen würde, um diese Nacht zu überleben. Wenn es ihr gelang, mit ihrem Entführer zu sprechen, konnte sie ihn vielleicht überreden, sie leben zu lassen.

Sie legte sich Sätze zurecht. Wenn er sie so schnell töten wollte, wie er sie vorhin gefesselt hatte, würde sie kaum eine Chance haben, aber davon durfte sie sich jetzt nicht verrückt machen lassen.

Nichts sehen zu können war furchtbar. Nika wusste nicht, ob sie schon übers Land fuhren, und sie hatte keine Ahnung, in welche Richtung. Klar war nur, dass die Fahrt schon lang dauerte, mindestens eine halbe Stunde, wenn ihr Zeitgefühl nicht ihrer Angst zum Opfer gefallen war.

Irgendwann ging es ein Stück bergauf, Nika rollte gegen die Rückenlehne der Sitzbank. Kurz darauf wurde die Straße holpriger. Wir fahren in den Wald, dachte sie. In eine einsame Ecke, wo er mich umbringen und verscharren wird.

Alles Reißen an den Fesseln nutzte nichts. Das Klebeband hielt bombenfest, ließ sich weder lockern noch verschieben. Das Auto wurde langsamer, und nun gewann Nikas Panik die Oberhand. »Bitte«, wimmerte sie. »Lassen Sie mich einfach gehen. Sie können mich auch hier aus dem Auto werfen und wegfahren – ich habe Sie ja nicht gesehen. Ich kann Sie nicht verraten.«

Wieder wusste sie nicht, ob er sie gehört und verstanden hatte, denn es kam keine Reaktion. Der Wagen fuhr nun wirklich langsam, es knirschte immer wieder unter den Reifen, manche der Unebenheiten mussten groß sein. Wie dicke Wurzeln.

Nika konzentrierte sich auf ihren Atem. Sie musste jetzt alle ihre Sinne schärfen. Sobald der Mann sie aus dem Auto zerrte, würde sie wieder um Hilfe rufen.

Oder besser doch nicht? Er hatte sie bestimmt nirgendwo hingebracht, wo eine Chance bestand, dass man sie hörte. Außer, er war wirklich ungeschickt. Und diesen Eindruck hatte er vorhin nicht gemacht.

Mit einem Ruck blieb der Wagen stehen, früher als Nika vermutet hatte. Sie spannte alle ihre Muskeln an, wartete darauf, dass die Fahrertür geöffnet würde, dass der Mann zu ihr kommen würde, doch das passierte nicht.

Es blieb einfach ruhig. Sie konnte nur ihre eigenen hektischen Atemzüge hören und etwas wie – Rauschen. Rauschen und Plätschern. Waren sie wirklich am Meer?

Nein, das hätte sie gerochen, da war sich Nika sicher. Sie konnte ihren Herzschlag im ganzen Körper fühlen. Wieso passierte denn nichts? Worauf wartete ihr Entführer? Auf einen Komplizen? Waren mehrere Täter für Jennys Tod und Glorias Verschwinden verantwortlich?

Sie würde jetzt einfach zu sprechen beginnen. Auf Deutsch. Sie musste sich schon sehr irren, wenn er es nicht verstand. »Lassen Sie mich bitte gehen. Ich verspreche, ich werde Ihnen keine Schwierigkeiten machen. Ich kann Ihnen nicht schaden, ich habe keine Ahnung, wer Sie sind.« Gut, das war ein wenig gelogen, aber von dem Geistesblitz, den sie kurz vor ihrem Aufbruch gehabt hatte, konnte er ja nichts wissen. »Wenn Sie mit Jennys Tod zu tun haben, müssten Sie froh sein, dass es mich gibt, denn die Polizei denkt, ich wäre möglicherweise die Täterin. Bisher bin ich die Hauptverdächtige. Wenn Sie mich töten, wird der Kommissar seine Theorie sicher noch einmal überdenken.«

Keine Reaktion. Nika fühlte, dass ihre Nerven das nicht mehr lange mitmachen würden. Und dann würde sie alles auf eine Karte setzen, einen Namen nennen und sich damit entweder retten oder endgültig ins Verderben …

Die Fahrertür wurde geöffnet. Zugeschlagen. Nika verkrampfte sich, wartete darauf, gleich herausgezerrt zu werden, doch stattdessen hörte sie leise Schritte, die sich entfernten. Damit hatte sie nicht gerechnet. Wahrscheinlich gab es wirklich einen Komplizen und die beiden trafen sich jetzt, beratschlagten. Beschlossen, was mit ihr passieren würde.

Wieder versuchte Nika, die Klebebänder zu lockern. Oder wenigstens den Sack von ihrem Kopf zu streifen. Wenn das allerdings gelang, würde sie ihren Entführer unweigerlich sehen. Dann konnte er das Risiko, sie laufen zu lassen, kaum noch eingehen. Also war es besser, sich auf die Fesseln zu konzentrieren.

Nika versuchte es, bis ihre Kräfte erlahmten und die Muskeln in ihren Armen und Beinen zitterten. Ohne Erfolg. Es mussten mindestens zwanzig Minuten vergangen sein, seit der Mann aus dem Auto gestiegen war. War das ein gutes Zeichen? Oder brauchte er einfach etwas länger, um ihr Grab zu schaufeln?

Der Gedanke allein nahm ihr fast den Atem. Nein, jetzt nicht das Schlimmste annehmen, nicht anfangen zu heulen, vor allem nicht aufgeben. Am besten nur warten und versuchen, ruhig zu bleiben. Wenn der Mann wiederkam, wollte sie ihre Sinne beisammenhaben und nicht bloß ein wimmerndes Nervenbündel auf dem Rücksitz sein.

Doch es dauerte lange. Im Kopf entwarf Nika bereits Szenarien davon, wie sie in diesem Wagen verdursten würde. Vielleicht stand er so gut versteckt, dass man sie erst in ein paar Monaten finden würde. Oder jedenfalls erst dann, wenn der Verwesungsgeruch jemanden alarmierte.

Wieder ein Gedanke, der sie fast um den Verstand brachte und dem sie keinesfalls nachgeben durfte. Sie versuchte sich abzulenken, indem sie einfach zählte. Von hundert rückwärts, dabei konnte sie sich auf nichts anderes konzentrieren. Als sie bei eins angelangt war, begann sie noch einmal von vorne. Und noch einmal und noch ...

Waren das Schritte gewesen? Nika hielt den Atem an. Ja, jemand kam näher. Langsam. Wahrscheinlich müde vom Graben.

Sie verbot sich den Gedanken erneut, sie würde diese Nacht überleben, das war keine Frage, sie würde davonkommen, koste es, was es wolle.

Die hintere Tür des Autos wurde geöffnet, Luft strömte herein. Luft, die einen ganz bestimmten Geruch mit sich brachte – nach Pinienwald, nach feuchter Erde. Nika kannte diesen Geruch, und er jagte ihr ebenso viel Angst ein wie der Mann, der sie entführt hatte und der nun begann, sie aus dem Auto zu ziehen.

Sie musste schon einmal hier gewesen sein, während ihres Blackouts, denn ihre körperliche Reaktion war die gleiche wie beim Hören des Nirvana-Songs. Aufsteigende Übelkeit, Panik, das Bedürfnis, davonzulaufen.

Der Entführer hatte sie jetzt aus dem Auto gehoben und auf die Beine gestellt. Er hielt sie an den Schultern fest, es wirkte, als wäre er unschlüssig, was er jetzt mit ihr anstellen sollte. Schließlich hob er sie noch einmal hoch, trug sie ein kleines

Stück und lehnte sie dann gegen etwas, das sich wie ein Baum anfühlte. Drückte sie nach unten, bis sie saß.

Nika hatte sich dafür entschieden, nicht zu schreien. Die Wahrscheinlichkeit, dass jemand sie hören würde, war viel kleiner als das Risiko, eine Kurzschlussreaktion bei ihrem Kidnapper auszulösen.

Dafür hatte sie etwas anderes beschlossen. Sie würde reden, egal, ob sie eine Antwort bekam oder nicht. Der Mann, der sie hergebracht hatte, wirkte nicht sehr entschlossen, eher verzweifelt. Er hätte sie längst töten können, aber er hatte sie an diesen Baum gesetzt. Vermutlich stand er jetzt vor ihr und sah sie an, unschlüssig, wie er weitermachen sollte.

»Ich bin nicht gefährlich für Sie«, begann sie. »Ich weiß, Sie glauben das, aber es stimmt nicht. Ich habe nämlich keine Ahnung, was passiert ist. Ich erinnere mich nicht an die Zeit zwischen Samstagnacht und Dienstagmorgen, aber das wissen Sie schon, oder? Zwar nicht von mir direkt, aber Sie wissen es.«

Keine Reaktion. Der schwarze Sack über dem Kopf löste in Nika allmählich Beklemmungen aus, sie fühlte, wie sich ihr Herzschlag beschleunigte. Das konnte sie überhaupt nicht brauchen. In ihrem Kopf begann Kurt Cobain wieder zu singen, und sie fühlte, dass dieses Lied an diesen Ort gehörte, dass es in Verbindung stand mit dem Geruch nach Pinien und Schlamm und dass sich dazu noch ein weiterer Geruch mischen sollte ...

Dass ihr Magen erneut rebellieren würde, hatte sie schon erwartet, und sie versuchte mit aller Kraft, sich auf etwas anderes zu konzentrieren als »Smells like Teen Spirit«.

With the lights out
the lights out
lights ...

Wieder begann sie zu zählen, das half zum Glück. Der Mann hatte immer noch kein Wort gesagt, aber er war noch da. Hin und wieder konnte sie ihn atmen hören. Merkte, wie er seine Position veränderte.

Als sie sicher war, dass sie nicht erbrechen musste, sprach sie weiter. »Was halten Sie davon? Sie lockern meine Fesseln ein wenig und fahren weg. Bis ich mich ganz befreit habe, sind Sie längst verschwunden, und ich habe sowieso keine Chance, Ihnen zu folgen.« Sie zögerte kurz, bevor sie den nächsten Satz sagte. »Wenn Sie möchten, nehmen Sie auch mein Handy mit. Es ist in meiner Handtasche, die liegt noch im Auto. Dann kann ich keine Hilfe rufen. Ich werde also warten müssen, bis es hell wird, bevor ich überhaupt versuchen kann, wieder zurückzukommen. Sie gehen kein Risiko ein.«

Diesmal hörte sie ihn seufzen. Es war ein langes, zitterndes Ausatmen, das ihr Mut machte. Er war kein kaltblütiger Mörder, er würde froh sein, einen Ausweg aus dieser Situation zu finden.

»Ich verspreche auch, ich werde nicht mehr versuchen herauszufinden, was passiert ist. Ich werde mich aus allem heraushalten. Und ich werde niemandem von diesem Erlebnis erzählen.«

Wieder das tiefe Seufzen. Dann spürte Nika eine Hand an ihren Waden, kurz darauf hörte sie ein Geräusch wie von einem Reißen, und im nächsten Moment waren ihre Beine frei.

»Danke!« Sie konnte vor Erleichterung kaum sprechen. »Grazie. Mille, mille grazie!«

Eine Hand packte sie unter der Achsel und zog, half ihr beim Aufstehen. Dann legte sich ein Arm um ihren Rücken. Der Mann führte sie langsam und vorsichtig von dem Baum weg, an den er sie zuvor gelehnt hatte. Brachte er sie zum Auto zurück? Würde er sie doch in einer Gegend absetzen, in der ihre Chancen besser waren, einigermaßen schnell nach Siena zurückzukommen.

Der Boden war trügerisch. Zweimal stolperte sie, vermutlich über Wurzeln, die auch ihr Entführer in der Finsternis nicht sehen konnte. Zudem war es rutschig an manchen Stellen, schlammig.

Und dann trat Nika ins Nasse. Es drang sofort durch ihre leichten Sommersneaker. Einen Schritt später stand sie knöcheltief im Wasser. Die Hand des Mannes drückte sie unbarmherzig vorwärts; jetzt begriff sie, was er vorhatte, schrie auf, stemmte sich gegen seinen Druck.

Er würde sie ertränken, so wie er es mit Jenny gemacht hatte. Vielleicht würde auch Nika gleich einen harten Schlag gegen ihren Kopf spüren und dann ... nichts mehr.

Das Wasser reichte ihr nun bis zu den Schienbeinen, und sie wusste, dass ihre Chancen mit jedem weiteren Schritt schwanden. Ihre Hände waren immer noch auf den Rücken gefesselt, schwimmen war unmöglich.

Es war reine Verzweiflung, die sie noch einmal alle ihre Kräfte mobilisieren ließ. Den nächsten Schritt nach vorne tat sie von selbst, wich dabei ein Stück nach links aus, und die Hand löste sich von ihrem Rücken.

Jetzt musste sie schnell sein, durfte nicht hinfallen, musste unwahrscheinliches Glück haben. Wenn sie wenigstens ein bisschen hätte sehen können, aber der Sack über ihrem Kopf war vermutlich nicht das größte Problem. Es war Nacht, die Dunkelheit war nicht nur ihr Feind, sondern auch der des Entführers.

Noch zwei rasche Schritte nach links, gegen den Widerstand des Wassers, dann umdrehen, zurücklaufen. Dorthin, wo das Ufer sein musste.

Es wurde schnell einfacher, und innerhalb weniger Sekunden hatte Nika wieder festen Boden unter den Füßen. Sie blieb nicht stehen, obwohl sie bei jedem Schritt fürchtete, gegen einen Baum zu prallen oder gegen das Auto, sie fiel sogar in einen leichten Laufschritt, mit gesenktem, zwischen die Schultern gezogenem Kopf.

Der Mann war hinter ihr, sie hörte ihn keuchen, aber er hatte immer noch kein einziges Wort gesagt. Sie versuchte, sich zwischen die Bäume zu schlagen und dort vielleicht mithilfe der rauen Rinde den Stoffsack von ihrem Kopf streifen zu können.

Ihr rechter Fuß blieb an etwas hängen – einem Stein, einer Wurzel –, und fast wäre sie gefallen, doch sie schaffte es, sich zu fangen, bevor sie zu Boden ging. Spürte dabei, wie ihr Rücken einen Baum streifte.

Von da an bewegte sie sich seitlich voran, dann würde sie mit dem Fuß oder der Schulter zuerst gegen ein Hindernis stoßen, nicht mit dem Kopf. Ihr Herzschlag war nun so laut, dass sie nicht mehr hörte, wie dicht der Mann hinter ihr war, aber Stehenbleiben kam keinesfalls infrage.

Sie musste nun innerhalb des Waldes sein, immer wieder stieß sie gegen Bäume, wich aus, wechselte die Richtung. Die Orientierung hatte sie längst verloren ... und dann trat sie wieder in Wasser.

Sie hörte sich selbst aufschluchzen, wusste, dass auch der Mann hinter ihr es gehört haben musste. Sie konnte hier nicht weitergehen, aber wenn sie umkehrte, würde sie ihm in die Arme laufen.

Trotzdem blieb ihr nichts anderes übrig. Sie versuchte, sich ein Stück am Ufer zu halten, blieb dabei immer wieder in Gestrüpp hängen, es wurde dichter und dichter, bald blieb Nika nur noch die Möglichkeit, sich gerade nach vorne zu bewegen – oder direkt ins Wasser zu gehen. So oder so, sie saß in der Falle.

Ihre Panik war jetzt so überwältigend, dass sie es darauf ankommen ließ. Alles, was nicht Ertrinken bedeutete, war gut, also lief sie los, würde vermutlich gleich den Griff ihres Verfolgers am Arm spüren oder im Nacken. Vielleicht würde es auch ein hart geschwungener, schwerer Ast sein, der sie niederstreckte. Bei jedem Schritt, den sie tat, fürchtete Nika, es würde der letzte sein.

Doch es war immer nur der Wald, der sie am Weiterlaufen hinderte. War der Mann überhaupt noch da? Oder hoffte er, sie würde sich selbst außer Gefecht setzen? Vielleicht gab es ganz in der Nähe einen Abgrund oder einen Steinbruch, auf den sie sich allmählich zubewegte und in den sie unweigerlich stürzen würde, wenn sie weiterlief, blind wie sie war.

Der Gedanke ließ sie innehalten. Ein Sturz ins Nichts, ohne zu wissen, wie tief er sein und wann der Aufprall kommen würde, war eine fast noch schlimmere Vorstellung als die, zu ertrinken.

Nika blieb stehen. Ihr Atem ging in schweren, keuchenden Zügen, sie musste Kratzer am ganzen Körper haben, ihre Jeans waren am rechten Knie zerrissen, sie konnte die Luft auf ihrer aufgeschrammten Haut spüren.

Rund um sie herum regte sich nichts. Nur leises Plätschern verriet die Nähe von Wasser. Kein Fluss, vermutlich ein See.

Ganz sicher ein See.

Diese Gewissheit war mit einem Mal da, so wie vorhin, als

Nika mit aller Bestimmtheit gewusst hatte, dass sie nicht zum ersten Mal hier war.

Ein See. Wasser. Dunkles Wasser – zumindest bei Nacht.

Sie traute dem Frieden nicht. Wenn der Mann weggefahren wäre, hätte sie das Anlassen des Motors gehört und das Geräusch der Reifen auf dem unasphaltierten Weg. Ihre Spur hatte er ganz sicher nicht verloren, sie war alles andere als leise gewesen auf ihrer Flucht durchs Unterholz.

Wo steckte er?

Und dann hörte sie etwas. Ein leises, unterdrücktes Wimmern, das manchmal für Sekunden aufhörte, um dann wieder einzusetzen. War er das? Oder ein Tier?

Nika beschloss zu tun, was sie schon längst hätte tun sollen. Am nächstgelegenen Baum streifte sie den Stoffsack von ihrem Kopf. Das war schwieriger, als sie vermutet hatte, der Stoff klebte an der verschwitzten Haut ihres Gesichts und rutschte immer wieder nach unten.

Als sie es endlich geschafft hatte und sich schwer atmend umblickte, war die Dunkelheit fast so undurchdringlich wie zuvor. Immerhin sah Nika, dass sie von Bäumen umgeben war, aber das war schon so ziemlich alles. Wenn sie den Kopf in den Nacken legte, entdeckte sie einzelne Sterne zwischen den Wipfeln.

Eine Weile blieb sie stehen und lauschte. Das Wimmern wurde leiser, verebbte. Nun dominierten wieder Wasserplätschern und das Rauschen in den Bäumen. Irgendwo weiter entfernt rief ein Vogel in die Nacht. Etwas Kleines raschelte im Unterholz, vielleicht ein Marder.

Aber von Nikas Entführer war jetzt nichts mehr zu hören. Zu sehen auch nicht; sie suchte nach einer Silhouette zwischen den

Schatten, die nicht die eines Baumes war, aber es machte ganz den Eindruck, als wäre sie allein.

Was sollte sie tun? Einfach zurückgehen und dem Mann in die Arme laufen schien die schlechteste aller Möglichkeiten zu sein. Nein, zuallererst musste sie das Klebeband loswerden, das ihre Unterarme aneinanderfesselte. Dehnen ließ das Material sich kaum, jedenfalls nicht ausreichend, um es abstreifen zu können.

Aber was, wenn es nass war? Würde das helfen?

Das Wasser konnte nicht mehr als dreißig oder vierzig Meter entfernt sein, schätzte Nika, obwohl sie es nur hören und riechen konnte. Sehen nicht.

Auf eine Weise, die sie nicht begriff, beruhigte sie das. Sie wollte möglichst weit vom See entfernt bleiben – vermutlich lag es daran, dass sie vorhin fast darin ertränkt worden wäre.

Jetzt erst begann sie langsam zu frieren. Ihre Hosenbeine waren nass bis zu den Knien hinauf, ihre Schuhe völlig durchgeweicht. Die schwere Erkältung war vorprogrammiert.

Der Gedanke ließ sie beinahe laut auflachen. Diese Erkältung musste sie erst einmal erleben. Immerhin bestanden gute Chancen, dass sie am Grund dieses Sees liegen würde, bevor irgendwelche Bakterien noch die Gelegenheit hatten, sich in ihren Atemwegen festzusetzen.

Am Grund des Sees. Der Gedanke war scheußlich vertraut, ließ sich aber trotzdem nicht mit einem Bild verbinden. Noch nicht. Etwas sagte ihr, dass sich das bald ändern und sie sich dann ihr Blackout zurückwünschen würde.

Aber eines nach dem anderen. Am wichtigsten war es im Moment, die Arme frei zu bekommen. Sie wusste nicht genau, ob Wasser das Klebeband dehnen oder den Klebstoff darauf lösen würde, aber eine andere Idee hatte sie nicht. So leise, wie sie es vermochte, ging Nika deshalb doch einen Schritt auf den See zu. Noch einen.

Mit jedem Meter wuchs ihr Widerwille. Sie musste durch Gestrüpp, das sich immer wieder mit Dornen an ihrer Kleidung festhakte, hatte aber keine Möglichkeit, die Ranken beiseitezuschieben.

Sie kniff die Augen zusammen, allmählich gewöhnten sie sich an die Dunkelheit. Etwas weiter links war der Weg zum See weniger beschwerlich. Wie es aussah, befand sich dort sogar etwas, das man mit viel gutem Willen als Weg bezeichnen konnte.

Schritt für Schritt näherte sie sich dem Wasser, hatte dabei das zunehmende Gefühl, etwas Falsches zu tun. Etwas Verbotenes. Und etwas Gefährliches dazu – als könnte im See etwas lauern, das sich auf sie stürzen und sie zu sich hinunterzerren würde, wenn es sie zu fassen bekam.

Das ist einfach nur albern, sagte sie sich, aber das Gefühl blieb. Sie war jetzt nur noch vier oder fünf Schritte vom See entfernt. *Du weißt, wo das Wasser am dunkelsten ist*, schoss es ihr durch den Kopf, und der Satz brachte sie beinahe dazu umzukehren. Sie konnte sich doch hier im Dickicht unter einem der Büsche zusammenrollen und darauf warten, dass es hell wurde, nicht wahr? Bei Tageslicht würde der See nicht so Angst einflößend sein wie jetzt, wo er wirkte, als bestünde er aus Tinte, nicht aus Wasser.

Aber es half nichts. Sie brauchte ihre Hände. Also versuchte sie noch einmal sicherzustellen, dass sie den Mann nirgendwo hörte, dann legte sie die letzten Meter bis zum See zurück. Setzte vorsichtig den rechten Fuß ins Nasse.

Nicht hier, weiter links, muss man dir alles erklären?

Die Erinnerung war so deutlich, als würde Nika die Stimme wirklich hören, jetzt, in diesem Moment. Jennys Stimme.

Hatte sie mit Jenny hier gestanden? Was war weiter links? Sie ging noch einen Schritt, in der Hoffnung, dass sie dann begreifen würde, was dieser eine Satz bedeutete. Vergeblich. Das kalte Wasser umspülte ihre Füße, und plötzlich wünschte sie sich, auch den Kopf unter Wasser zu tauchen, damit ...

Sie hielt inne. Horchte in sich hinein. Woher kam dieser Impuls?

Unter Wasser sah man nur verschwommen, und man roch nichts. Das war es. Sie wollte ihre Sinne betäuben, alles dumpf werden lassen, wie es unter Wasser nun einmal war. Aber warum? An den Geruch nach Pinien und nasser Erde hatte sie sich schon gewöhnt, er verursachte ihr keine Übelkeit mehr.

Mein Gott, wie satt sie es hatte, ständig nur im Dunkeln zu tappen. Dem ihres eigenen Kopfes und dem hier draußen in der Wildnis. Kurz entschlossen marschierte sie weiter. Wenn sie sich hier hinhockte, bekam sie die Arme hoffentlich schon bis zu den Ellenbogen unter Wasser, das würde genügen.

Sie ging in die Knie, und prompt rutschte ihr linker Fuß weg, als hätte jemand daran gezogen. Sie fiel ins Wasser, seitlich, tauchte kurz sogar ganz unter, kam nach Luft schnappend wieder hoch und horchte panisch in die Nacht.

Jeder in einem Umkreis von zweihundert Metern musste das gehört haben, trotzdem hörte Nika niemanden herankommen. Kein Plätschern im See, das von Schritten oder Schwimmzügen zeugte. Sie atmete tief durch. Nun war es schon egal, sie war vollkommen durchnässt, also konnte sie sich die Sache mit dem Hinhocken sparen und einfach so weit in den See hineingehen, dass ihre Fesseln zur Gänze unter Wasser sein würden.

Ihre Angst verschwand, während sie ging, wurde von Wut abgelöst, und das tat gut. Das Wasser reichte ihr nun bis zum Bauch, und sie fragte sich, ob ihr Entführer sie vom Ufer aus beobachtete. Und wenn ja, was er dann dachte. Dass sie sich ertränken wollte, nachdem es ihm nicht gelungen war?

Nika lachte auf, es klang erschreckend laut in der nächtlichen Stille. Sie begann, an dem Klebeband zu zerren, versuchte mit aller Kraft, es zu lockern, aber es war kaum ein Unterschied zu vorhin zu merken.

Nikas Wut, die bis dahin noch auf kleiner Flamme geköchelt hatte, explodierte in einem Aufschrei. Das durfte doch nicht wahr sein! Die ganze Quälerei umsonst? Sie würde nicht nur weiterhin gefesselt, sondern auch triefend nass zurück ans Ufer kommen, es würde noch schlimmer sein als zuvor, sie war eine Idiotin.

Mach, was ich sage, oder ich kitzle dich. Soll ich dich kitzeln, Nika? Bis es richtig wehtut? Bis es blutet?

Kälte. Nässe. Und Jennys liebevoll vorgebrachte Drohung. Hastig schloss Nika die Augen, versuchte mit aller Konzentration, diesen winzigen Zipfel einer Erinnerung festzuhalten, sich daran zu klammern, bis sich auch der Rest zeigen würde ...

Es war ähnlich gewesen, so ähnlich wie jetzt, aber sie hatte ihre Hände frei gehabt. Das war auch nötig gewesen, denn ...

Ich habe dich in der Hand. Das weißt du, oder? Entweder es geht für uns beide gut aus, oder du wirst es viel schlimmer büßen als ich. Gegen mich hast du keine Chance.

Doch, hatte sie damals gedacht. Doch. Wenn ich einen Stein nehme.

Nika fühlte, wie ihre Füße erneut auf dem schlammigen Grund des Sees ausglitten, sie fing sich gerade noch. Keine

Chance. Sie hatte die Schrift auf dem Spiegel wieder vor Augen. Das konnte doch keine Botschaft von Jenny gewesen sein. Als Nika aufgewacht war, hatte ihre Mitbewohnerin schon tot in den Bottini gelegen.

In einer Mischung aus Panik und neuer Wut zerrte Nika wieder an ihren Fesseln; das verdammte Klebeband musste doch endlich nachgeben. Sie fühlte Tränen in ihren Augen, hätte am liebsten geschrien, aber sie wollte ihre Kraft nicht verschwenden.

Streng dich an, Nika, das ist ja wohl ein Witz, was du da machst. In deinem eigenen Interesse. Du weißt, was für dich auf dem Spiel steht.

Wieder Jenny, Jenny in ihrem Kopf. War es wirklich eine Erinnerung? Oder nur Einbildung?

Du wirst es gewesen sein, Nika, und niemand wird etwas anderes erzählen. Ich freue mich darauf, weißt du? Alle werden mir beistehen in meinem Entsetzen und meiner Enttäuschung. Oh Gott, werde ich sagen, und mit ihr habe ich mir eine Wohnung geteilt. Ich bin so froh, dass sie mir nichts angetan hat.

Worte in der Finsternis, das Wasser bis hoch zur Brust. Ausweglosigkeit, jetzt und damals, wann genau auch immer das gewesen sein mochte. Sie war mit Jenny hier gewesen, mit Jenny im See. *Wo das Wasser am dunkelsten ist.*

Wenn damals die gleichen Lichtverhältnisse geherrscht hatten, dann war es kein Wunder, dass Nika nicht die geringste bildliche Erinnerung an das Geschehen hatte.

Du weißt, wo er ist. Du kannst ihn dir ja holen. Aber da fehlt dir der Mut, nicht wahr? Nikamäuschen.

Nika kämpfte gegen ihre Fesseln, als kämpfte sie gegen Jenny. Gegen ihre hämischen, boshaften Worte, die ihr immer noch Angst einjagten, obwohl Jenny längst nicht mehr lebte.

Was war es gewesen, wovon sie gesprochen hatte? Was hätte Nika sich holen können? Es war zum Verrücktwerden – das bisschen Erinnerung, das stückchenweise an die Oberfläche von Nikas Gedächtnis drang, brachte keine einzige Antwort mit sich. Nur neue Fragen.

Das alles fühlte sich so furchtbar vergeblich an. Ihre Versuche, sich zu erinnern, ihre Versuche, sich zu befreien ... allein die Vorstellung, nass wieder ans Ufer zurückzugehen, die Hände immer noch nutzlos auf dem Rücken, ließ sie allen Mut verlieren. Und der Kerl, der sie hergeschleppt hatte, stand vermutlich irgendwo am Rand des Sees und sah ihr zu.

Ihre Arme schmerzten bereits vor Anstrengung, aber das Klebeband saß unerbittlich fest. Trotzdem gab Nika nicht auf, sie wand ihren ganzen Körper bei dem Versuch, sich zu befreien, machte dabei einen weiteren Schritt in den See hinein – und trat ins Leere.

Das Wasser schlug kalt über ihrem Kopf zusammen, sie hatte im letzten Moment noch nach Luft geschnappt, doch die würde nicht lange reichen. Sie spürte, wie sie sank, versuchte, mit den Beinen Schwimmbewegungen zu machen, um wieder an die Oberfläche zu kommen, doch ohne Hilfe der Arme war das hoffnungslos.

Das war es dann also. Sie würde hier einfach untergehen wie ein Stein, sie würde sterben, ohne dass ihr Entführer weiter Gewalt anwenden musste. Die Polizei würde von einem Verbrechen ausgehen, weil sie gefesselt war, aber auf dem Klebeband würden sich längst keine Fingerabdrücke mehr finden. Sie würde ...

Ihr rechter Fuß stieß auf Grund. Nicht schlammig, sondern hart. Instinktiv stieß Nika sich ab, schnellte hoch, durchbrach für Sekundenbruchteile mit dem Kopf die Wasseroberfläche, gerade lange genug, um Atem holen zu können. Dann sank sie wieder nach unten.

Diesmal kämpfte sie nicht dagegen an, im Gegenteil. Sie wollte so schnell wie möglich wieder am Grund des Sees landen, um sich noch einmal nach oben zu katapultieren und diesmal tiefer einatmen zu können.

Ein paarmal würde das wohl klappen. Hoffentlich. Aber dann? Am besten, sie versuchte, ein kleines Stück in Richtung Ufer zu gelangen, dorthin, wo es so viel seichter gewesen war.

Beim nächsten Abstoßen fühlte Nika, dass der Grund ein wenig nachgab. Das war merkwürdig. Sie hatte gedacht, sie wäre mit den Füßen auf Stein geraten, aber diesmal war es gewesen, als hätte sie ihren Absprungspunkt eingedellt.

Luft schnappen. Wieder absinken. Jetzt achtete sie ganz genau darauf, wie der Grund sich anfühlte. Nein, das war sicher kein Stein, auch kein Kies. Schlamm sowieso nicht. Aber was dann? Etwas, das sich bei Druck verformen ließ.

Als Nika diesmal an die Oberfläche kam, versuchte sie, sich dort zu halten und gleichzeitig dem Ufer näher zu kommen, mit den Füßen die Abbruchkante zu ertasten, über die sie vorhin getreten war.

Doch sie war offenbar noch zu weit entfernt, und nun sank sie wieder nach unten. Wartete auf den Moment, in dem sie diese seltsam biegbare Stelle unter ihren Füßen spüren würde, doch der kam nicht.

In Panik begann Nika zu strampeln, sie fühlte, dass sie diesmal tiefer sank als bisher, und als ihre Füße doch Grund fanden, versanken sie bis zu den Knöcheln darin.

Schlamm. Es fühlte sich an, als würde sie stecken bleiben,

doch sie schaffte es unter Aufbringung ihrer ganzen Kraft, sich auch von dort noch einmal abzustoßen, spürte, wie ihre Sneaker stecken blieben. Allerdings trieb sie nun viel langsamer auf die Oberfläche zu als vorher, und sie spürte, wie die Luft in ihrem Körper immer knapper wurde.

Auf keinen Fall würde sie jetzt atmen, auch wenn der Drang danach fast unbezwingbar war, sie würde kein Wasser einatmen, denn das war das Ende, dann war es vorbei …

Ihre Lungen schmerzten, ihr ganzer Körper verkrampfte sich – und dann, endlich war da Luft, die sie einsog, so viel und so tief sie konnte.

Ihre Angst davor, wieder unterzugehen, war nun riesig, also kämpfte sie mit aller Kraft, die ihre Beine hergaben, darum, den Kopf über Wasser zu halten. Jeder Atemzug war kostbar, und sie schaffte noch drei oder vier von ihnen, bevor sie doch wieder versank.

Diesmal gelang es ihr nicht, dabei ruhig zu bleiben. Obwohl sie spürte, dass es nichts half, sondern sie nur ihre letzten Kraftreserven kostete, strampelte sie mit aller Kraft, versuchte durch reine Willensanstrengung wieder zur Wasseroberfläche zu gelangen. Vergebens. Sie sank, hilflos; langsam, aber unerbittlich, und ihre Luft wurde immer knapper.

Dann gab sie auf. Schloss die Augen und hoffte, dass es bald vorbei sein würde. Sie würde eben doch Wasser einatmen, und es würde kurz wehtun, danach aber nicht mehr. Nie mehr.

Doch sie brachte es nicht über sich, sie würde kämpfen, bis es nicht mehr ging, also hielt sie den Atem an, obwohl ihr Körper nach Luft schrie; sie begann wieder zu zappeln, Wasser zu treten – und spürte kaum, wie etwas nach ihrem Haar griff und sie mit einem Ruck nach oben zog.

Im letzten Moment hatte sie nun doch eingeatmet, eine Sekunde zu früh, und ein Gemisch aus Luft und Wasser in die Lungen gesogen. Nun hustete sie wie noch nie in ihrem Leben, bekam nur am Rande mit, dass jemand sie unter den Armen gepackt hatte und in Richtung Ufer zog, sie versuchte verzweifelt, Sauerstoff in ihren Körper zu bekommen, möglichst schnell und viel.

Dann lag sie auf dem Boden, immer noch hustend. Auf feuchtkalter Erde, das Gesicht halb im Schlamm, ohne Schuhe. Sie war viel zu beschäftigt damit, ihren Atem unter Kontrolle zu bekommen, als dass sie versucht hätte, sich umzudrehen und zu sehen, wer sie aus dem See gezogen hatte. Im Grunde war es klar, es war er, sonst gab es hier niemanden. Sie waren allein, er und Nika und die Frage, was er als Nächstes tun würde.

Langsam wurde es besser. Der Husten legte sich, sie genoss jeden einzelnen Atemzug. Merkte jetzt auch, dass sie erbärmlich fror, aber das war egal. Sie war nicht ertrunken.

Erschöpft schloss sie die Augen. In die nächtlichen Geräusche von Wind und Wasser mischte sich ein drittes. Das unterdrückte Schluchzen von vorhin, viel näher jetzt.

Nika hatte kaum noch Zweifel daran, wer da hinter ihr saß, wer sie erst entführt und dann gerettet hatte. Nur das Warum hatte sie noch nicht durchschaut.

Weil er voller Angst ist.

Sie dachte an ihre verschlüsselten Notizen und wünschte sich, sie wären ein bisschen deutlicher gewesen, dann hätten sie alle sich so viel ersparen können.

»Du musst keine Angst vor mir haben«, sagte sie. Ihre Stimme war rau. »Weiß Stefano, was du fast getan hättest? Wenn nicht, würde ich mich eher vor ihm fürchten.«

Das Schluchzen verebbte. Sie konnte hören, wie der Mann aufstand, dann war er bei ihr. Etwas fuhr zwischen ihre Arme, es gab ein ratschendes Geräusch und sie waren frei.

»Stefano hat keine Ahnung«, hörte sie den Mann sagen, in gutem Deutsch mit starkem italienischen Akzent. »Er mag dich. Er würde mich erwürgen.«

Langsam richtete Nika sich auf. Rieb sich die klammen, gefühllosen Hände und drehte sich um. Sah dem Skorpionmann ins Gesicht. »Hallo, Natale«, sagte sie.

26

Für eine Zeit, die Nika endlos schien, waren das die einzigen Worte, die gesprochen wurden. Der Skorpionmann sah sie nur stumm an, sie saßen nah genug beieinander, damit sie seine Züge erkennen konnte, nicht sehr deutlich, aber doch ausreichend, um sicher sein zu können, dass er es war.

»Du erinnerst dich doch«, stellte er schließlich mutlos fest. »Du weißt meinen Namen.«

»Ich hatte ihn aufgeschrieben«, erwiderte Nika. Mein Gott, wie spät sie das begriffen hatte. Dabei war *Natale* wirklich eines der italienischen Worte, die ihr schon lange geläufig waren. *Buon natale* – frohe Weihnachten. Und Stefano hatte den Namen mehrmals erwähnt, er hatte ihr erzählt, wie seine Brüder hießen.

Natale war also dabei gewesen, in der Zeit zwischen Samstag und Dienstag, und er musste mindestens ebenso viel Angst gehabt haben wie jetzt. Nika konnte sie in seiner Stimme hören.

Sie schlang die Arme um ihren Körper, in dem vergeblichen Versuch, sich ein bisschen zu wärmen. »Du wolltest mich wirklich umbringen, nicht wahr?«

Heftig schüttelte er den Kopf. »Nein! Ich wollte ... ich weiß nicht genau, was ich wollte. Oder doch. Ich wollte meine Frau schützen.«

»Serafina.« Nikas Zähne begannen aneinanderzuschlagen, sie musste dringend ins Warme. Und sich umziehen. »Wie geht es ihr?«

»Nicht sehr gut. Sie ist immer noch im Krankenhaus und sie weint viel. Sie hat solche Angst, das Baby zu verlieren. Wenn sie erfährt, was ich getan habe ...« Er hob seine Hand ein Stück und ließ sie kraftlos wieder fallen. »Dann wird sie das nicht verkraften. Dann ist alles vorbei. Ich weiß einfach nicht, was ich tun soll«, flüsterte er.

Nika konnte seine Verzweiflung gut nachempfinden. Hätte er es nicht fast geschafft, sie zu töten, hätte er ihr leidgetan. »Es wird sowieso rauskommen, früher oder später«, sagte sie. Nun klapperten ihre Zähne wirklich aneinander.

Er sah sie an, die Angst in seinen Augen war fast greifbar. Das musste letztens ebenso gewesen sein. Weihnachten voller Angst, das hatte Nika wohl unter dem Eindruck dieses Blicks geschrieben.

»Was wird sowieso rauskommen?«, krächzte er.

Sie hatte gedacht, das wäre klar gewesen. »Das mit Jenny«, sagte Nika vorsichtig. »Du hast sie doch ...«

Nun war sein Blick fassungslos. »Was?«

»Getötet.« Sie sagte es so leise, dass sie es selbst kaum hören konnte.

»Bist du verrückt? Ich habe Jenny überhaupt nichts angetan!« Nun zum ersten Mal erkannte Nika eine Ähnlichkeit zwischen Natale und seinem jüngeren Bruder. In der Art, wie er sich mit den Fingern durchs Haar fuhr. »Jenny hat mich zwei Wochen lang erpresst und mir das Leben zur Hölle gemacht. Ich habe alles getan, was sie von mir verlangte, sie hatte mich in der Hand. Aber ich habe sie nicht getötet.« Zum ersten Mal sah er Nika völlig ruhig in die Augen. »Das warst du.«

Vollkommene Leere in Nikas Kopf. Da war kein Widerspruch, kein Schock, kein Entsetzen. Einfach gar nichts. Das Erste, was ihr nach einigen Sekunden in den Sinn kam, war eine Frage. »Woher willst du das wissen?«

»Ich habe euch gefunden. Du bist uns doch entwischt, und ich bin dir gefolgt. Ich hatte solche Angst, du gehst zur Polizei, damit hattest du gedroht, als deine Erinnerung noch da war. Ich habe beim Kommissariat gewartet, du bist auch wirklich aufgetaucht, hast aber sofort kehrtgemacht, als du mich gesehen hast.« Er wischte sich das Wasser aus dem Gesicht, das von seinen Haaren tropfte. »Du bist gerannt, ich war knapp hinter dir, aber dann warst du plötzlich verschwunden. Ich habe minutenlang nicht begriffen, wohin.«

»Die Baustelle«, sagte Nika, ihre Zähne schlugen gegeneinander.

»Du erinnerst dich ja doch!«

»Nein. Ich habe mir nur ein paar Dinge zusammengereimt.« Sie sah ihn an. »Und mit dem Rest wirst du mir jetzt helfen. Du bist mir nachgekommen?«

Er schüttelte den Kopf. »Ich habe Jenny informiert. Sie ist dann nach unten gestiegen. Ich habe gewartet, stundenlang, aber nachdem ihr nicht zurückgekommen seid, bin ich euch doch gefolgt.«

Was bist du doch für ein mutiger Kerl, lag es Nika auf der Zunge, aber sie schwieg. Er sollte weitersprechen. »Ich bin hinuntergestiegen, herumgeirrt ... dann habe ich jemanden lachen gehört, lange und laut. Diesem Geräusch bin ich gefolgt, und da warst du. Über Jenny gebeugt, die halb im Wasser lag.«

Nun setzte doch so etwas wie Schock bei Nika ein. War es möglich, dass Natale die Wahrheit sagte? Dass Nika Jenny umgebracht und danach tatsächlich *gelacht* hatte?

Sie konnte es sich nicht vorstellen. Aber sie hatte unter Drogen gestanden, was wusste sie schon, was die mit ihrem Bewusstsein angestellt hatten?

Das würde ihr mildernde Umstände einbringen, vielleicht ... wenn Fiorese überhaupt Beweise dafür fand, dass Gewalt im Spiel gewesen war. Wie es im Moment aussah, war es immer noch möglich, dass Jenny einfach verunglückt war.

»Und welche Rolle spielst du bei der Sache?«, fragte Nika. »Was hast du getan, das deine Frau nicht erfahren darf?«

Er musterte sie stumm. »Komm«, sagte er. »Wir müssen uns beide aufwärmen, wenn wir keine Lungenentzündung bekommen wollen.«

Nika folgte ihm zum Wagen, viel zu abgelenkt, um sich Sorgen darum zu machen, ob Natale irgendwelche neuen finsteren Pläne verfolgte. Er hätte sie einfach ertrinken lassen können, wenn er sie wirklich hätte loswerden wollen.

Er war vor ihr am Auto, setzte sich hinein und startete den Motor. Die Lichter gingen an.

Im gleichen Moment brüllte das Lied in Nikas Kopf wieder los, in ihrer Erinnerung sang aber nicht Kurt Cobain allein den Refrain, sondern Jenny übertönte ihn, mit lauter, sich überschlagender Stimme. *With the lights out, it's less dangerous ...*

Dann waren tatsächlich die Lichter ausgegangen. Und sie hatten ... sie hatten ...

Nika hielt sich am nächsten Baum fest und übergab sich. Ihr

Magen war leer, bis auf das Wasser, das sie geschluckt hatte und das sie nun zur Gänze wieder von sich gab.

Sie hatten geschoben. Ein Auto mit ausgeschalteten Scheinwerfern, in dem jemand gesessen hatte.

»Was ist los? Ist dir übel?« Natale stieg noch einmal aus.

»Ja. Da war ein Auto, nicht wahr?«

»Daran erinnerst du dich?«

»Und wir haben es geschoben.«

»Steig jetzt ein.«

Sie ließ sich von ihm zum Wagen führen, auf den Beifahrersitz setzen und anschnallen. Ihr Körper zitterte nun unkontrolliert, und sie wusste nicht, ob die Kälte der Grund dafür war oder die Bilder, die nach und nach in ihrem Kopf auftauchten. Immer wieder Jenny, die sie da und dorthin zerrte. Ihr Anweisungen gab. Das Lied schrie, im Duett mit … dem Autoradio?

Sie fuhren los, die Heizung des Wagens bis zum Maximum hochgedreht. Die ersten paar Kilometer schwiegen sie, dann hielt Nika es nicht mehr aus. »Du hast mich die letzten Tage ständig durch die Stadt verfolgt – warum? Wenn du denkst, ich hätte Jenny getötet, wäre es doch am einfachsten gewesen, mich anzuzeigen.«

»Dann wäre alles herausgekommen.«

»Was denn? Fiorese denkt ohnehin, ich wäre es gewesen. Eine Zeugenaussage von dir, und die Sache ist für ihn abgeschlossen.«

Natale wandte ihr den Kopf zu. »Wenn ich eine Zeugenaussage machen wollte, müsste ich zugeben, dass ich Zeuge war. Dann würde die Polizei mich fragen, wie es dazu kam. Woher ich dich und Jenny kenne. Und dann …« Er schüttelte den Kopf. »Ich kann es nicht. Nicht, solange es Serafina so schlecht geht. Wenn, wenn überhaupt, hätte ich es gleich tun müssen. Dann würde vielleicht auch Jenny noch leben.« Er packte das Lenkrad fester. »Aber dazu war ich zu feige. Stattdessen habe ich dich verfolgt, weil ich sicher sein wollte, dass du nicht zur Polizei gehst. Ich konnte nicht glauben, dass du das alles wirklich vergessen hattest.«

Das alles. Nika ahnte, was er meinte. Dieser eine Name stand zwischen ihnen, obwohl noch niemand ihn ausgesprochen hatte.

»Die Nachrichten auf dem Spiegel, der Zettel unter der Tür – das warst du, nicht wahr?«

Natale nickte. »Ich wollte, dass du Angst kriegst und die Stadt verlässt. Dann wärst du entweder weg gewesen, oder die Polizei hätte gedacht, du willst fliehen. Sie hätten dich geschnappt, ohne dass ich dabei eine Rolle hätte spielen müssen.«

Tja, feige war Natale tatsächlich, das ließ sich nicht bestreiten. Ganz anders als sein Bruder.

Der Gedanke an ihn tat unerwartet weh. »Wie viel weiß Stefano?«

Natales Blick blieb starr auf die nächtliche Straße gerichtet. »Ich habe ihm erzählt, was passiert ist und welche furchtbaren Folgen das für mich haben könnte. Er war sofort bereit, mir zu helfen. Er wollte dich im Auge behalten und dafür sorgen, dass du nichts Dummes tust.«

Aha. So war das also gewesen. Deshalb hatte Stefano Amelie überredet, Nika einzuladen. Deshalb seine Fürsorge, alles nur Berechnung. Die Vorstellung, dass er die ganze Zeit über gelogen hatte, tat weh, mehr, als Nika erwartet hatte. Stefano wollte sie nur vor der Polizei schützen, damit nicht bekannt wurde, dass sein Bruder – ja, was eigentlich getan hatte?

»Er mag dich«, sagte Natale mitten in ihre Gedanken hinein. »Sehr. Ein bisschen zu sehr, er hat von mir verlangt, dass ich alles erzähle, damit sie dich in Ruhe lassen. Das konnte ich natürlich nicht tun. Heute Abend hast du ihm dann auf die Sprachbox gesprochen, dass du etwas herausgefunden hast. Er sagte, wenn ich dir reinen Wein einschenke, wäre er weiterhin bereit, mir zu helfen, sonst nicht. Wenn du das nächste Mal zur Polizei gehst, soll ich mitgehen, meinte er, und schließlich wüsste er selbst ja auch alles. Er würde es nicht mehr aushalten, dir noch länger dabei zuzusehen, wie du verzweifelt nach Erinnerungen suchst. Und da habe ich ... die Nerven verloren.« Er warf ihr einen entschuldigenden Seitenblick zu. »Aber du hast gesehen, dass ich dich nicht töten konnte, oder? Ich könnte niemanden töten.«

Sie kamen nun langsam wieder in besiedeltes Gebiet. Die Straßen waren immer noch schmal, aber sie führten durch Dörfer und kleine Städtchen. Siena konnte nicht mehr allzu weit entfernt sein.

»Sag es mir endlich«, forderte Nika.

Er tat, als hätte er sie nicht gehört.

»Los, sag es mir. Ich habe ein Recht darauf. Du bist nicht der Einzige, der vor riesigen Problemen steht.«

Eine Zeit lang presste er die Lippen aufeinander, dann warf er ihr einen schnellen Blick zu. »Wenn du dich nicht erinnerst, sei einfach froh. Das ist besser für alle, auch für dich, glaube mir.«

Nika zögerte einen Moment, dann schoss sie ihr schärfstes Geschütz ab. »Gloria«, sagte sie. »Gloria Di Canio. Nicht wahr?«

Er verriss den Wagen, so plötzlich, dass sie fast von der Straße abgekommen wären. »Merda«, schrie er. »Du weißt es ja doch! Und trotzdem machst du mir etwas vor? Du willst mich reinlegen, du bist wie deine verdammte Freundin!«

Nika hatte vor Schreck aufgeschrien, sie klammerte sich mit einer Hand an ihren Sitz, mit der anderen an den Griff der Beifahrertür. »Bist du verrückt? Willst du uns beide umbringen? Ich dachte, deine Frau braucht dich und deshalb veranstaltest du diesen ganzen Irrsinn!«

Natale brachte den Wagen am Straßenrand zum Stillstand. Er beugte sich vor, legte seine Stirn gegen das Lenkrad und begann leise zu weinen. Schon wieder. Nika wartete, viel zu wütend, um Mitleid zu empfinden. Es dauerte gut fünf Minuten, bis er sich beruhigt hatte. »Es war nicht meine Schuld«, sagte er heiser. »Aber es war trotzdem mein Fehler.«

Er war nicht dazu zu bewegen, mehr zu sagen, aber das war wohl auch gar nicht nötig. Sie hatten ein Auto geschoben, gemeinsam, mit aller Kraft. Nika war sicher, sie kannte das dazugehörige Kennzeichen und wusste, wer am Steuer gesessen hatte.

Die Uhr auf dem Armaturenbrett zeigte 2.48 Uhr an, als sie die Stadtgrenze von Siena passierten. Natale fuhr durch die schmalen Gassen ins Zentrum und parkte sein Auto in der Via Follonica, direkt vor Nummer vier.

»Das warst also auch du!« Nur mit Mühe gelang es Nika, nicht auf ihn loszugehen. »Ja, natürlich, wer auch sonst. Fünf Stunden in dem beschissenen finsteren Keller, alles nur, um mir Angst einzujagen? Du bist krank.«

Er zog den Zündschlüssel ab. »Nein, woher hätte ich wissen sollen, dass du herkommen würdest? Ich hatte bloß meine Schwester gebeten, dich im Auge zu behalten, und sie hat die Tür hinter dir zugeschlagen, als du in den Keller gegangen bist.« Er sah betreten drein. »Sie hat mich gefragt, ob ich verrückt bin.

Zu glauben, dass du dich an nichts erinnern kannst, nach allem, was passiert war. Denn offenbar wusstest du ja noch meine Adresse und auch, wo der Keller war.«

Seine Schwester. Also auch Stefanos Schwester, Maria, wenn Nika sich richtig erinnerte. Sie hatte nicht gemerkt, dass ihr jemand gefolgt war, aber – da war ein junges Mädchen gewesen, das sich gesonnt hatte, auf einem Mäuerchen gegenüber dem Eingang von Nikas Haus. »Wahnsinn. Ihr steckt wirklich alle unter einer Decke, nicht?«

Er sah sie an, als wüsste er nicht, was sie meinte. »Natürlich. Wir sind eine Familie. Und jetzt komm mit, du solltest etwas Trockenes anziehen.«

Es widerstrebte Nika, ihm in das Haus zu folgen, in dem sie schon einmal eingesperrt gewesen war. Andererseits – er hatte wirklich nicht mit ihr rechnen können, sie hatte den Zettel mit der Anschrift in Jennys Schrank gefunden. Vermutlich in seiner Handschrift, aber wie hätte das eine Falle sein sollen?

Trotzdem überlegte sie kurz, die paar Hundert Meter nach Hause zu gehen, doch sie war noch nie so nah an einer Erklärung für das gewesen, was passiert war. Natale erinnerte sich an die Zeit zwischen Samstag und Dienstag, und er würde ihr verdammt noch mal erzählen, was er wusste.

Aus dem überheizten Auto zu steigen und mit den immer noch nassen Sachen in die kühle Nachtluft zu treten war ein kleiner Schock. Nika fühlte, wie das Shirt ihr am Körper klebte; von ihren Jeans tropfte immer noch Wasser. Wenn Natale sie jetzt überrumpelte und wieder in den Keller steckte …

Doch das tat er nicht. Er führte sie in den zweiten Stock hinauf und sperrte eine hellbraune Holztür auf. »Gleich rechts ist das Badezimmer. Der gelbe Bademantel gehört Serafina, ich lege dir ein paar ihrer Sachen heraus.« Die Art, wie seine Stimme sich veränderte, wenn er den Namen seiner Frau aussprach, hätte Nika beinahe dazu gebracht, ihn zu mögen. Im Flur hingen gerahmte Fotos an der Wand, auf fast allen war eine lachende Frau mit Grübchen und einem langen dunklen Zopf zu sehen. Dazwischen eines dieser typischen Bilder fürs Familienalbum: Drei Jungen im Anzug und ein kleines Mädchen in einem weißen Rüschenkleid standen vor einer hellblauen Wand und blickten angespannt in die Kamera. Nika erkannte Stefanos Gesicht sofort, er musste damals etwa zehn gewesen sein, Natale schätzte sie auf sechzehn. Der dritte Bruder bewegte sich irgendwo dazwischen, das Mädchen war nicht älter als sieben.

»Hier.« Natale kam aus einem der anderen Zimmer, ein Bündel Kleidung und ein paar Slipper in den Händen. »Ich schätze, das wird passen.«

Nika öffnete die Tür zum Badezimmer und blieb auf der Schwelle stehen. Alles schwarz-weiß gekachelt. Probehalber öffnete sie auch noch die Tür daneben, die zur Toilette. Auch hier – die gleichen Kacheln.

Sie drängte sich an Natale vorbei und suchte nach dem Wohnzimmer, fand es auf Anhieb. Ein hellblauer Teppich auf Holzboden, eine sandfarbene Sitzgarnitur. Keine Frage, dieses Zimmer hatte sie mit ihrem alten Handy fotografiert, ebenso wie die Toilette. Sie war schon einmal hier gewesen.

27

Die heiße Dusche war eine Wohltat. Am liebsten wäre Nika eine halbe Stunde darunter geblieben, aber Natale klopfte schon nach fünf Minuten leise an die Tür des Badezimmers. Wegen der Nachbarn, sagte er. Das Haus sei zwar alt, aber trotzdem hellhörig.

Also drehte sie den Hahn zu, trocknete sich ab und stieg in eine schwarze Jogginghose und einen roten Sweater. Die Haare band sie sich mit einem Zopfgummi hoch, das neben dem Waschbecken lag, und fragte sich, was Serafina wohl denken würde, wenn sie demnächst ein hellblondes Haar darin fand.

Natale saß im Wohnzimmer, auf der sandfarbenen Couch. Das T-Shirt, das er trug, ließ wieder den unteren Teil des Skorpiontattoos hervorsehen. Er hatte Tee gekocht und wirkte bedrückter als zuvor. Nika setzte sich ihm gegenüber. Was hatte sie damals hier getan? Warum hatte sie ausgerechnet die Möbel fotografiert, und das auch noch schief, so als hätte sie eher aus Zufall den Auslöser gedrückt?

»Die Schrift im Keller«, sagte sie. »*Keine Chance mehr* – was sollte das? Wenn du angeblich nicht gewusst hast, dass ich kommen würde.«

»Das stammte noch vom letzten Mal.« Er goss Tee in Nikas Tasse, sie konnte sehen, wie seine Hände zitterten. »Daran erinnerst du dich auch nicht? Jenny war überzeugt, du hättest uns den Gedächtnisverlust nur vorgespielt, damit wir dich laufen lassen. Und so war es, nicht wahr?« Er legte die gefalteten Hände vor den Mund. »Sie war eine Bestie. Ich kann verstehen, dass du sie getötet hast, nach allem, was war.«

»Ich habe sie nicht ...« Nika sprach den Satz nicht zu Ende. In Wahrheit konnte es durchaus sein, dass Nika den Stein aus ihrer Erinnerung nicht nur geworfen, sondern Jenny tatsächlich damit getroffen hatte. So, wie sie wahrscheinlich mitgeholfen hatte, ein Auto in den See zu schieben.

Dass sie angeblich gelacht hatte, als Natale dazugestoßen war – das machte ihr Angst. Aber vielleicht log er ja auch. Sie hoffte, dass es so war.

»Gloria«, begann sie. »Erzähl mir von ihr. Und sag mir bitte, dass sie nicht tot ist.«

Sein Gesicht wurde eine Spur blasser. »Es war das Schlimmste, was ich je erlebt habe. Ich glaube nicht, dass ich irgendwann darüber hinwegkommen werde.«

Nicht nur Nikas Herz wurde schwer bei seinen Worten, ihr ganzer Körper fühlte sich an wie Blei. »Erzähl es mir.«

Natale begann leise und stockend, hörte zwischendurch immer wieder auf zu sprechen, als hätte er es sich anders überlegt. Gleichzeitig konnte Nika sehen, dass es ihm guttat, die Geschichte loszuwerden.

Es war vor mittlerweile drei Wochen gewesen. Zum ersten Mal seit Langem hatte er einen Abend in den Lokalen der Stadt verbracht, er wollte sich ablenken. Serafina lag wieder einmal im Krankenhaus, ängstlich und in sich gekehrt. Sie sprach nur wenig mit ihm, wollte vor allem ihre Ruhe. Wollte sich auf das ungeborene Kind konzentrieren und darauf, dass es bei ihr blieb.

Er hatte sich mit zwei Freunden getroffen, gemeinsam waren sie essen gegangen und hatten Rotwein getrunken – ziemlich viel. Es war ein überraschend unterhaltsamer Abend gewesen, und als seine beiden Kumpels sich verabschiedet hatten, ging Natale noch ins Soul Café.

Gloria brachte ihm einen Espresso und einen Grappa, und als das Café sich allmählich leerte, setzte sie sich zu ihm. Sie war fröhlich, lebensfroh, positiv – so ganz anders als Serafina seit ein paar Monaten. Als sie vorschlug, einen nächtlichen Ausflug zum Lago di Calcione zu machen und ein bisschen schwimmen zu gehen, willigte Natale ein.

Sie stiegen in ihren kleinen Peugeot, und bevor sie losfuhren, zog er sie an sich und küsste sie. Zu diesem Zeitpunkt ohne schlechtes Gewissen. Er war für Serafina da, das würde er auch weiterhin sein. Er liebte sie – aber er musste hin und wieder auch Kraft auftanken. Fröhlichkeit.

Die vierzig Kilometer bis zum See brachten sie wie im Flug hinter sich – lachend, flirtend, singend. Das Autoradio hatte Gloria auf volle Lautstärke gedreht, sie bewegte sich während des Fahrens, als würde sie tanzen. Sie war die schönste Ablenkung, die Natale sich vorstellen konnte.

Am Seeufer brachte sie den Wagen zum Stehen, legte ihren Kopf an seine Schulter. Wieder küssten sie sich, lange und zärtlich. Für eine Nacht, dachte Natale, konnte er Serafina doch aus seinem Kopf drängen. Das war in Ordnung. Das war verzeihlich.

Dann wurde plötzlich die Fahrertüre aufgerissen. Was danach geschah, verfolgte Natale in seinen Träumen, wie er sagte. Gleichzeitig schien es ihm unwirklich, manchmal zweifelte er daran, dass es wirklich passiert war.

Das Gesicht einer jungen Frau tauchte auf, wutverzerrt. »Lennard, du Dreckschwein«, schrie sie. »Gefällt sie dir besser als ich?« In ihrer Hand war ein Messer, ein schauderhaft langes Messer. Gloria schrie auf, aber nur ein Mal, dann fuhr die Klinge in ihre Brust, ihren Bauch, ihren Hals. Immer wieder. »Immer noch?«, schrie die Frau. »Gefällt sie dir immer noch?«

Natale war aus dem Auto gesprungen, blutbespritzt und unfähig, auch nur einen einzigen klaren Gedanken zu fassen. Das passierte nicht wirklich, das war ein Albtraum, das war keinesfalls real.

Er stand im Licht der Scheinwerferkegel, und nun ließ die junge Frau von ihrem Opfer ab. »Oh«, sagte sie. »Das ist ja dumm. Du bist gar nicht Lennard.« Sie drehte sich um, zu dem Auto, das direkt hinter dem von Gloria stand. Sie musste damit hergefahren sein. »Scheiße, Nika, der Typ ist ein völlig Fremder. Aber von hinten sah er aus wie Lennard, nicht wahr?«

Dann musste Nika aus dem Wagen gestiegen sein, aus Jennys Wagen. Sie hatte sich kaum auf den Beinen halten können, war kreidebleich gewesen. »Was ... hast du getan? Oh Gott. Du bist ja völlig irre. Wir müssen ... wir müssen sofort die Polizei rufen!«

Sie war hingefallen, hatte kaum wieder aufstehen können. Natale riss seinen Blick von ihr los und richtete ihn auf Gloria – die tot war, daran bestand kein Zweifel. Er brach in Tränen aus, sank auf die Knie, Sekunden später stand Jenny vor ihm, legte ihm das blutige Messer ans Kinn. »War das deine Freundin? Tut mir echt leid, aber komm jetzt nicht auf dumme Ideen. Du weißt ja, in solchen Fällen sind die Ehemänner und Liebhaber immer am allerverdächtigsten. Wenn ich dieses Messer weit in den See geworfen habe, wird keiner mehr denken, dass ich es gewesen sein könnte, denn – ich kenne euch ja überhaupt nicht.« Sie begann zu lachen, ging dann zu Nika, zog sie auf die Beine und legte ihr einen Arm um die Schultern. »Ich war bloß hier, um ein bisschen mit meiner Süßen allein sein zu können. Und dann das. Was für ein Schock.«

In diesem Moment hatte Nika offenbar das Bewusstsein verloren. Sie sackte einfach in Jennys Griff zusammen, fiel zu Boden und blieb liegen. Jenny überlegte kurz. »Da habe ich doch glatt noch eine andere Idee«, sagte sie, ging zum See und reinigte den Griff des Messers. Verteilte anschließend ein bisschen neues Blut darauf und legte die Hand der bewusstlosen Nika um den Griff. »Und schon haben wir die Täterin«, stellte sie vergnügt fest. »Das ist aber nur das Notfallprogramm, sind wir uns da einig? Los, du, wie auch immer du heißt, lass uns das Auto versenken.«

Sie sagte es, als würde sie vorschlagen, heimlich im Pool des Nachbarn baden zu gehen. Als wäre das alles ein Riesenspaß.

In Natales Kopf stürzten die Bilder durcheinander. Die blutüberströmte Gloria, die unglückliche Serafina. Dieses offenbar geistesgestörte, tödlich gefährliche Mädchen, das nicht zu begreifen schien, was es getan hatte. Und die Konsequenzen, die all das nach sich ziehen würde.

Er war nicht der Mörder, das würde wohl auch niemand behaupten – aber er war hier gewesen, mit einer Frau, die nicht seine war. Obwohl er Serafina erzählt hatte, er würde den Abend mit seinen Brüdern verbringen. Die Polizei würde jedes

Detail von ihm wissen wollen. Serafina würde alles erfahren; sie war so eifersüchtig und so labil – sie würde das Kind verlieren. Sie würde ihn verlassen. Sie würde ihm niemals verzeihen.

   Natale zog seine Jacke aus, legte sie auf das Heck des Autos, stützte seine Hände darauf ab und begann zu schieben.

28

»Was war mit mir?«, unterbrach ihn Nika. Jedes Wort fiel ihr schwer. Während Natales Erzählung hatten sich zwar kaum Bilder aus ihrem Gedächtnis geschält, dafür aber eine andere Art von Erinnerung. Die Gefühle, die das Geschehen in ihr ausgelöst hatte: Angst, Ekel, ein namenloser Hass auf Jenny. »War ich die ganze Zeit über bewusstlos? Vorhin, am See, da hatte ich für Sekunden eine Szene vor Augen. Dass ich ebenfalls geschoben habe, gemeinsam mit Jenny.«

Natale griff nach seiner Teetasse, hob sie an, stellte sie dann aber wieder ab, ohne daraus zu trinken. »Stimmt«, sagte er. »Aber das war viel, viel später.«

Später? Wieso denn später? Nika vergrub das Gesicht in ihren Händen, als könnte sie dadurch eine Erinnerung herbeizwingen. Daran, was passiert war, bevor sie zum See gelangt waren. An die gemeinsame Fahrt, an den Moment, in dem Jenny beschlossen hatte, den kleinen Peugeot der Kellnerin zu verfolgen. Weil sie gedacht hatte, Lennard säße mit einer fremden Frau darin.

Wieso hatte sie das Messer dabeigehabt?

Es war Nikas erstes Phenazepam-Blackout gewesen, davor

hatte sie angeblich heftig mit Lennard geflirtet – war das der Anstoß gewesen? Der Auslöser für Jennys völlig überzogene Eifersucht? Sie musste das Messer von zu Hause geholt haben. War es eigentlich für Nika bestimmt gewesen?

Sie versuchte, sich an den nächsten Morgen zu erinnern. Sie war im Park aufgewacht, ziemlich durchgefroren und mit stechenden Kopfschmerzen. Als sie zu Hause ankam, war Jenny wach und saß vor ihrer Kaffeetasse am Frühstückstisch. »Wo warst du?«

»Keine Ahnung.«

Jetzt, wo Nika es genauer überlegte, hatte Jenny nicht nur erschöpft gewirkt, sondern in ihrer Miene war etwas Lauerndes gewesen. Und sie wollte genau wissen, ob Nika sich wirklich an nichts mehr erinnern konnte.

Ihre arglose Art musste sie überzeugt und unendlich beruhigt haben. Sie hatte nicht damit rechnen können, dass Nikas Gedächtnis aussetzen würde, das war unter Einfluss von Phenazepam schließlich nicht immer so – aber für diesen Fall hätte es ja auch noch das Messer gegeben, mit Glorias Blut und Nikas Fingerabdrücken.

Die Waschmaschine war gelaufen – und nun wusste sie auch, warum. Von wegen, Jenny hätte erbrochen. Sie hatte Nika zwei Aspirin gegen ihre Kopfschmerzen gegeben und war dann zur Tagesordnung übergegangen. Aber nicht ohne eine unterschwellige Warnung auszusprechen, die Nika natürlich damals nicht begriffen hatte. »Du warst echt lange verschwunden. Ich habe mir schon die schlimmsten Dinge ausgemalt. Gut, dass du aufgetaucht bist, ich wäre sonst zur Polizei gegangen.«

Das war alles gewesen. Sie hatte ihr den Gedächtnisverlust ohne Wimpernzucken abgekauft – vielleicht hatte Nika sich ja schon nicht mehr an den Mord erinnern können, als sie am See aus ihrer Bewusstlosigkeit aufgewacht war.

Am nächsten Tag waren sie gemeinsam zur Uni gegangen, ins Café, hatten abends gekocht, Musik gehört – man hatte Jenny nicht das Geringste angemerkt. Wenn überhaupt, war sie höchstens fröhlicher gewesen als sonst. Unfassbar, wie kaltblütig sie gewesen war.

Trotzdem habe ich sie nicht umgebracht.

Sie wandte sich wieder an Natale. »Du hast vorhin gesagt, ich hätte geholfen, das Auto zu schieben – viel später. Was hast du damit gemeint?«

Er sah auf die Uhr. »Heute nicht mehr. Ich bin todmüde, ich gehe jetzt schlafen.«

»Du kannst doch nicht ...«

»Doch.« Er stand auf. »Ich bringe dir eine Decke und ein Kissen, die Couch ist ziemlich bequem. Morgen reden wir weiter. Wenn du es wirklich willst.«

Sie war überzeugt davon gewesen, dass ihre verzweifelten Versuche, sich zu erinnern, sie wach halten würden, aber sie musste innerhalb von Minuten eingeschlafen sein. Geweckt wurde sie von hektischem Klopfen an der Tür und einer vertrauten Stimme.

»Natale! Sei qui? Son' io, apri!«

Stefano. Er klang aufgeregt und atemlos. Nika blinzelte gegen das morgendliche Sonnenlicht an, das schräg durch die Fenster drang. Aus dem Schlafzimmer kam kein Laut, also kämpfte sie sich aus ihrer Decke und ging zur Tür. Warf erst einen prüfenden Blick durch den Spion, bevor sie öffnete.

Unter anderen Umständen wäre die Verblüffung in Stefanos

Gesicht amüsant gewesen. »Du? Was ... was tust du hier? Ich habe versucht, dich anzurufen, aber dein Handy ist aus.« Er atmete tief durch. »Es gibt Probleme.«

»Oh. Etwas ganz Neues.« Sie ließ ihn eintreten und warf die Tür hinter ihm zu, setzte sich dann wieder auf die Couch und umschlang das Kopfkissen mit beiden Armen, als müsse sie einen Schutzwall zwischen sich und Stefano aufbauen.

»Was tust du hier?«, wiederholte er.

»Das geht dich gar nichts an.« Sie merkte erst jetzt, wie viel Wut auf ihn sich seit gestern in ihr angesammelt hatte. »Am liebsten würde ich dich nie mehr wiedersehen. Du wusstest die ganze Zeit über, was während meines Blackouts passiert war, aber du hast mir keinen Ton gesagt. Stattdessen hast du so getan, als wolltest du mir helfen, mich zu erinnern, und mich vor der Polizei verstecken – alles gelogen. Du hast mich nur im Auftrag deines Bruders beobachtet und aufgepasst, dass ich ihm nicht irgendwie schade.« Sie nahm ihn mit verengten Augen ins Visier. »Ich habe dir Jennys Zeichnung von seinem Tattoo gezeigt, und du hast bloß mit den Schultern gezuckt. Als ich Natale am Domplatz zur Rede gestellt habe, hast du getan, als wäre er ein völlig Fremder. Wie kann man so furchtbar falsch sein? Ich hätte dir fast vertraut. Und ich hätte fast etwas für dich empfunden. Gerade noch mal Glück gehabt.«

Sie konnte sehen, dass ihre Worte ihn trafen. »Ich habe versucht, euch beide zu schützen«, sagte er leise. »Dich und Natale. Kannst du dir vorstellen, wie schwierig das war? Er hat Mist gebaut, aber umgebracht hat er niemanden, und er ist mein Bruder, ich musste ihm doch helfen. Ganz besonders jetzt.«

Nika musste sich beherrschen, um nicht die Tasse nach Stefano zu werfen, die immer noch auf dem Couchtisch stand.

»Tja«, sagte sie kalt. »Er hat mir jetzt das Wichtigste erzählt. Von wem das Blut auf dem Messer stammt und warum meine Fingerabdrücke drauf sind. Wenn er wach ist, schleppe ich ihn zu Fiorese. Ich will, dass er die Sache aufklärt, Serafina hin oder her.«

Stefano sah betreten drein. »Du solltest besser nicht zur Polizei gehen. Sie suchen jetzt wirklich nach dir, der Commissario hat mich vorhin angerufen. Es gibt einen Haftbefehl.«

Nika war mit einem Schlag kalt geworden. »Was? Wieso?«

»Ich weiß es nicht genau.« Stefano zuckte hilflos die Achseln. »Ich weiß nur, dass es wohl etwas mit deinem Handy zu tun hat. Mit dem kaputten. Ich habe einen guten Freund von mir gefragt, der Polizist ist. Er durfte mir nicht konkret sagen, was los ist, aber wenn ich seine Andeutungen richtig verstanden habe, hat Fiorese herausgefunden, dass du dein kaputtes Smartphone in eine Werkstatt gebracht hast. Wahrscheinlich ist dir jemand gefolgt. Jedenfalls hat er sich die Trümmer kommen lassen und an ein Spezialteam gegeben. Sie haben darauf angeblich einen Beweis dafür gefunden, dass du Jenny umgebracht hast.«

Einen Beweis, gab es jetzt wirklich einen Beweis? Sie fühlte, wie ihre Beine unter ihr nachzugeben drohten, und sank auf den Sessel hinter ihr. Ein Haftbefehl. Das hieß, sie konnte nicht mehr in die Wohnung zurück, dort würde die Polizei warten, in dem schwarzen Auto im Halteverbot.

»Dein Bruder denkt auch, ich hätte Jenny auf dem Gewissen«, murmelte sie. »Was einfach nicht stimmen kann. Dafür weiß er aber ganz genau, was sie getan hat.« Sie fixierte Stefano mit ihrem Blick. »Und du weißt das auch.«

Er versuchte, ihre Hände zu nehmen, doch sie rückte sofort von ihm ab. Stefano seufzte: »Jenny war eine furchtbare Frau, nach allem, was ich gehört habe. Natürlich ist es trotzdem schlimm, dass sie tot ist, aber jetzt sollten wir anderen versuchen, möglichst unbeschadet aus der Sache rauszukommen. Du ohne einen Mordprozess, Natale ohne eine Scheidung und mit einem gesunden Baby.«

Nika sah ihn herausfordernd an. »Und du?«

Er seufzte. »Ich, ohne die Menschen zu verlieren, die mir etwas bedeuten.« Sein Gesicht war ernst. »Zu denen gehörst auch du, ob du es glaubst oder nicht.«

Sie verzog den Mund zu etwas, das sich nur entfernt nach einem Lächeln anfühlte. »Deshalb warst du ja auch so ehrlich zu mir. Hast mir die Sache wirklich leichter gemacht.« Sie stand auf.

»Er ist mein Bruder«, hörte sie ihn sagen, und im gleichen Moment fiel ihr Blick auf ein Foto ebendieses Bruders, der in Badeshorts am Meer stand, bis zu den Knöcheln im Wasser. An seinem Hals glitzerte etwas. Nika trat ein Stück näher heran. Eine goldene Kette, an der eine ebenso goldene runde Scheibe hing, in der sich die Sonne spiegelte. Man konnte die Gravur darauf nicht lesen, aber Nika war sicher, den Text zu kennen.

Nel tuoi occhi si specchia il mio mondo.

Da hatte Jenny sich ein interessantes Beutestück geschnappt. Nika konnte sich gut vorstellen, wie sie Natale damit unter Druck gesetzt hatte. *Ein falsches Wort und ich mache einen kleinen Besuch bei deiner Frau. Hänge mir dafür extra dieses hübsche Ding um den Hals. Das hat sie dir geschenkt, oder? Tja. Ich bin sicher, mir steht es viel besser. Mal sehen, ob sie das auch findet.*

Der Anhänger befand sich immer noch in Nikas Portemonnaie, das wiederum steckte in ihrer Handtasche und damit in Natales Auto. Vielleicht war das ja …

Sie fuhr herum, als sie hörte, wie sich hinter ihr eine Tür öffnete. Natale kam aus dem Schlafzimmer, in Jogginghose, mit tiefen Ringen unter den Augen und verwuscheltem Haar. Er sah erst Stefano an, dann Nika, dann das Foto, vor dem sie stand.

»Ich bin froh, dass du noch da bist«, sagte er, an Nika gewandt. »Letzte Nacht dachte ich, wenn sie zur Polizei gehen will, werde ich sie nicht aufhalten. Dann ist es eben Schicksal. Aber dann bringe ich mich um.« Er trat zu seinem Bruder und versetzte ihm einen freundschaftlichen Stups gegen die Schulter. »Ciao, Stefano. Willst du Kaffee?«

»Nein danke.« Er warf einen Blick auf die Uhr. »Ich schätze, du wirst dann bald zu Serafina fahren, oder? Lass sie von mir ...«

»Das kommt überhaupt nicht infrage.« Nika baute sich zwischen den beiden Brüdern auf. »Ich bin nur hiergeblieben, weil Natale mir versprochen hat, mir heute den Rest zu erzählen. Was am Sonntag und am Montag passiert ist. Ich muss das wissen.«

Sie nahm ihn am Arm und zog ihn von der Küchentür weg. »Du sagtest, wir haben noch einmal geschoben?«

Er wechselte einen Blick mit Stefano. Hilfe suchend, dann resigniert. »Ja.«

»Als Jenny mich zum zweiten Mal unter Phenazepam gesetzt hat?«

»Ja.«

Nika ließ seinen Arm los. »Aber das ist verrückt. Das war zwei Wochen später.«

Ohne etwas darauf zu erwidern, drehte Natale sich um und ging in die Küche. Das Surren der zum Leben erwachenden

Espressomaschine war wie ein Schlussstrich unter dem kurzen Gespräch.

Wieso? Sie sank zurück auf das Sofa. Aus welchem verrückten Grund sollten sie noch einmal ein Auto in den See geschoben haben? Gab es eine weitere Leiche? Oder war es wieder Glorias kleiner Peugeot gewesen, um den es ging?

»Er schämt sich«, unterbrach Stefano ihre Gedanken, mit leiser, behutsamer Stimme. »Er hat sich Jenny nicht in den Weg gestellt, als sie ihren Plan zu Ende gebracht hat, sondern ihr sogar geholfen. Auf deine Kosten.«

Das hörte sich nicht gut an, ganz und gar nicht gut. »Was meinst du damit?«

Natale trat aus der Küche, jetzt war sein Blick nicht mehr brüderlich, sondern warnend. »Lass das, Stefano.«

»Warum? Sie will immer noch nicht wahrhaben, dass sie Jenny getötet hat, sie weiß nicht mehr, wie wütend sie gewesen ist. Und das mit allem Recht der Welt.«

In Nika breitete sich Angst aus wie kaltes Wasser. Beide Brüder waren überzeugt davon, dass sie Jennys Mörderin war – als wären sie dabei gewesen. Als hätten sie sie beobachtet.

Nun, Natale hatte sie immerhin lachen gehört, unten in den Bottini, über Jennys totem Körper. Lange und laut. Da konnte man einen solchen Schluss schon ziehen.

»Ich will es jetzt wissen«, sagte sie und versuchte, ihre Stimme fest klingen zu lassen. »Was hat Jenny noch getan, außer Gloria zu ermorden? Was hat sie mir angetan?«

Stefano straffte sich. »Sie hat alles dazu getan, um den Mord an Gloria dir in die Schuhe zu schieben. Das Messer ist ihr nicht genug gewesen, sie wollte noch zusätzliche Spuren legen, die zu dir führen würden, sobald man das Auto …«

»Hör jetzt auf!« Natale hatte Stefano bei den Schultern gepackt. »Solange niemand Gloria findet, spielt das doch alles keine Rolle. Ich brauche noch neun Wochen, oder zehn, dann ist das Baby da, dann sehen wir weiter. Aber bis dahin müssen wir ...«

»Du denkst wirklich, das Auto bleibt verschwunden?« Stefano lachte auf. »Jetzt ist am See noch nicht viel los, aber bald wird es so warm, dass es viel mehr Leute sein werden, die Picknicke veranstalten, schwimmen gehen, vielleicht sogar tauchen ... man wird Gloria finden. Bald.«

Nika sah Natales Schultern nach vorne sacken. »Mir graut so sehr vor dem, was dann passiert. Und vielleicht geht ja alles gut und ...« Nika hatte jetzt endgültig genug. »Weißt du was, Natale?«, fiel sie ihm ins Wort. »Du triffst die Entscheidungen nicht alleine, und du bist auch nicht der Einzige, der ein paar Asse im Ärmel hat.« Sie sprang auf und deutete auf das Foto, das ihn am Strand zeigte. »Ich schätze, du vermisst ein Schmuckstück. Nein?«

Sie sah die Farbe aus seinem Gesicht weichen. »Du hast das?« Mit vier schnellen Schritten war er bei ihr und packte sie an den Armen. »Sag mir, wo es ist, los, wenn du wüsstest, wie oft mich Serafina schon danach gefragt hat.«

Allmählich begann seine hysterische Ehefrau Nika gehörig auf die Nerven zu gehen. »Lass mich sofort los, du tust mir weh!«, rief sie, im gleichen Moment riss Stefano seinen Bruder zurück.

»Hör auf damit, du hast kein Recht, so mit Nika umzuspringen.«

Natale wehrte sich, Stefano ließ nicht locker ... wahrscheinlich hatten sie manchmal so gekämpft, als sie jünger waren, im

Spaß. Jetzt wirkte es ernst, und obwohl Nika wusste, dass sie eigentlich dazwischengehen sollte, beschloss sie, die Gelegenheit zu nutzen. Serafinas Slipper standen an der Tür, auf der Kommode daneben lagen Natales Autoschlüssel. Sie musste ihre Handtasche aus dem Wagen holen; den Schlüssel würde sie einfach in dem entsperrten Auto liegen lassen. Und dann würde sie zur Polizei laufen und Fiorese erzählen, was auf dem Grund des Lago di Calcione lag.

Sie rannte die Treppen hinunter, ohne dass jemand ihr folgte, sperrte die Fahrertüre auf und fand ihre Handtasche auf dem Rücksitz. Der Geruch im Inneren des Wagens brachte den ganzen Horror der vergangenen Nacht mit einem Schlag zurück; Nika sah schwarze Punkte vor den Augen und ließ sich auf den Autositz gleiten.

Am Grund des Sees. Sie schluckte. Erinnerte sich an den merkwürdig flexiblen Seeboden, von dem sie sich ein paarmal erfolgreich an die Wasseroberfläche hatte stoßen können.

Etwas Hartes, das sich eindellen ließ.

Blech. Oder Kunststoff. Ein Autodach.

Blind tastete sie nach der Handtasche, bekam sie zu fassen, zog sie zu sich nach vorne. Ja, sie wusste, wo das Wasser am dunkelsten war. Dort, wo es einen schwarzen Kleinwagen verbarg. Mit weichen Knien stieg sie aus, schloss die Autotür, alles mechanisch, in Gedanken bei ihrem Überlebenskampf der letzten Nacht. Es kam jetzt darauf an, die richtigen Entscheidungen zu treffen. Sie konnte zurück nach oben laufen, wo Stefano und Natale offenbar immer noch im Clinch lagen, sonst wäre einer von ihnen ihr sicher schon nachgekommen. Sie konnte versuchen, Natale zu zwingen, mit ihr zur Polizei zu gehen, er würde dort sofort einknicken und alles erzählen, da war sie sicher. Oder sie stellte sich allein ...

Welche Daten hatten Fioreses Spezialisten von ihrem Handy retten können, dass sie sich Nikas Schuld nun so sicher sein konnten? Keine weiteren Fotos, die waren alle automatisch auf die SD-Karte gespeichert worden. GPS-Daten? WhatsApp-Nachrichten?

Unschlüssig blickte Nika zwischen der Eingangstür und dem Auto hin und her, bis ihr Blick auf dessen Kühlerhaube fiel. Sie trat näher, strich mit der Hand über das Blech und die Delle, die sich darin befand.

Es war nicht schwierig, eins und eins zusammenzuzählen. Von diesem Auto hatte Liz sie weggezerrt, wahrscheinlich hatten Natale und Jenny gemeinsam darin gesessen, Samstagnacht, kurz nach halb zwei. Und Nika hatte sie aufhalten wollen, hatte irgendetwas zurückgefordert, hatte jemandem ihren Hass entgegengebrüllt. Vermutlich Jenny, und das warf nun ein wirklich beunruhigendes Bild auf die folgenden Ereignisse.

Noch immer waren weder Natale noch Stefano aufgetaucht, hoffentlich hatte nicht einer dem anderen ernsthaft wehgetan ... der Gedanke streifte Nikas Bewusstsein nur kurz. Sie packte den Autoschlüssel in ihrer Hand fester und fasste einen Entschluss.

Zehn Minuten später hatte sie die Stadtgrenzen von Siena hinter sich gelassen.

In Natales Auto befand sich kein Navigationsgerät, und Nikas Orientierungssinn war ausgesprochen dürftig. Sie beschloss, es dem Schicksal zu überlassen, ob sie finden würde, was sie suchte, und hielt weiter Richtung Osten.

29

Es war nur ein unauffälliges, verblasstes Schild, auf dem der Weg zum Lago di Calcione angeschrieben war, doch sie entdeckte es tatsächlich. Bog rechts ab und folgte den Wegweisern. Parkte den Wagen, bevor sie in den Wald hätte hineinfahren müssen.

Dann ging sie zum Wasser, ohne zu wissen, ob sie wenigstens ansatzweise an der gleichen Stelle herauskommen würde, an der sie letzte Nacht gewesen waren. Der See war ziemlich groß, und sie war nur bei Nacht hier gewesen – das allerdings schon drei Mal, wenn man Natale glauben konnte.

Einmal, weil Jenny sie mitgeschleppt hatte. Nika legte eine Hand an die raue Borke eines Baumes, dessen Wurzeln ein Stück ins Wasser ragten.

Du kommst mit, ich zeige dir, was ich mit Frauen tue, die sich an meinen Freund ranmachen.

Hatte Jenny das wirklich gesagt, war es eine Erinnerung oder nur etwas, das Nika sich in ihrer Fantasie zusammenreimte? Sie wusste es nicht, aber es fühlte sich echt an. Und es hätte gepasst, immerhin war das der Abend gewesen, an dem Nika zum ersten Mal mit Lennard geflirtet hatte, Phenazepam sei Dank.

Der See lag ruhig da. Von den badenden Familien, Spaziergängern oder Tauchern, die Stefano angesprochen hatte, war keine Spur – sie entdeckte nur zwei Angler, die weit voneinander entfernt am entgegengesetzten Ufer standen und ihre Angelruten ins Wasser hielten. Keiner von beiden schien Nika bemerkt zu haben.

Sie suchte auf dem feuchten Boden nach Reifenspuren oder anderen Anzeichen dafür, dass sie an der gleichen Stelle war wie letzte Nacht. Fehlanzeige. Also ging sie auf gut Glück weiter das Ufer entlang, so nah am Wasser, wie es eben ging. Das war schwierig, weil dort an den meisten Stellen das dichte Gestrüpp wuchs, mit dessen Dornen sie gestern schon schmerzhafte Bekanntschaft gemacht hatte.

Sie war eine gute Stunde unterwegs und hatte die Hoffnung fast aufgegeben, als sie schließlich an etwas wie eine kleine Lichtung kam, zu der ein holpriger Weg führte. Da waren sie, die Reifenspuren. Und nicht nur das: der Boden war an manchen Stellen aufgewühlt, es fanden sich Fußabdrücke ... und neben einem Baum lag zerschnittenes, breites Klebeband, das Natale entweder einfach vergessen oder in der Dunkelheit nicht wiedergefunden hatte. Nikas Fesseln.

Sie war hier völlig allein, weit und breit keine Menschenseele zu sehen. Die Angler hatte sie lange hinter sich gelassen. Anders als gestern fühlte Nika sich trotzdem nicht allein – das vielstimmige Vogelgezwitscher ließ keine bedrückende Stimmung aufkommen, und auch das Sonnenlicht, das durch die Zweige fiel und Glitzerpunkte auf den See malte, war tröstlich.

Nika setzte sich auf einen Stein ans Seeufer und blickte hinaus. Es war schwer, sich vorzustellen, dass hier etwas Schreckliches passiert sein sollte, aber das änderte nichts an den Tatsachen. Dort draußen lag ein schwarzer Kleinwagen auf dem Grund des Sees und jemand befand sich noch darin.

Nika atmete tief durch, dann begann sie damit, das Ufer genauer zu untersuchen, Stück für Stück. Als sie gestern die verfluchten Klebebänder hatte abstreifen wollen, war sie nicht an dieser Stelle ins Wasser gegangen, sondern weiter links. Eine schmale Schneise entlang, dann durch das Buschwerk. Wenn man von da aus in den See hinauswatete, stieß man irgendwann auf die Stelle, an der das versunkene Auto lag. Auf dem Weg dorthin würde man wohl auch auf Nikas Schuhe stoßen, die sie im Wasser verloren hatte.

Laut Natale hatten sie das Auto zweimal in den See geschoben, einmal direkt nach dem Mord an Gloria und dann noch einmal während Nikas zweitem Blackout.

Sie zog langsam Serafinas Schuhe und Jogginghose aus. Konnte es sein, dass Jenny sie nur deshalb nochmals unter Drogen gesetzt hatte, weil sie wusste, dass Nika sich dann an nichts mehr erinnern würde? Weil sie ihre Hilfe brauchte, aber verhindern wollte, dass sie etwas weitersagte?

Bei Natale konnte Jenny sicher sein, dass er den Mund hielt – er tat alles, damit nur Serafina nichts mitbekam, und das hatte er bestimmt nicht verschwiegen. Aber Nika hätte keinen Grund gehabt dichtzuhalten.

Nur in Slip und Shirt watete sie ein Stück in den See hinaus. Der Boden hier war nicht allzu schlammig, eher steinig – er tat weh unter den bloßen Füßen.

Sie hatten zweimal geschoben, wofür es im Prinzip nur eine Erklärung geben konnte: dass das Auto beim ersten Mal nur notdürftig versteckt gewesen war. Ob das Jenny oder Natale oder beide beunruhigt hatte, war schwer zu sagen, aber sie mussten beschlossen haben, das Risiko einzugehen, noch einmal an den Ort der Tat zurückzukehren. Und diesmal dafür zu sorgen, dass niemand zufällig auf den kleinen Peugeot stoßen konnte, einfach nur so, ohne unter Wasser zu suchen. Wenn er dann irgendwann gefunden wurde, waren die Spuren hoffentlich schon so alt, dass kaum jemand eine Verbindung zwischen dem Opfer, einem zufälligen Kaffeehausgast und einer längst abgereisten deutschen Studentin ziehen würde.

Schritt für Schritt ging Nika nun im knöcheltiefen Wasser die Uferlinie entlang, auf der Suche nach Versteck Nummer eins – das Auto war vermutlich nicht zur Gänze bedeckt gewesen, also mussten sie es irgendwie getarnt haben ... Vielleicht hatte die kleine Landzunge, die direkt vor Nika lag, als Sichtschutz gedient. Sie ging näher heran und merkte, wie das Wasser hier tiefer wurde. Drei der jungen Bäume, die ganz nah am See wuchsen, waren abgeknickt worden, ihre Äste hingen nun über dem Wasser, bildeten eine Art lückenhaftes Dach. Ein dunkles Auto, das einen Meter tief im Wasser stand, während der Rest von Laub und Zweigen verdeckt wurde, musste hier so gut wie unsichtbar gewesen sein.

Wenn es also ein erstes Versteck gegeben hatte, dann war es dieses hier. Die Stelle war nicht allzu weit von der Lichtung entfernt, auf der Natale gestern Nacht geparkt hatte. Und es bestand eine direkte Linie zwischen hier und dem Platz weiter draußen im See, wo Glorias Auto jetzt lag.

Den Wagen gegen den Widerstand des Wassers zu schieben musste höllisch schwer gewesen sein, auch wenn es leicht bergab ging. Zumindest am Anfang hatten sie sicherlich ihre ganze Kraft gebraucht, so lange, bis der Wagen tief genug im See war, um ihn durch die geöffneten Fenster fluten zu können. Dann musste es wie von selbst gegangen sein. Und sobald die Abbruchkante erreicht war, sowieso.

Mach, was ich sage, oder ich kitzle dich, hörte sie wieder Jennys Stimme in ihrem Kopf. *Soll ich dich kitzeln, Nika? Bis es richtig wehtut? Bis es blutet?*

Die Worte machten ihr sogar jetzt Angst, obwohl sie von Jenny nie wieder etwas zu befürchten haben würde. Hatte sie sich damals geweigert mitzuhelfen?

Nika suchte das Ufer ab, fand eine Stelle, an der sie aus dem See steigen konnte, ohne sich durch Buschwerk kämpfen zu müssen, und setzte sich auf den Boden.

Nirgendwo würde sie so viel Ruhe haben wie hier, nirgendwo würde sie besser nachdenken können. Wenn sie jetzt zurück nach Siena fuhr, war es das Klügste, sofort zu Fiorese zu gehen. Sich anzuhören, welche Beweise er gegen sie zu haben glaubte, und ihn anschließend hierher zu bringen.

Wahrscheinlich würde er ihr dann zwei Morde anhängen wollen, aber in dem Fall musste eben Natale in die Bresche springen. Sie würde keine Hemmungen haben, ihn ins Spiel zu bringen, sollte er doch dem Commissario klarmachen, dass seine Frau aus der Sache rauszuhalten war.

Sie lehnte sich zurück, schloss die Augen und ließ sich die Sonne ins Gesicht scheinen. Gut möglich, dass das für lange Zeit die letzte Gelegenheit war.

Als Nika sich nach einigen Minuten wieder aufrichtete und streckte, sah sie etwas neben ihrer rechten Hand im Sonnenlicht aufblitzen. Es sah wie eine Scherbe aus, allerdings eine schwarze Scherbe. Ziemlich dünn und gewölbt.

Ein Teil des Autos, dachte sie sofort. Sieht aus wie lackiertes Plastik, da ist bestimmt etwas abgebrochen …

Sie überlegte kurz, ob sie ihren Fund mitnehmen sollte, entschied sich dann aber dagegen. Fiorese würde sowohl in ihrer Wohnung als auch hier alles durchkämmen lassen. Besser, es gab nicht noch ein Beweisstück mit ihren Fingerabdrücken drauf.

Die Entscheidung, nicht mehr weiter davonzulaufen, fühlte sich gut an. Der Polizei würde es leichter fallen, die Abläufe der beiden Nächte zu rekonstruieren, als Nika, die ganz auf sich allein gestellt war. Sie würde abwarten, bei der Wahrheit bleiben und – wenn sie wirklich etwas Schlimmes getan hatte – die Konsequenzen tragen.

Mit dem guten Gefühl, endlich etwas wie einen Plan zu haben, zog sie ihre Sachen wieder an und machte sich auf den langen Rückweg zu Natales Auto.

Auf der Straße nach Siena überlegte sie jeden einzelnen ihrer Schritte. Erst würde sie in die Wohnung gehen, sich umziehen und ihr Handy wenigstens zur Hälfte laden. Die Liste würde sie Fiorese nicht mehr zeigen können, die befand sich in der Hintertasche ihrer tropfnassen Jeans, und die wiederum hingen in Natales Badezimmer. Mittlerweile war der Zettel garantiert unleserlich, was egal war – Nika kannte jede der Notizen in- und auswendig. Auf dem Rückweg überlegte sie sich, wie sie ihr Gespräch mit Fiorese am besten beginnen sollte. Dafür, ihm einfach zu sagen, dass Gloria Di Canio tot war, und ihm vorzuschlagen, doch einfach zum Lago di Calcione zu fahren und sich selbst davon zu überzeugen, war Nika nicht kaltschnäuzig genug. Sie würde stottern, sich verhaspeln, wahrscheinlich zu weinen beginnen und aussehen wie jemand, der vor Schuldbewusstsein fast umkam und nun endlich die Nerven verloren hatte.

Kurz vor der Stadtgrenze beschloss sie, das Grübeln sein zu lassen. Das Gespräch würde ohnehin anders verlaufen, als sie es jetzt plante, also konnte sie es ebenso gut auf sich zukommen lassen.

Sie fand auf Anhieb einen Parkplatz in einer der Nebenstraßen, sperrte den Wagen ab und legte den Schlüssel so auf den linken Vorderreifen, dass er hinter dem Kotflügel gut verborgen war. Bis zur Via della Fonte waren es nicht mehr als zwei Minuten, eine halbe Stunde veranschlagte sie für Duschen und Umziehen – das hieß, in spätestens einer Stunde würde sie dem Kommissar gegenübersitzen.

Vor der Haustüre blieb sie stehen, kramte in ihrer Handtasche nach den Schlüsseln, fand sie nicht sofort – und fuhr mit einem Aufschrei zusammen, als sich eine Hand schwer auf ihre Schulter legte. »Signorina Ruland? Polizia. Mi segua.«

30

Sie schnellte herum, die Hand des Polizisten glitt von ihrer Schulter, umfasste aber sofort ihren Oberarm. »Per favore.«
»Io volevo ... venire a voi«, stotterte sie. »Presto.«
Weder der Polizeibeamte, der sie festhielt, noch sein Kollege, der ein paar Schritte entfernt stand und nun sein Handy zückte, schien ihr zu glauben, dass sie ohnehin gleich im Kommissariat erschienen wäre.
Der erste nickte ihr ernst zu und zog sie von der Tür weg. »Andiamo.«
Wahrscheinlich spielte es keine Rolle, ob sie gleich ging oder in einer halben Stunde, nur hätte sie sich in ihrer eigenen Kleidung und eigenen Schuhen weniger verletzlich gefühlt. Und es hätte besser ausgesehen, wenn sie wirklich aus freien Stücken aufgetaucht wäre. Aber okay. Das ließ sich jetzt nicht mehr ändern.
Die beiden Polizisten nahmen sie in die Mitte und gemeinsam legten sie den kurzen Weg bis zum Kommissariat zurück. Fiorese war bereits informiert, er stand in der Tür zu seinem Büro und blickte Nika mit versteinerter Miene entgegen. Winkte sie stumm an sich vorbei und schloss die Tür hinter ihnen.

Carla Sivori saß ebenfalls schon auf ihrem Platz, auch sie sah noch ernster drein als sonst. Das alles machte den Eindruck, als wäre das Urteil über Nika bereits gefallen, in ihrer Abwesenheit. Sie setzte sich, fühlte ihr Herz bis in den Hals schlagen.

»Signorina Ruland, wir haben vor drei Tagen per richterlichem Beschluss ihr kaputtes Mobiltelefon aus der Werkstatt angefordert, in die sie es gebracht haben.«

Fiorese sprach in seiner üblichen schnellen Art, machte aber wie immer nach jedem Satz eine Pause, damit Sivori übersetzen konnte. Nika verschränkte ihre Finger ineinander. Auf diese Eröffnung hatte Stefano sie schon vorbereitet.

»Unsere Spezialisten konnten einen Großteil der Daten retten. Unter anderem auch einige Sprachnachrichten aus der Nacht vom dreiundzwanzigsten auf den vierundzwanzigsten April. Ich würde sie mir gerne mit Ihnen gemeinsam anhören.«

Er griff nach der Maus und wandte sich seinem Computer zu. Ein paar Klicks, dann schallte Jennys Stimme durch das Büro, laut und panisch.

»Nika? Nika, heb bitte ab. Ich verstehe überhaupt nicht, was los ist, ich habe dir doch versprochen, dass ich dich nicht verrate, du musst mir wirklich nicht drohen.« Kurzes Aufschluchzen. »Du kannst dich auf mich verlassen, aber bitte hör auf, mir solche Angst zu machen.«

Wie gelähmt saß Nika auf ihrem Stuhl, beinahe unfähig zu atmen. Sie wusste, sie hatte diese Nachricht schon einmal gehört, und sie erinnerte sich, wie wütend und verzweifelt sie darüber gewesen war. Jenny, die ihr Netz spann, die die Schlinge um Nikas Hals immer enger zuzog …

Es hatte nicht nur eine Nachricht gegeben, oder?

Nein. Nach einem kurzen Piepsen kam die nächste, und Nika

kannte den Inhalt, sie wusste, was Jenny sagen würde. Als hätte ihr Gedächtnis endlich etwas gefunden, woran es sich festhalten, in das es einhaken konnte.

»Oh bitte, Nika, heb ab! Lass uns reden, ich verspreche dir, es wird alles gut!« Ihr Weinen hörte sich echt an, und Nika hasste sie mit einer plötzlichen Inbrunst, die sie wünschen ließ, sie könnte etwas gegen die Wand werfen. »Hör auf, mich zu verfolgen, bitte. Ich sage niemandem etwas über Gloria. Ich weiß, dass du das eigentlich alles nicht wolltest, es ist eben passiert. Heb ab. Lass uns reden. Bitte.«

Nicht in Tränen auszubrechen kostete Nika ihre ganze Kraft. Sie durfte jetzt nicht wirken, als fühlte sie sich ertappt. Sie musste ihre Nerven bewahren und Fiorese erklären, dass das alles nur der perfide Plan einer Wahnsinnigen …

»Nika! Ich habe dich vorhin ganz genau gesehen!« Wieder Jennys Schluchzen. »Hör auf, mich zu verfolgen. Ich traue mich sowieso schon nicht mehr nach Hause. Was soll ich denn noch tun, damit du mir glaubst, dass ich dich nicht verraten werde? Du machst mir solche Angst! Ich habe das Messer nicht, ich kann es dir nicht geben, glaub mir doch bitte!«

Das war die letzte Nachricht. Fiorese beugte sich weit über seinen Schreibtisch vor. »Können Sie uns das erklären, Signorina Ruland?«

Ein Gefühl, als würde jemand langsam ihren Brustkorb zusammendrücken. Nika schaffte es kaum, Luft zu holen. Ja, sie konnte ganz genau erklären, was Jenny da getan hatte, aber kein Mensch würde ihr glauben. Schon gar nicht der Kommissar, dem anzumerken war, dass er sich am Ziel sah. Er hatte die Täterin geschnappt. Jeder Zweifel, den er je gehabt haben mochte, war aus seinem Blick verschwunden.

Wenn es ihr jetzt nicht schnell gelang, das Ruder herumzureißen, war sie verloren. Nika sah erst Fiorese, dann Sivori in die Augen. »Jenny war ein sehr ... eigenartiger Mensch«, begann sie. »Ich habe das selbst erst richtig begriffen, nachdem sie tot war. An Ihrer Stelle, Commissario Fiorese, würde ich genau die gleichen Schlüsse ziehen, aber sie wären trotzdem falsch.« Sie merkte, dass ihr das Sprechen mit jedem Wort leichter fiel. Die Panik, die sie vorhin zu überwältigen gedroht hatte, war verschwunden.

»Für all das, was ich Ihnen gleich erzählen werde, gibt es einen Zeugen«, fuhr sie fort. »Er wird sich sträuben, mit Ihnen zu sprechen, aber ich schätze, am Ende wird er meine Version der Geschichte bestätigen, denn er selbst hat mir die wichtigsten Teile davon erzählt.« Sie versuchte zu lächeln, was jämmerlich misslang. »Das war nötig, wegen des Phenazepams, wegen des Blackouts, Sie wissen schon. Jetzt kommen gelegentlich kleine Stückchen meiner Erinnerung zurück.«

Das Einzige, was sie aus Fioreses Miene lesen konnte, war Misstrauen. Natürlich glaubte er, dass die Mörderin versuchte, sich aus der Sache rauszureden.

Nika griff nach ihrer Handtasche. »Das hier hätte ich Ihnen schon viel früher zeigen sollen. Aber irgendwie hatte ich gehofft, es würde nicht nötig sein. Wegen Jennys Mutter.«

Sie zog das Skizzenbuch heraus und legte es vor Fiorese auf den Tisch. »Sie wissen ja, wie künstlerisch begabt Jenny war. Sie haben alle diese hübschen Zeichnungen vom Dom und vom Campo gesehen, nicht wahr?« Sie schob das Buch noch ein Stück näher an ihn heran. »Jenny hatte noch andere Lieblingsmotive, aber die hat sie nie hergezeigt.«

Sie ließ den Kommissar nicht aus den Augen, als er das Buch

aufschlug, langsam vorwärtsblätterte, zu Beginn noch mit unbewegter Miene, dann mit zusammengepressten Lippen und gerunzelter Stirn. Bei einer Seite hielt er inne. »Porco dio«, stieß er zwischen den Zähnen hervor. »Questa è sua madre.«

Das Bild, auf dem Sabine verbrannte. Fiorese hatte sie sofort erkannt, er hatte bestimmt auch lang mit ihr gesprochen.

Er blätterte weiter, sichtlich noch widerwilliger als zuvor. Schüttelte den Kopf. Gelangte schließlich zu der Zeichnung von Nika mit dem Pflock in der Brust. »Ah«, sagte er. »Das ist interessant.« Er blickte kurz hoch, fixierte Nika prüfend und betrachtete dann die letzten paar Seiten, bevor er das Buch zuschlug. »Wann haben Sie das gefunden?«

»Nachdem bei uns eingebrochen worden war. Es lag auf dem Boden von Jennys Zimmer.«

»Sie hätten es uns wirklich früher zeigen sollen, obwohl es natürlich nichts an den Tatsachen ändert. Abstoßende Zeichnungen anzufertigen ist kein Verbrechen.«

»Nein, ich weiß.« Womit sollte sie nun am besten weitermachen? Am einfachsten war es, Fiorese zu bitten, Natale dazuzuholen. Auf die Gefahr hin, dass er sie – im wahrsten Sinne des Wortes – ans Messer liefern würde. Aber die Chance bestand, dass sein Gewissen das dann doch nicht zulassen würde, zumindest was den Mord an Gloria betraf. In Sachen Jenny hielt er sie ja wirklich für schuldig.

Nika hatte schon den Mund geöffnet, um ihren Vorschlag zu unterbreiten, als ihr klar wurde, dass sie Stefanos und Natales Familiennamen gar nicht kannte.

»Kann ich das Buch kurz noch einmal haben?« Auf Fioreses Nicken hin schlug sie es auf; sie suchte und fand das Bild mit dem aufgeschlitzten, kopfüber von einem Baum hängenden

Mann. »Er war dabei«, sagte sie und tippte auf die Zeichnung. »Sein Name ist Natale. Er kann Ihnen erzählen, was mit Gloria di Canio passiert ist.«

Der Blick des Kommissars senkte sich auf das Bild. Als er wieder hochsah, waren seine Augen schmal. »Es macht ganz den Eindruck, als könnten Sie das auch.«

Spätestens jetzt wäre es wohl klug gewesen, um einen Anwalt zu bitten. Aber Nika war zu sehr in Schwung, um sich bremsen zu können. Ihre Angst war wie verflogen, und vermutlich würde sie schon bald bereuen, dass sie nicht vorsichtiger gewesen war. Sie ballte ihre Hände zu Fäusten. »Ja«, sagte sie. »In gewisser Weise kann ich das.«

Zwei Polizistinnen begleiteten sie in die Wohnung, wo sie duschen und sich umziehen durfte, während Fiorese die weiteren Schritte vorbereitete. Er hatte betont, was für ein großer Vertrauensbeweis es sei, dass er sie noch nicht festnahm.

Nikas Haar war noch nass, als der Polizeiwagen schon vor dem Haus hielt. Auf dem Weg nach unten, eskortiert von den Polizistinnen, begegnete sie einem bestürzten Signore Rizzardini, der sie mit Fragen bestürmte, zu deren Beantwortung ihr nicht nur die Zeit, sondern auch die Worte fehlten. Sie drückte kurz seine Hände, trat aus dem Haus und stieg hinten ins Auto ein.

Die Türen wurden verriegelt. Eine der Polizistinnen hatte sich neben Nika gesetzt, ihr Gesicht war kalt und hart wie eine Mauer. Auf dem Beifahrersitz saß Fiorese, permanent telefonierend, gelenkt wurde der Wagen von einem Uniformierten, den Nika noch nie gesehen hatte.

Sie lehnte ihren Kopf an die Seitenscheibe und schloss die

Augen. Der Stein, den sie eben ins Rollen gebracht hatte, würde sich jetzt nicht mehr aufhalten lassen. Ab dem Moment, an dem sie Fiorese gesagt hatte, wo er Glorias Leiche finden würde, hatten die Dinge ein unglaubliches Tempo entwickelt – auch deshalb, weil es bereits früher Nachmittag war und der Kommissar noch heute Klarheit haben wollte.

Knapp fünfzig Minuten, nachdem sie losgefahren waren, bog der Fahrer auf den unbefestigten Weg ein, den Natale vergangene Nacht genommen hatte, und parkte den Wagen an exakt der gleichen Stelle.

Nika wollte aussteigen, doch die Tür war versperrt; sie musste warten, bis Fiorese sie öffnete. Es war mehr als deutlich: Auch wenn er sie bisher nicht festgenommen hatte, behandelte er sie doch, als wäre das nur noch eine Frage der Zeit – der einzige Unterschied waren wohl die fehlenden Handschellen.

»Alora«, sagte er. »Dov' è?«

Sivori war noch nicht da, sie würde mit einem der nächsten Autos nachkommen, vermutlich gemeinsam mit den Tauchern. Aber die Stelle, an der Glorias Peugeot lag, konnte Nika ihm auch ohne Übersetzerin zeigen.

Sie ging voran und fand auf Anhieb die Stelle, an der sie mit gefesselten Händen ins Wasser gegangen war. »Qui.« Sie deutete auf den See hinaus. »Circa cinquanta metri.«

Die fünfzig Meter waren eine reine Schätzung, es konnten ebenso gut dreißig oder siebzig sein. Fiorese spähte prüfend über die glatte Wasseroberfläche, dann nahm er Nika an der Schulter und führte sie zum Auto zurück.

Dort saß sie über eine Stunde, während zwei Taucher in Neoprenanzüge schlüpften, ihre Sauerstoffflaschen umhängten und mit den Flossen in der Hand Fioreses Anweisungen entgegennahmen. Sivori war jetzt ebenfalls hier, aber sie hatte noch kein einziges Wort an Nika gerichtet.

Die Geschichte, die sie ihr und dem Kommissar vorhin im Büro erzählt hatte, war von beiden in einer Mischung aus Erstaunen und Ungläubigkeit aufgenommen worden. Verständlich. Die messerschwingende Jenny, die in blinder Eifersucht eine völlig fremde Frau tötete, weil sie ihren Freund mit einem völlig fremden Mann verwechselt hatte – das klang nach der verzweifelten Ausrede der wahrhaft Schuldigen.

Es hatte Nika Bauchschmerzen bereitet, einfach nur weiterzugeben, was Natale ihr erzählt hatte – mit einer eigenen Erinnerung, die möglichst vollständig war, hätte sie sich wohler gefühlt. Aber es half, an *Smells like Teen Spirit* zu denken, dann waren die passenden Gefühle zu der Geschichte sofort da. Ekel, Angst, Hilflosigkeit.

Es sei natürlich sehr bequem, hatte Fiorese festgestellt, jemanden zu beschuldigen, der tot war. Wenn das sichergestellte Küchenmesser die Tatwaffe war, dann befanden sich Nikas Fingerabdrücke darauf. Das würde vor Gericht um vieles mehr zählen als jede noch so hübsch ausgedachte Geschichte.

»Ich war bewusstlos«, hatte Nika erklärt und genau gewusst, wie lächerlich sich das anhörte. »Sie hat mir das Messer in die Hand gelegt. Sagt Natale.«

Nach ihm wurde nun intensiv gesucht. Nika hatte Fiorese die Adresse in der Via Follonica genannt, und innerhalb von Minuten hatte der Kommissar sämtliche Daten über ihn abgerufen. Natale Lombardo, fünfundzwanzig Jahre alt. Er hatte sofort zwei Männer in die Wohnung geschickt, aber dort war niemand gewesen.

Nika saß im Fond des Polizeiautos und formte stumm Stefanos Namen mit den Lippen. Stefano Lombardo. Es fühlte sich neu und ungewohnt an. Sie fragte sich, was er gerade tat. Hatte er schon mitbekommen, wie drastisch die Dinge sich in den letzten Stunden entwickelt hatten? Wenn ja, war er damit beschäftigt, seinen Bruder zu beruhigen und hasste Nika dafür, dass sie dessen Namen genannt hatte?

Die Autotür ging auf. Fiorese winkte Nika heraus und führte sie zum Ufer des Sees, auf den die Taucher nun hinausschwammen. Ungefähr an der Stelle, die Nika für die richtige hielt, gingen sie zum ersten Mal nach unten. *Dort, wo das Wasser am dunkelsten ist*, dachte sie widerwillig. Drei oder vier Minuten lang blieben sie verschwunden, dann tauchten sie wieder auf. Schüttelten die Köpfe. Fehlanzeige.

Beim zweiten Versuch, ein Stück weiter links, dauerte es etwas länger, bis sie zurück an die Oberfläche kamen; mit dem gleichen Ergebnis.

Beim dritten Tauchgang vergingen gut acht Minuten, in denen nichts geschah, und Nika hatte das Gefühl, den Druck in ihrem Inneren nicht mehr viel länger ertragen zu können. Das alles sollte bitte so schnell wie möglich vorbei sein. Wenn sie jetzt unverrichteter Dinge wieder abziehen mussten ...

Es war nur einer der Taucher, der beim nächsten Mal nach oben kam. Er reckte eine Hand in die Luft, mit nach oben gerichtetem Daumen. Sie hatten etwas gefunden.

Wieder die glitzernden Sonnenpunkte auf dem See. Zwei Enten, die laut quakend nach einer guten Stelle zum Landen suchten. Und die beiden Taucher, die nun mit Schwimmkörpern und Pressluftflaschen ausgerüstet noch einmal zu dem Autowrack auf den Grund des Sees tauchen würden.

Nika war innerlich wie betäubt. Sie beobachtete, wie am Ufer eine Seilwinde fixiert wurde, mit der man den Wagen an Land ziehen konnte, sobald die Schwimmkörper ihn an die Oberfläche gedrückt haben würden. Sie sah, wie Fiorese sich mit einem der Taucher unterhielt, leise und eindringlich. Wie der Mann den Kopf schüttelte, sichtlich bewegt. Wie der Kommissar anschließend in Nikas Richtung blickte, mit nur mühsam unterdrückter Wut.

Nichts davon entging ihr, gleichzeitig drang nichts bis ganz zu ihr vor. Es war, als hätte jemand ihre Emotionen betäubt, als wäre das alles hier nicht real.

Sie setzte sich auf einen der Steine nah am Ufer, der warm von der Sonne war. Das fühlte sich tröstlich an, immerhin. Jenny, dachte sie. Eigentlich solltest du es sein, die hier sitzt, nicht wahr?

Die Vorbereitungen zur Bergung dauerten lange, doch als dann alles bereit war, ging es plötzlich sehr schnell. Luftblasen brodelten an die Wasseroberfläche, eine Art Welle entstand, und dann wurde ein schlammig verschmiertes, aber zweifellos schwarzes Autodach sichtbar. Sekunden später schon der ganze Wagen, bis knapp oberhalb der Reifen.

Etwas in Nika krampfte sich zusammen. Aus den offenen Autofenstern lief Wasser ab, und es sah aus, als ob aus dem der Fahrerseite eine flachsfarbene Pflanze wachsen würde, deren lange Fasern an der Außenseite der Tür klebten …

Doch sie wusste, das war keine Pflanze, das waren auch keine Fasern, es waren Haare, verfilzt und mit Algen durchsetzt; in Nikas Kopf brüllte Kurt Cobain los, ihr Magen verhärtete sich, aber sie konnte den Blick nicht abwenden, schaffte es einfach nicht.

Einer der Taucher befestigte ein Seil an der Stoßstange des Wagens und gab dem Mann an der Winde ein Zeichen. Langsam, aber stetig wurde das Auto samt seiner toten Besitzerin in Richtung Ufer gezogen.

Nikas Blick verschwamm, sie wischte sich Tränen aus den Augen – es war wirklich alles wahr, alles tatsächlich passiert, das hier war echt.

Dann kam eine leichte Brise auf, wehte über den See auf Nika zu; brachte die Andeutungen eines Geruchs mit sich und gleichzeitig eine glasklare Erinnerung, ein Bild. Das von Jenny, die mit ihrem Handy in das halb im Wasser stehende, halb von abgeknickten Bäumchen verborgene Auto leuchtete.

Auf ein Gesicht, das seit zwei Wochen tot war.

Nika hörte sich selbst aufstöhnen, sie glitt von ihrem Felsen, fiel auf Hände und Knie, kroch ein Stück zur Seite und erbrach sich. Schon wieder, aber diesmal wusste sie, warum.

Als sie ihren Blick wieder auf den See richtete, war das Auto schon auf zehn Meter herangezogen worden und der Geruch fast unerträglich. Obwohl Nika das Gefühl hatte, dass sie gleich umkippen würde, fiel ihr sofort auf, dass an dem Wagen etwas fehlte. Dann kam das Heck zum Vorschein und plötzlich passte eines zum anderen.

Sie hatte gewusst, dass Jenny ihr den Schwarzen Peter würde zuspielen wollen, denn die hatte kein Geheimnis daraus gemacht. *Und du wirst dich nicht erinnern können, Nikilein,* hatte sie gelacht. *Du wirst mit offenem Mund den Polizisten anglotzen, der dich verhaftet, und die Welt nicht mehr verstehen.*

Nika hatte bis zum Bauch im Wasser gestanden. Sie hatte geheult, Jenny hatte gesungen. *With the lights out, it's less dangerous ...*

Ein Bild fügte sich ans andere. Manche Lücken blieben, andere füllten sich. Nika hatte geschoben. Sie hatte fast alles getan, was Jenny verlangt hatte. Fast.

Und sie hatte wirklich einen Stein geworfen.

Ein Krankenwagen, Polizisten in Spurensicherungsanzügen, ein Rechtsmediziner, gestreifte Absperrbänder. Wald und See in zuckendes Blaulicht getaucht, während die Sonne langsam hinter den Baumwipfeln versank.

Nika war zurück in das Polizeiauto gekrochen, mit dem sie hergefahren waren. Sie kauerte sich auf dem Rücksitz zusammen, mit geschlossenen Augen. Sie wollte nicht sehen, wie man Gloria aus ihrem blechernen Sarg befreite; sie wollte nicht wissen, wie sie nun, nach fast zwei Wochen im Wasser, aussah. Im Gegenteil, sie wünschte sich, die Erinnerung daran, wie sie ausgesehen hatte, als sie sie in den See geschoben hatten, wäre im gnädigen Dunkel geblieben.

Jemand hatte Nika eine kleine Plastikflasche mit Mineralwasser in die Hand gedrückt, daraus trank sie nun mit kleinen Schlucken, während sie versuchte, die Bilder zu sortieren, die sich nach und nach einstellten. Sie hatte jetzt fast alles entschlüsselt, was sie auf ihrer Liste notiert hatte. Irgendetwas davon würde sie möglicherweise retten.

Die Autotür wurde aufgerissen. Nika fuhr zusammen, rückte ein Stück zur Seite, als Fiorese sich neben sie auf den Rücksitz zwängte. Sein Blick war kalt, in seiner rechten Hand hielt er einen Plastikbeutel, den er nun hochhob, direkt vor Nikas Gesicht.

Sie erkannte erst auf den zweiten Blick, was er ihr da zeigte. Einen Schlüsselbund, dessen Anhänger ein rotbrauner Dreckklumpen war. Nur an einer Stelle sah man noch das frühere Rosa des flauschigen Bällchens, das Mama ihr als Glücksbringer in die Hand gedrückt hatte.

Fiorese winkte Carla Sivori heran, warf ihr zwei schnelle italienische Sätze hin. Obwohl Nika sie nicht verstand, wusste sie genau, was die Dolmetscherin gleich sagen würde. Es lag gewissermaßen auf der Hand.

»Nika Ruland, ich nehme Sie fest wegen des Verdachts des Mordes an Gloria Di Canio.«

31

Die Zelle war klein und überraschend warm. Man hatte Nika ihre Tasche weggenommen und ihr eine Anwältin zur Verfügung gestellt, eine kleine rundliche Frau, die ein paar Fetzen Deutsch verstand. Carla Sivori hatte bei dem Gespräch trotzdem gedolmetscht, aber Nika war nicht bei der Sache gewesen. Alle ihre Gedanken kreisten um die Erinnerungsfetzen, die sie zu fassen bekommen hatte. Sie hatte nicht gewagt, sich auf etwas anderes zu konzentrieren, und nun wagte sie es nicht, einzuschlafen, aus Angst, dass alles wieder vergessen sein würde, wenn sie aufwachte.

Ob Natale schon aufgetaucht war? Ob man ihn schon vernommen hatte? Von seiner Ehrlichkeit hing so unglaublich viel für sie ab. Er würde sie nicht eines Verbrechens beschuldigen, von dem er wusste, dass jemand anderes es begangen hatte, oder?

Nika rollte sich auf dem schmalen Bett zusammen. Sie hoffte, dass Fiorese sie noch einmal in die Wohnung lassen würde, natürlich unter Aufsicht, aber dann konnte sie ihm etwas geben, das sie zumindest ein bisschen entlastete. Vorausgesetzt, sie erinnerte sich noch, wo sie es versteckt hatte.

Blieb die Frage, ob sie Jenny getötet hatte. Egal, ob in Notwehr oder aus anderen Gründen. Diese Erinnerung fehlte noch fast ganz, obwohl Nikas Bauchgefühl eine deutliche Sprache sprach. Was egal war, wenn Beweise fehlten.

Sie fühlte, wie die Müdigkeit unerbittlich von ihr Besitz ergriff, und wünschte sich etwas zum Schreiben herbei, so wie damals, als sie gewusst hatte, dass sie alles vergessen würde. Jenny hatte es angekündigt.

»So wie beim letzten Mal, Nikalein. Du hast mir zugesehen, wie ich mir am See das Blut von den Händen gewaschen habe, aber am nächsten Tag bist du fröhlich mit mir am Frühstückstisch gesessen. Hast schuldbewusst dreingesehen, weil du offenbar so über die Stränge geschlagen hattest. Ich hätte mich totlachen können.«

Sie waren im Keller gewesen. In diesem pechschwarzen Keller. »Du denkst, du zeigst mich einfach an, sobald du hier raus bist, hm? Glaubst du wirklich, du kannst mir drohen? Und auch wenn du hundertmal behauptest, du hättest etwas in der Hand, das mich belastet, hilft dir das nicht weiter. Erstens könnte es eine Lüge sein. Du willst mir ja nicht mal sagen, was es ist. Zweitens wirst du demnächst nichts mehr davon wissen. Du wirst alles vergessen, so wie beim letzten Mal.«

Da war Nika klar gewesen, sie würde eine Gedächtnisstütze brauchen, und als Jenny wieder weg war, hatte sie in einer der im Keller lagernden Kisten den alten Werbezettel der Pizzeria gefunden. Im Besitz ihres Handys war Nika noch gewesen, das steckte in ihren Sommerstiefeletten. Jenny hatte sie erzählt, sie hätte es im Wald verloren. Die hatte alle ihre Taschen durchsucht, aber die Schuhe vergessen.

Das Handy bekam im Keller keinen Empfang, aber als Taschenlampe war es unendlich wertvoll, ebenso wertvoll wie ein alter Stift, der auf dem Boden lag, aber bald den Geist aufgab. Danach hatte Nika in einer Schachtel mit alten Schulsachen einen Bleistiftstummel entdeckt und weitergeschrieben.

Sie wünschte sich, sie hätte jetzt die Chance gehabt, noch einmal das Gleiche zu tun. Nur würde sie diesmal Klartext schreiben, keine merkwürdigen Rätsel, aus lauter Angst, Jenny könnte den Zettel finden.

Ihre Lider fielen zu, voller Panik riss Nika sie wieder auf. Sie konnte nichts notieren, also durfte sie nicht einschlafen, sonst war vielleicht morgen früh … alles weg.

Weg.

Alles.

Ein Knirschen ließ sie hochschrecken, die Tür sprang auf, eine hochgewachsene Gestalt trat ein, stellte etwas auf dem Tisch ab und war schon wieder verschwunden, bevor Nika sich noch richtig in ihrem Bett aufgerichtet hatte. Ein paar Sekunden dauerte es, dann wusste sie wieder, wo sie war.

Natürlich war sie eingeschlafen und nun machte sie voller Panik Bestandsaufnahme. War noch etwas von der Erinnerung da, die gestern Stück für Stück wieder an die Oberfläche ihres Bewusstseins gelangt war?

Ja. Vieles davon verschwommen, aber ganz zweifellos vorhanden. Sie ließ sich wieder aufs Bett zurücksinken. Sieben oder acht Stunden musste sie geschlafen haben, trotzdem fühlte sie sich so erschöpft wie noch nie in ihrem Leben. Doch dafür war jetzt keine Zeit.

Mit einem Ruck richtete sie sich auf, schwang die Beine aus dem Bett und ging zu dem Tischchen, sah sich an, was man ihr gebracht hatte.

Frühstück. Eine Plastiktasse mit bräunlichgrauem Kaffee, ein blasses Sandwich mit Schinken und Käse. Einen Becher mit Wasser.

Nika hatte nicht den leisesten Hauch von Appetit, dennoch setzte sie sich hin und aß, bis nichts mehr übrig war. Sie würde Energie brauchen. Heute war der Tag, an dem sich entschied, wie ihr weiteres Leben aussehen würde.

Eine Stunde später saß sie Fiorese gegenüber, der angeschlagen wirkte – wahrscheinlich hatte er die halbe Nacht durchgearbeitet. Oder die dunklen Ringe unter seinen Augen waren ein Zeichen dafür, wie sehr ihm der Anblick der toten Gloria zugesetzt hatte.

Sivori neben ihm sah dagegen deutlich frischer aus, doch Nika merkte, wie schwer der Augenkontakt ihr heute fiel. Nikas Anwältin war nicht da, und auf ihre Nachfrage erklärte der Kommissar, dass das bei der Befragung durch die Polizei nicht vorgesehen sei. Später, wenn der Staatsanwalt ins Spiel kam, schon. »Aber Sie haben ein Schweigerecht«, meinte er mit schmalem Lächeln. Diesmal saßen sie nicht in Flioreses Büro, sondern in einem kleinen fensterlosen Raum, der bis auf Tisch und Stühle kahl war. In der Realität waren Verhörzimmer offenbar noch bedrückender als im Film. Schweigerecht, was für ein Witz.

»Frau Ruland. Wir haben die vergangene Nacht gewissermaßen durchgearbeitet – ich, die Kollegen von der Rechtsmedizin und die im Labor. Sie haben unter anderem das Blut auf dem Küchenmesser untersucht und festgestellt, dass es das von Gloria di Canio ist. Wie Sie selbst längst wissen, befinden sich Ihre Fingerabdrücke auf dem Messergriff. Zudem lagen Ihre Wohnungsschlüssel im Auto, und einer der Taucher hat in unmittelbarer Nähe Damenschuhe gefunden, die Ihnen gehören dürften.« Fiorese schob Nika ein Foto hin, das die aufgeweichten hellen Sportschuhe zeigte, die sie bei ihrem Überlebenskampf im Wasser verloren hatte.

»Ja. Das sind meine.« Sie würde durchwegs die Wahrheit sagen, sofern sie sie kannte. Weil alles andere Unsinn war. Und weil sie zum Lügen ohnehin keine Kraft hatte.

»Trotzdem behaupten Sie, Sie hätten Gloria di Canio nicht getötet.«

»Nein. Ich kannte sie überhaupt nicht. Aber ich war offenbar dabei, als es passiert ist. Und auch, als das Auto an der Stelle versenkt wurde, an der Sie es gestern gefunden haben.«

Fiorese nickte bedächtig. »Ja. Bei dieser Sache waren Sie uns immerhin behilflich.« Er rieb sich über die Stirn. »Frau Ruland, alle Indizien in diesem Fall sprechen dafür, dass Sie die Täterin sind, wenn man davon absieht, dass ein klares Motiv fehlt. Aber das erleben wir heutzutage immer öfter. Das Einzige, was dagegenspricht, ist die Aussage des Mannes, den Sie uns gestern genannt haben. Natale Lombardo. Er bestätigt Ihre Version.«

Nika fühlte, wie Erleichterung sich in ihr breitmachen wollte, doch dafür war es zu früh, viel zu früh. »Sie haben Natale also gefunden?«

»Ja. Wir haben auf ihn gewartet, als er nach Hause kam.«

»Wissen Sie, wie es seiner Frau geht?« Die Frage war Nika einfach so herausgerutscht, und sie schien Fiorese zu irritieren.

»Warum interessiert Sie Lombardos Frau?«

»Na ja, sie ist schwanger, die Schwangerschaft läuft nicht so gut und sie darf sich nicht aufregen. Deshalb ...«

Fiorese runzelte die Stirn. »Soweit ich weiß, ist sie immer noch schwanger, aber ich schätze, Ihr Freund hat sie noch nicht über das Schlamassel informiert, in dem er steckt.« Der Kommissar richtete seinen Blick auf Nika, ruhig und abschätzend. »Wissen Sie, nur weil Sie beide die gleiche Geschichte erzählen, heißt das noch lange nicht, dass sie stimmt. Sie können sich das gemeinsam zurechtgelegt haben. Nichts ist einfacher, als jemanden zu beschuldigen, der nicht mehr lebt und sich nicht verteidigen kann.«

Ja. Arme, hilflose Jenny. Nika schloss einen Atemzug lang die Augen. »Nur weil jemand tot ist, ist er aber nicht automatisch unschuldig. Sie haben Jennys Zeichnungen gesehen – gut, das ist nur Farbe auf Papier.«

Farbe. Farben. Zwischen den Farben. Ein Bild blitzte auf, nur kurz, aber entscheidend wichtig. Trotzdem musste sie jetzt bei der Sache bleiben. »Sie hat es mir angekündigt, wissen Sie? Sie hat es furchtbar lustig gefunden, dass ich alles vergessen würde. Sie meinte, man wird mich verhaften und ich werde keine Ahnung haben, warum.«

Seit Beginn des Gesprächs lag ein Aufnahmegerät auf dem Tisch, dennoch zog Fiorese nun einen Zettel heran und machte sich eine schnelle Notiz. »Wann war das und wo?«

»Ich weiß es nicht. Aber ich glaube, es war dunkel.«

Es war dem Kommissar anzusehen, wie sehr ihn diese Sache mit dem Gedächtnisverlust nervte. Zumal er ihn nicht einfach als Lüge vom Tisch wischen konnte – das Phenazepam war in Nikas Organismus nachgewiesen worden. Und vermutlich hatte man auch schon herausgefunden, dass die Bestellung über Jennys Computer getätigt worden war.

»Sehen Sie, es ist sehr wahrscheinlich, dass Sie zum Tatzeitpunkt beeinträchtigt waren«, erklärte er. »Das wird jedes Gericht berücksichtigen. Sie müssen keine Angst vor einer lebenslänglichen Strafe haben.«

Darauf wollte er also hinaus. Die Sache schnell erledigen, indem sie einfach ein Geständnis ablegte. Oder etwas Ähnliches.
»Aber ich war es nicht.«

»Wie können Sie da so sicher sein, wenn Sie sich nicht erinnern?«

»Weil mir ein paar Dinge eben doch wieder eingefallen sind. Dass Jenny mich mitgeschleppt hat, um mir zu zeigen, was sie mit Frauen tut, die sich an ihren Freund heranmachen. Ist Ihnen nicht aufgefallen, dass es eine Ähnlichkeit zwischen Natale Lombardo und Lennard Hoske gibt? Sie muss Lennard nachgelaufen sein, weil ich und er … ein wenig geflirtet haben. Sie hat ihn wohl aus den Augen verloren, hat dann Natale und Gloria entdeckt und ist ihnen gefolgt, in dem Glauben, er sei Lennard.«

Wieder machte Fiorese sich eine Notiz. »Und wo kommen Sie ins Spiel? Wieso waren Sie mit dabei?«

Das wusste Nika selbst nicht. Alles, was sie dem Kommissar bieten konnte, war der Schatten einer Ahnung davon, dass sie gerade nach Hause gekommen war, als auch Jenny hereinstürmte. In die Küche stürzte und das längste Messer aus dem Block zog. »Die Schlampe hat gesagt, sie fahren zum Lago di Calcione, aber da werden sie nicht allein sein. Los, du kommst mit, ich zeige dir, was ich mit Frauen tue, die sich an meinen Freund ranmachen.«

Nika glaubte, dass es so gewesen war. Wirklich wissen konnte sie es nicht, und genau das sagte sie Fiorese, der seufzend seinen Stift auf den Tisch warf. Im gleichen Moment klopfte es an der Tür, ein Mann winkte Fiorese zu sich.

»Kurze Pause«, sagte er und ging nach draußen. Nika blieb mit Carla Sivori zurück. Die Übersetzerin machte nicht den geringsten Ansatz, das Schweigen durch ein Gespräch zu überbrücken, und Nika war dankbar dafür. Es gab nichts, worüber sie in dieser Situation sprechen konnten.

Ein paar Minuten später kam Fiorese zurück, einige zusammengeheftete Blätter in der Hand. Er setzte sich. »Entschuldigen Sie bitte die Unterbrechung.« Der Blick des Kommissars glitt über die Zeilen, als wollte er sich versichern, dass er alles richtig verstanden hatte, dann schob er das Dokument zur Seite.

»Natale Lombardo hat eben seine Aussage unterschrieben«, sagte er. »Er schwört Stein und Bein, dass es Jennifer Kern war, die Gloria die Canio getötet hat. Er sagt, es gäbe daran nicht den geringsten Zweifel, er sei direkt danebengesessen, auf dem Beifahrersitz. Er bestätigt auch Ihre Aussage, Frau Ruland, dass Frau Kern den Griff des Messers abgewischt und dann Ihre Finger daraufgedrückt habe, als Sie bewusstlos waren.«

Danke, Natale, dachte Nika.

»Gleichzeitig ist er aber fest davon überzeugt, dass Sie es waren, die Jennifer Kern umgebracht hat.«

32

Nika saß wie betäubt auf ihrem Stuhl, während Sivori für sie das Vernehmungsprotokoll übersetzte. In Kurzfassung beschrieb Natale, wie er nachts durch die Straßen geirrt war, aus Sorge um Nika, die nach den letzten Ereignissen am See verstört war und verwirrt wirkte. Sogar behauptete, sich nicht mehr daran zu erinnern. Er war in Richtung Polizei gelaufen, weil er dachte, dort würde sie vielleicht hinwollen, und tatsächlich tauchte sie schon kurz nach ihm auf. Doch als sie ihn sah, machte sie sofort kehrt und rannte davon. Er folgte ihr, verlor sie aber in der Via del Capitano. Sie war wie vom Erdboden verschluckt, doch dann sprang ihm die Baustelle ins Auge, ein perfektes Versteck. Auf den zweiten Blick sogar mehr als das. Kurz darauf stieß Jennifer Kern zu ihm und kletterte über das ausgehobene Loch in die Bottini. Er selbst folgte den beiden Mädchen erst, als er sich nach einiger Zeit Sorgen machte, weil sie nicht zurückkamen. Seiner Schätzung nach war es kurz vor vier, als er sich an den Abstieg durch das aufgestemmte Loch machte, mehr auf gut Glück als in der Hoffnung, Nika in den verzweigten Kanälen unter der Stadt wirklich zu finden.

Doch das tat er, weil er sie schon von Weitem hören konnte.

Sie lachte, und so fand er sie auch vor, gleichzeitig lachend und weinend über die tote Jenny gebeugt.

»Warum haben Sie gelacht, Signorina Ruland?«, wollte Fiorese wissen.

Sie antwortete nicht gleich, sie fühlte auch jetzt etwas wie ein Kichern in sich aufsteigen, aus reiner Nervosität. Hastig versuchte sie, ihre Gedanken zu ordnen. Sie wusste, Natale dachte wirklich, sie sei Jennys Mörderin, aber die Geschichte, die er ihr letztens erzählt hatte, war eine ganz andere.

»Unser Rechtsmediziner geht übrigens nicht mehr von einem Unfall aus«, ergänzte Fiorese, fast wie nebenbei. »Er sagt, es würde mehr für einen Schlag sprechen, auch wenn die Verletzungen schwierig zu deuten sind.«

Das war keine gute Nachricht. Nika fühlte das vertraute Gefühl von Schwere in der Magengegend. »Ich kann mich nicht erinnern, dass ich ihr etwas angetan hätte«, erklärte sie heiser. Sie machte eine kurze Pause und befühlte die Kratzer an ihrer Wange. Den ersten, den man kaum noch sah, und den zweiten, tieferen. »Was ich noch weiß, ist, dass es einen Moment gab, in dem ich vor ihr davongerannt bin. Sie wollte etwas von mir haben und ich habe es ihr nicht gegeben.«

»Was war das?«

Nika zögerte. Sie glaubte sich zu erinnern, wo sie ihn versteckt hatte, aber sie hätte sich so gerne versichert, dass er wirklich noch da war, bevor sie etwas sagte.

»Frau Ruland! Was war es?«

Sie schluckte. »Der Spiegel des Löwen«, murmelte sie.

Um Flioreses Mundwinkel herum zuckte es. Entweder er würde gleich losbrüllen oder loslachen. Oder nach dem Telefon greifen und einen Psychiater zuziehen.

»Wie bitte?«, flüsterte er.

»Der Spiegel des Löwen«, erwiderte Nika, lauter jetzt. »Ich habe mir eine Liste geschrieben, nachdem Jenny mir klargemacht hatte, dass ich alles wieder vergessen würde. Als ich am Dienstag wach wurde, dachte ich, da steht nur verworrenes Zeug drauf, aber nach und nach habe ich entdeckt, dass ich mir Gedächtnisstützen gebaut habe. Die niemand verstehen sollte, mit dem Effekt, dass ich sie selbst nicht verstanden habe.«

Fiorese war anzusehen, dass es mit seiner Geduld bald vorbei sein würde. »Ich habe Sie nicht gefragt, was Sie auf irgendeine Liste geschrieben haben. Sondern was Sie mit *der Spiegel des Löwen* meinen.«

Nika atmete tief durch. Sie hoffte so sehr, dass sie sich nicht irrte, sie stützte sich jetzt nur auf das, was sie für eine Erinnerung hielt, ohne wirkliche Gewissheit. »Als wir zum zweiten Mal am See waren, war Gloria schon seit zwei Wochen tot«, begann sie. »Beim ersten Mal bin ich offenbar sehr schnell umgekippt, als ich die Leiche gesehen habe, also mussten Jenny und Natale das Auto allein ins Wasser schieben.« Sie blickte auf. »Natale hat das alles nur aus Angst getan. Wegen seiner Frau, ich bin sicher, das hat er in seiner eigenen Aussage auch schon erklärt.«

Fiorese vollführte eine ungeduldige Handbewegung. »Weiter!«

»Jedenfalls stand der Wagen nur halb im Wasser. Abgedeckt von ein paar umgeknickten Jungbäumen. Es kommen dort ja nicht viele Leute vorbei, und die Stelle ist ziemlich schwer einzusehen ...«

»Das weiß ich alles«, blaffte der Kommissar sie an. »Kommen Sie jetzt endlich zur Sache!«

Sie räusperte sich nervös. »Okay, also – beim zweiten Mal habe ich wohl mitgeholfen. Wir wollten das Auto tiefer in den See schieben, und Jenny hat vorne angepackt. Sie hat erst noch die Fenster aufgemacht, keine Ahnung, wie – aber ich erinnere mich genau an den Geruch. Sie hat gemeint, es muss Wasser in den Wagen laufen, damit er auch sicher unten bleibt.«

Es war eine verschwommene Erinnerung, aber seit sie gestern aufgetaucht war, bekam sie nach und nach schärfere Konturen. Das offene Fenster auf der Fahrerseite. Wie Glorias Kopf halb herausgekippt war. Wie Jenny ihn achtlos wieder reingedrückt und dann zu schieben begonnen hatte. Bis ihr der Außenspiegel im Weg gewesen war.

Sie hatte ihn abgebrochen, mit einem Stoß ihres Ellenbogens, die Kabel herausgerissen und ihn Nika zugeworfen. »Da. Souvenir für dich«, hatte sie gelacht.

Nika hatte den Spiegel aus einem Reflex heraus gefangen, ihn mit beiden Armen an ihre Brust gedrückt. Im Licht der Stirnlampe, die Jenny ihr verpasst hatte, sah sie Haare darauf kleben. Und irgendetwas ... Verschmiertes.

Sie war diejenige gewesen, die noch am wenigsten weit im Wasser stand. Höchstens bis zu den halben Unterschenkeln.

»Das war bloß ein Witz«, hatte Jenny gebrüllt. »Steh nicht so da, schmeiß das Ding ins Wasser!« Sie hatte sich wieder umgewandt und Nika hatte die Gelegenheit genutzt. Zwei Schritte zurück gemacht, den Außenspiegel ins Gras am Ufer gelegt und einen Stein aufgehoben, den sie mit einer ausholenden Bewegung in den See geworfen hatte.

»Na also.« Jennys Stimme war gepresst gewesen vor Anstrengung. »Und jetzt hilf endlich schieben.«

Sie hatten die Stirnlampen ausgemacht, aus Vorsicht, und

Jenny hatte wieder diesen Song von Nirvana dazu gesungen. Das Schwierigste war gewesen, den Wagen aus der Position zu lösen, in der er zwei Wochen lang gestanden hatte. Danach ging es einfacher. Als das Gefälle des Seebodens steiler wurde, wurde es kinderleicht.

»Mir ist so schlecht«, hatte Nika geächzt. »Ich muss zurück, ich kotze sonst.«

Jenny hatte sie gnädig entlassen, und Nika war zum Ufer zurückgewatet.

»Nika!«, hatte Jenny ihr nachgerufen. »Hast du nicht etwas vergessen? Du hast doch vorhin aus Angst um deinen Pass fast Natales Auto zerbeult – ich schätze, dann behalte ich den Pass und wir deponieren eben etwas anderes hier!«

Klimpern. Nikas Schlüsselbund. Dann ein mattes Platschen. »So. Jetzt kann Gloria uns jederzeit besuchen.« Sie lachte, hörte gar nicht mehr damit auf.

In Nikas Kopf hämmerte der Puls so hart, dass jeder klare Gedanke schwerfiel. Aber diese eine Sache, die würde sie jetzt erledigen. Etwas sichern, das sowohl Spuren von Gloria als auch von Jenny an sich trug. Diesen Spiegel.

Tropfnass ging sie ein Stück zurück zwischen die Bäume, schaltete ihre Stirnlampe ein und zertrümmerte die schwarze Plastikabdeckung an einem Felsen. Löste den Spiegelteil heraus und suchte nach etwas, worin sie ihn einwickeln konnte. An der Stelle, an der das Auto parkte, fand sie schließlich eine löchrige, dreckige Plastiktüte, die sie unter anderen Umständen eklig gefunden hätte. Jetzt war sie ein reiner Segen.

Die Stiefeletten hatte sie ausgezogen, bevor sie in den See gegangen war, in der rechten steckte ihr Handy. Sie standen neben Jennys blau-weißen Chucks am Ufer. Nika zog sie an, verstaute den Spiegel in der linken Stiefelette und schaltete die Stirnlampe wieder aus.

Etwa fünf Minuten später kamen Natale und Jenny zurück; er zitternd und leise schluchzend, sie immer noch singend. »So«, stellte sie zufrieden fest. »Da vorne wird es sehr schnell sehr tief. Da liegt sie jetzt gut.« Sie ging in die Hocke und stupste Nika gegen die Schulter. »Alles okay mit dir?«

Nika schüttelte den Kopf. »Mir ist so schlecht«, stöhnte sie. »Und ich habe mein Handy verloren. Irgendwo hier zwischen den Bäumen, ich hatte es auf einen Stein gelegt, aber ich finde es nicht mehr.«

Jenny lachte auf. »Ach, deshalb hast du deine Lampe wieder angemacht. Tja, das ist Pech, Nika.« Sie tastete ihre Hosentaschen und ihre Jacke ab. »Umso besser, ich hätte es dir sowieso weggenommen. Aber so haben wir noch ein hübsches kleines Fundstück für die Polizei.«

Mit schief gelegtem Kopf hörte Fiorese Sivori dabei zu, wie sie die letzten Worte übersetzte. Danach lehnte er sich zurück und verschränkte die Arme vor der Brust. »Ganz schön detaillierte Erinnerung für jemanden mit Gedächtnisverlust.«

Nika strich sich das Haar aus der Stirn. »Ich verstehe, dass Ihnen das merkwürdig vorkommen muss. Aber ich habe beim Erzählen ein paar verschwommene Momente übersprungen. Und wenn Sie mich fragen, was passiert ist, nachdem wir uns auf den Rückweg gemacht haben – da klafft ein riesiges schwarzes Loch.«

»Na, wie praktisch.« Wieder schrieb Fiorese etwas auf seinen Block. »Und wieso Spiegel des Löwen?«

Das lag doch mittlerweile auf der Hand, fand Nika. »Weil Gloria einen Peugeot gefahren hat und der Löwe das Logo dieser Autos ist. Ein silberner Löwe, der auf den Hinterbeinen steht. Ich hatte ihn direkt vor mir, als ich geschoben habe.«

Fiorese schüttelte müde den Kopf. »Ich würde diese Liste gern sehen«, sagte er, während er wieder etwas notierte. »Und jetzt lassen Sie uns über Jennifer Kerns Tod sprechen.«

Nika gab ihr Bestes, aber das war nicht viel. Was passiert war, nachdem sie den See verlassen hatten, war wie ausgelöscht, es gab lediglich ein paar Erinnerungsfetzen an den Keller, wo sie den Großteil der Liste geschrieben hatte. Jenny war hin und wieder dort aufgekreuzt, hatte ihr eine Frage gestellt und war wieder verschwunden. Irgendwann musste sie sie freigelassen haben, oder Nika hatte es geschafft zu entwischen.

»Ja, dass Sie in dem Keller waren, wissen wir«, sagte Fiorese beiläufig.

Das war ja interessant. »Woher? Von Signore Lombardo?«

»Tut nichts zur Sache. Erinnern Sie sich noch an andere Orte, Begebenheiten, irgendetwas?«

Sie dachte nach, ohne große Hoffnung, aber dann durchfuhr es sie wie ein Blitz. Ja, sie hatte noch etwas zu bieten. Keine Erinnerung, sondern etwas noch viel Besseres. »Sonntagmittag war ich in Natale Lombardos Wohnung«, rief sie. »Um halb zwei, wie lange genau, weiß ich nicht. Wahrscheinlich waren Jenny und Natale so nett, mich aufs Klo gehen zu lassen.«

Fioreses Augen weiteten sich erstaunt. »Aha. Sogar eine Erinnerung mit Zeitangabe. Wie kommt das?«

»Ich habe Fotos gemacht.« Er wusste ja bereits von ihrem kaputten Handy, aber offenbar nicht von der SD-Karte, die der Techniker ihr als einzig noch brauchbares Teil zurückgegeben hatte. »Ich muss sie alle sehr schnell und möglichst unauffällig geschossen haben, damit Jenny nicht merkt, dass ich mein Handy doch noch habe. Man kann kaum etwas darauf erkennen, aber es gibt sie.«

»Werden wir sofort sicherstellen.« Nachdenklich legte Fiorese die gefalteten Hände vor den Mund. »Wenn ich es richtig sehe, besteht die Chance, dass ein Besuch am Ort des Geschehens Ihrem Gedächtnis auf die Sprünge helfen kann, ja? So war es zumindest jetzt am Lago di Calcione.«

Zaghaft hob Nika die Schultern. Ja, das stimmte, aber da war die Erinnerung wie ein Schock zurückgekehrt. Durch den Anblick des Autos und Glorias halb heraushängenden Kopf, durch den fürchterlichen Geruch ...

»Mein Vorschlag wäre, wir versuchen unser Glück auf die gleiche Weise in Signore Lombardos Wohnung und in den Bottini. Wer weiß ...«

Nika richtete ihren Blick auf die Tischplatte. »Da war ich schon«, sagte sie. »An beiden Orten, aber es hat nicht viel gebracht.«

»Sie waren in den Bottini? Wann?«

»Montagnacht. Auf meiner Liste gab es einen Hinweis darauf, wo man dort hinabsteigen kann.«

Fiorese klopfte mit seinem Stift auf den Block. »Na meinetwegen. Dann werden Sie eben noch einmal hineingehen.«

33

Es war ein merkwürdiges Gefühl, die Bottini auf legale und völlig unkomplizierte Weise zu betreten, wie eine Touristin. Über eine Tür, hinter der Treppen nach unten führten.

Sie waren eine ganze Gruppe. Einer der Mitarbeiter der Stadt, in dessen Verantwortungsbereich die Kanäle fielen, Fiorese, Sivori und drei weitere Polizisten. Und dann auch noch Natale, der hier unten die Ereignisse aus seiner Sicht nachstellen sollte.

Nika war mulmig zumute, obwohl die Bottini diesmal erleuchtet und viel weniger unheimlich waren. Was, wenn ihre Erinnerung wirklich wiederkam? Und Natales Vermutung sich als wahr erwies – dass tatsächlich sie es gewesen war, die Jenny getötet hatte?

Er ging schräg vor ihr, und sie beschleunigte ihre Schritte, um zu ihm aufzuholen. »Interessante Geschichte hast du bei deiner Vernehmung erzählt.«

Er drehte nur kurz den Kopf zu ihr herum. »Sie ist wahr.«

»Ach. Du hast nur das kleine Detail ausgelassen, dass ihr mich in den Keller gesperrt habt, um mich daran zu hindern, zur Polizei zu gehen.« Sie sah, dass Fiorese sich zu ihnen umwandte, fuhr aber trotzdem fort. »Dass ihr beide Angst hattet, ich könnte mich doch erinnern. Deshalb ist Jenny mir in die Bottini gefolgt, nicht wahr?«

Eine Weile blieb Natale stumm, ganz im Gegensatz zu Sivori, die Fiorese etwas zumurmelte – wahrscheinlich die Übersetzung ihres Dialogs.

»Ich finde, eigentlich spielt es keine Rolle«, meinte Natale dann. »Auch wenn sie dir nachgelaufen ist, warst am Ende nicht du tot. Es wird sowieso auf Notwehr rauslaufen, denkst du nicht? Nachdem klar ist, dass sie Gloria getötet hat, wird man dir glauben, wenn du sagst, sie hätte dich angegriffen.«

»Aber vielleicht war es überhaupt nicht so. Warum habt ihr mich überhaupt rausgelassen, wenn ihr wusstet, dass ich zur Polizei wollte?«

Er antwortete nicht, und langsam dämmerte es Nika. Der Keller. Die flüchtige Erinnerung an eine immer wieder auftauchende Jenny, die Fragen stellte, und Nika ahnte allmählich, welcher Art die gewesen sein mussten. Sehr wahrscheinlich wollte Jenny herausfinden, ob der Gedächtnisverlust schon eingesetzt hatte, denn vorher würden sie Nika nicht laufen lassen. Und falls sie die Ereignisse diesmal nicht vergessen würde …

Sie wollte es sich nicht ausmalen, aber sie war überzeugt davon, Jenny hätte eine Möglichkeit gefunden, sie beiseitezuschaffen, irgendwie. Natales Keller hatte dazu gedient, sie wegzusperren, solange sie ihnen noch gefährlich sein konnte.

»Du hast nicht die ganze Geschichte erzählt, weil du verschweigen wolltest, dass ihr mich in deinem Keller eingesperrt hattet.« Sie ließ ihn nicht aus den Augen und sah mit Befriedigung, wie er zusammenzuckte. Volltreffer.

»Sei still«, zischte er. »Denkst du wirklich, die Übersetzerin kriegt nichts mit?«

»Oh, ich hoffe doch, dass sie es mitkriegt«, sagte Nika grimmig. »Und, das hat dann am Ende geklappt, oder? Nika vergisst den ganzen Scheiß, und ihr lasst sie laufen. Nur dummerweise bleibt Jenny misstrauisch, und irgendwie endet die ganze Sache dann hier.« Sie breitete die Arme aus, nicht sehr weit, da sie sich gerade in einem der schmaleren Tunnel befanden.

Vor ihnen blieb Fiorese stehen und drehte sich um. Sagte etwas, mit schiefem Grinsen, und ging dann weiter. Sivoris Blick ging zwischen ihm und Nika hin und her, sie war sichtlich unschlüssig, ob der Kommissar eine Übersetzung von ihr erwartete.

»Er hat gemeint, es hätte wahrscheinlich geklappt, wenn Sie nicht diese Botschaft an der Tür hinterlassen hätten«, sagte sie schließlich.

Nun war es Nika, die stehen blieb, wie vom Donner gerührt. »Ich?«

»Der Commissario sagt, die Buchstaben bestünden aus Kalk und Speichel. Der Kalk stammt von den Kellerwänden, die Spucke ist Ihre.«

Die nächsten Minuten hatte Nika keinen Blick für ihre Umgebung, sie war vollauf damit beschäftigt, die Information zu verarbeiten, die Fiorese ihr eben gegeben hatte.

Sie war es gewesen, die KEINE CHANCE MEHR an die Tür geschrieben hatte? Warum? Um sich selbst zu deprimieren? Und wenn es stimmte, was der Kommissar behauptete, wieso hatte sie ihre eigene Schrift nicht erkannt?

Weil es einfach notdürftig hingeschmierte Buchstaben gewesen waren, vermutlich, unterschiedlich groß, ungelenk. Kalk und Spucke, da war es kein Wunder.

Nika versuchte, sich hineinzufühlen, führte sich das Bild der

Tür so deutlich wie möglich vor Augen. Was hatte sie beim Schreiben empfunden? Angst oder Wut?

Wut. Nein, Triumph.

War die Nachricht an Natale gerichtet gewesen? An Jenny? An Nika selbst?

An Jenny.

Vor lauter Grübeln wäre Nika beinahe in Wasser getreten, als der Steinweg, den sie entlanggingen, plötzlich schmaler wurde. Wenn ihr Gefühl sie nicht täuschte, hatte sie Jenny also eine triumphale Nachricht geschrieben, ihr mitgeteilt, dass sie nun keine Chance mehr hatte. Das warf kein gutes Licht auf ihre Beteuerungen, unschuldig zu sein.

Aber warum hatte sie das überhaupt getan? Es gab nur eine Erklärung, die sinnvoll war: als Antwort auf die Nachricht auf dem Spiegel. LETZTE CHANCE. Nika wusste ja nicht, wie lange die dort schon gestanden hatte. Seit der Nacht, in der sie das Auto versenkt hatten? Das würde bedeuten, dass zumindest Jenny danach noch einmal in der Wohnung gewesen war.

Nika konnte sich ihre eigene ohnmächtige Wut vorstellen, eingeschlossen im Keller. Jenny hatte ja kein Geheimnis daraus gemacht, dass sie mit ihrem Gedächtnisschwund rechnete.

Du wirst dich nicht erinnern können, Nikilein. Falls sie diese Gloria wirklich finden, wirst du mit offenem Mund den Polizisten anglotzen, der dich verhaftet, und die Welt nicht mehr verstehen.

Irgendwann musste Nika in ihrem provisorischen Verlies Wut und Angst so weit gebändigt haben, dass sie imstande gewesen war, einen Plan zu schmieden. Und zwar den, Jenny den Gedächtnisverlust vorzuspielen, auf den sie wartete.

Wenn sie es klug angestellt hatte, dann hatte sie sich schlafend gestellt. War hochgeschreckt, als Jenny wieder mal vorbeischaute, hatte desorientiert gewirkt. *Jenny, wo sind wir hier? Was ist passiert?*

Hatte auf Fangfragen völlig naiv geantwortet, war in keine einzige Falle getappt, bis Jenny davon überzeugt gewesen war, dass der Effekt des Phenazepams endlich eingesetzt hatte.

Und dann musste noch Gelegenheit gewesen sein, ungestört eine letzte Botschaft zu hinterlassen. Ungeschickt von ihr, um nicht zu sagen dumm, aber es war ihr wohl ein tiefes Bedürfnis gewesen. Nur leider schien Jenny diese drei Worte zu früh gelesen zu haben, sonst hätte Nika es wohl bis zur Polizei geschafft.

Sie waren nun an der Stelle angelangt, wo Nika beim letzten und sehr wahrscheinlich auch beim vorletzten Mal eingestiegen war. Dumpf konnte man die Arbeiten auf der Baustelle hören. Tageslicht strömte durch das Loch im Gewölbe.

Natale deutete nach oben und begann zu erzählen. Sivori übersetzte nicht, aber es war auch so ziemlich klar, was er sagte. Was Nika an Worten nicht verstand, begriff sie durch seine Gestik und Mimik. Dass er hier hinuntergestiegen war, dass er sich Sorgen um Nika gemacht hatte. Dass er zuerst in den Bottini herumgeirrt war, bis er eine Stimme gehört hatte.

Sie gingen weiter, den Weg, den Nika bisher nur im Licht ihres Handys gesehen hatte. Sie wartete auf die Stelle, an der das Metallstück aus der Wand ragte, von dort war es nicht mehr weit, bis …

Es dauerte keine drei Minuten mehr, dann öffnete der Tunnel sich zu einem Gewölbe, durch das weiterhin einer der Kanalarme floss. Dahinten war das große Wasserbecken, das Nika noch im Gedächtnis hatte, gleich daneben die Treppe, die zu der verschlossenen Tür führte.

Und da, am Fuß der Treppe …

Auf einen Wink von Fiorese ging Natale ein Stück zurück und demonstrierte dann, wo und wie er genau aus dem Tunnel gelaufen gekommen war. Er blieb an der Stelle stehen, wo Jenny gelegen hatte.

Fiorese sagte ein paar Sätze, und Sivori drehte sich zu Nika um. »Er möchte, dass Sie sich dort hinknien, wo Sie auch damals gekniet haben.«

Nika ging einen Schritt auf die Stelle zu und blieb dann unschlüssig stehen. »Aber das weiß ich doch nicht mehr.«

»Ich zeige es dir.« Natale nahm sie bei den Schultern und führte sie nah an den Wasserlauf heran. »Hier. Du hast hier gekauert, direkt neben Jenny, aber ohne sie anzufassen. Du hattest die Arme um deinen eigenen Körper geschlungen und hast gelacht.«

Nicht ohne Widerwillen nahm Nika die beschriebene Position ein. Im Prinzip konnte Natale ihr erzählen, was er wollte, sie würde nicht überprüfen können, ob es stimmte. Zum Lachen war ihr jetzt jedenfalls nicht zumute.

Fiorese bedeutete der einen Polizistin, die mit dabei war, sie solle sich so hinlegen, wie Jenny gelegen hatte. Die Frau nahm ihre Aufgabe sehr genau. Sie winkelte den rechten Arm vor dem Körper ab, ließ den linken ins Wasser hängen, ebenso wie ihren Kopf, wenn auch nicht so weit, dass sie nicht doch noch hätte atmen können.

Als sie sich nicht mehr bewegte, einfach nur ruhig dalag und eine Haarsträhne, die sich aus ihrem Zopf gelöst hatte, vor ihrem Gesicht im Wasser trieb, wusste Nika, dass das Szenario stimmte, so genau, dass es körperlich fast wehtat.

Das war mehr als ein Déjà-vu, es war Gewissheit, die sich in Nika aufbaute. Fiorese hatte recht gehabt, hier vor Ort meldete ihr Gedächtnis sich wieder – das Gefühl der Lähmung, das sie empfunden hatte, die Hilflosigkeit.

Nika hatte nicht sofort hier gekauert, sie war erst langsam näher gekommen. Voller Misstrauen. Und hatte Jenny genau so vorgefunden.

Nur eine Sache fehlte. Diese eine Sache, dieses Ding, das unter Jennys rechter Hand gelegen hatte. Bevor Nika es an sich nahm.

Hatte sie das wirklich getan? Ja … ja, hatte sie, und dafür extra ihr Halstuch abgenommen und sich um die Hand gewickelt. Sie hörte sich selbst scharf den Atem ausstoßen. Das Tuch war noch da gewesen, als sie aufgewacht war. Fest um die rechte Hand geknotet, und sie hatte sich zuerst gefragt, ob sie eine Verletzung verbunden hatte.

Doch das war es nicht gewesen. Es hatte andere Gründe gegeben, viel, viel bessere.

Sivori hatte wieder angefangen zu übersetzen. »Signore Lombardo soll zeigen, was er getan hat, nachdem er Sie und Frau Kern gefunden hatte.«

Natale hatte Nika bereits an den Schultern genommen und hochgezogen. Er schob sie zur Seite und hob den Kopf der Polizistin an, so wie er es vermutlich bei Jenny gemacht hatte. »Ist sie tot?«, fragte er. »Was ist passiert? Nika!«

Verrückterweise spürte sie nun tatsächlich den Drang zu lachen. Aber das würde sie nicht tun, keinesfalls, es war klar, welchen Eindruck das machen würde.

»Und?«, wollte Fiorese wissen. »Was hat Frau Ruland darauf geantwortet?«

»Zuerst gar nichts, sie hat immer noch gelacht. Und dann hat sie gesagt: ›Was passiert ist? Jenny hat sich verschätzt.‹«

Das klang interessant, fand Nika. Jenny hatte sich also verschätzt – in welcher Hinsicht? Was Nikas Hilflosigkeit anging? Ihre Bereitschaft, sich einschüchtern zu lassen?

Nein, das war es nicht gewesen, das war es nicht –

Sie hätte ihn fast grob von sich gestoßen, als Natale nun seine Vorstellung fortsetzte und begann, sie zu schütteln. »Was ist passiert, los, sag schon!«, rief er.

Nika stieß ihn von sich, ging noch einmal zu der am Boden liegenden Polizistin hin. Ja, etwas fehlte in dem Bild, und es musste schon fort gewesen sein, als die Polizei Jenny gefunden hatte.

»Sag mal, Natale – hatte Jenny etwas in der Hand, als du sie hier liegen gesehen hast?«

Er überlegte kurz und schüttelte dann entschieden den Kopf. »Nein. Nichts.«

Dann musste Nika sich schon zuvor darum gekümmert haben. Aber wie? Es wäre unsinnig gewesen, hier unten ein Versteck zu suchen, nachdem klar war, dass die Polizei alles von innen nach außen kehren würde.

»Fahren Sie fort, Signore Lombardo«, forderte Fiorese ihn auf. »Was ist als Nächstes passiert?«

Natale ließ Nika los. »Sie hat sich aus meinem Griff befreit und mir einen Stoß gegeben, so ähnlich wie sie es gerade eben getan hat. Ich war so überrascht, dass ich das Gleichgewicht verloren habe und gegen das Becken gestürzt bin.« Er zog sein T-Shirt hoch und zeigte eine dunkelrot verkrustete Wunde an den Rippen. »Genau gegen die Kante. Es hat ziemlich geblutet.« Er legte Nika freundschaftlich eine Hand auf die Schulter. »Das muss dir nicht leidtun, du hast unter Schock gestanden, das war nicht zu übersehen.«

Die Geste war für die Polizei gedacht, nicht für sie, aber das war Nika egal. Wieder fügte sich ein Puzzlestein an die richtige Stelle. Das blutige T-Shirt mit dem langen Riss, das sie vor der Waschmaschine gefunden hatte.

»Mir war klar, dass Jenny niemand mehr helfen konnte«, fuhr Natale zögernd fort. »Also habe ich versucht, Nika dazu zu bringen, mit mir nach draußen zu kommen. Es war schon drei oder vier Uhr nachts, und ich wollte nicht, dass jemand sie in ihrem Zustand sieht.« Er blickte zu Boden. »Oder mich in meinem.«

»Und?« In Fioreses Stimme lag Ungeduld. »Haben Sie es geschafft?«

»Ja. Zu Beginn hat Nika sich noch gewehrt, aber dann hat sie sich von mir zu der Stelle ziehen lassen, an der wir auch hereingeklettert waren. Sie war in keinem guten Zustand, hatte zu weinen begonnen. Ich habe ihr geholfen, die Mauer hinaufzuklettern, und bin dann selbst nach oben gestiegen. War nicht ganz einfach. Nika hat nicht auf mich gewartet, sondern ist nach draußen. Und dann ist sie ... sofort davongelaufen. Vorher hat sie noch etwas aufgehoben und mitgenommen, aber ich habe keine Ahnung, was.«

In dem Punkt war Nika ihm einen Schritt voraus, sie wusste genau, was es gewesen war, doch sie hatte keine Ahnung mehr, wo sie es gelassen hatte. Und ob es wünschenswert war, dass die Polizei es in die Hände bekam.

Wohl eher nicht.

»Ich hatte Jennys Wohnungsschlüssel an mich genommen«, fuhr Natale fort. »Ich wusste ja, dass die von Nika im versenkten Auto lagen. Als ich endlich auf der Straße stand, war von ihr keine Spur mehr, und ich hatte riesige Angst, dass sie nun wirklich zur Polizei gelaufen sein könnte. Um zu erzählen, was mit Gloria passiert war, und vielleicht auch, um ein Geständnis abzulegen, was Jenny betraf. Mir ist nichts Besseres eingefallen, als vor dem Haus in der Via della Fonte zu warten, und dort ist sie schließlich auch aufgetaucht. Kurz nach fünf Uhr morgens. Sie schien sich verletzt zu haben, sie hatte ihre rechte Hand verbunden, aber sie wollte mich nicht nachsehen lassen.« Er seufzte tief. »Danach gibt es nicht mehr viel zu erzählen. Ich habe sie in die Wohnung gebracht, was nicht schwierig war, sie war wie in Trance, hat sich nicht gewehrt. Also habe ich sie in ihr Zimmer gebracht und mich dann im Badezimmer noch ein bisschen sauber gemacht. Es wurde schon hell, ich wollte nicht auffallen.«

Deswegen hatte er also das blutige Shirt bei ihr liegen gelassen. Ja, das passte zu Natale. Immer auf Nummer sicher. Sein Tattoo war mit Abstand das Verwegenste an ihm. »Das heißt, du bist dann einfach mit nacktem Oberkörper durch Siena gelaufen?«

Er sah sie an, als ob sie den Verstand verloren hätte. »Nein! Ich habe in eurem Wäschekorb ein Männershirt gefunden. Das roch zwar nicht mehr gut, aber sonst war es okay.« Er holte tief Luft, als müsse er ein letztes Mal Anlauf nehmen. »Dann habe ich den Akku und das Netzkabel deines Computers eingesteckt, die Tür von außen zugesperrt und bin nach Hause. Serafina sollte an diesem Tag aus dem Krankenhaus entlassen werden, und ich wollte noch zwei Stunden schlafen, bevor ich sie abholte.«

Fiorese hatte immer wieder nur fassungslos den Kopf geschüttelt. »Sie wissen, Signore Lombardo, auch wenn Sie keine der beiden Toten auf dem Gewissen haben, es sieht nicht gut für Sie aus.«

Natale nickte unglücklich. »Ich weiß. Aber ich wollte niemandem schaden.«

Nika war wieder am Wasserlauf in die Hocke gegangen. Vorhin hatte es sich angefühlt, als sei eine weitere Erinnerung zum Greifen nah, doch der Moment war vorbei. Fiorese sah sie auffordernd an, sie schüttelte bedauernd den Kopf.

Auf dem Weg nach draußen kreisten ihre Gedanken die ganze Zeit um den Gegenstand, den Jenny in der Hand gehabt hatte. Wo war er jetzt? Und warum hatte *sie* ihn gehalten und nicht Nika? *Jenny hat sich verschätzt*, hatte sie angeblich gesagt und das extrem lustig gefunden. In dieser Situation. Es war schwer, sich das vorzustellen.

Noch eine Frage ging ihr durch den Kopf, und sie stieß Natale, der wieder neben ihr hertrottete, leicht mit dem Ellenbogen an. »Die Schrift auf dem Spiegel«, sagte sie leise. »Letzte Chance. Das hat Jenny geschrieben?«

»Ja.« Allmählich merkte man ihm an, wie ihn die Kraft verließ. »Als wir vom See zurückgefahren sind, bist du abgehauen, als ich an einer roten Ampel stehen bleiben musste, aber wir hatten dich schnell eingefangen. Dann hast du Jenny immer wieder an den Kopf geworfen, du könntest beweisen, dass sie mit Glorias Tod zu tun hat. Sie würde sich nicht ahnungslos stellen können, du hättest etwas gegen sie in der Hand.« Natale lächelte schwach. »Sie hat dir geglaubt. Sie hat dir noch im Wagen ein paar Ohrfeigen verpasst und dich angebrüllt, du sollst ihr sagen, was du meinst, aber du hast sie bloß angespuckt. Daraufhin sind wir zu eurer Wohnung gefahren und sie hat dich ins Badezimmer gesperrt und diese Worte an den Spiegel geschmiert. Zu mir hat sie gesagt, wenn du nicht mit der Sprache rausrückst, wird sie dir wehtun.« Er seufzte. »Deshalb habe ich das mit unserem Keller vorgeschlagen. Um dich zu schützen, verstehst du? Dort konnten wir in Ruhe abwarten, bis deine Erinnerung wieder verschwindet.« Er sah sie an, als erwarte er Lob für seine glorreiche Idee, aber Nika empfand nichts als Verachtung. »Was musst du für Angst vor ihr gehabt haben. Armer kleiner Natale.«

Seine Gesichtszüge verhärteten sich. »Erstens hast du nicht danebengesessen, als sie Gloria umgebracht hat. Ohne zu zögern, ohne nur einen Moment lang zu überlegen, hat sie einfach zugestochen, immer wieder. Da konnte man Angst bekommen.« Er steckte die Hände in die Hosentaschen und sah nun wirklich wie ein trotziger Junge aus. »Ich hätte ihr zugetraut, dass sie dich auch tötet. Und zweitens ging es mir um Serafina. Ich liebe sie eben, was soll ich machen?«

Nika betrachtete ihn von der Seite. Er war ein netter Kerl, so grundsätzlich. Kein Held, bei Weitem nicht, aber auch kein Arschloch.

»Lass mich raten«, sagte sie nach kurzem Nachdenken. »Die Textnachrichten, die Gloria angeblich von Elba geschickt hat – das warst auch du, oder? Auf Jennys Befehl?«

Er nickte grimmig. »Ja. Sie hat mir das blutverschmierte Handy aufgedrängt. Hat gesagt, die Nachrichten müssen in überzeugendem Italienisch sein. Alle paar Tage ein fröhliches Lebenszeichen, damit niemand Verdacht schöpft. Dazwischen auf Flugmodus stellen und bloß darauf achten, dass der Akku geladen bleibt.« Er seufzte. »Irgendwann hat Maria das dann übernommen, als sie gesehen hat, wie sehr ich schon mit den Nerven am Ende ...«

»Fermarsi!« Fioreses Stimme hallte durch die Gänge. Er war mit dem Mann von der Stadtverwaltung vorangegangen, und sie waren bereits unterhalb der Baustelle angekommen. Nun hielt er die Gruppe an.

»Der Commissario möchte, dass Sie nachstellen, wie Sie hier hinaufgeklettert sind«, übersetzte Sivori und deutete auf die Wand, die zwischen ihnen und dem Ausstieg lag.

Das auch noch. Nika war nach nichts weniger als nach einer Kletterpartie zumute, aber es machte ganz den Eindruck, als sei Fiorese mit dem Ergebnis ihrer Expedition äußerst unzufrieden. Wenn sie ihn mit ein wenig gutem Willen freundlicher stimmen konnte, würde sie das tun.

Sie sah Natale fragend an. Wie war es damals abgelaufen?

»Wie heißt es auf Deutsch?«, sagte er mit dem Anflug eines Lächelns. »Diebesleiter?«

»Räuberleiter.«

Sie stieg in seine verschränkten Hände, die er auf Kniehöhe hielt, und ließ sich von ihm hochdrücken, bekam sofort die Mauerkante zu fassen, schob das rechte Knie darüber und war bereits an der aufgestemmten Lücke. Das Ganze hatte nicht länger als zehn Sekunden gedauert.

»Brava«, hörte sie den Kommissar von unten sagen, doch sie reagierte nicht, sie kniete sich auf den schmalen Sims und zeichnete mit dem Zeigefinger einen verwischten Umriss im Ziegelstaub nach. Hier hatte etwas gelegen, etwas Gebogenes. Sie musste es in Sicherheit gebracht haben, bevor Natale aufgetaucht war. Es war, als drücke jemand langsam ihre Kehle zu. Für dieses Versteckspiel würde es wohl einen guten Grund gegeben haben, und sie hatte höllische Angst, ihn zu erfahren.

Während sie den verräterischen Umriss mit der Handfläche verwischte, kam ein weiteres Bild an die Oberfläche. Nein, nicht nur ein Bild, da war auch Ton. Sie war durch die dunkle

Via del Capitano gelaufen, raus aus dem verdammten Aquila-Territorium, und hatte ihr Handy ans Ohr gehalten, mit gerade noch drei oder vier Prozent Akku.

Kaum hatte sie wieder Netz gehabt, war sie informiert worden, dass es drei neue Nachrichten auf ihrer Sprachbox gab. Im Laufen hatte sie sie abgehört und gewusst, dass Jenny ihr einen Schritt voraus gewesen war.

»Nika? Nika, heb bitte ab. Ich verstehe überhaupt nicht, was los ist, ich habe dir doch versprochen, dass ich dich nicht verrate, du musst mir wirklich nicht drohen.«

Jenny war genial gewesen. Es hatte ihr nicht genügt, Nikas Fingerabdrücke auf dem Messer zu verteilen und ihre Schlüssel ins Auto der toten Frau zu werfen, nein, sie spielte selbst noch die verängstigte Mitwisserin. Lauter hübsche kleine Beweisstückchen, die am Ende ein rundes Bild ergaben, auch wenn es nicht der Wahrheit entsprach.

Doch jetzt war Jenny tot, und damit bekamen diese Sprachnachrichten plötzlich ein ganz anderes Gewicht.

Nika wusste wieder, wie sie weinend und voller Panik durch die verlassenen Straßen des nächtlichen Siena gelaufen war. Sie hatte die Nachrichten gelöscht, aber nicht gewusst, ob das genügen würde, also hatte sie ihr Handy genommen und es gegen diesen beleuchteten Torbogen geschlagen. Es auf den Boden geworfen und mit einem Stein draufgedroschen, bis es zertrümmert und verbogen war, und es dann mit einem Fußtritt unter den Müllcontainer befördert. *Cor magis tibi sena pandit.* Hatte sie einen Stift dabeigehabt? Und damit die letzten Eintragungen auf ihrer Liste gemacht?

Sie glaubte noch zu wissen, dass zu diesem Zeitpunkt ihr Bewusstsein trübe wurde. Dass einzelne Begebenheiten der letzten Stunden bereits aus ihrer Erinnerung zu verschwinden begannen, dass sie außerdem so müde war, dass sie kaum noch geradeaus gehen konnte.

Trotzdem hatte sie sich die fünf Worte wie ein Mantra vorgesagt. *Cor magis tibi sena pandit.* Wie einen Zauberspruch, der sie wach halten sollte. Und sie hatte etwas aus dem Müllcontainer geholt. Etwas Hilfreiches.

»Signorina Ruland!«

Sie hörte es erst jetzt. Wie oft hatte Fiorese nun schon nach ihr gerufen? Bestimmt drei- oder viermal. Mit einem Ruck drehte sie den Kopf, hätte dabei auf dem schmalen Mauerabsatz fast das Gleichgewicht verloren.

»Kommen Sie sofort runter, hören Sie mich denn nicht?«

»Scusi«, murmelte sie und begann vorsichtig, die Mauer wieder hinunterzuklettern. Ließ sich von zwei der begleitenden Polizisten unten auffangen.

Bis zum Ausgang beim Museo dell'Acqua sagte sie kein Wort mehr, obwohl Natale sie mehrmals ansprach. Er fragte, ob alles mit ihr in Ordnung sei. Sie nickte nur stumm und beschleunigte ihre Schritte, um mehr Abstand zwischen sich und ihn zu bringen.

34

Im Museum wurden sie von einer jungen Polizistin empfangen, die Fiorese aufgeregt entgegenlief und auf ihn einzureden begann. Nika hatte sich auf einen Stuhl gesetzt, der an der Wand stand, und ihren Kopf in die Hände gestützt. Sie war unendlich müde. Und sie würde sich vielleicht wirklich mit der Möglichkeit auseinandersetzen müssen, dass sie Jenny umgebracht hatte.

Was die junge Polizistin erzählte, bekam sie nicht mit, sie bemühte sich auch nicht. Sie hörte aber, dass hin und wieder ihr Name fiel. Ebenso wie das Wort *lista*.

Zwei Polizeiwagen warteten vor dem Museum, Nika wurde in den ersten davon gesetzt und ließ sich etwas später fast dankbar zurück in ihre Zelle führen. Schlafen. Das war das Einzige, was sie wollte.

Sie erwachte davon, dass jemand sanft an ihrer Schulter rüttelte. Die junge Polizistin von vorhin. »Kommissar Fiorese gehen. Jetzt«, sagte sie in gebrochenem Deutsch.

Nika fühlte sich kaum frischer als zuvor. Im Gegenteil, hinter ihren Schläfen hämmerte es, als hätte sie einen Kater.

Fiorese und Sivori erwarteten sie im Vernehmungsraum, beide mit ernster Miene. »Wir haben in Ihrer Wohnung die Speicherkarte mit den Fotos gefunden, unsere Experten sind dabei, die Daten auszuwerten und nach Möglichkeit so zu bearbeiten, dass man etwas erkennen kann.« Fiorese zog eine Klarsichthülle zu sich heran, in der sich ein weißes Blatt befand. »Wir haben außerdem in Signore Lombardos Wohnung Ihre Jeans gefunden und die Liste sichergestellt, von der Sie erzählt haben. Sie war nass, aber wir konnten sie vorsichtig auseinanderfalten und kopieren. Ein paar Dinge lassen sich jetzt lesen, bei anderen müssen Sie uns helfen.« Er schob Nika den kopierten Zettel in der Hülle hin. »Bitte, Frau Ruland.«

Sie bat erst um eine Kopfschmerztablette, dann begann sie. Weihnachten voller Angst – der Hinweis auf Natale. Halte dich fern von Einhorn und Adler; auch das war einfach: Natales Wohnung und auch der Keller befanden sich in der Contrade Leocorno. Der Ort, an dem Jenny gestorben war, in der Contrade Aquila.

Nika erklärte ihnen, dass sie ihr Handy an dem Stadttor mit der lateinischen Inschrift zerstört und versteckt hatte und die Sache mit dem Kapitän ein Hinweis auf die Straße mit der Baustelle war.

Sic Transit Gloria … dazu stellte niemand eine Frage, ebenso wenig wie zu »Du weißt, wo das Wasser am dunkelsten ist«.

Die Notiz mit der unvollständigen Autonummer. Das Nirvana-Lied. Die Sache mit dem Blut, das nicht ihres war. Der Spiegel des Löwen. Nika konnte alles ergänzen, erklären und die Zusammenhänge herstellen. Man würde ihr keine mangelnde Kooperationsbereitschaft unterstellen können.

Am Ende tippte Fiorese auf eine der Notizen im unteren Drittel des Blattes. »Was heißt das? Tau- … man kann es wirklich schlecht lesen.«

»Tauche mit den Gänsen«, gab Nika zögernd Auskunft. Es war die einzige der selbst verfassten Gedächtnisstützen, die sie bisher nicht hatte entschlüsseln können.

»Was ist damit gemeint?«, wollte der Kommissar wissen.

Sie zuckte mit den Schultern, schüttelte den Kopf. »Ich weiß es nicht. Tut mir leid. Aber es gibt eine Contrade, die eine Gans im Wappen hat, nicht wahr?«

»Ja«, erwiderte Fiorese. »La Nobile Contrada dell'Oca.« Er tippte nachdenklich mit den Fingern auf die Tischplatte und wechselte dann mit Sivori ein paar schnelle Sätze. Die Dolmetscherin nickte.

»Ist Ihnen bekannt«, sagte er langsam, »dass jede der Sieneser Contraden eine eigene Kirche hat, ein eigenes Museum – und einen eigenen Brunnen?«

Ja, das wusste Nika. Sie persönlich hatte den Brunnen der Contrade Bruco immer besonders hübsch gefunden. Bruco bedeutete Raupe, aber das sah man dem Brunnen nicht an. Er befand sich unterhalb eines brückenartigen Ziegelbogens, und aus dem Wasser heraus tauchte ein Mann in Rüstung, mit einem Spieß in der Hand. Die personifizierte Angriffsstellung.

»Vielleicht«, sagte Fiorese, »sollten wir uns einmal den Brunnen von Oca genauer ansehen.«

Der Brunnen trug den Namen Fontenbranda und war der älteste und größte der Contradenbrunnen. Auf den ersten Blick hätte man ihn für den Eingang zu einer Burg halten können: drei gotische Spitzbögen in einer hohen Mauer, die von Zinnen gekrönt wurde. Zwischen den Bögen wehte die grün-weiß-rote Flagge mit der Gans, dahinter war das große Wasserbecken.

Nika bekam nur am Rande mit, was Sivori ihr erzählte. Dass

dieser Brunnen angeblich schon von Dante beschrieben worden war, in irgendeinem Vers seiner »Göttlichen Komödie«. Sie konnte ihren Blick nicht von dem linken Torbogen wenden. Hatte sie dort am Rand gesessen, gekniet? Keine Erinnerung, nicht die geringste, aber der linke Bogen wirkte auf sie bedeutungsvoller als die anderen beiden. Falls sie dort gewesen war, konnte sie sich leicht zusammenreimen, weswegen.

Die Polizisten verscheuchten freundlich, aber bestimmt ein paar Touristen, die den Brunnen fotografierten, und begannen dann damit, ihn genauer zu inspizieren.

»Der linke Bogen«, sagte Nika zu Sivori. »Sagen Sie Fiorese, er soll sich auf den linken Bogen konzentrieren.« Vielleicht war es dumm, was sie tat, und der Kommissar würde ihr immer weniger glauben, dass ihr Gedächtnis nach wie vor hauptsächlich aus schwarzen Löchern bestand, was die verlorenen beiden Tage anging. Aber sie wollte selbst endlich Klarheit haben. Wenn das, was die Polizei möglicherweise im Brunnen fand, ihre Schuld bewies, würde sie damit leben müssen. Aber immerhin wusste sie dann Bescheid.

Es dauerte keine zehn Minuten, bis einer der Polizisten Fiorese zu sich herrief. Sie hatten etwas aus dem Brunnen geborgen, etwas Krummes, das in einen gründlich verknoteten Plastiksack gewickelt war.

Zwei Plastiksäcke, dachte Nika verschwommen. Aus dem Müllcontainer beim Stadttor. Cor magis tibi sena pandit.

Fiorese zog Handschuhe an, nahm das tropfende Bündel und ging damit zu Nika. »Sie haben das in den Brunnen gelegt?«

Einfach mit Ja zu antworten wäre nicht richtig gewesen – sie vermutete es, sicher war sie nicht. Trotzdem nickte sie. »Ich schätze schon. Ich schätze außerdem, da drin ist ein altes Rohr, leicht gebogen. Jenny hatte es in der Hand, als sie ... in den Bottini lag, und ich habe es in Sicherheit gebracht.« Das fühlte sich an, als würde es stimmen. In Sicherheit gebracht, ja, nicht aus Angst versteckt.

Während drei Polizisten den Brunnen nach weiteren möglichen Spuren absuchten, gab Fiorese das Zeichen zum Aufbruch. Nika legte ihm eine Hand auf den Arm.

»Können wir noch schnell in meine Wohnung? Bitte? Wegen des Spiegels, Sie wissen schon. Der Spiegel des Löwen, ich glaube, ich weiß, wo ich ihn versteckt habe.«

Der Kommissar dachte nach, dann nickte er. Es wirkte ein wenig ... mitleidig, und Nika ahnte, warum. Wenn sich herausstellte, dass sich wirklich ein Rohr in dem Bündel befand und dass es die Tatwaffe war – dann gab es für Nika kaum noch eine Chance, aus dieser Sache rauszukommen.

In der Via della Fonte kehrte Signore Rizzardini den Hauseingang und blickte Nika in Begleitung ihrer Polizeieskorte bestürzt entgegen. »Signorina! Posso aiutarla?«

Nika schüttelte lächelnd den Kopf, nein, Rizzardini konnte ihr nicht helfen, sie wusste nicht, ob es überhaupt jemanden gab, der das konnte.

Wie Nika erwartet hatte, war die Wohnung noch chaotischer als zuletzt. Die Polizei hatte ihr Zimmer gründlich durchsucht und dabei das Unterste zuoberst gedreht. Sie hatten die SD-Karte gefunden, wie Fiorese bestätigte, nicht aber den Spiegel.

Der Spiegel des Löwen zwischen den Farben. Nika war nicht mehr ganz sicher gewesen, doch Natales Erzählung in den Bottini hatte ihre Vermutung gestützt. »Wir sind zu eurer Wohnung gefahren, Jenny hat dich ins Badezimmer gesperrt und diese Worte auf den Spiegel geschmiert«, hatte er gesagt.

Im Badezimmer war sie also zum ersten Mal allein und ungestört gewesen und hatte ihr Beweisstück verstecken können. Nicht bei ihren eigenen Sachen, das war riskant; die Farben waren auch nicht Jennys Zeichenstifte gewesen, wie Nika gestern noch gedacht hatte, aber das Behältnis war ein Ähnliches.

Sie öffnete die Tür des Schränkchens unterhalb des Waschbeckens und holte Jennys Schminktasche heraus. Sie war groß, was bei Jennys Liebe zu Make-up auch nötig gewesen war, doch eigentlich hatte sie darin nur die Stifte und Döschen aufbewahrt, die sie kaum verwendete oder endgültig ausrangiert hatte – der Rest lag auf dem Regal neben dem Waschbecken verstreut herum.

Nervös und mit schweißnassen Händen öffnete Nika den Reißverschluss der Tasche und atmete erleichtert aus. Da war die Plastiktüte vom See und das, was sich darin verbarg. Zwischen Lippenstiften und Eyelinern und Lidschatten in allen Farben.

Sie drückte Fiorese die Tasche in die Hand. »Hier. Das sollte Signore Lombardos Bericht ergänzen. Mehr habe ich Ihnen leider nicht mehr zu bieten.«

Der Kommissar nahm den Beutel mit ungerührter Miene entgegen. Nika verstand schon, das war bloß ein Spiegel, dagegen war der Fund aus dem Brunnen wahrscheinlich eine Mordwaffe. Sie sah sich noch einmal in der Wohnung um, bevor sie gingen, überzeugt davon, zum letzten Mal hier zu sein.

35

Die nächsten zwei Tage saß Nika in ihrer Zelle und bekam niemanden von der Polizei zu Gesicht. Immerhin kam ihre Anwältin vorbei und erklärte ihre Strategie. Sie hatte vor, die Verteidigung auf dem Phenazepam aufzubauen, also der Tatsache, dass Nika unter Drogen gestanden hatte, die ihr von Jenny verabreicht worden waren. »Es wird gut gehen«, sagte sie mehrmals lächelnd; schon beim dritten Mal verspürte Nika unbändige Lust, sie mit ihrer Kunstperlenkette zu erwürgen.

Der Versuch der Anwältin, ein paar Fakten zu klären und ein bisschen mehr Licht in die Zeitabläufe zu bekommen, schlug kläglich fehl. Nika strapazierte ihr Gedächtnis, so gut es ging, aber es kam nichts Neues mehr zum Vorschein. Sie hatte mittlerweile verstanden, dass es so nicht funktionierte, sie brauchte einen Anstoß. Ein Ereignis zum Beispiel, das sie an eine ähnliche Situation in den verlorenen Tagen erinnerte. Einen Geruch, ein Bild, irgendetwas. Blind im Dunkel herumzustochern war sinnlos.

Immerhin hatte die Anwältin ihr einen zerfledderten Liebesroman auf Deutsch mitgebracht, mit dem Nika sich ablenken konnte. Zum Beispiel von der Frage, wann sie ihrer Mutter sagen wollte, was los war. Sie und Ulrich waren immer noch auf Kuba, und Nika hasste den Gedanken, dass sie ihretwegen früher zurückfliegen würden. Wozu auch? Sie war volljährig und nicht verpflichtet, ihrer Familie Bescheid zu geben, dort würde man früh genug erfahren, in welchem Schlamassel sie steckte.

Zudem graute ihr vor Mamas hilfloser Fassungslosigkeit ebenso wie vor Ulrichs selbstherrlicher Besserwisserei.

Am dritten Tag hörte Nika am frühen Nachmittag den Schlüssel in der Zellentür, was ungewöhnlich war. Das Mittagessen lag noch nicht lange zurück und die Anwältin hatte sich erst für morgen wieder angekündigt.

Der Wachebeamte machte die Tür frei für zwei Polizisten, die Nika einen Zettel reichten. Sivori musste ihn geschrieben haben, er war in fehlerfreiem Deutsch verfasst.

Die beiden Beamten werden Sie aufs Kommissariat bringen, es gibt neue Erkenntnisse, die Commissario Fiorese gern mit Ihnen besprechen möchte.

Es war nett, fand Nika, dass man sie informierte und nicht einfach nur wortlos davonschleppte. Sie zog ihre Schuhe an, die beiden Polizisten nahmen sie in die Mitte und führten sie zu ihrem Auto.

Fiorese erwartete sie in seinem Büro, wie immer mit undurchdringlicher Miene, aber Sivori lächelte. Nika weigerte sich, das als gutes Zeichen zu nehmen, vielleicht wollte die Dolmetscherin nur den Schlag dämpfen, der gleich kommen würde. Immerhin waren die beiden Polizisten nicht abgezogen, sie standen vor der Tür Wache und würden Nika im Anschluss an das Gespräch zurück in ihre Zelle bringen.

»Wir haben den Spiegel untersucht«, begann Fiorese. »Er gehörte tatsächlich zu Gloria Di Canios Auto und wir haben eine Menge Fingerabdrücke darauf gefunden, die meisten von Jennifer Kern. Außerdem genetisches Material, das eindeutig Signora Di Canio zugeordnet werden konnte. Es muss dorthin gelangt sein, als das Autofenster geöffnet wurde und Di Canios Kopf gegen den Spiegel gesunken ist.« Fiorese machte eine kurze Pause, den Blick auf den Bericht gesenkt, der vor ihm lag. »Die Details, um welche Art von genetischen Spuren es sich gehandelt hat, erspare ich Ihnen. Immerhin haben Sie den Spiegel ja angefasst.«

Wenn das Fioreses Humor war, konnte Nika blendend darauf verzichten. »Was bedeutet das jetzt?«

»Dass mit höchster Wahrscheinlichkeit Jennifer Kern daran beteiligt war, den Wagen ins Wasser zu schieben. In den Taschen der Kleidung, in der sie aufgefunden wurde, hat unser Labor Spuren von Phenazepam gefunden. Es ist also gut möglich, dass sie Ihnen immer mal wieder zwischendurch eine Dosis verpasst hat.«

Das hörte sich nicht schlecht an. Nikas Anwältin würde sich freuen.

»Die zweite Sache.« Fiorese zog eine andere Mappe zu sich heran. »Wir haben das Rohr untersucht, das wir aus dem Fontenbranda geborgen haben. Es gibt einen Abgleich mit den Kopfverletzungen, und der besagt, dass es sich höchstwahrscheinlich um die Waffe handelt, mit der Jennifer Kern verletzt wurde.«

Die Hoffnung, die sich in Nika hatte ausbreiten wollen, verebbte auf halbem Weg. »Ich verstehe.«

Fiorese zog die Augenbrauen hoch. »Wirklich?« Er tippte auf eine Zeile in seinem Bericht. »Hier steht nämlich, dass sich nur ein Satz Fingerabdrücke auf dem Metall findet: der von Jennifer Kern. Wenn die Kollegen sorgfältig gearbeitet haben, dann lässt sich aus ihren Ergebnissen schließen, dass Sie das Rohr gar nicht angefasst haben. Sie haben es auch nicht abgewischt und Frau Kern in die Hand gedrückt, denn dabei wären kleine Rost- und Staubpartikel mitgegangen, das Rohr wäre viel sauberer gewesen.« Er verschränkte zufrieden die Arme vor der Brust. »Das sind gute Nachrichten, Frau Ruland. Eigentlich sollten Sie sich freuen.«

Dafür war es noch zu früh, fand Nika. Sie wollte der Erleichterung nicht nachgeben, bevor sie nicht sicher war, dass nicht doch noch das dicke Ende kam. Dass sie das Rohr angefasst hatte, war eine Tatsache – sie hatte es mitgenommen, verpackt und im Brunnen versenkt. Demnach war es doch auch möglich, dass sie den Schal schon vorher um ihre Hand gewickelt und Jenny das Rohr über den Kopf gezogen hatte, um danach das Gleiche zu tun, was Jenny mit dem Messer gemacht hatte. Irreführende Fingerabdrücke darauf verteilen.

Sie suchte Fioreses Blick. »Was ist Ihrer Meinung nach also passiert? Wer hat Jenny wirklich niedergeschlagen?«

Der Kommissar lächelte kaum sichtbar. »Das habe ich Ihnen eigentlich gerade mitgeteilt, gewissermaßen. Und es gibt für diese Version der Geschichte sogar noch einen zusätzlichen Hinweis.« Er bedeutete ihr mit einer Geste, aufzustehen. »Kommen Sie doch einmal rüber auf meine Seite.«

Nika gehorchte, sie nahm ihren Stuhl mit und setzte sich neben Fiorese. Auf dieser Seite des Schreibtisches zu sitzen fühlte sich mehr als nur merkwürdig an. Unpassend.

Der Kommissar drehte den Monitor seines Computers so, dass Nika einen guten Blick darauf hatte. »Diesen letzten Hinweis verdanken wir Ihnen. Der Speicherkarte Ihres Handys, um genau zu sein. Wissen Sie, die Fotos waren nicht allzu hilfreich, selbst als sie so weit bearbeitet waren, dass man wirklich etwas darauf erkennen konnte.« Er klickte schnell durch. Das erste Bild zeigte Jenny, verschwommen, aber unverkennbar, sie blickte zur Seite und hatte den Mund geöffnet, als würde sie gerade sprechen. Auf dem zweiten Foto sah man den Peugeot, und nun sah man auch, dass er halb im Wasser stand. Die umgeknickten Jungbäume waren bereits ein Stück zur Seite geschoben. Das Foto musste Nika im Licht ihrer Stirnlampe geschossen haben, kurz bevor es ans Schieben ging. Sie schauderte.

Das dritte Bild zeigte bloß Erde, Gras und Matsch; das vierte hatte sie schon früher als Selfie identifiziert. Warum sie es gemacht hatte, wusste sie beim besten Willen nicht mehr. Zumal doch auch Jenny sie fotografiert hatte, um ihr das Bild über Facebook zu schicken. Als Erinnerung? Als Drohung? Sie würde es nie erfahren.

Durch die anderen Fotos klickte Fiorese schneller, sie schienen ihm völlig unwichtig zu sein, doch bevor das kurze Filmchen kam, drehte er sich zu Nika herum. »Sehen Sie ganz genau hin. Die Qualität ist immer noch schlecht, aber man kann erkennen, was passiert. Sie haben nicht den wichtigsten Moment erwischt, aber den zweitbesten, schätze ich.«

Er klickte auf das Play-Zeichen. Und da war die Treppe in den Bottini, da war Jenny. Sie hatte das Rohr in der Hand und war gerade dabei, es zu senken. Man sah, wie sie schwankte. Eine Stufe nach unten stolperte, noch eine. Und dann fiel sie.

Das war alles. Sechs Sekunden. Ein winziger Zeitabschnitt, aber er genügte, um Nikas Gedächtnis das Davor und Danach ergänzen zu lassen.

Davor, das war Jennys undeutlicher Schemen oben auf der Treppe gewesen, der Nika noch einmal befohlen hatte, das Beweisstück herauszurücken, das sie angeblich besaß. »Und wenn du dich weigerst«, hatte sie gezischt, »weißt du, was ich dann tue? Oh, keine Angst, ich werde dich nicht verletzen.« Sie hatte das Rohr gehoben. »Dich nicht. Aber mich. Und ich werde zur Polizei gehen und allen zeigen, was du mir angetan hast. Ihnen erzählen, wie knapp ich mit dem Leben davongekommen bin, nachdem du Gloria abgestochen hattest.«

Nika hatte sich gebückt und nach dem Handy in der Stiefelette getastet. Es herausgezogen. Der Akku war zwar fast schon leer, aber egal, sie würde jetzt die Taschenlampe andrehen und Jenny blenden. Oder noch besser, sie würde ein Foto mit Blitz schießen, sich dann umdrehen und rennen. Irgendwohin. Nein, zur Polizei.

Doch sie hatte die Fotoapp falsch bedient und mit ihren zitternden Fingern die Videofunktion aktiviert, ohne Licht, ohne Blitz, für sechs Sekunden.

Das dumpfe Geräusch, als Jenny sich das Rohr gegen den Kopf schlug, hatte sie erst nicht richtig deuten können. Erst danach, nach den sechs Sekunden, als Jenny die Treppen hinunterstürzte, war ihr klar gewesen, was passiert war.

Jenny hatte sich verschätzt. Zu heftig zugeschlagen. Der Plan war nach hinten losgegangen, und Nika …

Sie wagte es nicht, sich zu nähern, zu Jenny zu gehen, denn wahrscheinlich war das bloß wieder eine Falle, und sobald Nika in Reichweite war, würde Jenny aufspringen, dieses Rohr nehmen und es ihr über den Kopf schlagen, oder sie würde ihr damit die Knie brechen und sie dann hier unten liegen lassen.

»Komm schon, Jenny, steh auf«, sagte sie, als die sich nach ein paar Minuten immer noch nicht bewegte. »Ich gehe jetzt jedenfalls.« Warum eigentlich jetzt erst? Warum hatte sie nicht sofort auf der Stelle kehrtgemacht und war nach draußen gerannt, im letzten Licht ihres Handys?

Das musste die Erschöpfung sein.

Gegen ihren Instinkt trat Nika ein paar Schritte näher. Jenny bewegte sich nicht. Aus dem neuen Blickwinkel konnte Nika sehen, dass ihr Kopf ins Wasser hing ... ziemlich tief hinein. Das war beunruhigend.

Noch ein Schritt. Noch einer. Immer noch keine Reaktion von Jenny. Aber Nika konnte sich nur allzu gut an ihre Drohung erinnern. Sie wickelte ihr Halstuch ab und schlang es sich um die rechte Hand, so, dass nichts unbedeckt blieb, vor allem nicht die Fingerspitzen. Mit der linken und ihren Zähnen verknotete sie das Tuch, so gut es ging, dann griff sie nach dem Rohr. Nichts wie raus hier.

Mit Mühe und Not fand sie den Weg zurück zum Ausstieg, doch sie wusste schon jetzt, dort hinauf würde sie es nicht schaffen. Sie versuchte es zweimal, legte zumindest schon einmal ihr Beweisstück oben auf dem Sims ab, doch das war alles, was klappte. Ihr war schwindelig, gestand sie sich ein, und ihr Kopf dröhnte. Kein Wunder, nach allem, was passiert war ... Auch wenn sie die genauen Geschehnisse der letzten Stunden nicht mehr so klar vor Augen hatte.

Und Jenny! Sie war ihr immer noch nicht nachgekommen. Konnte es sein ... war Jenny etwa wirklich –

Den Rückweg hatte sie halb unbewusst eingeschlagen. Hatte die Stelle wiedergefunden.

Wenn Nika sich recht erinnerte, hatte sie Jenny dann angefasst. Und Gewissheit gehabt. Jenny hatte sich verschätzt, so böse verschätzt.

Danach, irgendwann, war Natale aufgetaucht.

Fiorese ließ den Film noch zwei-, dreimal laufen. »Sie hat es wirklich selbst getan«, murmelte er. »Kaum zu glauben. Armes Mädchen. So verrückt.«

Er schloss das Programm und schaltete den Bildschirm ab. »Nun, Frau Ruland«, sagte er, »unter diesen Umständen wird es zu keiner Anklage wegen Mordes oder Totschlags kommen. Höchstens mit der Frage nach unterlassener Hilfeleistung werden wir uns beschäftigen müssen, aber nachdem Sie unter Substanzeinwirkung gestanden haben …« Er hob die Hände und ließ sie wieder fallen. »Ich schätze, Sie haben es hinter sich. Was natürlich nicht heißt, dass Sie gleich gehen können, aber vermutlich noch vor heute Abend. Ich setze mich jetzt mit Staatsanwalt und Richter in Verbindung, und Sie fahren mit den Kollegen zurück ins Untersuchungsgefängnis.«

Nika stand auf. Sie wartete darauf, dass Freude und Erleichterung sie überfluten würden, doch da war nichts dergleichen. Nur eine Art dumpfe innerliche Taubheit. Sie war unschuldig, schön, aber deshalb war noch lange nicht alles gut.

Zurück in ihrer Zelle rollte sie sich auf dem Bett ein und versuchte zu schlafen. Es ist überstanden, sagte sie sich vor, immer wieder. Es ist überstanden, es ist vorbei.

Irgendwann glaubte sie sich selbst, irgendwann schlief sie ein.

36

Wie Fiorese angekündigt hatte, ließ man sie noch am gleichen Abend laufen. Sie bekam ihre Sachen zurück, man schüttelte ihr die Hand und begleitete sie dann zum Tor.

Die Vorstellung, jetzt in die Wohnung zurückkehren zu müssen, in der sie gemeinsam mit Jenny gelebt hatte, war bedrückend, aber eine Alternative gab es nicht.

Sie strich sich die Haare aus der Stirn, trat auf die Straße hinaus – und fand sich in Stefanos Armen wieder. »Nika. Endlich.«

Er drückte sie an sich, und ein paar Sekunden lang ließ sie es geschehen, einfach, weil es sich gut anfühlte, nicht, weil irgendetwas zwischen ihnen geklärt gewesen wäre. Dann schob sie ihn von sich weg.

Er nickte, als hätte er nichts anderes erwartet. »Komm«, sagte er. »Ich weiß, welchen Bus wir in die Stadt nehmen müssen.«

Sie sah ihn von der Seite her an. »Offenbar weißt du eine ganze Menge. Zum Beispiel auch, wann ich hier entlassen werden würde.«

»Na ja.« Er lächelte sie zaghaft an. »Ich habe einen Tipp bekommen, dass es noch heute sein würde. Um ehrlich zu sein, warte ich schon seit drei Stunden hier vor dem Tor. Ich wollte dich auf keinen Fall verpassen.«

»Und ich wollte dich eigentlich nicht wiedersehen«, gab sie zurück. »Du hast mich belogen, seit wir uns das erste Mal getroffen haben. Du hast mir dabei zugesehen, wie ich verzweifelt nach Bruchstücken meiner Erinnerung gesucht habe, ohne mir zu helfen, obwohl du das hättest tun können. Wir sind keine Freunde.«

Er hatte sich zu ihr umgedreht, blickte erst zu Boden, als wäre er verlegen, hob dann aber den Kopf. »Ich verstehe, dass du mir das übel nimmst. Ich habe es nicht gern getan, aber ich dachte, es wäre notwendig. Wegen Natale. Wenn du möchtest, dass ich gehe, dann tue ich das sofort. Du musst mich nicht wiedersehen.«

Sie zögerte. So weit kannte sie Stefano, dass sie wusste, er würde sich an seine Ankündigung halten. Ihn ganz aus ihrem Leben streichen – wollte sie das wirklich?

Also sagte sie nichts, sondern ging weiter, ließ sich von ihm zur Bushaltestelle führen.

»Hast du Hunger? Bist du müde?« Er führte sie zu dem Bänkchen an der Station und bestand darauf, dass sie sich setzte.

»Weder noch«, antwortete sie. »Ich will bloß nicht in die Wohnung zurück. Jennys Sachen sind immer noch da.«

Stefano überlegte kurz. »Zu uns? In die WG? Liz kennt jetzt den Großteil der Geschichte, sie weiß, dass ...«

»Nein, auf keinen Fall«, unterbrach ihn Nika. Allein die Vorstellung, jetzt die Sensationsgier von Stefanos Mitbewohnerinnen befriedigen zu müssen, drehte ihr den Magen um. »Vielleicht einfach nur ... spazieren gehen?«, sagte sie leise. »Es ist warm. Es ist ein schöner Abend.«

Die Busfahrt dauerte nicht lange. Sie stiegen an der Via delle Terme aus und gingen langsam durch die Gassen, durch die Menschenströme.

Als sie am Brunnen der Contrade Civetta – Eule – vorbeikamen, blieb Nika stehen, schöpfte eine Handvoll Wasser und kühlte sich damit Stirn und Nacken. Die Stadt war wirklich schön, jetzt hatte Nika allmählich wieder ein Auge dafür und Verständnis für die Touristen, die an jeder Ecke Selfies schossen und ihre Gesichter in die Abendsonne hielten.

Vielleicht würde sie doch noch ein wenig bleiben. Eine Woche oder zwei, das würde ohnehin nötig sein, um noch alle Fragen zu klären, die offen geblieben waren.

Sie gingen langsam in Richtung Fortezza. »Wie geht es eigentlich Natale?«, fragte Nika. »Und Serafina?«

»Sie darf morgen wieder nach Hause.« Stefano seufzte. »Jeder Tag zählt bei dieser Schwangerschaft, weißt du? Sie muss liegen und sich schonen. Aber Natale hat ihr erzählt, was passiert ist. Er hatte das Schlimmste befürchtet, aber Serafina liebt ihn immer noch. Mehr sogar, sagt sie, nachdem sie jetzt weiß, was er alles auf sich nimmt, um sie zu schützen.«

Nika lachte auf. So konnte man das natürlich auch sehen. Als Stefano nach ihrer Hand griff, zog sie sie nicht sofort zurück, sondern löste sie erst nach ein paar Sekunden aus seinem Griff.

»Er hat mir erzählt, dass er dich aus lauter Verzweiflung in den See werfen wollte«, sagte er. »Weil er Angst hatte, du gehst zur Polizei. Das war meine Schuld, ich hatte deine Nachricht bekommen, von wegen, du hättest etwas herausgefunden. Das habe ich ihm erzählt und er ist in Panik geraten.« Stefano schüttelte den Kopf, offenbar über sich selbst. »Ich hätte den Mund halten müssen. Aber Natale hätte es nie über sich gebracht, dir wirklich etwas anzutun. Das weiß ich. Trotzdem habe ich ihm die Hölle heißgemacht. Er hofft, du verzeihst ihm.« Stefano hielt inne. »Das musst du aber nicht, schon gar nicht meinetwegen. Wirklich.« Er warf ihr einen schnellen Blick zu. »Ich habe dir letztens gesagt, mir ist klar geworden, dass aus uns nichts werden kann, erinnerst du dich? Weil ich wusste, du würdest mir übel nehmen, was ich getan habe. Und du würdest meinen Bruder auf ewig hassen. Trotzdem …« Er verschränkte die Hände ineinander. »Ich mag dich. Sehr. Und ich möchte, dass du das weißt, auch wenn es umgekehrt anders ist.«

Nika antwortete nicht. Stefanos Offenheit berührte sie, allerdings kam sie ein wenig spät.

Der Park unterhalb der Festung war belebt, alle Bänke besetzt, aber sie fanden ein Mäuerchen, das von der letzten Abendsonne beschienen wurde. Nika dachte an ihre Mutter auf Kuba und wie gut es war, dass sie von nichts wusste. Sie dachte an Sabine, in deren Leben nie mehr wieder alles richtig gut werden würde. Und dass auch sie nicht alles wusste, zum Glück. Noch nicht.

Handyklingeln riss sie aus ihren Gedanken. Sie zog das Telefon aus der Tasche. Lennard.

»Hallo.« Nika schloss die Augen und hielt ihr Gesicht in die letzten Sonnenstrahlen. »Wie geht es dir?«

Sie hörte ihn tief einatmen. »Nika«, sagte er. »Stimmt das alles, was in der Zeitung steht? Über Jenny? Dass sie eine junge Frau umgebracht hat?«

»Ja, ich fürchte schon.« Sie sah Stefano nach, der von dem Mäuerchen gerutscht war und nun zu dem Kiosk schlenderte, der vierzig oder fünfzig Meter weiter stand. Wahrscheinlich nur ein Vorwand, damit sie ungestört reden konnte.

»Das ist einfach Wahnsinn.« Lennard klang ernsthaft erschüttert. »Ich habe sie doch gut gekannt, aber das hätte ich ihr nie zugetraut. Ja, sie war impulsiv und unvernünftig und manchmal auch aggressiv, aber so etwas ...« Er verstummte, Nika konnte förmlich vor sich sehen, wie er den Kopf schüttelte.

»Was schreiben denn die Zeitungen?«, fragte sie.

»Na ja, sie haben Jenny alle möglichen Beinamen gegeben. Monster, Bestie, Schlächterin – glaubst du, sie werden auch mit mir sprechen wollen?«

»Kann ich mir gut vorstellen.« Nika rieb sich über die Stirn. Es war nur eine Frage von Stunden, bis die Presse auch vor Sabines Tür stehen würde. Wie schlimm das für die Familie sein musste. Nicht nur die Tochter zu verlieren, sondern auch noch solche Dinge über sie zu erfahren.

»Wenn ich mir vorstelle, dass ich so oft mit ihr allein war«, fuhr Lennard fort. »Mit ihr in einem Bett geschlafen habe. Wahrscheinlich habe ich Glück, dass ich noch lebe, dass sie mich nicht auch einfach abgestochen hat, im Schlaf ...«

Nika konnte sich bereits vorstellen, wie er das gegenüber den Journalisten präsentieren würde. Der ahnungslose Freund, ständig in Lebensgefahr, gerade noch mal mit heiler Haut davongekommen. Dazu ein Foto von ihm, sonnengebräunt, die dunklen Augenbrauen sorgenvoll gerunzelt. »Darfst du denn jetzt die Stadt verlassen?«, fragte sie ihn.

»Wie? Ähm, ja, darf ich. Aber ich denke, ich werde das Semester noch hier beenden.«

Und die Aufmerksamkeit der Medien genießen, ergänzte Nika im Kopf. »Dann wünsche ich dir noch eine gute Zeit.«

»Ja. Danke. Dir auch.« Er legte auf.

Während Nika noch nachdenklich auf ihr Handy blickte, kam Stefano mit zwei Eis am Stiel zurück. »Was hältst du davon, wenn wir heute Nacht nicht nach Hause gehen? Sondern durch Siena spazieren, etwas essen, trinken, die Sterne ansehen und später den Sonnenaufgang?«

Sie sah ihn an. Verglich ihn in Gedanken mit Lennard. Lächelte. »Das ist eine wunderbare Idee.«

»Ich finde es schön mit dir«, sagte sie, als sie ein wenig später weitergingen. »Aber egal, wie es zwischen uns weitergeht, du solltest wissen, dass ich trotzdem nach Hause zurückkehren werde. Vielleicht nicht morgen. Aber bald.«

Er blieb stehen, drehte sie zu sich herum. »Das weiß ich, Nika. Ich weiß aber auch, dass es Züge gibt und Flugzeuge und Autos. Wenn wir uns sehen wollen, wird es immer einen Weg geben.« Er strich ihr eine Strähne aus der Stirn. »Denkst du denn, du könntest Siena genug mögen, um gelegentlich herzukommen? Trotz allem, was hier passiert ist?«

Sie legte den Kopf schief. »Ich denke, eines Tages könnte ich vielleicht dich genug mögen.«

Er lachte und drückte sie an sich. »Ich finde, darauf sollten wir trinken. Ich habe Durst. Du auch?«

»Ja.« Sie kramte in ihrer Hosentasche und fand, was sie gesucht hatte. »Aber zuerst möchte ich noch etwas erledigen. Weißt du, wo der Brunnen von Aquila ist?«

Stefano strich ihr übers Haar. »Natürlich. Da bist du schon hundert Mal dran vorbeigelaufen.«

Er hatte recht. Der kleine Brunnen mit dem Bronzeadler stand auf einem Platz an der Via di Città, geradezu bescheiden nahe einer Hausmauer mit einem vergitterten Kellerfenster. Es war mehr ein Becken als ein Brunnen, kein Wunder, dass er Nika bisher nie aufgefallen war.

Dem Einhorn würde sie anschließend ebenfalls noch einen

Besuch abstatten, aber nun war erst mal er dran. Aquila. Ab sofort gab es keinen Grund mehr, ihn zu meiden.

Sie nahm das Fünfcentstück aus ihrer Hosentasche und warf es, sah, wie es sich in der Luft drehte. Wer in Italien Münzen in einen Brunnen warf, würde an den Ort zurückkehren, hieß es. Sie waren abergläubisch, die Italiener.

Mit einem leisen Platschen versank das Geldstück im Wasser. Kreise bildeten sich auf der Oberfläche und strebten auf den Rand zu.

»Komm«, sagte Nika. »Lass uns weitergehen.«

**ES IST HÖCHSTE ZEIT, MICH WIEDER
EINMAL ZU BEDANKEN!
UND ZWAR BEI:**

Elisabetta Ruzzene, dank deren Hilfe die Italiener in diesem Buch auch wirklich Italienisch sprechen und nicht das Kauderwelsch, das ich mir aus meinem Touristenitalienisch und den Anregungen von Google Translate zusammengereimt hätte. Danke, liebe Lisa!
Sollte sich trotzdem noch irgendwo ein Fehler finden, ist er definitiv mir zuzuschreiben.

Meiner Agentur, der AVA international, und da ganz besonders Roman Hocke, der mich in allen Belangen rund um die geschäftliche Seite des Bücherschreibens so großartig vertritt.

Dem Loewe-Verlag – hey, das ist unser achtes gemeinsames Buch, wenn ich mich nicht verzählt habe. Ganz schön viel Text mittlerweile, und es macht immer noch riesigen Spaß!

Meiner Familie und meinen Freunden, die mich alle auf ganz unterschiedliche Weise unterstützen – ihr seid toll!

Und last but not least: Bei euch, ihr Lieben, die ihr meine Bücher lest. Es ist eine wunderbare Sache, für euch zu schreiben.

Es ist klein.
Es ist leise.
Es sieht alles.

SPIEGEL Bestseller

URSULA POZNANSKI
ELANUS

ISBN 978-3-7855-8231-2

Jona ist fasziniert von seinem Forschungsprojekt. Er hat eine mit Mikrofon und Kamera ausgestattete Drohne gebaut und spioniert mit ihr seine Mitmenschen aus. Kein Fehltritt bleibt ihm verborgen. Kein düsteres Geheimnis ist vor ihm sicher.

Doch dann erfährt er etwas, das besser unentdeckt geblieben wäre, und plötzlich schwebt er in tödlicher Gefahr.

Loewe

DIE WAHRHEIT IST VIELSCHICHTIG

www.layers-buch.de

ISBN 978-3-7855-8230-5

Seit Dorian von zu Hause abgehauen ist, schlägt er sich auf der Straße durch – und das eigentlich ganz gut. Als er jedoch eines Morgens neben einem toten Obdachlosen aufwacht, der offensichtlich ermordet wurde, gerät Dorian in Panik, weil er sich an nichts erinnert: Hat er selbst etwas mit der Tat zu tun?

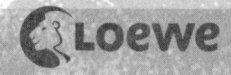

Loewe

URSULA POZNANSKI
DIE VERRATENEN

Band 1
ISBN 978-3-7855-7546-8

URSULA POZNANSKI
DIE VERSCHWORENEN

Band 2
ISBN 978-3-7855-7547-5

URSULA POZNANSKI
DIE VERNICHTETEN

Band 3
ISBN 978-3-7855-7548-2

Loewe

Es lässt dich nicht mehr los ...

ISBN 978-3-7855-7361-7

Erebos ist ein Spiel.
Es beobachtet dich,
es spricht mit dir,
es belohnt dich,
es prüft dich,
es droht dir.

Erebos hat ein Ziel:
Es will töten.

Es begann als Spiel und wurde zu einer tödlichen Gefahr

ISBN 978-3-7855-7783-7

Du denkst, es ist eine harmlose
Reise in die Vergangenheit, ein Spiel.
Doch dann greift die Vergangenheit
nach dir und gibt dich nicht mehr frei.
Ist tatsächlich ein uralter
Fluch wiedererwacht?